# 하얀 늑대들

## White Wolves

# I

윤현승 장편소설

제우미디어

## 윤현승

—

1978년생. '다크문'으로 1999년부터 작품 활동을 시작해 이후 '하얀 늑대들',
'라크리모사', '뫼신사냥꾼' 등을 출간했으며, 2018년 현재 온라인에서
'이스트로드 퀘스트'를 연재하는 등 활발한 활동을 이어가고 있다.

# 하얀 늑대들·I

**초판 1쇄** 2018년 7월 5일
**초판 11쇄** 2024년 11월 30일

**지은이** 윤현승
**펴낸이** 서인석 | **펴낸곳** 제우미디어 | **출판등록** 제 3-429호
**등록일자** 1992년 8월 17일 | **주소** 서울시 마포구 독막로 76-1 한주빌딩 5층
**전화** 02-3142-6845 | **팩스** 02-3142-0075 | **홈페이지** www.jeumedia.com

　　제우미디어 트위터 twitter.com/Jeumedia
　　제우미디어 페이스북 facebook.com/jeumedia
　　제우미디어 네이버 포스트 post.naver.com/jeumediablog

ISBN 978-89-5952-611-6
　　　978-89-5952-610-9 (set)
• 파본은 구입하신 서점에서 교환해드립니다.

**만든 사람들**
**출판사업부 총괄** 손대현 | **편집장** 전태준 | **책임 편집** 성건우
**기획** 홍지영, 박건우, 장윤선, 안재욱, 조병준
**디자인 총괄** 크리에이티브그룹 디헌 | **영업** 김금남, 권혁진

# 1부

## 캡틴 카셀

# 차례

# 왕실 기사단

앞을 봐도 뒤를 봐도 그저 불길한 구름이 뒤덮인 지평선뿐이었다. 캡틴 프란시스는 추격자가 없다는 걸 재차 확인한 후에야 말을 멈춰 세웠다.

뒤따르던 왕실의 기사들도 일제히 멈춰 섰다. 말발굽이 일으킨 뿌연 흙먼지가 초라한 행렬을 한 번 덮었다가 바람에 실려 금방 사라졌다.

프란시스는 숨을 몰아쉬며 여섯 명밖에 남지 않은 부하들을 돌아보며 물었다.

"라스는 어디 갔나?"

가장 후방에 따라오고 있어야 할 라스의 모습은 보이지 않고 그의 말만 있었다.

"제가 마지막으로 봤을 때 부상을 입은 모습이었습니다."

부하 기사 하나가 반쯤 부서진 투구를 벗어 던지며 대답했다. 그는 숨을 몰아쉬며 말을 쉽게 잇지 못했다.

"오다가 말에서 떨어진 모양인데…… 제가 챙기지 못했습니다. 죄송합니다."

프란시스 역시 일이 터진 후부터 뒤를 돌아보지 못했으니, 그를 탓할 수가 없었다.

"우리를 기습한 그자들이 누군지 알아보겠는가?"

프란시스는 떨리는 손을 진정시키려고 고삐를 고쳐 쥐길 반복했다. 부하들은 서로 쳐다보기만 할 뿐, 쉽사리 대답하지 못했다.

한 명이 자신 없는 목소리로 입을 열었다.

"'검은 사자 기사단'이 아닐까 합니다만……."

프란시스는 단호히 고개를 저었다.

"갑옷 색깔을 검은색으로 물들이긴 했으나 결코 백작의 기사단은 아니었다. 내가 보기에 그것들은……."

그는 유령이라는 단어를 목구멍까지 끌어올렸다가 도로 삼켰다.

프란시스는 좀 전에 겪은 상황을 되짚어 보았다. 검은 갑옷의 기사들이 휘두르는 거대한 칼이 철제 갑옷을 무른 버터처럼 두 동강 내고, 사람이 타고 있는 말에 창을 꽂아 그대로 들어 올려 내치는 광경이 먼저 떠올랐다. 거기에 프란시스가 던진 창을 공중에서 낚아채 그가 보는 앞에서 회초리처럼 부러뜨리기도 했다.

상대는 셋이었고 이쪽은 스물이었지만 전혀 상대가 되지 않았다. 기사단끼리의 전투가 아니라, 무장하지 않은 양민을 대군이 짓밟고 지나가는 수준이었다. 왕실의 기사들은 반격 한 번 제대로 하지 못하고 달아나야 했다.

프란시스는 어떻게 달아났는지도 기억나지 않았다. 방금 벌어진 일이 사실인지, 환각인지도 자신할 수 없었다. 그는 용기를 잃었고, 판단력도 잃었고, 이제는 방향 감각도 잃었다. 막연히 서쪽을 향해 달렸는데, 과연 지금 해가 지는 방향이 서쪽이긴 한 것인지조차 의심스러웠다.

"캡틴, 이제 말씀해 주실 때도 되지 않았습니까? 대체 우리의 임무가 무엇입니까?"

제일 나이 어린 기사가 쥐어 짜낸 듯한 목소리로 물었다. 그러자 다른 기사들도 하나둘 끼어들어 묻기 시작했다.

"저도 궁금합니다. 어째서 카모르트의 왕실 기사단인 우리가 폐하께 보고도 하지 않고 해도 뜨지 않은 새벽에 몰래 성문을 빠져나왔으며, 민가를 들르지도 않고, 이렇게 외진 길로만 달리는 것입니까?"

"중무장을 지시할 때부터 비밀 임무라 생각하고 여태까지 여쭙지 않았으나, 더는 못 참겠습니다. 이건 대체 무슨 일입니까?"

"벌써 열세 명이나 죽었습니다. 말씀해 주십시오!"

잠시 침묵을 지키던 프란시스는 옷 깊숙이 넣어둔 봉투를 꺼내 보였다. 샤를 국왕의 인장으로 단단히 봉인되어 있는 기밀문서였다.

"안전을 위해 국경을 넘을 때까지만이라도 비밀로 하려 했으나, 일이 이렇게 되었으니 말해야겠구나. 우린 사실 국왕 폐하의 명령으로 이로피스에 원군을 요청하러 가는 길이다."

기사들은 놀라 서로의 얼굴을 보았다.

"우리만이 아니다. 아란티아에 셋, 가넬로크로는 다섯이 우리보다 하루 일찍 떠났다. 마찬가지로 원군을 요청하기 위해서다."

'아마 그들도 우리와 같은 꼴을 당했겠지.'

프란시스는 속으로 떠올린 뒷말은 하지 않았다.

"폐하께서 전쟁을 준비하십니까?"

"그렇다. 적이 누구인지는 말씀하지 않으셨으나, 다들 그 적이 누군지 짐작할 줄로 안다."

"검은 사자 백작과 붉은 장미 백작입니까?"

프란시스는 고개를 끄덕이며, 부하들의 반발을 기다렸다. 하지만 다들 침묵만 지켰다.

제일 나이 많은 부하가 조심스럽게 물어왔다.

"그게 이유라면 아까 그 괴물들은 두 백작 중 한쪽이 보낸 암살자들인 겁니까?"

프란시스는 난처한 미소를 지었다.

"달려오는 내내 속단하지 말자고 생각했지만, 나도 그 외의 다른 가능성은 떠올리지 못하겠군."

부하들의 무거운 표정을 보면서도 프란시스는 그들의 사기를 끌어올릴 말이 하나도 생각나지 않았다.

"국경만 넘으면 될 거다. 서두르자."

그는 부하들을 이끌어 말머리가 향하고 있는 방향으로 계속 달리는 것밖에 할 수 없었다.

'이로피스의 국경 수비대를 만나 편지만이라도 전달한다면…….'

그러나 프란시스의 막연한 희망은 채 한 시간도 가지 못했다.

두 명의 검은 기사들이 이미 길목을 막고 기다리고 있었다. 프란시스는 혹시 지나온 길로 되돌아간 건가 싶어 심장이 털컥 내려앉았다.

내내 직진으로 달렸는데, 뒤를 따라잡힌 게 아니라 앞을 막고 있다는 건 말이 되지 않았다.

'같은 갑옷을 입은 다른 놈들일 수도 있겠구나.'

프란시스가 겁을 먹고 날뛰는 말을 억제하며 '전투 준비' 명령을 내리려는 순간, 그의 옆에 있던 기사가 약간 더 빨리 소리쳤다.

"달아나십시오, 캡틴."

전투에서 언제나 선두에 섰던 프란시스였으나, 이번에는 부하들이 그렇게 내버려 두지 않았다.

"무슨 헛소리냐?"

프란시스는 호통쳤지만 부하들은 말을 듣지 않았다.

"우린 방금 전 스무 명으로 셋을 막지 못했습니다. 방법이 있다면 남은 모두가 막는 동안 한 명이 빠져나가 이 일을 알리는 것뿐입니다."

"그럴 수는 없다. 그렇다 해도 그건 내가 아니라……."

"현실을 직시하십시오, 캡틴. 적은 이미 우리의 이동 경로를 모두 알고 있습니다. 차라리 되돌아가는 편이 더 나을 겁니다. 그리고 그건 캡틴이어야 합니다."

검은 기사 둘이 말을 몰아 그들을 향해 다가왔다.

"논쟁할 시간이 없습니다!"

부하의 재촉에, 프란시스는 입술을 지그시 깨물었다.

"살아남아라."

프란시스는 말머리를 돌렸다. 등 뒤에서 기사들의 고함이 들렸다.

"돌격!"

프란시스의 말은 힘껏 달렸지만, 몇 분도 채 되지 않아 등 뒤로 말발굽 소리가 따라오기 시작했다.

프란시스는 칼을 쥐고 뒤를 돌아보았다. 검은 기사의 말이 마치 하늘을 날 듯 달려와 순식간에 그의 옆에 도달했다. 검은 기사의 투구 안에서 후욱 하는 수증기가 짐승의 입김처럼 뿜어져 나왔다.

프란시스는 고함을 지르며 칼을 휘둘렀다. 칼날이 부러질 정도로 강한 충격이 놈의 투구를 때리며 머리가 살짝 돌아갔다. 그러나 놈은 아무렇지도 않게 머리를 되돌려, 투구 속의 시커먼 어둠으로 프란시스를 주시했다. 마치 비어있는 것처럼 투구 안에는 아무것도 보이지 않았다.

검은 기사의 거대한 도끼가 자신의 목을 향해 날아오는 모습을 보면서, 프란시스는 죽음의 공포보다 부하들에게 한 약속을 지키지 못했다는 죄책감을 더 크게 느꼈다.

그는 그저 이 공포와 고통이 빨리 끝나기만을 바랐다.

## ✦ Chapter 1 ✦
## 패잔병

'뭣 때문에 내가 이 꼴이 되었더라?'

카셀은 누워서 하늘을 바라보고 있었다. 그리고 이렇게 편히 누워 있어 본 지가 얼마만인지 새삼스럽게 떠올려보았다. 아마도 고향을 떠난 후 처음인 것 같은데 기억이 잘 나지 않았다. 최근 한 달간은 낫으로 풀을 베거나 군량을 짊어지고 이동한 기억밖에 없었다.

사흘 전에 창술 훈련 끝난 다음에 누웠던가? 아니, 그다음 바로 이동 시간이 됐다고 해서 군장을 챙겼다.

이틀 치 이동 거리를 하루 만에 강행했으니 수고했다고 휴식 시간을 줄 때 잤던가? 아니, 바로 야식 만들라고 불려 나갔다.

대기조에 껴서 선잠을 잔 건 제외했다. 그건 누운 게 아니니까.

마침내 카셀은 나흘 전에 밀 포대 옆에서 쭈그리고 잤던 순간을 기억해냈다. 그것 때문에 뒈지게 얻어터지긴 했지만 어쨌거나 누워서 자긴 했다. 즉, 나흘 만에 누운 셈이었다.

오늘 아침, 어떻게 시작되었는지도 모르게 전투가 벌어졌다. 카셀은 그게 적의 기습인지, 아니면 아군의 계획인지도 알지 못했다. 그가 한 일이라고는 지휘관이 전진하라고 할 때 전진하고 후퇴하라고 할 때 후퇴한 게 전부였다. 창을 들고 우우 소리를 내며 휩쓸려 다니긴 했는데, 적이 누군지도 몰랐다.

카셀은 창 한 번 찔러보지 못하고 적병에게 떠밀려 쓰러졌다. 카셀보다 어린 소년 병사였는데, 목에서 피를 콸콸 쏟으며 숨을 헐떡이다가 카셀의 몸 위에서 죽었다.

'그게 나였을 수도 있었어.'

카셀은 그렇게 시체에 깔린 채로 누워 있었다. 바로 옆에서 비명과 고함 소리가 요란한 와중에도 꼼짝하지 않았다. 반나절 후 전투의 소음이 사라진 후에야 눈을 뜨긴 했지만, 그렇다고 일어나진 않았다.

어디선가 수십 마리의 말들이 달리는 소리가 들렸다. 카셀은 얼른 눈을 감고, 말발굽 소리가 멀어지길 기다리며 생각했다.

'애초에 이런 바보 같은 짓은 하지 말아야 했어. 고향에서 얌전히 아버지 따라 밀농사나 짓는 거였는데.'

카셀은 칼을 다룰 줄도 몰랐고, 특별히 달리기를 잘 한다거나 힘이 세지도 않았다. 농사지을 때 요긴하게 쓰일 거라며 아버지가 말 타는 법 정도는 제대로 가르쳐 주었으나, 직책도 없는 일개 병졸은 말을 탈 일이 없으니 쓸데도 없었다.

오늘 전투의 승패에 카셀이 영향을 끼친 건 아무것도 없었다. 아군에게 도움이 되지 못한 것은 물론이고, 적에게 한 명을 더 베었다는 전적을 안겨주지도 않았다.

'그냥 그때 아버지 말이나 들을 걸.'

카셀은 한 달 전을 떠올리며 후회했다.

✦ ◈ ✦

"전쟁에 나가겠다고? 옆집 폴라가 웃겠다."

아버지가 큰 소리로 웃으며 말했다. 실제로 카셀은 자기보다 아홉 살이나 어린 열네 살의 폴라와 목검 대련에서 패한 적이 있어서 그 말에 반박할 수가 없었다.

"얘야, 루우룬 마을이 전쟁터에서 벗어난 건 축복이란다. 올해를 굶주리며 보내지 않을 만큼의 식량이 아직 창고에 보관되어 있고, 내년을 풍족하게 지내게 해줄 곡식이 들판에 자라는 이런 마을이 카모르트 어디에 더 있겠니? 그런데 뭐 하러 굳이 전쟁터에 가려고 하느냐?"

카셀은 한 달 후 아버지의 말이 옳다는 것을 깨닫지만 그 순간에는 그저 잔소리로만 들렸다.

"아버지, 혹시 루치 아세요?"

말싸움으론 아버지에게 이길 수가 없다는 걸 알면서도 카셀은 입을 열었다.

"아, 그 전쟁 영웅 되겠다고 호언장담하고 뛰쳐나갔던 건달 놈?"

"그 녀석이 돌아왔어요."

"어이쿠, 용케 살아 돌아왔구나."

아버지는 비꼬는 투로 말했다.

"살아 돌아온 정도가 아니에요."

루치는 마을을 나선 지 석 달 만에 은빛 갑옷에 붉은 장미를 수놓은 망토를 걸치고 귀향했다. 호화로운 장식을 단 말을 타고 수행원까지 한 명 거느린 그의 모습을, 카셀은 눈이 부셔서 똑바로 쳐다볼 수가 없었다.

"그 녀석, 장미 기사단의 일원이 되었더군요. 아세요? 특별히 저보다 잘난 구석도 없던 녀석이었잖아요."

"못난 구석이 많은 녀석이었지. 성격이 포악한데다 욕심은 많아서 남 속이길 밥 먹듯이 하고, 허세만 가득했지. 열다섯 살 때 옆 마을 과부 겁탈하려다 실패한 걸 자랑삼아 떠들던 녀석이었고…… 그때 마을 회의에서 추방시켜버렸어야 했는데."

"하지만 아버지! 기사라구요, 기사. 기사가 뭔지 잘 모르시는 것 같은데 제가 차근차근 설명해드릴까요? 게다가 장미 기사단이라면 지금 카모르트 최고의 기사단 중 하나라고요."

카셀이 흥분해서 목소리를 높였다.

"얘야, 하루에도 수백 명이 죽어 나가는 게 전쟁이다. 루치처럼 눈치 빠른 녀석이 죽은 상관 자리 꿰차는 게 뭐 그리 어려운 일이겠느냐? 그리고 지금 한창 전쟁 중인 걸로 아는데, 귀향은 왜 한 거냐? 중책이 아니니까 빠질 수 있나 보지."

"병사들을 모집한다고 나온 거예요. 중책이죠."

"전쟁터에서 죽을 사람 뽑는데 자기 고향 마을로 와? 개놈 새끼!"

아버지는 욕설을 내뱉었다.

"그놈은 지금 자기 대신 죽을 사람 뽑아서 진급하려는 게야! 넌 그런

게 부러우냐?"

카셀은 말이 안 통하는 아버지가 답답해 미칠 노릇이었다. 당장 아버지에게 루치가 쓰고 온 깃털 장식 투구와 허리에 찬 번쩍이는 대검을 보여주고 싶었다. 그 칼 한 자루면 루우룬 마을에 있는 농기구들은 물론이고 대장간에, 방앗간까지 덤으로 사버릴 것 같았다.

"아버지, 루치가 지금 누구랑 있을 것 같아요?"

"글쎄, 전쟁 나가기 전에 잡아먹으려고 봐 뒀던 황소한테 갔나?"

"쟈넷이에요."

"쟈넷?"

아버지는 그제야 조금 놀라주었다.

"그래요. 제가 그렇게 잘 해줬어도 손길 한 번, 눈길 한 번 주지 않았던 그 애가 지금 루치랑……."

카셀은 차마 그 뒷이야기를 잇지 못했다. 맙소사, 그 눈부신 몸매를 그 녀석의 더러운 손이 탐하고 있다니! 하지만 아버지는 금방 또 무덤덤한 목소리로 돌아갔다.

"허허, 그 녀석 참 손도 빠르다. 뭐, 그 둘한테는 잘 된 게 아니냐? 쟈넷은 항상 대도시로 가서 기사한테 시집가는 게 소원이었던 애고, 루치는 예전부터 마을 최고의 미녀인 쟈넷을 자기 것으로 만들겠다고 공공연히 떠벌리고 다녔으니까. 둘이 잘 만났네."

카셀이 놀라서 입을 떡 벌리자, 아버지가 놀리듯 말했다.

"이 녀석 보게? 너 쟈넷을 좋아했었냐? 그럼 진작 가서 고백하지 그랬냐? 아아, 참. 이거 실례를 했구나. 만날 방구석에 처박혀 책이나 읽는 녀석이 그럴 배짱이 있을 리가 만무한데. 아니, 잠깐! 그럼 결국 네가 전쟁터 가겠다는 이유가 네가 그렇게 재수 없다고 여기는 루치처럼 되고 싶어서인 거냐?"

"아버지는 아무것도 모르세요!"

카셀은 그 자리를 박차고 집을 나왔다.

'아니, 이렇게 나오면 내가 진 게 되잖아?'

카셀은 즉시 후회했지만 돌아갈 생각이 들지 않았다.

어차피 아버지를 상대로 말싸움에서 이길 수는 없었다. 평생을 농사만 짓고 산 농부인데도 대도시의 상인을 상대로 손해 보는 거래를 하지도 않았고, 칼을 들고 날뛰는 미친놈이 스스로 칼을 놓게 만들었다. 동네 말썽꾼 루치도 아버지를 보면 우선 피하고 봤다. 마을의 어른들은 중대사가 생기면 촌장이 아닌 아버지와 먼저 상의했다. 촌장도 일이 터지면 허겁지겁 아버지부터 찾았다. 이보게, 내 마누라가 또 도망쳤어! 어쩌지?

'남자라면 말보다는 행동이야. 그 멍청한 루치도 했잖아. 나라고 왜 못 하겠어? 나도 기사가 되겠어.'

수만 명의 병사들이 뒤엉킨 격전지에 용감하게 말을 타고 뛰어드는 기사! 카셀은 항상 자기 전에 기사가 된 자신의 모습을 상상하다 잠들곤 했다.

카셀은 제일 먼저 '구브라'를 찾아갔다. 그는 은퇴하고 시골 마을을 전전하며 검술 훈련소를 운영하는 용병 출신의 검술 선생이었다.

카셀은 스무 살 때 저축을 털어 아버지 몰래 그에게 검술을 배우러 간 적이 있었다. 하지만 이 솔직하기 짝이 없는 사내는 두 달 정도 가르쳐보다가 석 달째에는 카셀이 내미는 수강료를 거절했다.

'카셀 너는 검에 소질이 없어 보인다. 그러니 이제 오지 마라.'

몇 번 더 찾아갔지만 매섭게 거절당했을 뿐 아니라, 아버지에게 고자질했다.

그 뒤 카셀은 구브라에게 술을 몇 번 대접하며 친해졌지만, 검술을 가르쳐 주는 일은 없었다. 그래도 이번에 찾아가면 그 친분으로 카셀에게 징집관 정도는 소개시켜줄 줄 알았다. 하지만 그마저도 거절당했다.

"루치는, 으음…… 이제는 기사 루치라고 불러야 하나? 기사 루치는 검에 아주 뛰어난 재능을 가졌지. 1년 만에 나와 동등해질 정도였으니까. 물론 나 정도 되는 용병쯤이야 전쟁터에 나가면 흔하지만, 경험도 없는 갓 스무 살 넘은 청년이 그 정도 실력이면 준수하지. 그래서 나는 루치 정도면 전쟁터에서도 어떻게든 목숨을 부지하고 살 수는 있겠다 싶어서 군에 아는 사람을 소개시켜줬단다. 하지만 너를 소개시켜 달라고? 맙소사, 너를 전쟁터로 보냈다간 난 이 마을에 발붙이고 살지도 못할 거야."

구브라는 사정을 설명하며 카셀을 진정시키려 했다. 하지만 카셀은 포기하지 않고 물었다.

"제가 전쟁터에 갈 수 있는 방법이 없나요?"

"꼭 어디 시장가는 길이라도 묻는 것 같구나."

"방법이 없는 건 아니군요?"

구브라는 난처한 얼굴로 한숨을 길게 내쉬었다.

"좋아. 내가 너한테 붉은 장미 백작의 군대에 가라고 추천서를 써준다 치자. 제일 가까운 곳이 100마일 거리인데, 거기까지 어떻게 갈래?"

"그 정도야 얼마든지 걸을 수 있어요."

"며칠이나 걸려서? 게다가 내 장담컨대, 넌 마을을 떠난 지 하루 안에 산적을 세 번쯤 만날 거다. 거기까지 혼자서 간다니, 그 무슨 멍청한 소리냐?"

카셀이 대꾸하지 못하자 구브라는 거보란 듯 말을 이었다.

"여긴 카모르트에서 가장 안전한 마을 중 하나야. 다른 마을은 전쟁 아니면 도적떼를 걱정하며 사는데, 이 마을 사람들은 내일 비 올지 안 올지를 걱정하며 살지. 그만 집에 돌아가서 농사나 짓거라."

카셀은 영원히 안 돌아올 것처럼 박차고 나온 집으로 돌아갈 수밖에 없었다. 아버지는 이미 2인분의 저녁 식사를 차려놓고 기다리는 중이었다.

"벌써 전투에서 승리하고 돌아오셨소, 기사 양반? 자, 승리의 축배를 듭시다."

아버지는 나무잔에 와인을 가득 채우며 말했다. 승리의 축배를 든 사람은 아버지였고 카셀은 패배의 쓴잔을 들이켜야 했다.

소문은 금방 돌았다. 망할 구브라!

카셀이 마을을 떠난다는 말에, 귀도 잘 안 들리는 노인들까지 지팡이를 짚고 비틀거리며 뛰어나왔다. 카셀은 마을 사람들의 격렬한 반응이 얼떨떨했다.

"너처럼 머리 좋은 애가 왜 그런 생각을 하느냐? 넌 언제고 이 루우룬 마을의 촌장이 될 인재야. 널 공부시킬 돈을 마을 사람들이 모으고 있다는 말을 네 아비한테서 못 들었니? 그런 아까운 목숨을 귀족들의 별거 아닌 전쟁 놀음에 쓰는 건 안 될 일이다. 네가 지금까지 공부한 걸 생각해 보렴. 너는 칼질이 아니라 학문을 익힌 거야."

촌장은 카셀의 손을 꼭 붙잡고 애걸하듯 말했다. 카셀은 금방 수그러졌다. 칼도 쓸 줄 모르는 자신을 재능 없는 놈이라고 생각했는데, 의외로 다른 부분에서 높이 평가해주는 것이 빈말이라도 고마웠다. 하지만 옆에서 지켜보던 루치의 한 마디에 모든 것이 망가져 버렸다.

"고자 새끼, 고작 그런 늙은이들 말에 휘둘리는 거냐?"

카셀은 루치보다 그의 팔짱을 끼고 있는 쟈넷이 먼저 보였다. 그것만으로 카셀은 반쯤 이성을 잃어버렸다.

"지금 같은 세상에 학문이 무슨 소용이냐?"

루치가 큰 소리로 웃으며 말을 이었다.

"내가 본 전쟁터란 곳은 지휘관조차 칼을 들고 자신을 지켜야 하는 곳이었다. 펜대만 놀리는 샌님이 낄 자리는 어디에도 없었어! 칼만이 마을을 지킬 수 있고 칼만이 여자를 사로잡을 수 있었다. 뭐, 말 잘 듣는 착한 카셀한테는 늙은이들이 알아서 참한 여자를 대령해 바치겠지만."

"이놈, 시끄럽구나. 이 마을에서 병사를 징집해 갈 생각이면 당장 떠나라."

촌장이 화가 나서 소리쳤다.

"닥쳐, 이 늙은이가! 내가 여기에 군량으로 쓸 식량이 잔뜩 있다고 알리면 내 부대가 며칠 안에 도착할지 알려줄까?"

루치가 으르렁대자 촌장이 겁먹고 뒤로 물러났다.

카셀이 참지 못하고 소리 질렀다.

"펜대만 놀릴 줄 아는 내가, 전쟁터에 낄 수 있나 없나 한 번 시험해

봐라. 며칠 안에 루치 너보다 더 높은 직급으로 올라갈 수 있는지 알려줄까?"

횟김에 한 말이었지만, 내뱉고 보니 정말 할 수 있을 것 같았다. 루치보다 더 빨리, 더 높은 계급으로!

루치는 그 말을 기다렸다는 듯 자기 수행원에게 추천서를 써주고 어느 부대에 배속시키라는 지시를 내렸다.

사흘 뒤 정말 편지가 날아왔다. 나이 많은 징집관이 편지를 읽어주려 하자, 카셀은 빼앗아서 직접 읽었다.

"자네 글도 읽을 줄 아나?"

카셀은 놀란 징집관의 말에 대꾸하지 않고 물었다.

"여기 적혀 있는 징집소까진 어떻게 가죠?"

"기사 루치가 근처까지 데려다줄 걸세."

"알겠습니다."

징집관은 떠나고 카셀은 한참이나 편지를 들고 서 있었다. 손이 부들부들 떨렸다. 들고 있던 편지도 함께 떨렸다.

"가기 싫으면 가지 마라?"

옆에서 남일 보듯 구경하던 아버지가 말했다.

"이제 와서 되돌릴 수는 없어요."

"없긴 왜 없어? 편지 태워버리고 밭에 가서 물길이나 파. 많이 허물어졌더라."

"절 겁쟁이로 만들 셈이세요?"

카셀은 보란 듯이 편지를 품에 넣으며 아버지를 노려보았다.

"누가 겁쟁이라고 부르는데? 루치가? 넌 너를 죽이고 싶어 안달이

나 있는 사람 말에는 신경 쓰고 널 아끼는 사람 말은 안 듣는구나. 한심하긴.”

아버지는 혀를 차며 고개를 저었다. 그리고 카셀이 떠나는 날까지 말도 걸지 않았다.

카셀도 오기로 아버지와 말하지 않았다. 떠나는 날 아침, 아버지는 집 앞 작은 뜰에 놓은 흔들의자에 앉아 있었다. 심지어 평소 안 피우던 담배까지 여유롭게 피우고 있었다. 카셀은 가방을 고쳐 매고 물었다.

“하실 말씀이라도?”

“서로 죽고 죽이는 싸움판 중심에는 서지 마라. 너도 죽고 죽이게 될 거다.”

시큰둥한 아버지의 말에 카셀은 인상을 구겼다.

“제가 지금 어딜 간다고 생각하시는 거죠? 전쟁터라고요. 서로 죽고 죽이는 전쟁터!”

아버지는 담배 연기를 길게 뿜으며 대꾸했다.

“그럼 그 자리에 서지 않으면 되는 거다.”

“그냥 솔직하게 가지 말라고 애원하시지 그래요?”

아버지는 의미를 알 수 없는 미소로 되물었다.

“내가 애원한다고 안 갈 거였으면, 애초에 짐을 싸지도 말았어야지.”

카셀은 그것이 아버지의 마지막 도발이라고 생각했다. 그래서 대꾸도 하지 않고 돌아서서 나왔다.

마을 사람들은 카셀이 정말 마을을 떠나려 하자 당황하며 말렸다. 루치가 사흘 만에 자기를 버리고 딴 여자를 찾아다녔다는 사실을 들었을 때는 별로 놀라지 않던 쟈넷도 이 소식에는 놀랐다.

만약 쟈넷이 말렸다면 가지 않았을까? 그녀가 루치에게 보여줬던 미소를 딱 한 번이라도 자기에게 보여줬다면, 카셀은 못내 지는 척 발길을 돌렸을지도 몰랐다. 그러나 쟈넷은 형편없는 말재주로 카셀의 발길을 재촉해주었다.

"전쟁터에 간다고? 하지만 넌 나보다 싸움도 못하잖아. 금방 죽을 거야."

그 길로 카셀은 루우룬 마을을 떠났다. 예정대로 루치가 말을 빌려주고 길을 안내해주었다. 가는 동안 둘은 아무 얘기도 하지 않다가 갈림길에 섰을 때야 루치가 먼저 입을 열었다.

"내 위에 서겠다고? 어디 잘해 봐라."

"물론이지! 조금만 기다려라."

"아, 참. 말은 돌려줘야지."

카셀은 당황했다.

"여기서 아직 한참 남았는데?"

"걸어가. 그 말은 장미 기사단의 재산이다. 아무렴 아직 병사도 안 되는 너한테 말을 한 마리 통째로 줄 거라고 생각했냐? 너니까 그나마 여기까지 태워준 거야."

카셀은 하는 수 없이 말에서 내렸다. 루치는 즉시 말을 끌고 떠나버렸다. 떠나면서 카셀을 돌아보는 그의 눈빛에는 잔인한 미소가 깃들어 있었다.

카셀은 터덜터덜 이틀이나 걸어갔다. 산적을 만날 거라던 구브라의 경고가 이틀 내내 그를 괴롭혔다.

카셀은 편지에 적힌 부대에 도착한 뒤에야 루치에게 속은 걸 알았다. 그곳은 일반 부대가 아닌, 다음 전투를 준비하는 최전방 부대였다.

쟈넷의 말이 진실이라는 것도 알았다. 싸움도 못하는 그가 전쟁터에서 할 수 있는 일이라곤 아무것도 없었다.

아버지의 마지막 충고는 아무짝에도 쓸모가 없었다. 죽고 죽이는 중심에 서지 말라고 했는데, 여기는 싸움판의 중심이 어디인지 재 볼 여유도 없이 수십 명의 목숨이 순식간에 증발하는 곳이었다.

그런데도 전쟁이 끝나 겨우 살아남아서 멍청히 하늘을 올려다보고 있는 지금, 가장 만나고 싶은 사람은 아버지였다. 시체들 틈바구니에 흙먼지를 뒤집어쓰고 죽은 척하고 누워있는 아들을 바라보면 분명 놀랄 것도 없다는 목소리로 '것 봐, 이 녀석아' 하고 놀리겠지만 그래도 상관없었다.

누워 있는 카셀의 뺨을 타고 굵은 눈물이 흘러내렸다.

그가 처음 겪은 전투는 소중한 사람을 지키고 나라의 영광을 지키고 인간의 존엄을 내보이는 위대한 전투 같은 게 아니었다.

카셀이 처음으로 창을 겨눈 상대는 카셀보다 어린, 카셀보다 더 겁을 먹은 소년 병사였다. 어쩌면 그 녀석도 고향에서 나와 처음으로 전투를 경험하고 처음으로 만난 상대가 카셀이었는지도 몰랐다. 둘은 서로가 서로에게 겁먹은 나머지 아무것도 하지 못했다.

옆에 있는 아군 용병이 소년의 목을 벴다. 목에서 뿜어져 나온 피가 카셀의 얼굴에 쏟아졌다. 소년을 벤 아군 용병도 곧이어 다른 적병의 창에 찔려 죽었다. 용병이 넘어지며 목에서 피를 쏟는 소년을 쓰러뜨렸고, 카셀은 그 소년에게 밀려 쓰러졌다.

그렇게 지금까지 누워있었다. 소년의 시체는 아직도 카셀의 몸을 누르고 있었다.

카셀은 두 손으로 얼굴을 감싸고 울었다. 이제 와서 생각해 보니 그는 사실 루치가 부럽지 않았다. 딱히 쟈넷을 좋아한 것도 아니었다. 그냥 자신이 그런 시골에 처박혀 있기에는 아까운, 대단한 인물이었으면 하는 바람 때문에 스스로를 속였던 것이다.

카셀은 하염없이 울기만 했다.

석양이 질 때까지 카셀은 꼼짝 않고 누워 있었다. 바람이 가라앉으며 피 냄새와 썩는 냄새가 더욱 심해졌지만, 더 이상 후각은 그것을 인지하지 못했다. 하지만 주변에 썩는 시체가 가득하다는 사실 그 자체가 견디기 힘들었다.

공포와 혐오감을 재는 양팔 저울이 혐오감 쪽으로 기울 때, 카셀은 고개를 들어 우느라 퉁퉁 부은 눈으로 주변을 살폈다. 검은 사자 백작을 상징하는 깃발은 어디에도 보이지 않았다. 오직 붉은 장미의 깃발만 시체와 함께 바닥에 널려 있었다.

카셀은 이 많은 주검 사이에 반나절이나 누워 있었다는 사실을 깨닫고 몸서리가 쳐져 벌떡 일어났다. 그리고 휘청휘청 목적지도 없이 걸음을 옮겼다. 시체가 가득한 들판에서 움직이는 그림자는 카셀 한 사람뿐이었다.

가지만 남은 음산한 나무 위에는 부리에 너덜너덜한 뭔가를 문 까마귀들이 앉아 쉬고 있었다. 옆을 지나갈 때 까마귀들의 머리가 일제히 카셀 쪽을 향했다.

"나 아직 살아있다? 가까이 오면 한 놈씩 목을 비틀어주지!"

카셀은 괜히 한 번 소리 지르고 그 자리를 벗어났다. 괜히 뒤가 근질거렸지만, 다행히 까마귀들은 살아있는 것에 관심이 없었다. 여기엔 이미 다른 먹을 게 많았으니까. 그리고 지금은 까마귀를 무서워할 때가 아니었다. 패잔병을 보면 목숨을 구걸할 기회도 주지 않고 목을 쳐버리고, 자기가 죽인 사람의 귀를 목에 걸고 다니는 잔당 처리병이 더 걱정이었다.

그렇다고 다른 살아남은 아군을 찾아볼 생각도 들지 않았다. 카셀의 동료였던 병사들은 돈이면 전날의 동료도 베어 죽일 수 있는 용병들이었기 때문이다.

처음 부대를 배속받고 들어갔을 때 카셀을 바라보는 용병들의 시선에는 냉소가 가득했다. 무서워서 거기에 대응도 못했고, 놀리는 짓도 묵묵히 인내하기만 했다. 어느 순간엔가 비웃음이 사라지긴 했지만, 동료애 같은 걸 다질 겨를은 없었다.

그러니 지금은 아군이든 적군이든 만나서 좋을 게 없었다.

카셀은 여길 벗어나는 것만 생각하기로 했다. 하지만 반 시간이나 헤맸는데도, 세 걸음에 하나씩 시체가 널린 들판에서 벗어날 길을 찾을 수가 없었다. 애초에 전쟁이 어떻게 시작됐는지도 모르니, 어느 방향으로 달아나야 아군 진영에 다다를지 알 수가 없었다.

카셀은 움직이는 거라면 그게 뭐든 간에 반대쪽으로 달아날 준비가 되어 있는 어정쩡한 자세로 내리막길을 걸었다. 머릿속에 온통 불안과 공포만 차 있어 아름다운 석양도 핏빛으로만 보였다. 그래서 언덕의 불탄 나무 아래에 등을 기대고 앉아 있는 초록색 튜닉을 입고 있는 남자를 발견했을 때도 심장이 멎을 것처럼 놀라 그 자리에 우뚝 섰다.

두 뼘 길이의 새 깃털이 꽂혀 있는 초록색 모자에 피리를 들고 있는 그 남자도 카셀을 발견하고 눈을 동그랗게 떴다. 카셀은 비명이 나오려는 걸 내장을 비트는 심정으로 참아냈다. 곧 상대방이 칼을 들고 있지 않다는 것을 발견하고 겨우 짧은 숨을 내쉬었다.

동시에 카셀은 새삼스럽게도 자신에게 무기가 없다는 사실을 깨달았다.

군 생활을 한 짧은 기간 동안 카셀에게 주어진 무기는 나무 끝에 한 뼘 길이의 쇳조각이 고정된 창 한 자루가 고작이었다. 칼을 휘두르며 적과 맞서는 상상 속 자신의 모습이 그 엉성한 창 한 자루에 산산이 부서졌으니, 어떻게 보면 굉장한 위력의 무기이긴 했다.

그래서 카셀에게 칼이 없는 건 익숙했다. 혹 바닥에 떨어진 칼이라도 눈에 띄었다면 '어이쿠, 맨손은 위험하니 이거라도 들고 다녀야겠다.' 하는 생각이 들었겠지만, 오랜 전쟁으로 무기가 부족한 양측 군대가 전투가 끝났다고 바닥에 무기를 던져놓고 갈 리도 없으니 그런 행운도 만나지 못했던 것이다.

"난 붉은 장미 백작의 병사요. 당신은 어느 쪽이오?"

카셀은 일부러 굵은 목소리를 내어 소리쳤다.

"전 음유시인입니다."

그 남자가 어색하게 웃으며 말했다.

어느 쪽에도 끼지 않고 전쟁을 관찰하며 나중에 그 격전의 모습을 시나 노래로 만들어 이야기하는 사람…… 카셀은 초록색 옷을 입은 병사를 발견하면 내버려 둬도 된다는 말을 언뜻 들은 기억이 났다.

카셀에게 전쟁의 환상을 던져준 것이 그들의 노래와 이야기들이니, 이렇게 된 것도 다 그들 잘못인 것만 같았다. 당장 한 대 후려치고 몇 마디 퍼부어주고 싶었으나 카셀은 참았다. 전투가 끝나긴 했지만 아직 이곳은 전쟁터였다. 그가 돌변해 숨겨둔 칼을 들이대도 이상할 게 없었다.

"전투는 진작 끝났소. 더 볼 것도 없는 이곳에 뭐 하러 혼자 남아있는 거요?"

카셀은 허세를 부려가며 말했다.

"노래를 마저 짓느라고요. 거의 끝나갑니다."

"나의 전투를 노래로? 돈만 있다면 들어보고 싶군."

카셀이 '나의 전투'라고 말한 건 순전히 실수였지만, 음유시인의 귀에는 그렇게 들리지 않은 모양이었다.

"저, 괜찮다면 듣고 평가해 보시겠습니까?"

음유시인의 목소리가 갑자기 부드럽게 바뀌었다.

카셀은 의아해하며 대꾸했다.

"방금 말했지만, 난 돈이 없소."

"그리 보이는군요. 당신은 붉은 장미 백작군의 지휘관입니까?"

"아무도 아니오. 어쨌든 난 돈도 뭣도 없으니 그 노래로 돈을 벌 생각은 하지 않는 게 좋겠소."

카셀은 변명했지만, 음유시인은 호의적인 미소를 보였다.

"돈을 받을 생각은 없습니다."

카셀은 상대의 비굴한 눈빛을 보고서야 패잔병으로 보이지 않기 위해 둘러댄 자신의 변명들이 그에게 어떻게 들렸는지 깨달았다.

부상도 없이 남의 피를 뒤집어쓰고 전장에서 멀쩡히 걸어 나온 병사가 이 대규모 전투를 자신의 전투라고 말하며, 패잔병이면서도 무덤덤하게 노래를 듣고 싶다고 하는 모습은 일개 병졸로 보일 수 없었다.

'날 계급이 높은 사람이라고 추측하고 있나 보군?'

지금 생각해보니 험한 용병들도 이상하게 카셀을 함부로 대하지 못했다. 유약해 보이는 얼굴을 보고 처음에는 당연하다는 양 괴롭히고 시비를 걸었는데, 시간이 지나면서 시답잖은 수작을 거는 녀석들의 숫자가 줄더니 말미에는 완전히 사라졌다. 그는 전투가 다가오며 용병들이 긴장해서라고 생각했지만 꼭 그런 것만은 아닌 모양이었다.

'따지고 보면 아버지 덕이네. 허구한 날 그 무심한 양반과 이야기 하다 보니 이런 느긋한 대처도 가능하고 말이지.'

음유시인이 말했다.

"완성된 곡도 아닌데, 돈을 받을 수야 없지요. 그냥 듣고 이번 전쟁에 대한 묘사가 어떤지 한번 평가해주십시오."

"그런 거라면 좋소. 때마침 나도 조금 쉬고 싶었으니까."

카셀은 대범한 척 바닥에 엉덩이를 붙이고 앉았지만, 내심 언제 적병이 나타날지도 모르는 곳에서 노래나 듣고 있어도 될지 걱정됐다.

시인은 노래를 시작했다.


햇볕 아래 칼날들, 초록 풀잎 위의 말발굽

붉은 장미, 언덕에서 먼저 봉우리를 피웠으나,

검은 사자, 흔들리지 않는구나

말 한 마리 넘어지면, 쏟아지는 칼날들 흐르는 핏방울

붉은 장미 용맹하나, 차가운 사자들.

아무도 지휘하지 않고, 아무도 후퇴하지 않고

포위하는 사자를, 장미는 알지 못하고

동시에 진격하는 기병 스물, 어느새 떨어진 장미의 기사들

검은 깃발을 든 기사들이, 무리를 헤쳐 나온다

붉은 장미의 둥근 진형, 스물 기병들에 무너지고

포위한 검은 사자, 그 위를 덮쳤네

작전 없는 전투는, 지휘관 한 마디로 승부가 났구나

검은 사자의 지휘관, 소리쳐 승리를 외친다

승리하였도다, 승리하였도다.


붉은 장미 백작 편에 있던 카셀에게는 달갑지 않은 내용이었지만, 이번 전투가 어떻게 이뤄졌는지는 잘 알 수 있게 되었다.

"이 가사를 이 음에 실어볼 생각입니다. 들어주십시오."

시인은 피리를 불었다. 목소리에 비하면 연주 실력은 별로였다.

카셀은 노래가 끝난 후 말했다.

"멋진 노래요. 비록 우리가 진 이야기뿐이지만."

"많은 사람들이, 의외로 패배한 쪽에서도 있는 그대로의 사실을 부르는 노래를 원하지요."

"이런 노래는 어디에서 들려주며 누가 돈을 지불하는 거요? 귀족들?"

"그런 사람들에게 불려갈 정도로 유명해지는 게 목표지요. 지금은 그저 술집이나 돌아다니는 정도예요. 이 전쟁에 대해 궁금해 하는 다른 나라 사람들에게 팔기도 하고요. 사실 가사보다는 가락이 좋아야 돈을 버는데 전 그쪽이 약해서……."

"가사가 형편없어도 가락이 좋은 노래가 더 호응이 좋은 건 사실이오. 예전에 내 고향에서 들었을 때는…… 아니, 그 얘긴 그만두지."

카셀은 자칫 자신의 정체에 대해 이야기할 뻔했다.

"많이 들어보셨으니 잘 아시겠군요? 어떻습니까? 이 노래는 팔릴 만합니까?"

음유시인은 초롱초롱한 눈빛으로 물었다.

"가락은 나도 잘 모르겠소. 하지만 너무 멋 부린 가사가 아닌가 싶군. 내용 자체가 좋은데 굳이 꾸밀 필요 있겠소? 그리고 마지막 부분에서 승리를 외친다는 부분의 의미가 겹치는데 그냥 외친다, 정도로 끝내는 건 어떻소?"

"으음, 그거 괜찮군요. 역시 이런 노래를 많이 들어보는 입장이라 잘 아시는군요."

'많이 듣기야 했지.'

카셀은 헛기침만 하고 대꾸하지 않았다.

"이제 어디로 가십니까? 저는 이 근처에 있는 '패잔병들의 마을'로 갑니다."

"패잔병들의 마을?"

"누가 시작했는지는 모르겠지만, 다들 그렇게 부르는 마을이 있죠. 아직 소속이 정해지지 않은 용병들이나 신분을 숨기고자 하는 패잔병들이 옵니다. 사람이 모이니, 노래를 팔기에도 좋지요."

"나한테도 딱 맞는 곳이군."

"같이 가시겠습니까?"

카셀이 안내해 달라고 구걸해도 모자랄 판에 그가 먼저 동행하자고 제안해주니 고마울 따름이었다. 하지만 카셀은 도리어 딱딱한 태도를 유지하고 나섰다.

"거기 가서 나에 대해 아무 말도 하지 않겠다고 약속한다면, 같이 가겠소. 칼도 잃어버렸고 차림새도 이러니, 특별히 거짓말할 것도 없을 거요."

"하하, 그것참 안타깝군요. 칼은 곧 자신의 신분이기도 할 텐데요."

"그러니 마을에 갈 때까지는 그냥 나도 당신 동료인 척합시다."

"그러지요."

음유시인은 짐을 챙겼다.

"제 이름은 라우레입니다."

"난…… 그냥 케이라고 부르시오."

카셀은 그를 완전히 속였다고 생각하지도 않았고 긴장을 늦추지도 않았다.

"그럼 갈까요, 케이?"

라우레는 미소 지으며 언덕을 내려가는 길을 안내했다.

해는 이제 산 너머로 완전히 잠겼고, 동쪽 끝에서 어둠이 몰려왔다.

카셀이 보기에 라우레는 스스로 평가하는 것보다 훨씬 뛰어난 시인이었다. 최근에는 시를 만드는 일에 회의를 느껴 질이 떨어졌다지만 예전에 만든 노래 몇 개는 꽤 들어줄 만했다.

특히 두 백작의 전쟁을 광대놀음으로 비꼬는 '장미 꽂은 사자'라는 노래는 아주 좋았다. 카셀은 금방 그 노래를 외웠는데, 라우레가 피리로 반주를 불러주었다. 긴장되고 굳은 마음이 그 노래 한 곡으로 풀리는 기분이었다. 카셀은 금방 라우레가 마음에 들었다.

"지금까지 벌어진 전쟁을 일일이 그렇게 따라다니기도 힘들었을 텐데, 대단하시오. 누가 보면 전쟁을 좋아하는 줄 알겠소?"

카셀이 물었다.

"어렸을 때부터 영웅서사시를 좋아했습니다. 언젠가 긴 이야기를 한 번 써볼 생각이죠."

"지금 벌어지는 전쟁이 소재요?"

"아닙니다. 과거 이 대륙 전체를 뒤흔들었던 론타몬의 정복 전쟁 얘깁니다. 당시 그 전쟁을 묘사한 몇 개의 노래에 반해서 이 일을 시작하게 되었거든요."

"당신이나 나나 그때는 어렸지……."

십 년 전 론타몬의 침략은, 전쟁에 전혀 상관없을 것 같았던 작은 시골 마을에까지 그 여파가 미쳤다.

론타몬의 익셀런 기사단이 루우룬 마을로 들이닥쳤을 때의 기억은 지금도 선명했다. 마을 사람들은 거실 바닥을 뜯어내어 아이들을 숨기고, 식량을 땅에 파묻어 숨겼다. 하지만 서른 명 정도 되는 검은 갑옷 입은 기사들은 마을에서 하룻밤 조용히 묵은 뒤 아무 일도 저지르지 않고 사라졌다.

그들은 사용한 시설과 음식에 돈까지 지불했다. 심지어 그 기사단의 캡틴과 카셀의 아버지는 모닥불 앞에서 두어 시간 가량 잡담까지 했을 정도였다.

익셀런 기사단이 악마의 추종자라는 소문을 먼저 들었던 어린 카셀에게 그들의 정중한 태도는 뇌리에 깊이 박혔다.

군인이라면 무조건 험담을 하는 아버지마저도 '저런 기사단에 저런 캡틴이면 드래곤 기사단도 못 막겠군'하는 칭찬 비슷한 불길한 예언을 했고, 일 년 뒤 정확히 실현되었다.

기사가 되고 싶다는 카셀의 꿈은 적국의 기사단을 보고 시작된 셈이었다.

"저는 당시 벌어졌던 수많은 전투와 많은 영웅의 이야기를 압니다."

라우레는 꿈을 꾸는 듯한 표정으로 말을 이어갔다. 어둠 속에 피워 놓은 모닥불의 불빛에 그의 얼굴은 더욱 상기되어 보였다.

"단 한 번도 패배한 적이 없다는 익셀런 기사단과 그 기사단을 이끈 위대한 기사 웰치의 이야기, 가넬로크에서 벌어진 드래곤 기사단과 익셀런 기사단의 접전. 그건 역사상 가장 큰 규모로 벌어진 기사들 간의 전투였죠. 당시 가넬로크를 수호하던 드래곤들이 죽은 건 정말 안타까운 일이었지만요. 드래곤이 아직 살아있다면 지금쯤 이 대륙을 호령하는 건 가넬로크일 텐데. 하지만 역시나 제가 가장 좋아하는 영웅들의 이야기는⋯⋯."

"아란티아?"

"아시는군요."

카셀은 빙그레 웃었다.

"어찌 모를 수 있겠소? 직접 가본 적은 없지만 아란티아는 늘 가보고 싶은 나라요."

"전 딱 한 번 가봤는데 정말 멋진 나라였어요. 거기도 큰 도시나 살기 좋을 뿐, 변방 마을은 여기나 매한가지이긴 했지만요."

라우레는 또 먼 곳을 응시하는 시선으로 말을 이어갔다.

"성스러운 여왕이 보살피는 작은 나라. 단 한 번도 패한 적 없는 익셀런 기사단을 오십 기로 막아낸 울프 기사단은 기사를 꿈꾸는 모든 이들에 있어 살아있는 전설이죠. 특히 그들의 정예 멤버인 '하얀 늑대들'과 여왕의 수호 기사 이야기는 정말이지……."

라우레는 피리를 치켜들고 어린아이처럼 즐거워하는 얼굴로 카셀에게 제안했다.

"저는 그들을 찬양한 노래를 아주 많이 알고 있답니다. 들어보시겠어요?"

카셀도 이런 이야기가 나오면 몸을 들썩거릴 만큼 좋아했다. 이 자리에서 자신이 아는 이야기와 그가 아는 이야기를 공유할 여유를 갖지 못한다는 게 안타까울 정도로.

"들어보고 싶지만 나중에. 우리는 앞으로도 짧지 않은 여행을 함께하게 될 것 같으니 차차 들읍시다."

카셀은 웃으며 고개를 저었다. 라우레는 마지못해 피리를 내렸다.

"그렇게 하죠."

고향 마을에서는 아무도 이런 얘기를 함께 즐기지 않았다. 만약 그와 친구가 된다면 이대로 라우레의 시를 모조리 배워보고 싶었다.

"소시지가 잘 익었네요. 드시죠."

라우레는 카셀에게 나뭇가지에 꽂아 모닥불에 익힌 소시지를 내밀었다. 칼집 낸 부분이 벌어져 기름이 자글자글 끓는 것이 아주 먹음직스러워 보였다.

"지금 당장은 아니지만, 언제고 이 친절에 대한 보답을 하겠소."

카셀은 정중히 말했다.

"신경 쓰지 마십시오. 하지만 이 질문에는 대답해 주실 수 있습니까? 케이 당신은 붉은 장미 백작의 어느 부대를 지휘하셨습니까?"

"나는……."

카셀은 진실을 말해도 이 친절이 계속될지, 아니면 당장 소시지를 빼앗긴 채 엉덩이를 걷어 채일지 걱정되어 대답하길 주저했다.

지금껏 이득을 위해 남을 속여본 적도 없고 그럴 시도도 해 본 적 없이 살아왔는데, 아무리 살기 위해서라지만 거짓말을 이어가는 것에 마음이 무거웠다. 카셀은 조심스럽게 말을 이었다.

"……지휘관이 아닙니다."

"예? 무슨 뜻인지?"

라우레의 눈썹이 일그러졌다. 카셀은 자신이 그저 용병 부대에 끼어 있던 신참 창잡이에 불과하다는 진실을 말할 준비를 했다.

그때 퍽! 하고 라우레의 가슴에 화살이 박혔다. 맞은 당사자보다 카셀이 먼저 화살을 발견하고 놀랐다.

라우레는 숨을 짧게 들이켰다가 화살을 움켜쥐었다. 화살에 꿰뚫린 초록색 옷이 점차 붉게 물들었다. 그는 눈을 뜬 채로 쓰러져 바닥에 얼굴부터 들이박았다. 카셀은 너무 놀라 한 입 깨문 소시지를 떨어뜨린 채로 얼어붙었다. 어둠 속 어딘가에서 요란한 목소리가 들렸다.

"내가 맞출 수 있다고 그랬지?"

"웃기지 마. 네가 맞추려고 한 건 소시지 들고 있는 놈이었어."

"억지 부리지 마. 돈이나 내놔."

"웃기고 있네. 돈 내야 할 건 너야!"

지저분한 옷차림의 사내들이 모닥불 빛이 닿는 자리까지 다가왔다. 그들은 군대가 지나갈 때는 꼼짝 않고 숨어 있다가 무장하지 않은 여행자나 패잔병들, 또는 무리에서 떨어진 병사들을 발견하면 잡아 죽이고 물건을 빼앗는 도적들이었다. 산전수전 다 겪은 용병들조차 혼자 남게 되면 제일 무서운 게 그들이라고 했다.

이 근방에서 유명한 '팔콘'이나 '그레이독', 동쪽의 지배자라 불리는 '렝상' 같은 큰 도적단까지 갈 것도 없었다. 대여섯 명씩 소규모로 몰려다니는 놈들도 충분히 위협적이었다. 지금까지 안 만난 게 운이 좋았던 거지, 이제 와서 그들이 나타난 건 조금도 이상할 게 없었다.

전쟁터에서 주운 게 분명한 낡은 칼 한 자루와 녹슨 헬멧으로 무장한 키 작은 남자가 건들거리며 카셀에게 물었다.

"어이, 이봐. 넌 패잔병이냐?"

도적들은 모두 네 명이었는데, 하나 같이 얼굴에 땟물이 질질 흐르는 지저분한 행색이었다.

활을 들고 동물 가죽옷을 입은 더 작은 남자는 계속 화살집에 담긴 화살을 만지작거리고 있었다. 그는 비열한 미소를 흘리며 카셀을 쳐다보았다. 얼마나 많은 패잔병들이 저 더러운 미소에 겁을 집어먹었으며, 그들이 장난으로 쏜 화살에 목숨을 잃었을까?

카셀은 죽은 라우레의 등에서 손을 떼고 천천히 몸을 일으켰다.

"야, 니들 두목 이름 뭐냐?"

카셀은 쿵쾅거리는 심장이 제발 진정되기를 바라며 애써 느긋하게 말했다. 분명 떨릴 줄 알았는데, 처음 라우레를 만났을 때처럼 굵은 목소리가 자연스럽게 흘러나왔다.

칼을 먼저 찔러놓고 대화를 시작하려 했던 도적들 중 첫 번째 녀석이 의아해하며 물었다.

"뭐? 두목?"

"이 녀석은 나한테 자기 친구들이 있는 곳을 안내해주고 있었어. 차라리 나를 죽이지, 이놈들아. 그럼 최소한 난 두목한테 뒈지게 얻어터질 걱정은 안 하고 조용히 죽을 수 있었을 텐데."

카셀은 혀를 쯧쯧 차며 라우레의 옷을 벗기기 시작했다. 그러면서 친절을 베풀어준 음유시인의 시체에 대고 작은 목소리로 사과했다.

'미안해요, 라우레.'

활을 든 도적이 머뭇거리며 물었다.

"너…… 어디 소속이야?"

"그건 내가 먼저 물었잖아! 니들 두목 이름 뭐냐니까!"

카셀이 대담하게 나오자, 그들은 도리어 당황했다.

"타이거다."

카셀은 잽싸게 용병들에게 들은 도적단 두목 이름을 하나 떠올렸다.

"나는 팔콘님의 부하다."

"파, 팔콘?"

이름을 듣자마자 한 녀석이 놀랐지만 다른 녀석은 매섭게 따졌다.

"여긴 우리 구역이야. 팔콘은 더 북쪽이잖아."

'그런 식으로 나와 줘서 고맙다, 개자식아.'

카셀은 속으로 중얼거리며 잽싸게 변명했다.

"보면 모르겠냐? 이 녀석을 잡은 게 바로 그 북쪽이었어. 그리고 난 녀석을 속이려고 이런 냄새 나는 옷에 피까지 뒤집어쓰고 패잔병인 척하며 반나절이나 쫓아다녔단 말이다! 그럼 잘 봐. 내가 잡은 먹잇감이 네놈 구역으로 넘어오면 그게 네 거냐, 내 거냐?"

"당연히 내 거지!"

한 녀석이 칼을 들이밀며 말했다.

카셀은 그 칼 쪽으로 오히려 한 걸음 다가가며 말했다.

"오호라, 분명 '내 거'라고 말했겠다? 네 두목한테 일러줄까 보다. 구역 설정을 제대로 하란 말이야. 새벽에 전투가 벌어진 전쟁터 북쪽이 우리 땅이냐, 너네 땅이냐? 모르지? 모르겠지? 나도 몰라. 어쩌다 보니 흘러들어왔는데 그걸 두고 구역을 정하라고?"

카셀이 일부러 빨리 말했더니 녀석들은 잘 알아듣지도 못하는 눈치였다. 카셀은 내친김에 더 빠르게 따지고 들었다.

"좋아. 그럼 이렇게 하자. 난 이놈이 가진 조그만 보따리를 갖겠다. 이건 우리 구역에서 잡은 거니 내가 갖는 게 맞지? 그럼 난 그 대가로 너흴 이 음유시인이 안내하려고 했던 마을로 안내해 줄게."

"으음, 그럼 어떻게 되는 건데?"

한 명이 멍청한 목소리로 멍청하게 물었다.

"거기에 얘 친구들이 있겠지. 너희가 오늘 밤 고생한 대가는 그 녀석들로 충분할 거다. 어떠냐? 싫음 말고."

카셀의 설명에 도적들은 서로 눈치를 살폈다. 카셀은 그들을 오래 속일 자신이 없어 행동을 더 빨리했다. 그는 아까 벗긴 라우레의 옷으로 갈아입기 시작했다.

"뭐 하냐?"

한 놈이 물었다. 어느 정도 위협적인 목소리는 사라졌지만, 아직 안심할 수는 없었다. 이런 놈들이 같은 도적을 동료라고 봐줄 리 없었다.

"옷 갈아입는다."

"왜?"

"일일이 설명해 주랴?"

카셀은 답답해하며 말을 이었다.

"내 비록 임무는 실패했지만 팔콘 대장님은 이미 내가 여기까지 왔다는 걸 알고 계실 거다. 아무리 말단 부하라도 꼬박꼬박 챙기는 그분 성격상 당장 여기로 달려오실지도 모르는데, 빨리 니들을 이 음유시인의 일행에게 안내해줘야 할 거 아니냐? 그리고 그들에게 의심 없이 접근하려면 이 옷이 필요하고."

카셀은 모닥불에 구워진 소시지를 들었다. 다행히 모두 네 개였다.

"자, 이거 먹어. 이왕 구운 거 아깝네. 아, 사과의 의미로 이 피리도 가져라."

카셀은 어차피 빼앗길 물건이 될 라우레의 피리를 선심 쓰는 척 그들에게 내밀었다. 금이 가고 이마 부분이 녹슨 헬멧을 쓴 도적이 손 빠르게 피리를 받아 옷 안으로 쑥 집어넣었다. 다른 이들도 방금 구워진 소시지를 얼른 받았다. 그들은 처음부터 이 소시지를 빼앗기 위해 라우레를 죽이기라도 한 것처럼 허겁지겁 씹어 삼켰다.

"그런데, 어디로 가?"

투구를 쓰고 있는 놈이 물었다.

"패잔병들의 마을."

"거긴 못 가. 도적들은 안 받아주거든."

녀석은 신경 써주듯 말했다. 카셀은 대답 대신 자신이 입은 음유시인의 복장을 손가락으로 가리켜 보였다. 도적은 커다란 깨달음을 얻었다는 듯 무릎을 탁 쳤다. 게다가 녀석들은 아주 좋은 정보를 주었다.

'패잔병들의 마을에는 도적들이 못 들어간다고? 그럼 너희들 떼놓고 나 혼자 들어갈 수 있다는 뜻이군!'

"그럼 일단 나 먼저 그 마을에 들어가도록 하지. 마을 밖에서 기다리고 있으면 내가 음유시인 일행을 끌고 나와 줄게."

카셀은 의기양양하게 말했다가 아차 했다.

'여기서 기다리라고 해야 했는데!'

"그래? 그럼 마을 앞까지 같이 가줄게."

한 녀석이 씹고 있던 소시지 조각을 튀기며 말했다.

"아니, 뭐. 생각해 보니 너희들은 여기서 기다리고 있어도 돼. 어차피 지나가는 길인데 굳이 다 같이 이동할 필요 있겠어?"

카셀은 거짓말을 수습하는 모습으로 보이지 않으려고 느긋하게 말했다. 그러자 녀석은 호들갑스럽게 손을 내저었다.

"아니야, 아니야. 가는 길에 우리 애들을 만나면 그 차림도 위험해. 우린 혼자 돌아다니는 여행자는 가리지 않거든. 칼을 들었든, 피리를 들었든."

"저런, 그럼 나도 위험하긴 하군. 아까처럼 말이야."

"어어, 맞아. 하마터면 너한테 화살을 맞힐 뻔했잖아."

도적들은 큰 소리로 웃어댔고 카셀은 억지로 따라 웃었다. 계속 고집을 피우다가 의심을 받을 수도 있고, 또 생각해 보니 그들의 말도 일리가 있었다. 어쩌면 이 네 명은 마을까지 가는 동안 자신의 호위가 되어줄 수도 있었다.

"주는 도움을 거절하는 건 예의가 아니지."

무엇보다 카셀은 '패잔병들의 마을'의 위치를 몰랐다. 카셀은 그들을 마지막까지 속이기 위해 더욱 의연한 태도로 일관했다.

'이것만 벗어나면 난 살 수 있어. 이 멍청한 도적들을 만난 건 차라리 다행일지도 몰라.'

카셀은 낙관적으로 생각하려고 노력했다.

'칼을 쓸 줄 알았더라면…….'

카셀은 생각했다.

'내가 엄청난 실력의 검사라면 라우레를 상대로 거짓말할 필요는 없었을 거야. 이놈들을 속이려고 친절을 베풀어준 은인의 옷을 벗겨 입을 필요도 없었을 거고, 오늘 전쟁터에서도…….'

카셀은 오늘 전쟁터에서 칼을 휘둘렀을 자신의 모습을 떠올렸다. 그리고 생각을 고쳤다.

'……칼을 쓸 줄 알았다면 지금처럼 살아남지도 못했겠지.'

안 그래도 달 밝은 밤길을 걸으면 잡생각이 많이 나는 법인데, 조심성 없이 칼을 휘젓고 다니는 성질 더러운 도적들을 등 뒤에 두니 오만 가지 생각이 다 들었다.

"그런데 이름이 뭐요?"

한 놈이 물었다.

"카엘."

카셀은 즉석에서 만든 이름으로 대답했다. 질문한 녀석은 자기 이름을 물어봐 주길 기다리는 눈치였다. 하지만 카셀은 대화가 길어지면 거짓말이 들통날 것이 걱정되어 입을 다물었다.

'들통나면 죽는 거야. 그런 의미에서 난 아직도 전쟁터에 있는 셈이지. 서로 죽고 죽이는……!'

카셀은 속으로 아버지의 마지막 충고를 떠올렸다.

'서로 죽고 죽이는 싸움판 중심에는 서지 마라. 너도 죽고 죽이게 될 것이다.'

카셀은 그게 자신을 비꼬는 말일 거라고 지레짐작하느라 아버지의 표정을 살피지 못했다. 하지만 그 말을 하는 아버지는 슬픈 미소를 짓고 있었다.

'그게 무슨 뜻이에요, 아버지? 어떻게 싸움판에 서지 않을 수 있는 거죠?'

카셀이 자기 이름을 물어주길 기다리던 도적은 결국 포기하고 자기 할 말을 늘어놓았다.

"우리 타이거 두목은 언제고 팔콘과 만나길 원했지."

어째서인지 뒤따르는 다른 세 놈은 키득거리며 웃고 있었다.

"우리 두목은 이런 곳에 썩고 있을 정도로 작은 그릇이 아니거든. 용병 노릇을 했다면 지금쯤 어느 쪽 백작에 붙어 있거나 왕실에서 한자리 차지하고 계실 걸? 하지만 용병이 싫으니 도적질 노릇이나 하고 있는데, 이왕 할 거 크게 하자고 하시더라고. 그래서 팔콘이나 그레이독 같은 거물과 만나 힘을 합쳐볼 생각인데, 어때?"

"글쎄?"

카셀은 일단 시간을 벌기 위해 한마디 했지만 달리 이을 말이 떠오르지 않았다. 우리 두목은 그렇게 한가하지 않아, 언제 한 번 내가 두목한테 말해보지, 피곤하니 나중에 이야기하자…… 모두 자연스럽지 않았다.

잠시 고민하는 사이 그들은 산을 벗어났고 갈림길이 나타났다. 카셀은 당황했다. 그는 어디로 가야 하는지 몰랐고, 안내를 해준다던 녀석들은 뒤를 따라오기만 했다. 당당하게 '패잔병들의 마을'에 간다고 해놓고, 이제 와서 길을 모른다고 둘러댈 수도 없었다.

갈림길이 가까워 오며 카셀의 걸음은 점점 느려졌다. 녀석들도 걸음을 늦췄다. 그들은 카셀보다 빨리 가지도 않았고, 그렇다고 카셀을 재촉하지도 않았다. 불안감이 등골을 훑었다.

"어떻게 생각하냐고, 카엘?"

카셀은 아무 대답이나 들려주었다.

"나 같은 말단이 그런 걸 어떻게 알아?"

"팔콘 쪽이 거절하면 난 그레이독이랑 연합할지도 몰라."

"네 두목의 의사를 네가 어떻게 알아?"

"그야 내가 두목이니까."

"흐음, 속았군. 네가 타이거였구나?"

카셀은 걸음을 멈췄다.

"안 가고 뭐 하냐?"

어느새 갈림길이 나왔지만 카셀은 끝내 갈 길을 선택하지 못했다. 자기를 타이거라고 밝힌 짐승 가죽옷을 입은 녀석은 실실 웃으면서 카셀을 떠보고 있었다.

"너, 팔콘 두목을 만난 적이 있지?"

이미 거짓말이 들통 난 걸 알았지만, 카셀은 포기하지 않고 물었다.

"있지. 그 개자식!"

놈은 으르렁거리며 말을 이었다.

"그 자식은 나를 잡아놓고 바닥에 굴리면서 여기서 도적질하면 죽여 버리겠다고 했지. 하지만 내가 들을 리가 있나? 오히려 팔콘의 부하들과 마주친다면 보이는 대로 죽여 버릴 작정이었지."

"그런데 왜 난 안 죽였어?"

"넌 아무리 봐도 도적 같지가 않거든, 카엘."

카셀은 아찔했다. 이 녀석은 보기보다 멍청하지 않았다.

"아, 그리고 그거 알아? 그레이독은 진작 장미 기사단이 쓸어버렸어. 그 유명한 사건을 모르는 건 외지에서 온 놈 정도겠지."

활을 짊어진 녀석이 천천히 화살을 꺼내고 있었고, 다른 녀석들도 낡은 칼을 들었다. 칼날에 엉겨 붙은 피가 달빛 속에서도 검게 보일 정도로 선명했다.

'싸움판 중심에 서지 마라.'

또 아버지의 말이 떠올랐다. 이 위험한 판국에 아버지가 나서서 방해하는 기분이었다.

'끼어들지 말아요, 아버지. 이미 싸움판이잖아. 내가 중심에 있고요. 이럴 때 나더러 어쩌라고요?'

어디선가 아버지가 화내는 목소리가 들리는 것 같았다.

'이 멍청한 녀석아! 기껏 맡겼더니 밀을 그 가격에 팔아서 와?'

카셀은 변명했다.

'그럼 어떻게 해요? 요새 시세가 그렇다는데. 저도 올려 받으려고 수를 써봤단 말이에요.'

'가격을 올려 받고 싶다고 발악을 해봐야 장사꾼 놈들 하는 말이 똑같지. 다른 데 가서 알아보세요, 어차피 다른 데도 가격 다 같아요…… 그렇게 말했지?'

'……그런 말을 하긴 하더군요. 그럼 그럴 때는 어떻게 해야 하죠? 그 사람들이야 당연히 가격을 낮추고 싶어 하겠죠. 전 올려 받고 싶고. 거기서 어떻게 싸워서 이겨요?'

'우리 같은 농부가 장사꾼을 상대로 어떻게 이겨? 또 이길 수 있어도 이기면 안 돼! 장사꾼들이 졌다고 생각하면 내년부터는 우리 밀을 안 사줄 테니까.'

'그럼 어쩌라고요?'

'거래에서 이기려면 절대 거래판에서 싸우지 마라. 거래나 싸움이나 승자가 되기 위한 규칙은 같아. 싸움판에서 누가 최종 승자지? 안 싸운 사람이야!'

아버지의 호통을 떠올리자, 카셀은 타이거란 놈이 조금은 덜 무섭게 보였다. 카셀은 모기에 물린 듯 목을 긁적였다. 그리고 팔짱을 낀 다음 냉정한 시선으로 타이거를 올려다보며 말했다.

"그래, 네 맘대로 해라."

"뭐, 인마?"

카셀은 아예 눈을 감고 고개를 돌려버렸다.

"아, 맘대로 하라고! 나 죽이면 어차피 너도 죽을 텐데, 내가 알 게 뭐냐?"

눈앞까지 다가온 타이거의 칼날이 멈췄다.

"이게 허세 부리네?"

타이거가 어이없다는 듯 웃음을 터트렸다. 카셀은 뜨끔했지만, 내색하지 않았다.

"허세? 그래서? 어쩔래? 너도 허세잖아! 팔콘의 부하들을 죽이겠다고? 어디 죽여보시지!"

"이 자식이, 감히 누구에게 협박이야?"

타이거는 칼을 카셀의 목 앞까지 들이밀었지만 찌르지는 않았다. 아니, 찌르지 못했다.

카셀은 아버지에게 배운 대로 밀 상인에게 돌아가 밀을 돌려받을 때 했던 말을 떠올렸다.

'이렇게 질 좋은 밀을 이 가격에 후려쳤다는 소문이 돌면 좋은 밀을 생산한 농부는 아무도 당신한테 밀을 팔려고 하지 않을 거예요.'

카셀은 그때처럼 너무 강한 어조도 아니고, 그렇다고 쫄지도 않는 목소리로 말했다.

"협박하는 거 아니야. 나 죽은 다음에 너 죽는 게 뭐가 대단한 거라고 협박하겠냐? 살려줘, 자식아! 그럼 너도 살아."

타이거는 이제 슬슬 자신의 목숨을 걱정하기 시작했다. 겉으로는 카셀의 목숨이 담보로 걸려있는 것처럼 보여도 실제로 이 싸움판의 중심에 올라가 있는 것은 녀석의 목숨이었다.

"어디, 여기서 네 놈 죽이면 진짜로 팔콘 놈이 오나 안 오나 보자."

타이거는 칼을 치켜들었다. 카셀은 움찔했지만, 물러서지 않았다. 타이거의 흔들리는 눈동자가 보였다.

"진짜지, 카엘?"

"어차피 내가 진짜라고 말해도 믿지도 않을 거면서?"

"그래도 말해 봐! 진짜냐?"

카셀은 안도했다. 이제 여기서 뭐라 대답하든 이 상황을 넘길 수 있을 것 같았다. 그 순간 엉뚱한 일이 벌어졌다.

갈림길 수풀 속에서 시커먼 그림자가 불쑥 튀어나와 활을 가진 도적의 목을 칼로 날려버렸다. 당황한 타이거가 카셀을 향하던 칼을 그들에게 돌렸지만 한 번 막아보지도 못하고 창에 꿰였다. 남은 두 녀석도 마찬가지였다.

도적들은 카셀이 숨 한 번 내쉬는 사이에 모조리 죽었다. 어둠 속에서 일어난 그림자들 중 한 명이 천천히 바닥에 떨어진 횃불을 주워 치켜들었다. 그제야 철갑과 투구로 무장한 괴한들의 모습이 보였다. 그들은 도적들의 죽음을 확인한 다음 주저앉은 카셀 쪽으로 다가왔다.

그들은 카셀을 공격할 의사를 보이지는 않았지만, 달아날 길을 내주지도 않았다. 도적 네 놈과는 비교도 못할 압박감에 카셀은 숨도 제대로 쉬지 못했다.

단순히 어둠 속에서 시커먼 갑옷을 봐서 무서운 게 아니었다. 카셀은 저 갑옷의 공포를 오늘 전투에서 생생히 겪었다. 그 실력 좋은 용병들을 마구잡이로 헤집고 다니던 '검은 사자 기사단'이었다. 카셀이 오늘 하루 종일 패잔병의 입장에서 두려워했던 바로 그 존재가 패잔병의 마을로 들어가는 길목을 지키고 있었던 것이다.

그들 중 한 명이 물었다.

"너는 이 도적들과 무슨 관계냐?"

카셀은 더듬더듬 대답했다.

"자, 잡혀있었습니다."

"음유시인이냐?"

카셀은 그제야 그들이 자신을 살려둔 이유를 알았다. 사람들의 얼굴을 구별할 방법이 없는 어둠 속에서 기사들의 창을 막아준 방패는 다름 아닌 라우레의 옷이었다.

"그렇습니다. 예, 맞아요. 음유시인입니다."

카셀은 허둥지둥 말했다.

"그거 이상하군. 이놈들은 자기 사냥감을 살려두는 법이 없는데…… 네가 음유시인을 죽이고 옷을 빼앗아 입은 같은 일당이라고 해도 이상할 게 없지."

그 기사는 상황 판단이 아주 빨랐다. 다른 기사들도 투구 속의 보이지 않는 시선으로 카셀을 압박했다.

"일단 그 복장 때문에 죽이지는 않았다만, 음유시인이 이런 밤중에 도적들이 들끓는 길을 떠돌아다닌다는 것도 우습군. 네가 음유시인이 맞다면 악기를 연주할 줄 알겠지. 증명해 봐라."

"제 악기는 피리입니다. 하, 하지만 저들에게 빼앗겼습니다."

"그럼 시체를 뒤져보면 나오겠지."

기사는 조금도 속아주지 않았다. 카셀은 눈앞이 캄캄해졌다.

"그렇군요. 아아, 고맙습니다."

카셀은 시체의 몸을 뒤졌다. 그리고 도적의 품에 넣어둔 피리가 기사의 창에 관통되어 두 동강이 나 있는 것을 발견했다.

'오오, 방앗간의 신이시여. 밀의 여신이여, 감사합니다.'

하마터면 카셀은 그 말을 입 밖으로 내뱉을 뻔했다. 하지만 곧 그는 마음을 가다듬고 울 것 같은 얼굴로 두 조각 난 피리를 기사들 앞에 내보였다.

"이, 이런 꼴이…… 되어버렸군요."

기사는 무뚝뚝한 목소리로 사과했다.

"내 창 때문이군. 미안하게 됐네."

"아닙니다. 목숨을 구해주셨는데요. 이딴 거 아무것도 아닙니다."

카셀은 어색하게 웃으며 얼른 그 부서진 피리를 풀숲으로 내던져버렸다.

"그럼 악기는 됐고, 대신 노래나 한 곡조 뽑아봐라. 그걸로 네가 시인이라는 걸 증명하면 되겠군. 어떤가?"

다른 기사들은 그 기사의 말에 어깨를 으쓱하며 동의했다.

"여기서요?"

"왜, 시체 앞에서는 노래를 하지 못하는 시인인가?"

"아닙니다요. 얼마든지 합죠."

카셀은 당황하지 않았다. 그리고 라우레가 가르쳐준 외우기 쉬운 노래를 읊었다. 중간에 조금 더듬었지만, 기사들 틈에 끼어 노래 부르는 불쌍한 녀석이 겁먹은 것처럼 보이기를 기대했다.

"어, 어떻습니까?"

카셀은 일부러 비굴한 웃음을 흘려보려고 애썼지만 평생 그런 웃음을 지어본 적이 없으니 그렇게 보이기나 하는지 알 수 없었다. 기사의 목소리는 여전히 고압적이었다.

"꽤 재밌는 노래군. 하지만 생각해보니, 그 정도 노래는 아무나 부를 수 있지. 네가 적병인데 지금 위기를 벗어나려고 예전부터 아는 노래를 부른다고 볼 수도 있지 않을까?"

다른 기사들이 풋 하고 웃음을 터트렸다.

처음에 카셀은 자신의 정체가 들통 난 줄 알고 뜨끔했다. 그러나 그저 한 곡 더 듣길 간접적으로 요청한 것임을 눈치채고 안도했다. 모름지기 기사라는 지위를 가지고 있는 사람이라면, 음유시인의 노래를 한 곡 들을 때마다 최소한 은화 하나 정도는 떨어뜨려주는 게 기본이었다. 하지만 다 끝난 전쟁터에 잔당을 처치하러 나온 기사가 무슨 돈이 있을까? 더 들려달라고 거저 부탁하기도 애매하니 그런 식으로 돌려 표현한 것뿐이었다.

"그럼 이건 어떻습니까? 제가 만든 노래 중 그나마 평이 좋았던 노래였습니다. 제목은 '장미 꽂은 사자'입니다. 가락이 있으면 좋겠는데, 아시다시피 피리가 부러져서……."

카셀은 양해를 구한 후 라우레에게 배운 노래를 불렀다. 후렴 부분을 부를 때는 한 기사가 어깨를 들썩거릴 정도로 반응이 좋았다.

"너무 노골적으로 두 백작을 놀리는 노래군. 내가 자네라면 절대 귀족들 앞에서 그 노래를 부르지는 않겠네. 하지만 제법 괜찮은 노래야."

기사는 무뚝뚝하게 칭찬했다. 다른 기사도 만족스러워하며 물었다.

"어디 가는 길이었나?"

"패잔병들의 마을로 가고 있었습니다."

"마을 입구까지 데려다주지. 노래 값 대신으로 하면 어떨까?"

그들은 마침내 딱딱한 목소리에서 벗어나 웃음을 터트렸다.

카셀도 겨우 안도하며 말했다.

"고맙습니다. 저야 기사님들과 동행한다면 영광이지요."

# ✦ Chapter 2 ✦
## 패잔병들의 마을

밤이라 전체 경치를 살필 수는 없었지만, 큰 마을은 아니었다. 보름
달이 하늘 천장에 붙어 있는 늦은 밤에도 불을 밝히고 있는 집이 많았
는데, 그중 대부분이 술집이었다.

네 명의 기사들은 카셀을 패잔병들의 마을까지 데려다준 후 잠시 입
구에서 머뭇거렸다. 술집 안에서 들리는 웃음소리에 술맛이 떠오른 게
분명했다.

"한 잔 정도 하고 가도 되지 않을까?"

한 명이 조심스럽게 말했다.

"되겠지?"

다른 한 명도 망설이며 말했다.

"하지만…… 뭐, 되지 않을까?"

그들이 뭘 고민하는지는 기사단의 군기에 대해 전혀 모르는 카셀도

캡틴 카셀

54

어렵지 않게 추측할 수 있었다.

넷은 고민 끝에 누가 먼저랄 것도 없이 마을 입구에 있는 커다란 술집 앞으로 말을 몰았다. 카셀은 헐떡거리며 빠른 걸음으로 네 마리 말을 따라갔다.

술집 앞에는 소매 없는 얇은 옷에 털이 덥수룩한 가슴을 드러낸 덩치 큰 남자가 팔짱을 끼고 서 있었다. 그는 육중한 갑옷을 입은 기사들을 보고도 별다른 두려움을 보이지 않았다.

"묵고 가실 거요, 기사님들?"

"아니, 한 잔만 하러 왔다."

"아실지 모르겠지만, 우리 술집에서는 적병을 만난다 해도 다툼은 금지되어 있으며…….."

"이 마을 규칙 정도는 알고 있다."

"그럼 들어가셔도 좋소."

덩치 큰 남자는 허락의 뜻으로 술집 안쪽으로 고갯짓한 뒤, 기사들의 말을 마구간으로 끌고 갔다.

'생각해 보니 재수 없으면 여기서 살아남은 장미군의 용병들을 만날 수도 있겠구나.'

카셀은 슬그머니 옆으로 빠지며 투구를 벗고 술집 안으로 들어가려는 기사들의 등에 대고 말했다.

"감사합니다, 기사님들. 전 여기서 이만 떠나는 게 좋겠네요."

"무슨 소린가? 우린 아직 자네의 혐의를 푼 게 아니야."

기사는 그 말이 농담임을 강조하기 위해 큰 소리로 웃었다. 그는 거친 손길로 카셀의 어깨를 끌어당겨 술집 안으로 데리고 들어가 기어이

의자에 앉혔다.

"맥주로 하지. 자네는?"

점원이 주문을 받으러 오자 기사가 카셀에게 물었다.

"저는 돈이 없습니다."

"노래 값이라고 생각해. 여기 맥주 다섯 잔. 파인트로."

카셀은 어색하게 웃었다.

'살아남은 데다 맥주까지 공짜로? 훔친 노래 한 번 되게 비싸게 팔아먹고 있군.'

카셀은 기사들과 눈을 마주할 자신도 없고 음식 찌꺼기가 남아 있는 탁자를 내려다보기도 뭣해서, 괜히 술집 안을 훑어보았다.

전쟁터에서 하루 거리밖에 안 되는 곳인 데다 자정을 넘은 늦은 밤이었는데도 손님은 넘쳐났다. 맥주잔을 탁자에 요란하게 두들기며 격렬한 토론을 하는 무리도 있었고, 칩으로 쓰는 나무 조각을 탁자에 잔뜩 올려놓은 채 카드 도박에 열중하는 무리도 있었고, 검은 로브를 뒤집어쓰고 주문이라도 외우는 듯 중얼거리면서 밥을 먹는 이상한 무리도 있었다.

바로 옆 사람 목소리도 잘 안 들릴 정도로 술집 안은 요란했고, 아무도 다른 테이블의 손님을 신경 쓰지 않았다.

검은 사자 기사단을 눈여겨보는 이도 거의 없었다. 딱 한 명만 빼고.

기사들이 거품 가득한 맥주잔을 들어 건배를 할 때였다. 카셀의 맞은편 탁자에 앉아있던 남자였는데, 뒤늦게 검은 사자의 기사들을 발견하고 의자에서 굴러떨어졌다. 초췌한 옷에, 얼굴과 몸 여기저기에 칼에 베인 자국이 선명했다.

'맙소사! 저 녀석, 방울꽃이잖아?'

카셀과 같은 부대에 소속된 용병이었는데, 이름은 기억나지 않고 다른 용병들에게 놀림당하던 모습만 기억났다. 방울꽃도 다른 용병들이 장난으로 붙여준 별명이었다.

카셀은 얼른 고개를 숙여 맥주를 마시는 척하며 시선을 피했다. 다행히 방울꽃의 관심사는 온통 검은 사자의 기사들에게 가 있었다. 방울꽃은 다급히 칼을 꺼내 들었다. 하지만 기사들은 맥주잔도 내려놓지 않았다.

"뭐야, 저 자식?"

"붉은 장미 군의 패잔병이냐?"

방울꽃은 네 명의 기사 중 누구한테 겨눠야 할지 방향을 잃은 칼을 어지럽게 흔들며 말을 더듬었다.

"나, 나는…… 나는……."

"그냥 마시던 술이나 마시지그래? 밖에서 만나지 않은 걸 다행으로 알고."

기사들은 그를 쳐다보지도 않고 맥주를 마셨다.

방울꽃은 주위의 비웃음을 받으며 멍청히 서 있다가 황급히 밖으로 나가버렸다.

'다행이다. 날 못 본 것 같아.'

다른 기사들은 아예 그 일을 없던 일로 치부했다. 그들은 맥주를 마시며 더없이 행복한 표정으로 몸을 부르르 떨었다.

"안 마시고 그냥 갔다면 내일까지 후회했을 거야."

한 명의 말에 모두 웃음을 터트렸다. 한 잔을 비우는 데는 오랜 시간이 걸리지 않았고, 그들은 기어이 한 잔씩 더 마시기로 했다. '딱 한 잔만'의 다짐은 잊어버린 모양이었다. 그리고 술기운이 좀 올랐는지 기사들은 무겁던 입을 조금씩 열기 시작했다.

"팔콘이란 놈을 잡아야 하는 거야, 말아야 하는 거야?"

"꼭 우리가 처리할 필요는 없지만, 있으면 귀찮은 건 사실이잖아."

"난 어지간하면 내버려 뒀으면 좋겠는데. 놈들이 기사단을 직접 공격한 것도 아니고."

"그렇지도 않아. 요즘은 과감하게 공격도 한다더라. 들은 얘긴데, 그놈들 작전 쓰는 게 일개 도적 집단이 아니라고 하더라고."

"그레이독을 장미 기사단이 처치했다잖아. 그 덕에 평판이 좋아졌고 말이야."

"그렇다고 팔콘이 우리 몫이 되는 건 아니지. 게다가 팔콘은 그레이독과 질이 달라. 거의 정규군 수준이라고 들었다. 평판 때문에 힘든 싸움을 할 필요야 없지."

카셀은 빨리 이 술집을 벗어나고 싶었다. 하지만 기사들의 대화는 멈출 줄 몰랐다. 대화를 끊고 일어나기도 쉽지 않아, 카셀은 듣고만 있을 수밖에 없었다.

"말이 났으니 얘긴데, 장미 기사단 중 일부가 근처에 집결한다는 소문이 있던데? 오늘 전투는 그걸 위한 미끼에 불과하다나?"

"크게 한 번 벌어지겠군. 검은 사자 기사단도 곧 전부 소집될 거야."

"또 저번처럼 용병들 모으는 걸 보고 기사단 집결이라고 오해한 거 아니야? 거긴 아무한테나 기사 시켜주는 곳이니까."

"그런 소리 마. 두 달 전에 있었던 전투에서 우리 쪽 보병 이백 명이 그쪽 열 기 정도 되는 기사단에게 전멸당했다더군."

"헛소문이겠지! 아무리 보병과 기마병의 전력 차가 있다고 해
도……."

"정말이야. 기억 안 나? 거, 왜……."

"어이! 여기 우리만 있는 거 아니잖아."

한 기사가 말을 꺼낸 기사의 말을 막았다. 시끄러운 와중이라 주변
에 듣고 있는 사람은 없었다. 그들이 걱정하는 건 카셀이었다. 카셀은
그들의 시선이 자기한테 꽂히는 걸 보고 얼른 변명했다.

"저는 제가 직접 현장을 보지 않은 얘기를 노래로 만들지 않습니다.
그렇지 않다면 제가 왜 그런 위험한 곳에 있었겠어요? 그냥 편하게 남
의 얘기 듣고 만들죠."

취하기도 했거니와 그들 스스로도 그리 중요한 이야기라고 생각하
지는 않았는지 대충 넘어갔다. 그들이 세 번째 잔을 시킬 것이냐를 두
고 고민할 때, 카셀은 어떻게 이들의 손아귀를 빠져나갈 것이냐를 다시
고민했다.

'저 문만 나서면 돼. 물론 달아나는 건 안 돼. 금방 따라잡힐 거야.
어디까지나 자연스럽게 빠져나갈 방법을……'

카셀이 몇 가지 방법을 구상하며 술집 문을 바라보는 절묘한 타이밍
에 마법처럼 문이 벌커덕 열리면서 한 여자가 뛰어들어 왔다.

등 쪽으로 길게 땋은 짙은 갈색 머리에, 온몸을 감싸는 망토를 입고
있었다. 하도 큰 소리를 내며 안으로 들어오는 바람에 술집 안 사람들
의 시선이 일제히 그녀를 향했다. 그리고 한 번 꽂힌 남자들의 시선은
되돌아가지 않았다.

촛불과 횃불 몇 개밖에 없어 얼굴이 제대로 보이지 않는데도 불구하고 그녀의 외모는 모두의 시선을 잡아둘 정도로 예뻤다. 그녀가 긴 다리를 뻗을 때마다 망토 안으로 힐끗힐끗 하얀 종아리가 드러났고, 늘씬한 키에, 눈빛은 강렬했다. 그러나 그녀는 자신에게 집중된 남자들의 시선에 조금도 관심을 두지 않았다.

"혹시 칼 못 봤어? 이 집에 두고 온 것 같은데."

그녀는 술집 주인에게 다가가 물었다. 갑자기 조용해진 탓에 술집 안에 있는 사람 중 절반 이상이 그녀의 목소리를 듣고 있었다.

술집 주인은 느릿느릿 대꾸했다.

"우리는 분실물 취급 안 해."

"이건 그냥 잃어버린 물건 찾는 수준의 얘기가 아니야!"

"그럼 뭔데?"

"그러니까, 그게 뭐냐면……."

그녀는 말꼬리를 흐렸다. 말주변이 어지간히 없거나 자세히 말하길 거부하는 어투였다. 오히려 답답해진 주인이 먼저 나서서 물었다.

"어떻게 생긴 건데?"

그녀는 뭐라고 설명할까 망설이다가 두 손을 어깨너비보다 더 넓게 펼쳐 보이며 말했다.

"이만한 크기에다, 손잡이에 푸른 돌이 하나 박혀 있어. 어둠 속에서도 빛나."

"마법 검이라도 되나?"

술집 주인은 비아냥거리며 고개를 저었다.

"포기하시지. 보석 박힌 칼을 누가 얌전히 주인 찾아주겠어?"

화가 난 여자는 가게 안을 직접 찾아다니기 시작했다.

"저리 좀 비켜봐."

그녀는 카셀과 검은 사자 기사 네 명이 앉은 탁자 밑부터 살폈다. 기사들은 재미있어하는 얼굴로 얌전히 비켜주었고 카셀은 탁자 밑으로 몸을 숙여 같이 찾아주었다.

탁자 밑에서 카셀은 그녀와 눈이 마주쳤다. 그녀는 빙그레 웃으며 말했다.

"고마워."

"아, 아니 뭘요. 여긴 없는 것 같네요."

카셀은 얼결에 대답했다.

술집 주인 말대로, 어둠 속에서 빛나는 칼이라면 누가 찾아도 진작 찾았을 것이고 훔쳐서 달아났으면 벌써 마을을 벗어나 달리고 있을 것 같았다. 여자는 카셀의 탁자를 지나 다른 탁자로 갔지만 거기 앉은 남자는 가랑이를 벌리고 피해주질 않았다.

"잠깐만 비켜주면 안 될까?"

여자가 부탁했다.

"비켜준 거야. 밑으로 기어들어 가기 편하게."

남자는 긴 콧수염을 매만지며 벌리고 있는 가랑이 사이를 가리켰다.

"오호, 그러셔?"

여자는 매혹적인 미소를 날리더니 망토를 한 번 손으로 펄럭였다. 그러자 남자가 의자를 넘어뜨리며 뒤통수부터 쓰러졌다. 공교롭게도 그는 그걸로 기절했다.

'응? 손으로 민 건가?'

합석해 있던 다른 남자들이 당장 벌떡 일어났다. 한 명은 칼까지 뽑아 들었다.

"이게 무슨 짓이야?"

"비키라고 했잖아!"

여자는 방해물 하나 없어진 정도로 여기고 바닥에 납작 엎드려 계속 찾았다.

"젠장."

그녀는 투덜대다가 칼을 뽑고 망설이는 남자를 보고 말했다.

"뭐, 자식아? 해볼래?"

"난 여자랑 안 싸워!"

칼을 뽑은 남자는 씩씩하게 칼을 도로 꽂아 넣었다. 허세를 부렸지만 누가 봐도 겁먹어서 내는 목소리로 들렸다. 여자는 술집 안에 대고 크게 소리쳤다.

"모두 자기 자리에 칼 안 떨어져 있나 봐 줘. 다들 내 이야기 들었잖아. 그건 자격이 없는 사람이 가지면…… 그 뭐랄까, 저주를 받는 그런 위험한 칼이라고!"

아무도 그녀의 근거 없는 협박을 들어주지 않았다.

카셀은 괜히 한 번 더 탁자 밑을 살펴보았다. 하지만 지저분한 고기 찌꺼기와 먹다 남은 빵 조각, 마룻바닥에 난 구멍 밖으로 머리를 내밀고 코를 벌름거리는 용기 있는 쥐 한 마리만 발견했을 뿐이었다. 여자는 술집 구석으로 가서 조금 더 살펴보더니 콧숨을 씩씩 내쉬며 나가버렸다.

잠시 조용해졌던 술집은 다시 떠들썩하게 변했다. 일부는 아까 하던 애기로 돌아가는 것이겠지만, 대부분은 그 여자의 갑작스러운 등장을 화제 삼아 떠들고 있는 것으로 보였다.

카셀은 괜히 검은 사자의 기사들을 돌아보았다. 이 자리를 벗어날 좋은 방법 몇 개를 떠올렸는데 그중 하나를 시험해볼 참이었다. 하지만 기사들의 표정이 심각하게 변해 있어, 입을 떼지 못했다. 한 기사가 먼저 입을 열었다.

"방금 저 여자 칼 놀림 봤어?"

카셀은 의아해하며 방금 그 여자가 일을 벌인 쪽 테이블을 돌아보았다.

'칼? 그 여자가 칼을 꺼냈던가?'

밀려 넘어진 남자도 딱히 검상을 입은 것 같지는 않았다. 그는 다른 동료들의 부축을 받아 일어나는 중이었다. 그런데 남자가 놀라며 자기 수염을 만져 보더니 비명을 질렀다.

"으악!"

남자의 덥수룩한 수염이 잘리고 없었다.

검은 사자의 기사도 그걸 발견하고 놀라 말했다.

"칼 뽑는 소리가 들리지 않았다면 난 정말 망토에 손을 넣었다 빼기만 한 줄 알았을 거야."

"수상한데?"

기사들이 짧게 의견을 나누는 사이, 일부 손님들이 자리에서 일어났다. 수염 잘린 녀석은 방금 나간 여자를 잡아야겠다며 자기 동료들을 데리고 술집을 나갔고, 또 다른 손님은 갑자기 볼일이 생각났다며 다른 술친구가 잡아끄는 것을 뿌리치고 도망치듯 나가버렸다. 그리고 구석에 앉아 검은 로브를 뒤집어쓴 채로 밥을 먹던 일행은 아직 덜 비운 접시를 테이블에 내려놓고 자리에서 일어났다.

한쪽 테이블에서는 카드 도박을 하던 녀석들 중 하나가 다른 한 명의 멱살을 잡더니 주먹으로 얼굴을 한 대 쳤다. 소란스러움을 틈타 속임수를 썼다는 게 그 이유였는데, 얻어맞은 녀석이 발끈해서 서로 멱살을 잡았다.

사람들은 말리기는커녕 오히려 싸움을 부추겼고, 가게 주인은 신경도 안 썼다. 기사들은 원래의 화제로 얘기를 돌렸다.

"아무래도 신경 쓰여. 그 여자를 한 번 만나봐야겠어."

"다 같이 가지. 위험할지 모른다."

"여자 하나를 상대로 무슨 위험 말인가?"

"그런 여자가 혼자 다닐 리가 없잖아."

기사들이 자리에서 일어나자, 카셀은 기회다 싶어 입을 열었다.

"저는 빠지는 게 좋겠군요. 방해될 테니까요. 지금까지 지켜주셔서 고맙습니다."

카셀은 반쯤은 진심으로 기사들에게 감사의 인사를 전했다. 기사들은 마음에도 없는 아쉬운 미소를 보이며 작별 인사를 했다.

"언젠가 자네 노래를 들을 일이 있겠지?"

"어딜 가나 제 노래를 들을 정도로 제가 유명해진다 해도 오늘 받은 대가만큼 큰 노래 값은 벌 수 없을 겁니다."

"자네는 정말 사람을 기분 좋게 해줄 줄 아는군."

카셀은 그들과 얼른 작별하고 싶어 먼저 밖으로 나왔다.

'그나저나 오늘 밤을 어떻게 보내지?'

하나의 걱정거리가 끝나가자 새로운 걱정거리가 떠올랐고, 더 큰 걱정거리가 곧장 따라왔다.

'고향에는 어떻게 돌아가지?'

술집에 막 들어서는 다른 여섯 명의 기사들과 마주치기 전까지는 정말 그게 제일 큰일이라고 생각했다.

붉은 장미 백작의 기사들이었다.

"이것 봐라?"

검은 사자의 기사가 그들을 먼저 발견하고 말했다. 옆에 있는 다른 기사들은 즉시 경계 태세를 취하며 몇 걸음 물러났다. 붉은 장미 백작의 기사들도 검은 사자의 기사들을 발견하고 멈춰 섰다.

잠시 양쪽 기사들이 서로를 노려보고 있었다. 장미의 기사가 먼저 입을 열었다.

"규율이 엄격하기로 소문난 사자 분들께서 어쩐 일로 한 잔씩들 걸치셨나?"

장미 기사의 도발에 검은 사자 기사가 기세 좋게 한마디 했다.

"그쪽도 생각 있어 온 거 아니었나?"

"아니, 우린 너희들을 잡으러 온 거다."

장미의 기사들 옆에 술집에서 모욕을 당하고 뛰쳐나간 패잔병 방울꽃이 동행으로 있었다.

"저놈들입니다. 붉은 장미 백작님의 영광스러운 군대를 무시하고 무참히 살해한 놈들이죠."

붉은 장미 기사단 중 한 명이 칼을 꺼내며 호통쳤다.

"시끄러! 넌 옆으로 빠져 있어."

방울꽃은 어깨를 움츠리며 뒤로 물러났고, 그 자리의 모든 기사들이 일제히 칼을 꺼내 들었다.

"술 깰 때까지 잠시 기다려줄 용의도 있는데, 어떤가?"

장미 기사가 물었다.

"너희들이 한잔하고 올 때까지 기다려줄 용의도 있다. 죽기 전 마지막 술이 될 테니까."

검은 사자의 기사가 받아쳤다.

그때 술집 앞에 서 있던 덩치 큰 남자가 버럭 소리 질렀다.

"우리 가게 앞에서 싸우지 말아요!"

술집 관계자는 이미 그런 일을 수없이 겪어봤는지 심상치 않은 분위기를 자아내는 기사들을 조금도 겁내지 않았다.

기사들은 자리를 옮겼다. 딱히 술집 덩치 말을 듣고 움직인 건 아니었다. 양쪽 모두 밝은 곳에서 싸우길 원했던 것이다. 취객들이 싸움이 벌어지는 분위기를 보고 모여들었고, 뒤에 멀뚱히 서 있던 카셀은 엉거주춤 뒷걸음질 치다가 첫 번째 기사가 칼을 휘두르자 얼른 어둠 속으로 달아났다. 네 명의 기사는 다른 여섯 명의 기사를 맞아 낮의 전투를 이어갔다. 그러나 카셀은 그 결말을 보고 싶은 생각이 전혀 없었다.

카셀은 불빛에서 멀어지는 방향으로 달려, 어두운 골목 안으로 몸을 숨겼다. 이제 칼 부딪히는 소리도 기사들의 고함도 들리지 않았지만, 사람들의 목소리는 밤이 깊었는데도 여기저기에서 들려오고 있었다.

카셀은 다리에 힘이 풀려 그대로 벽에 등을 기대고 주저앉았다.

여기 있지 말고 멀리 달아나야 한다는 건 알았지만, 마땅히 달아날 곳이 떠오르지 않았다. 계속 마을 안에 머물 수도 없는 노릇이고 그렇다고 무턱대고 마을 밖으로 나가는 건 더 위험했다.

바닥이 차가운데도 졸음이 몰려와 눈을 뜨고 있기가 힘들었다. 다 잊어버리고, 잘 마른 밀짚을 가득 채운 푹신한 침대에 얼굴부터 처박고 사흘쯤 잠들어버리고 싶었다.

'한심하구나. 어떻게 이런 상황에서 잠이 올 수가 있지?'

멀리서 술 취한 남자의 웃음소리가 들렸다. 꼭 자신을 비웃는 것 같아 불쾌했지만 일어날 수가 없었다.

잠든 지 얼마 안 되어 누군가 자신의 몸을 뒤적였다. 카셀은 뻔히 그걸 느꼈는데도 저항하지 못했다. 괜히 깨어있다는 티를 냈다가 더 위험해질 것도 무서웠고 몸이 너무 무거워 움직이지 못한 점도 있었다.

'얼마든지 뒤지고 필요한 게 있으면 가져가세요. 아무것도 없겠지만요.'

다행히도 몸을 뒤지던 사람은 투덜대며 가버렸고 그 뒤로는 아무도 카셀을 건드리지 않았다. 날씨는 점점 추워졌고 바닥은 딱딱했으며 자세도 불편했지만, 그동안 힘든 군대 생활을 겪은 덕에 이런 악조건 속에서도 잘 수 있었다.

'쿠무 두 모⋯⋯.'

꿈속에서 카셀은 기묘한 목소리를 들었다. 남자의 목소리도, 여자의 목소리도 아니었다. 심지어 사람의 목소리도 아닌 것 같았다. 무슨 뜻인지 알아들을 수도 없었다.

마치 직접 어루만져주는 것 같은 부드러운 목소리에 카셀은 점점 잠에서 깨어나 현실로 돌아왔다.

'아이프트⋯⋯ 조드 모⋯⋯.'

카셀이 눈을 뜨는 순간 하얀 빛이 코앞으로 날아들었다. 그것은 눈부신 털을 가진 거대한 어떤 짐승이었다.

카셀은 깜짝 놀라 주변을 살폈다. 잠들기 직전에 봤던 골목길 그대로였다. 달라진 거라고는 어둠 대신 주변을 채우고 있는 푸르스름한 아침 햇살과 밤이슬에 축축하게 젖어있는 몸뿐이었다. 잠깐 눈을 감았다 뜬 것 같은데 벌써 아침이 되어버린 모양이었다. 한기가 느껴져 카셀은 팔을 끌어안고 몸을 한 번 부르르 떨었다. 허기가 과하다 못해 배가 아플 지경이었다.

'방금 뭐였지?'

몸은 몽둥이로 흠씬 두들겨 맞은 것처럼 찌뿌듯하고 눈은 밤새 촛불 밑에서 책이라도 읽은 것처럼 뻑뻑했다. 주변의 소음은 진작 사라지고 없었다.

카셀에게서 다섯 걸음도 떨어지지 않은 자리에 부랑자 하나가 칼을 한 자루 끌어안고 잠들어 있었다. 자기 전에 주위가 하도 어두웠던 터라 자신이 먼저 와서 있었는지 그 남자가 먼저 왔는지 알 수가 없었다.

'지저분하군. 하지만 나도 이 사람과 별로 다를 것 없는 꼴이겠지.'

카셀은 반쯤 감은 눈으로 하늘을 올려다보았다.

'그래도 밤새 죽지는 않았군. 어제 그 기사들은 어떻게 됐으려나? 보러 갈까?'

카셀은 고개를 저었다.

'나랑은 이제 상관없어. 집에 가자. 큰길을 따라 낮에만 이동하는 거야. 운 좋으면 노상강도 같은 거 만나는 일 없이 갈 수 있겠지. 적어도 전쟁터로 가는 건 아니잖아. 이제 다 끝난 거야.'

"이제 다 끝났어!"

카셀은 자신의 생각이 밖으로 튀어나온 줄 알고 깜짝 놀랐다.

한 여인의 목소리가 카셀이 있는 골목 옆을 지나쳐가고 있었다.

"우린 마스터한테 뒈질 거야. 그 전에 피곤해 죽지 않는다면 말이야. 그러니까 다 관두자."

카셀은 천천히 몸을 일으켜 골목 입구 쪽으로 기어갔다. 목소리의 주인은 어제 술집에서 칼을 찾던 여자였다. 그녀의 옆에는 다른 두 명의 남자가 있었는데, 모두 키가 크고 어깨가 넓은 거구들이었다. 여자는 계속 신경질적으로 말했다.

"으아, 내가 이렇게 고생하는 동안 로일 이 망할 자식은 뭘 하고 있는 거야?"

검은 곱슬머리가 어깨까지 내려오는 덩치 큰 남자가 침착한 목소리로 말했다.

"너무 그러지 마. 로일도 지금 칼을 잃어버린 죄책감에 마음고생이 심할 거야."

"야, 쉐디! 그놈의 머릿속에 죄책감 같은 단어가 들어가 있을 것 같냐?"

"자자, 진정해. 이건 그렇게 심각한 일은 아니야."

"안 심각하다고? 아하, 네가 밤새 고생하더니 미친 게로구나. 이건 한 나라의 명예가 달린 일이야!"

여자는 자기보다 두 배는 더 큰 남자를 던져버릴 기세로 대들면서 말했다.

"일단 목소리 좀 낮춰. 다 들겠어."

"듣긴 누가 듣는다고? 그리고 난 어제 밤새 술집이란 술집은 다 돌아다니면서 내가 찾고 있는 칼의 모양을 다 설명했어. 칼날이 검다는 설명까지 했던가, 말았던가?"

여자의 말에 여태까지 팔짱 끼고 듣고만 있던 또 한 명의 덩치가 한탄했다.

"아예 아란티아의 보검을 잃어버렸다고 떠들고 다니시지그래?"

그는 다른 남자에 비해 머리가 상대적으로 짧아서 그런지 어깨가 더 넓어 보였다. 카셀이 옆에 서면 꼬마가 되어버릴 덩치였다. 그러나 그들 사이에서도 그 여자는 작아 보이지 않고 당당했다.

"흥, 그래 봐야 누가 믿을 것 같아?"

"우리가 쫓기고 있는 몸이란 걸 잊었어?"

"쫓기긴 누가 쫓겨! 넌 밤새 밖에서 멍청히 돌아다니기만 했지? 혹시 잔 거 아니야? 어쭈, 피부 고운 거 보라지!"

"이건 내가 너와는 달리 하룻밤 밤샘으로 망가질 체력이 아니라는 뜻이다."

짧은 머리의 남자와 땋은 머리를 한 여자가 서로 멱살을 잡았다. 곱슬머리의 남자가 사이에 껴서 말렸다.

"그만해, 둘 다. 우리가 잃어버린 물건이 그냥 칼이 아니라는 거 알잖아. 모르긴 몰라도 로일이 그걸 잃어버렸다면 어떤 이유가 있어서 잃어버린 것이고, 돌아올 때가 되면 알아서 돌아올 거다."

"하이고, 마법사 같은 소리 하고 있네."

여자는 비꼬는 소리를 했지만, 남자는 부드럽게 웃었다.

"그럴지도 모르지. 자, 던멜과 로일이 기다릴 테니 서두르자."

여자는 한숨을 쉬며 앞서 걸어갔다.

"정말이지 도로 아란티아로 돌아가 버릴까? 국경을 넘은 지 하루 만에 암살자들한테 습격당해, 안내해 주겠다는 사신은 죽어, 보검은 잃어버려, 돈 다 떨어져…… 이거 아주 작정하고 누가 일 꼬고 있는 거 아니야? 아아, 난 이제 한 번만 더 나쁜 일 생기면 집에 가버릴 거야."

"나도."

여자의 말에 짧은 머리의 남자가 맞장구쳤다. 둘은 방금 죽일 것처럼 싸운 것도 잊었는지 서로 손뼉을 마주쳤다.

그들과의 거리가 멀어지며 점점 들리는 소리는 작아졌고, 대화의 마지막 부분은 거의 뜻을 분간할 수 없게 되었다.

"아란티아의 하얀 늑대들이 칼이나 잃어버리고 다니다니, 사람들이 들으면 믿지도 않을……."

곧 그들의 모습은 골목 뒤로 사라졌다. 카셀은 크게 뜬 눈을 깜빡거리며 방금 들은 말을 되새겨보았다.

"방금 저 사람들, 뭐라고 그런 거야……?"

카셀은 마른 눈을 비비면서 자세를 고쳐 앉았다. 직접 듣고 봤는데도 믿을 수가 없었다.

'아란티아의 하얀 늑대들? 그럼 방금 지나간 저 세 사람이 울프 기사단이란 말이야?'

십 년 전 어린 카셀에게 진짜 기사가 뭔지를 보여준 기사단이 익셀런이라면, 기사가 되고 싶다는 헛된 꿈을 안겨준 것은 울프 기사단이었다.

카셀은 거의 모든 나라의 기사단 캡틴 이름까지 꿰고 있었는데, 순위 나누기 좋아하는 음유시인들의 의견을 종합하면 대륙의 3대 기사단은 이로피스의 왕실 기사단, 가넬로크의 드래곤 기사단, 그리고 론타몬의 익셀런 기사단이었다. 이 세 기사단의 이름값에 비하면 어제 카셀을 공포로 몰아넣었던 검은 사자 기사단이나 장미 기사단은 초라해 보일 지경이었다. 그러나 이 3대 기사단의 명성조차 평범하게 만들어버린 전설과도 같은 기사단이 바로 울프 기사단이었다.

떠돌이 상인들의 얘기에 의하면 4, 5년 전쯤 울프 기사단은 새로운 기사를 선발하기 위한 테스트를 치렀다. 대륙 각지에서 참가한 인원만 해도 천 명이라고 했다. 그중 백 명도 안 뽑았다니, 어느 정도 과장된 얘기임을 감안하더라도 대단한 수치였다. 그리고 하얀 늑대들이란 그런 울프 기사단 중에서 가장 뛰어난 기사들로 이루어진 정예였다.

하얀 늑대들!

'삼백 명쯤 되는 장미 기사단의 말단 정도에 불과할 루치의 명령을 듣는 부대의 지휘관 밑에 있는 서른 명쯤 되는 분대장 밑에 속한 용병 열 명의 뒤에서 창을 들고 있는 졸병'인 카셀로서는 감히 근처에도 갈 수 없는 구름 같은 존재였다.

카셀은 그들에게 '저도 따라가게 해주세요, 저 밥 되게 잘 해요!'라는 말로 매달려 보는 자신의 모습을 상상해보았다.

'아니, 그보다 아란티아의 울프 기사단이 왜 카모르트에 있어?'

카셀은 차츰 냉정을 찾았다. 그리곤 조그만 마을의 이름 없는 용병조차 인정해주지 않은 자신의 검술로 그런 기사단에 낀다는 생각에서는 허탈함에 웃음을 터트렸고, 거기에 달라붙기 위해 떠올린 발상에서는 수치심을 느꼈다.

'꿈 깨라, 카셀. 넌 기사가 될 수 없어. 지금 이 꼴을 봐. 술 취해 잠든 부랑자 옆에서 신세 한탄이나 하는 꼴이잖아.'

여전히 쌀쌀한 새벽 공기는 자다 깬 몸으로 버티기 괴로웠다. 옆에 누워있는 부랑자도 추운지 몸을 떨며, 안고 있는 칼이 베개라도 되는 것처럼 더욱 세게 끌어안았다.

'칼 좋아 보이네? 기사나 용병 같지는 않은데?'

카셀은 멍청히 부랑자의 칼을 관찰했다. 손잡이에 푸른 돌이 박혀 있었다. 희미한 새벽빛을 반사하는 고급스러운 빛깔을 보자, 그냥 장식돌이 아니라는 걸 깨달았다.

보석이었다.

'저거 그 여자가 잃어버렸다는 그 칼 아냐?'

카셀은 당혹스러웠다. 누군가 자기를 시험하는 못된 속임수 같았다.

저 칼이 정말 '그 칼'인지 확인해보고 싶은 마음에, 카셀은 조심스럽게 잠든 부랑자 옆으로 다가가 칼 손잡이를 잡아보았다. 가죽끈이 칼집과 칼을 함께 묶고 있어 칼날이 뽑히지 않았다. 그러나 부랑자의 팔뚝 사이로 검의 손잡이 끝부분에 하얀 실루엣으로 새겨져 있는 늑대 그림이 보였다.

'진짜인가? 이게 진짜 그 여자가 잃어버렸다는 칼일까? 그럴 리가! 그 칼이 어떻게 이렇게 내 앞에 딱 맞춰 나타날 수가 있겠어?'

카셀은 그럼에도 만약을 떠올리지 않을 수 없었다. 이게 진짜 아란 티아의 보검이라면? 아까 그들이 진짜로 하얀 늑대들이고 진짜로 이 마을에서 칼을 잃어버렸다면? 그렇다면 이런 부랑자가 어디 대장간에 팔아서 녹여버리기 전에 칼을 되찾아 돌려주어야 한다.

카셀은 천천히 부랑자의 품에서 칼을 빼내기 시작했다. 부랑자는 자고 있는 데도 칼을 단단히 잡고 있어 잘 빠지지 않았다. 카셀은 조금 더 힘을 주어 당겼다.

'쿠무…… 아이프트 조드 모.'

또 한 번 잠결에 들었던 목소리가 들렸다. 카셀은 눈을 동그랗게 떴다. 다른 곳에서 나는 소리가 아니었다.

'칼이 말하고 있다?'

카셀이 놀라는 사이, 자고 있는 줄 알았던 부랑자가 갑자기 몸을 일으켜 뒤로 물러나더니 품에서 단검을 꺼냈다. 카셀은 얼른 칼에서 손을 떼고 달아나려 했지만, 순간 다리가 저려 일어날 수가 없었다.

'하필이면!'

부랑자는 반쯤 감은 눈으로 단검을 앞으로 내밀었다. 카셀은 두 손을 들어 보였다. 방금 전까지 위대한 기사를 꿈꿨던 카셀은 그 순간 겁 많은 농부로 돌아가 있었다.

"누구 물건에 손을 대? 그 손가락 다 잘려볼래, 이 자식아!"

수염이 얼굴의 절반을 덮은 부랑자의 가래 끓는 목소리는 의외로 굉장히 위협적이었다. 그는 카셀에게 단검을 겨눈 채 다른 쪽 손의 손가락을 입안으로 쑤셔 넣어, 어금니 사이에 낀 음식물을 빼내더니 길게 트림했다. 한순간 그의 냄새나는 입김이 그가 내민 단검보다 더 끔찍하다고 느껴질 지경이었다.

카셀은 이 상황을 모면할 비굴하고 구차한 말을 준비하다가, 갑자기 떠오른 말에 입을 다물었다.

'싸움판의 중심에 서지 마라.'

말이 통할 상대도 아니었고 쥐가 난 다리로 잽싸게 달아날 자신도 없었다. 그럼 두 가지 방법뿐이었다. 어떻게든 이 상황만 벗어나서 아까 지나간 그 '하얀 늑대' 일행을 서둘러 불러오는 것과 그냥 여기서 이 놈에게 손가락을 잘리거나.

다시 한 번 싸움판 중심에 놓여야 할 사람의 위치를 바꿔야 했다. 카셀은 이를 악물고 들고 있던 손을 천천히 내렸다. 그리고 딱히 위협적이지도 않은 조용한 목소리로 말했다.

"가급적이면 널 죽이지 않고 해결하고 싶군."

"뭐가 어째?"

부랑자의 눈이 커졌다.

'내가 무기도 없는 패잔병에 불과하다는 사실을 눈치챈다면, 이 녀석은 망설임 없이 칼을 휘두를 거야.'

음유시인도 속였고 도적들도 속였고 기사도 속였지만, 상대적으로 이 부랑자를 속이기 쉬울 거라는 생각은 들지 않았다. 카셀은 최대한 평온한 얼굴로 보이기 위해 애쓰며 물었다.

"그 칼이 어떤 물건인지 아나?"

부랑자는 카셀의 몰골을 비웃으며 대답했다.

"비싼 물건이지. 너 같은 칼 한 자루 없는…… 음유시인 따위가 감히 목숨 걸고 노릴 정도로."

"아란티아라는 나라를 아나?"

"뭐, 인마? 무시하냐? 내가 모르는 나라 이름 한 번 대봐라!"

"그럼 울프 기사단도 알겠군."

카셀은 저린 다리가 풀리기를 기다리며 자세를 편히 고쳤다.

"알지."

부랑자는 살짝 불안한 기색을 내보였다. 카셀은 상대가 정말 부랑자이길, 그리고 어제 만난 도적들만큼이나 허세 부리기에 미숙한 녀석이길 기대했다. 그런 녀석이라면 도박판 위에 자기 목숨이 올라가 있다는 사실을 깨닫는 순간 자기가 아무리 좋은 패를 가졌어도 포기하기 마련이었다.

"하얀 늑대는?"

카셀이 계속 물었다.

"아, 알지. 으음, 그건 왜?"

"울프 기사단의 마크는?"

부랑자는 대답하지 않고 눈치를 살폈다. 카셀은 눈에 힘을 주며 질문을 이어갔다.

"그 칼의 손잡이에 박혀 있는 마크를 본 적이 있는가?"

부랑자는 잠시 머뭇거리며 얼른 칼을 살펴보고 다시 카셀의 얼굴을 바라보았다.

"거기 박혀 있는 보석은 어둠 속에서도 빛을 내지. 그걸 잃어버린 장소는 마을 입구 들어오는 첫 번째 술집이라고 생각하는데, 맞나? 모르겠군. 다른 곳도 들렀으니. 어디서 주웠나? 밤새 찾아다녔는데 네가 쥐고 있군."

"고작 노래나 해대는 새끼가 건방 떨긴⋯⋯."

"비밀 임무 수행 중인 내가 너에게 얼굴을 보였다. 그럼 내가 널 어떻게 해야 할까? 다른 나라에서 살인을 저질러 문제가 일어나길 바라지는 않았다. 더구나 죽여 봐야 아무 이득도 되지 않는 녀석을 상대로

."

카셀은 녀석에게 생각하고 의심할 시간을 주지 않기 위해 말을 빨리 이었다.

"내가 조용히 그 칼을 빼서 가져갔다면 네겐 그저 어제 주운 물건을 도로 잃어버렸다는 아쉬움만 남았을 테지. 하지만 지금 우리를 봐라. 넌 일어나버렸고, 날 봐 버렸지. 그럼 난 널 어떻게 해야 하나? 네 사나운 성깔을 보고 있자니 조용히 칼을 돌려받으려면 내 정체를 밝혀야 할 텐데, 솔직히 네가 입이 무거울 거라는 생각은 전혀 들지 않는군."

부랑자의 눈에 두려움이 깃들기 시작했지만 카셀은 방심하지 않았다. 녀석이 여기서 겁을 먹고 얌전히 칼을 내놓겠다는 결심을 하길 기다릴 게 아니라, 결정을 내리게 만들어야 했다. 녀석이 미친 척 아무렇게나 칼질을 해대지 말란 법은 없었다.

"그럼에도 난 가급적 문제없이 그 칼을 넘겨받고 싶군. 자, 지저분한 복장의 이름 없는 음유시인에게 칼을 내주고 그냥 잊어버리겠는가, 아니면 내 이름을 듣고 싶은가?"

부랑자는 들고 있던 칼끝을 내렸다.

"그, 그래도…… 이 칼은 내가 주웠소. 다, 당신이 진짜 이 칼의 주인이라면 그, 증거를……."

아직 부랑자는 값비싼 칼에 대한 미련을 버리지 못했다. 대신 카셀을 어찌하겠다는 생각은 버린 모양이었다. 여기까지 왔다면 다음은 준비해놓은 말이 있었다.

"그 칼 빼 본 적 있나?"

카셀은 웃으며 말했다. 아버지가 항상 보여줘서 알지만, 이미 겁을 먹은 상대에게 가장 무서운 표정은 으르렁대는 얼굴이 아니라 웃는 얼굴이었다.

"아니, 이 가죽끈은 한 번도 풀어본 적이 없소."

"잘 했다. 아란티아에서 여기까지 오는 동안 한 번도 뽑지 않은 검인데, 다른 사람 손에 뽑히는 걸 보고 싶지 않아. 하지만 지금은 허락하지. 칼을 뽑아라. 칼날이 검은색일 거다."

부랑자는 조심스러운 손길로 가죽끈을 풀어나갔다.

'아니면 어떡하지? 그때는 그냥 비싸 보이는 칼을 든 부랑자의 손에 죽게 되는 걸까?'

속으로는 불안해하면서도 카셀은 그의 느린 행동을 지루한 눈빛으로 바라보았다. 부랑자는 칼날을 뽑기 전에 카셀을 곁눈질했다. 카셀은 긴장하지 않는 모습을 보이기 위해 눈에 힘을 준 것뿐이었지만, 부랑자에게는 그렇게 보이지 않은 모양이었다.

그는 칼날을 꺼내지도 못하고 무릎을 꿇었다. 그리고 칼을 내밀며 떨리는 목소리로 말했다.

"제발 죽이지 마십시오. 기사님의 정체에 대해서는 아무 말도 하지 않겠습니다."

카셀은 사실 이 정도로 과격한 반응을 기대한 건 아니었던 터라, 코를 긁적이며 물었다.

"칼날을 보지 않아도 되겠나? 내 말이 거짓이라면 그 칼은 네 것이 되는 거야."

"아닙니다. 어찌 제가 감히 의심을 하겠습니까?"

"뽑아 봐. 지금까지 의심해놓고 왜 이제 와서 확인하지 않는 건가?"

"용서해주십시오. 저는 그저 가난한 떠돌이입니다."

"뽑아 보라니까!"

카셀은 버럭 소리를 질렀다.

"부탁입니다, 기사님. 제가 이 칼을 뽑으면 그대로 저를 벨 거 아닙니까? 압니다. 제발, 기사님. 제발……."

부랑자는 거의 울 것 같은 목소리였다. 카셀은 그제야 그가 내민 칼을 넘겨받았다. 안도하는 모습을 보이지 않으려고 카셀은 일부러 엄한 목소리로 말했다.

"그 약속은 잊지 않겠다. 그리고 이 칼에 너의 피를 묻히고 싶지도 않다. 가라."

부랑자는 몇 번이나 뒤를 힐끔거리며 골목을 빠져나갔다.

'아직 안심하지 마. 어딘가에서 녀석이 지켜보고 있을지 몰라.'

카셀은 느긋하게 일어나 저린 다리를 몇 번 주물렀다. 모든 행동을 누군가 보고 있다는 전제하에, 기사처럼 보이기 위해 애썼다. 그런다고 정말로 기사처럼 보일까 싶긴 했지만.

골목을 나서니 부랑자는 어디에도 보이지 않았다.

'됐다. 이제 칼의 주인을 찾아주면 끝이야!'

카셀은 아까 그 세 명이 갔던 방향으로 서둘러 달려갔다.

'하얀 늑대들을 만날 핑곗거리가 생겼어!'

그 여자의 행방을 찾는 건 그리 어렵지 않았다. 밤새 온 마을을 휘젓고 다녔으니 카셀이 여자의 인상착의와 동행인 남자 둘의 유별나게 큰 키를 말하는 것만으로 다들 누군지 알았다.

카셀이 찾은 마지막 종착지는 마을 끄트머리에 있는 여관이었다.

"묵으려고 왔는데, 일행으로 보이는 다른 사람이 와서 데려가 버리더라고."

여관 주인이 불만스럽게 말했다.

"어디로 간다고는 안 했습니까?"

카셀은 서둘러 물었다.

"코홀룬 쪽으로 간다던가? 마차를 얻어 탈 수 있는 곳을 묻기에 가르쳐줬소. 그래서 댁은 묵을 거요, 말 거요?"

"안 묵을 겁니다. 하지만 감사합니다."

카셀은 밖으로 나와 아무에게나 길을 물어 말 파는 곳을 찾아갔다. 마구간지기도 금방 그들의 인상착의를 알아들었다.

"아아, 여자 하나와 남자 넷?"

'남자 넷? 떨어져 있다던 일행이 합류했나 보군.'

카셀은 고개를 끄덕이며 말했다.

"예. 여자는 머리를 뒤로 땋았고 굉장한 미인이죠. 다른 둘은 덩치가 아주 크고요."

"맞아, 맞아. 다른 둘도 꽤 큰 편인데 그 둘이 워낙 커서 작아 보일 지경이었지. 방금 떠난 마차를 타고 갔소. 벌써 꽤 갔을걸."

카셀은 저도 모르게 주먹을 꽉 쥐며 물었다.

"목적지는요?"

"노르만트까지라던가? 중간에 코홀룬을 거쳐 간다고는 했는데. 왜, 아는 사람인가 보지?"

"그건 아니지만, 맡겨놓은 물건을 안 찾아가 버렸거든요."

카셀은 대충 둘러대며 물었다.

"다음 코홀룬 가는 마차는 언제 있습니까?"

"내일 이 시간에 있지."

"지금은 안 되고요?"

"그렇게 급하면 금화 하나 내고 통째로 마차 하나를 빌리던가. 마부에게는 은화 세 개 따로 줘야 되고."

"내, 내일 아침 것을 타면요?"

"그냥 은화 세 개."

"그럼 내일 오죠."

카셀은 포기하고 나왔다. 그나마도 은화 세 개가 없으니 내일 아침 마차를 탈 수도 없었다.

'코홀룬? 걸어서 갈 수 있는 거리이려나?'

거리는 둘째 치고 어제 도적을 만난 일을 생각하면 혼자 마을을 벗어나는 건 엄두도 안 나는 일이었다. 카셀은 방법을 생각하며 멍청히 걷다가 마을 입구에서 낯익은 얼굴을 발견했다.

"어?"

"어?"

카셀도, 그 사람도 동시에 외마디를 질렀다.

방울꽃이었다.

그는 호들갑스럽게 다른 사람들을 불렀다. 세 명이었는데, 휘날리는 망토만 봐도 정체를 알 수 있었다. 장미의 기사였다.

"너, 어제 검은 사자 기사 놈들이랑 같이 있던 녀석이지? 그 놈들과 무슨 관계냐?"

장미의 기사가 위협적인 눈동자로 물어왔다. 카셀은 얼른 두 손을 내저으며 말했다.

"전 음유시인입니다. 그분들에게 맥주 한 잔을 얻어먹긴 했지만 아무 관계도 아니고요."

"그래?"

기사는 금방 의심이 풀린 듯 고개를 갸웃했다. 하지만 방울꽃이 일러바쳤다.

"저놈, 음유시인이 아닙니다, 나리. 저랑 같은 부대에 있던 붉은 장미 군대의 졸병입니다. 거짓말이죠."

카셀은 어제와 오늘을 통틀어 저놈이 최악이라고 생각했다.

검은 사자 기사들이 죽은 자리에는 장미의 기사도 섞여 있었다. 어느 쪽 편도 들지 않는다는 음유시인이 어느 한 쪽에 붙어있는 것만 봐도 화가 날 텐데 그나마도 그놈이 사실은 자기 부대의 졸병이라면? 장미의 기사는 카셀 정도는 백 명도 더 죽일 수 있을 것 같은 화난 얼굴로 다가왔다.

'당황하지 마.'

카셀은 보검을 품에 낀 채 그들을 바라보았다. 그리고 겁을 내거나 당황하는 모습을 보이지 않기 위해 목덜미를 긁적거리다가 한 손을 허리에 올렸다.

자세 하나하나에 신경 써가며 카셀은 최대한 허세를 부려보았다. 새끼고양이가 털을 잔뜩 세우고 있다고 해도 좋았고 궁지에 몰린 생쥐가 사자에게 이빨을 드러내는 거라도 상관없었다.

'조심해, 내 모습이 새끼고양이 같아 보여도 사실 무지 엄청 센 사자란 말이야. 난 사자야. 난 사자라고.'

아버지는 경우에 따라서 상대가 주는 위협에 대해 반대로 반응하라고 말한 적이 있었다. 상대가 송곳을 휘두르는 다섯 살짜리 여자애라면 기겁을 하고 달아나도 된다. 상대가 자기를 과시하고 싶어 어쩔 줄을 모르는 열여섯 살짜리 남자애라면 충분히 무서워해야 한다. 하지만 상대가 십만 대군을 이끄는 군의 지휘관이라면 무서워할 필요가 없다.

'왜요?'

카셀의 질문에 아버지는 멍청하게 대답했다.

'그야 그쯤 되는 사람은 뒷수습을 어떻게 해야 할지를 더 걱정하는 법이거든.'

기사가 음유시인 하나 마을에서 베는 건 뒷수습을 걱정할 필요가 없는 일이다. 하지만 자기가 벨 상대가 음유시인이 아닌 다른 사람이라면? 장미의 기사라면 '십만 대군을 이끄는 지휘관'은 아닐지라도 아무나 죽이고 속 편할 위치는 아닐 것이다.

'여긴 전쟁터가 아니라 마을 한가운데다. 졸병이라고 막 죽여도 되는 장소가 아니야!'

카셀은 다가오는 기사를 무시하고 되려 방울꽃을 노려보며 물었다.

"넌 누군데 날 아는 척이야?"

"누구긴 자식아! 방울꽃이다."

방울꽃은 위협적으로 소리 질렀다.

카셀도 마주 소리 질렀다.

"그래? 그럼 네 말대로 내가 네 동료라면 어디 내 이름 한번 말해 보시지."

당연히 카셀은 그에게 자신의 이름을 말해준 적이 없었다. 그 부대에서는 서로 이름이 아닌 별명을 불렀고 카셀은 워낙 동떨어져서 지냈기 때문에 별명도 없었다.

방울꽃은 당황했다.

"너, 넌 이름이 없었잖아."

방울꽃은 변명조로 기사에게 말했다.

"제가 있던 부대에서는 서로의 이름을 부르지 않았습니다."

"형편없는 군대군. 카모르트 군대의 병사들은 이름도 없나 보지?"

카셀이 콧김을 내뱉으며 말했다. 카셀을 베려고 다가오던 기사가 멈춰 서서 물었다.

"그러는 너는 어느 나라의 어느 군대라서 그런 소리냐?"

카셀은 여기 있는 어느 누구도 아란티아의 울프 기사단을 만나본 적이 없을 거라고 확신했다.

"이렇게 된 이상 밝힐 수밖에 없게 됐군. 난 아란티아에서 왔다."

"거짓말!"

방울꽃이 억울해하며 소리쳤다.

"나리, 거짓말입니다. 저놈은 분명 제 옆자리에서 창을 휘두르던 그놈입니다. 쫄따구에요, 쫄따구. 병신같이 칼도 쓰지 못 하는……."

"장미 기사단!"

카셀이 큰소리로 말을 이었다.

"언제까지 저 녀석의 말이나 듣고 있을 건가? 나는 어제부터 아주 힘든 일을 많이 겪었고 더 이상 그런 일을 당하고 싶지 않다. 더 이상 싸우기도 지쳤고 이런 복장으로 정체를 감추고 비밀리에 노르만트로 이동하기도 지쳤으니 당신들에게 먼저 말하고 싶다. 내 말을 들을 텐가, 저놈 말을 들을 텐가?"

방울꽃이 답답한 가슴을 두들기며 반박하려 했으나, 기사 한 명이 손을 내밀어 저지했다. 그리고 카셀을 향해 낮은 어조로 물었다.

"무슨 말이 하고 싶다는 건가?"

높은 장애물이라도 하나 넘은 기분이었다. 마침내 장미의 기사들은 뒷수습을 걱정하기 시작했다.

"이런 모습을 하고 있는 내가 꼴이 우스워 보이고 저놈이 나와 비슷하게 생긴 누군가를 보고 뭔가 오해를 했나 본데, 나는 아란티아에서 왔으며 검은 사자 기사들과는 비밀리에 접촉해보려다 그대들 때문에 실패한 것이다."

"검은 사자 기사들과? 무슨 일로?"

카셀은 쥐고 있는 칼을 앞으로 내밀었다.

"이제 내 쪽에서 시험을 할 차례군. 내 칼을 보고도 내가 누군지 모른다면 나도 이 이상 대화를 길게 하고 싶은 생각이 없다. 어제부터 험한 꼴을 당한 건 그대들만이 아니니까."

기사는 두 걸음 더 다가와 카셀이 뽑지도 않고 든 칼을 살펴보고 고개를 갸웃했다. 곧 처음 부랑자의 품에서 칼을 발견했던 카셀과 똑같은 반응을 보였다.

"늑대의 문장이군."

기사는 도로 두 걸음을 물러나며 치켜들었던 칼을 슬그머니 내렸다. 그의 목소리 끝이 살짝 떨렸다.

"울프 기사단이 왜 카모르트에? 그런 소식은 듣지 못했소."

"비밀리에, 라고 말하지 않았소?"

카셀은 끝까지 당당한 자세를 유지했다.

마침내 그 기사는 칼을 집어넣었다.

"비밀리에 온 거라면 여기서 할 얘기가 아니겠군. 우리 진지로 안내하겠소."

"좋소."

카셀은 만족한다는 듯 고개를 끄덕였다. 그리고 곧바로 자신의 실수를 깨달았다.

'맙소사, 가서 어쩌려고?'

방울꽃 녀석은 이제 자신의 기억력에 자신이 없는지 몇 번이나 카셀을 힐끔거리면서 고개를 갸웃거렸다. 이제 녀석은 더 걱정할 필요가 없었다. 하지만 근처에 있는 진지라면 틀림없이 어제 싸움에 패한 병사들이 상당히 많이 남아있을 것이다. 그중에는 방울꽃처럼 카셀의 얼굴을 아는 이가 꽤 남아있을지도 몰랐다.

만약 그런 일이 벌어지면 카셀은 어떤 식으로 기사들에게 둘러댈 것인지, 변명할 엄두가 나지 않았다.

장미의 기사들은 동료들이 죽는 바람에 남게 된 말을 카셀에게 내주었다. 방울꽃은 걸어오라고 버려둔 채 카셀을 포함한 넷만 말을 몰고 마을을 빠져나왔다.

기사들은 앞장서 가면서 아무 말도 하지 않았다. 카셀은 조금 불안했지만 먼저 입을 열지는 않았다. 그것이 더욱 그들을 압박할 거라고 생각했다. 어제처럼 막판에 위험을 당하는 일은 없어야 했다. 두 번이나 행운이 따라줄 리는 없을 테니까.

진지에 도착했을 때 우선 카셀은 아는 얼굴을 만날 걱정은 하지 않아도 되었다.

진지에 남아 있던 인원이 몇 명이었든 그들은 모두 숨이 끊어진 상태였다. 아무래도 어제의 패잔병들을 수습한 후방 지원 부대였던지라 병사들이라 봐야 스무 명 안팎이었는데, 그중 기사 복장을 한 사람은 다섯 명 정도였다.

세 명의 기사들은 급히 진지 주위를 맴돌며 생존자를 찾아다녔다. 캠프는 불에 탔고, 병사들은 화살이나 칼에 맞아 죽었다.

"검은 사자 백작 군대의 소행이오?"

카셀이 물었다.

"모르겠소. 뭔가 다르군. 기습을 당한 것 같소."

그 기사는 침을 꿀꺽 삼키고 말했다.

"맙소사, 이건 우리 군이 쓰는 화살이야."

다른 기사 한 명이 시체에 꽂힌 화살을 뽑으며 말했다.

"아군이 습격했다고?"

"그게 아니야. 우리 군의 무기를 빼앗은 놈들 소행이다."

"말을 훔쳐갔군."

"식량과 무기도 모두 털어갔어."

"그럼 이건 도적들 소행이야. 기억나? 이틀 전에 우리 보급 부대가 도적단에게 기습당했잖아. 여기에 쓰인 화살은 모두 그때 훔쳐간 것들이야."

뒤늦게 따라온 방울꽃이 멀리서 겁에 질린 목소리로 소리쳤다.

"기사님들, 여기, 여기에……."

방울꽃은 허둥지둥 달려오다가 이상한 자세로 거꾸러졌다. 쓰러진 그의 등에는 화살이 두 대나 박혀 있었다.

때를 같이 하여 사방에서 함성이 들려왔다. 칼을 든 도적들이 근처 수풀에서 뛰쳐나왔고, 언덕 너머에 엎드려 있던 궁수들이 달려 나와 활시위를 당겼다. 순식간에 사오십 명 정도 되는 병력이 장미의 기사들을 포위했다.

기사들은 뒤늦게 칼을 빼 들었지만 이쪽을 겨냥하고 있는 활이 너무 많았다. 이런 상황에 대해 잘 모르는 카셀이 보기에도 그들의 포위는 아주 빨랐다. 도적단이라기보다는 잘 훈련된 군대 같았다. 명령을 기다리며 묵묵히 시위를 당기고 있는 궁수들 사이로 한 남자가 잘생긴 말을 타고 다가왔다.

"칼을 내려놔라, 붉은 장미 백작의 기사들. 네 동료들은 이미 죽었다. 그리고 너희는 보다시피 포위되었다."

깔끔하게 기른 수염에 딱 벌어진 가슴, 푸른 두 눈동자 사이를 가로지르는 긴 흉터가 오히려 멋있는 남자였다. 그의 등에는 휘두르기는커녕 들고 다니기에도 벅찰 것 같은 커다란 칼이 매어져 있었다.

"지금 무슨 짓인지 알고서 저지르는 거냐? 한낱 도적패 주제에 군대를 건드리다니 끔찍한 보복을 당할 것이다."

장미의 기사는 이런 상황에서도 큰소리로 외쳤다.

"군대라면 수없이 쳐봤지만 보복하러 오지는 않던데?"

남자는 심드렁하니 대꾸했다. 그러나 장미 기사는 그에 굴하지 않고 소리쳤다.

"너도 시간문제다, 팔콘! 그레이독도 우리 손에 잡혀 지금 이름도 모를 어느 마을에 목만 매달려 있다는 걸 모……."

"빌어먹을!"

팔콘이라 불린 그 남자는 욕을 내뱉으며 기사의 말을 끊었다.

"그레이독, 러프 리버, 블랙 베어! 대체 이 지역에 얼마나 많은 도둑놈들이 있는 거야?"

팔콘은 헛기침을 한 번 하더니 말을 이었다.

"날 그런 싸구려들과 동급으로 생각하지 않는 게 좋을 거다. 난 백성들 안위도 생각하지 않고 저희끼리 피 터지게 싸울 줄밖에 모르는 귀족놈의 군대 따위는 조금도 무섭지 않으니까. 마지막으로 경고한다. 무기를 버려라."

## ✦ Chapter 3 ✦
### 팔콘

'상대가 십만 대군을 이끄는 군의 지휘관이라면 무서워할 필요가 없다.'

십만 대군은 아니라도 카셀의 기준으로는 주변을 포위한 도적들이 그렇게 보였다. 그래서 그 말을 떠올려 봤지만, 시위가 당겨진 활 앞에서 공포를 느끼지 않기란 거의 불가능했다. 그나마 옆에 있는 기사들이 당황하는 모습을 보이자 자기만 무서워하는 게 아니라는 생각에 조금은 침착할 수 있었다.

카셀은 조용히 장미의 기사들에게 말했다.

"우선 저들의 요구를 들어줍시다. 죽일 생각이었다면 우리는 진작 화살받이가 되었을 것이오."

기사들은 망설이다가 칼을 말 아래로 떨어뜨렸다. 카셀도 말 옆에 채워둔 보검 쪽으로 손을 뻗다가 멈췄다. 일단 주변을 포위한 도적들에게는 아직 이 칼을 보인 적이 없었다. 꺼내 봐야 싸울 줄 몰라서 안 꺼낸 것뿐이지만, 덕분에 괜찮은 생각이 떠올랐다.

"이제 모두 말에서 내려. 두 손은 항상 보이게 들고."

팔콘은 꼼꼼하게 지시를 내렸다.

카셀은 순순히 말에서 내렸다.

내키지 않는 표정으로 지시를 따르던 기사가 카셀에게 물었다.

"팔콘이라는 자에 대해 아시오?"

"여기 오면서 두어 번 이름은 들어봤소."

"그럼 지금 이런 행동이 별로 좋은 생각이 아니라는 것도 아시오? 놈은 단 한 번도 인질을 살려둔 적이 없는 악질이요."

"내 눈에는 딱히 그래 보이지는 않는데?"

외모야 그렇다 치더라도 하는 말투나 절도 있는 행동을 보면 어제의 그 빌어먹을 타이거와 같은 도적이라기보다 귀족 같았다.

팔콘의 부하 중 하나가 칼을 들고 다가와 카셀의 몸을 수색했고, 이어서 다음 기사들의 몸도 뒤졌다. 그때마다 정확하게 상대의 목에 칼날을 대어 함부로 저항하지도 못하게 했다. 그들은 훈련이 잘 되어 있었고 기사라는 직책을 두려워하지도 않았다.

무기가 없다는 걸 확인한 팔콘의 부하가 팔콘에게 고갯짓을 했다. 그러자 팔콘이 명령했다.

"무릎을 꿇어라."

"못 한다!"

기사 하나가 소리치자 다른 기사도 뒤따라 소리쳤다.

"우리가 무릎 꿇을 분은 오직 붉은 장미 백작뿐이시다."

"이놈들 웃기는 소릴 하네? 카모르트의 국왕이 아니라 백작 앞에서만 무릎을 꿇으시겠다?"

팔콘의 목소리에는 은근히 분노가 담겨 있었다. 하지만 기사는 그에 전혀 굴하지 않고 팔콘에게 소리쳤다.

"감히 도적 따위가 기사도를 논할 셈이냐? 죽일 테면 죽여라."

카셀은 한숨부터 나왔다.

'어째서 팔콘이 인질을 살려두지 않았는지 알 것 같군.'

카셀이 먼저 무릎을 꿇었다. 그러자 기사들이 놀란 눈으로 카셀을 돌아보았다.

만약 카셀이 밀농사 짓다 아버지 말도 안 듣고 가출한 후 딱 한 번 참전해서 아무런 전적도 올리지 못한 패잔병임을 기사들이 알고 있다면, 이 행동은 아무 의미도 없었을 것이다. 그러나 지금 겉보기에 카셀은 그들보다 더 유명한 기사였다.

"그게 무슨 짓이오?"

기사가 속삭이는 목소리로 물었다.

'무슨 짓이긴? 팔콘의 손가락 하나에 목숨 줄이 걸려 있는데 시키는 대로 해야지!'

카셀은 어색하게 웃어 보이며 대꾸했다.

"아란티아에서는 죽음으로 과거의 명예를 지키기보다 살아남아서 앞으로의 명예를 지키는 것을 우선하오."

기사들의 표정이 있는 대로 일그러졌다.

"아란티아?"

그때 팔콘이 말에서 내리며 물었다. 카셀은 준비한 말을 꺼냈다.

"우리를 살려둔 건 할 말이 있어서가 아니오? 와서 말해 보시오. 내가 무릎을 꿇은 건 그걸 듣고 싶어서였소."

"꼭 봐주는 것처럼 말하는군? 자존심을 세울 셈이냐?"

팔콘이 빙그레 웃으며 다가왔다.

카셀의 다음 계획은 '내가 누군지 아나? 난 아란티아의 울프 기사단 캡틴이다. 날 풀어라. 안 그러면 너희를 다 죽여 버리겠다!'라고 협박하며 숨겨놓았던 아란티아의 보검을 꺼내는 것이었다. 그러나 문득 걱정이 생겼다. 과연 그런 협박이 통할 상대인가?

어제 타이거 같은 녀석이라면 통했을 것이다. 하지만 팔콘은 그렇지 않을 듯했다. 대화가 이어지면서 점점 그런 생각이 강해졌다.

"자존심. 그럴지도 모르겠소……."

카셀은 일부러 말을 천천히 늘였다.

'팔콘 이 사람…… 도적이 아닌 것 같아. 그렇다면 이런 협박은 안 통할 거야. 음? 그런데 도적이 아닌데 도적질을 하고 있다니 말이 되는 소린가?'

카셀은 입맛을 다시면서 말을 이었다.

"사실 기사들의 명예라는 건 결국 자존심이 아니겠소?"

팔콘의 재미있어하는 표정에 조금이나마 자신감이 살아난 카셀은 미소를 지으며 덧붙였다.

"그럼 나 같은 기사에게 소중한 게 자존심이나 명예라면 당신 같은 도적에겐 뭐가 중요하오?"

그것은 '나 같은 기사에게 소중한 것이 맹세라면 왕에게 소중한 건 무엇인가'라는 영웅 서사시의 구절을 인용한 것이었다. 그때 현자가

'왕에게 소중한 건 왕 자신입니다.'라고 말했고, 옆에 있는 위대한 기사는 '왕은 국가 그 자체며 국가는 백성 그 자체입니다.'라고 말했다. 무릎 꿇은 기사들 앞에 눈물 흘리는 왕을 묘사한 한 줄 한 줄이 가슴에 와 닿았던 명작이었다. 카셀은 팔콘이 제발 그 서사시를 읽지 않았길 빌며 반응을 기다렸다.

"무슨 뜻으로 묻는 건가?"

팔콘은 이해할 수 없다는 듯 고개를 갸웃했다.

"당신이 단순히 돈을 탐하는 도적이거나 아니면 귀족의 기사단을 증오하는 범죄자라면 지금 왜 우릴 살려두는 거요? 게다가 기사도라는 말에는 왜 발끈하는 거고?"

정말 궁금해서 물은 것이기도 했지만, 은연중에 여기 있는 지저분한 음유시인 옷을 입은 내가 사실은 기사다, 라는 의식을 심어주기 위해 물은 것이기도 했다.

"건방지게 대장님께 그딴 질문 꺼내지 마라!"

옆에서 한 명이 당장이라도 칼을 내리칠 것처럼 눈을 부라렸다. 주위를 포위한 다른 도적들도 잔뜩 화가 난 표정이었다. 그러나 정작 팔콘은 심각한 표정이었다.

"내가 발끈했다?"

"안 그랬소?"

카셀이 되물었다.

"난 잘 모르겠는데? 내가 그랬나?"

팔콘은 옆에 있는 다른 부하에게 물었다. 녀석은 당황해서 아무 대꾸도 못 했다.

"여기 오는 길에 당신 이름을 몇 번 들었소. 군대까지도 습격하는 도적 집단이라고! 군대를 공격한다? 그런 비효율적인 짓이 어디 있어? 누가 나더러 여기서 도적질을 하라고 하면 가넬로크에서 이로피스로 이동하는 향신료 상인을 공격하겠소."

카셀은 고개를 저으며 말을 이었다.

"당신이 그냥 멍청한 게 아니라면, 다른 목적이 있어서가 아니오?"

팔콘은 어깨를 으쓱했다.

"호오, 향신료 상인이라? 그거 좋은 생각이군. 그래서 그게 어쨌다고?"

"당신의 부하들도 어제 만난 도적패들과는 다르군. 훈련도 잘 되어 있고. 어제 놈들이랑 달리 내가 어찌해볼 틈도 없이 말이오. 그놈들 이름이…… 뭐였더라, 타이거던가?"

"타이거? 그놈이 아직도 이 근처를 배회하고 있나?"

"하고 있더군. 당신 얘기를 하긴 하던데, 뭐 한 번 당신에게 잡혔다고 복수 하겠다나 어쨌다나?"

"그래서 녀석은 어떻게 처리했나?"

"몇 놈이 동시에 둘러싸서 협박하는 바람에 사정을 봐줄 여유가 없었소."

팔콘은 인상적이라는 듯 고개를 끄덕였다.

"잘 했군. 다시 만나면 내가 없애버리려고 했는데."

말을 멈추면 안 된다는 생각에 나오는 대로 지껄였더니, 거짓말이 조금씩 형태를 잡아갔다. 하지만 딱 하나의 가정이 무너진다면 여기에서 목이 날아갈 것이다. 팔콘은 보통 도적이 아니어야 했다!

카셀은 속으로는 머리를 쥐어뜯을 정도로 괴로워하면서 겉으로는 태연하게 물었다.

"그래서 말인데, 당신은 대체 누구요, 팔콘?"

"어떤 의도로 묻는 건지 물으면 나 스스로 평범한 도적이라고 선언하는 셈이 되겠군. 보아하니 자네도 보통내기는 아닌 모양인데, 내가 예를 갖추길 원한다면 자기 정체부터 밝히는 게 순서가 아닌가?"

팔콘은 카셀의 옷차림을 살핀 후 말을 이었다.

"보기에는 노래꾼 같지만, 그 말솜씨를 보아하니 신분 낮은 사람은 아니겠군."

"말솜씨로 날 포장하려 해도 이런 복장으로는 당신을 설득할 자신이 없소. 내 말 안장에 걸려 있는 칼을 확인해 보시오."

"칼은 다 내려놓으라고 하지 않았던가?"

팔콘은 짐짓 카셀이 자신의 명령을 듣지 않은 것에 화가 났다는 투로 말했다.

"우린 서로 신뢰하지 않는 관계였소. 애초에 대화 한 마디 나눌 기회도 주지 않고 활을 겨눴잖소? 당신의 말을 들어야 할 의무는 없었소."

"의무? 그건 명령이었다. 이거 심각하지 않을 수 없군, 친구. 내가 시키는 일을 제대로 이행하지 않은 자와 대화하다가 또 무얼 속이려 들지 누가 알겠나?"

팔콘의 말 한마디 한마디는 요점이 명확했고 패기가 있었다. 단순히 위기를 극복하기 위해 던진 질문이었지만, 카셀은 정말 그가 누구인지 궁금해졌다.

"그럼 그건 사과하겠소."

카셀은 어깨를 으쓱하며 무릎 꿇은 자신의 다리를 가리켰다.

"근데 이제 좀 일어나서 얘기하면 안 되겠소? 이런 자세는 익숙하지가 않아서."

"그러든가."

팔콘은 어렵지 않게 허락하며, 부하에게 카셀의 말을 살펴보라고 명령했다. 카셀의 뒤에서 칼을 겨누고 있던 부하는 불만스러운 표정으로 칼을 찾아 팔콘에게 가져다주었다. 팔콘은 칼을 스윽 살펴보더니 입맛을 다셨다.

"이런 제기랄."

팔콘은 유쾌하게 내뱉으며 칼집에서 칼을 꺼냈다. 검은빛의 칼날이 햇빛에 반사되었다. 그러고 보니 카셀도 그 검은 칼날을 처음 구경한 셈이었다.

"10년 전이었나? 아란티아의 울프 기사단을 이끄는 캡틴은 누구라도 단번에 알아볼 수 있는 검은 칼날의 보검을 가지고 있었다지. 지금 젊은 기사들은 모르겠지만, 한때 물감으로 검게 칠한 칼을 들고 사기치고 다니는 놈이 있을 정도로 모르는 사람이 없었다. 그게 단순한 소문에 불과하거나, 내 눈이 명검도 알아보지 못할 생선눈깔이 돼버린 게 아니라면 이 칼이 바로 익셀런 기사단의 웰치를 벤 아란티아의 보검이겠군."

그 말에 놀란 건 오히려 카셀이었다.

'웰치는 저 칼에 쓰러졌구나.'

팔콘이 도로 칼을 집어넣으며 물었다.

"보검을 돌려주면 전설적인 검술로 우리 모두를 베어 버릴 작정인가, 캡틴 울프?"

"설마. 당신 하나도 자신 없소."

그렇게 말하면 칼을 돌려줄 줄 알았지만 팔콘은 칼을 자기 말 옆에 꽂아 넣었다.

"좀 늦은 감도 있지만, 안 물어볼 수가 없게 됐군. 뭣 하러 카모르트에 왔나?"

"나쁜 짓 하러 온 건 아니오."

팔콘은 잠시 카셀을 바라보았다. 거짓말을 모조리 꿰뚫어 볼 것 같은 강한 눈빛이었다.

"긴 이야기가 필요하겠군. 초대한다면 순순히 따라와 줄 텐가?"

"좋소."

'좋긴 뭐가 좋아!'

카셀은 울 것 같았지만 내뱉은 말을 주워 담을 수는 없었다. 다른 계획이 있는 것도 아니었다.

"나머지는 어떻게 할까요?"

부하가 물었다. 장미의 기사들은 그가 '어떻게 죽일까요?'라고 말하기라도 한 것처럼 놀랐다. 카셀이 선수를 쳐서 먼저 입을 열었다.

"여기 기사들은 딱히 나와 관련이 없소. 우연히 마을에서 만났을 뿐이니 더 동행할 필요도 없고. 보내주시오."

"명령인가?"

"물론 부탁이오."

팔콘은 그리 길게 생각하지 않고 말했다.

"보내줘라."

팔콘은 먼저 말을 타고 달려갔다. 카셀은 안도할 겨를도 없이 말에 올라타며 무기도 말도 잃어버린 기사들을 돌아보고 말했다.

"당신들은 당신들의 진지로 돌아가시오."

"홀로 들어갔다가 무슨 봉변을 당하려고 그러는 겁니까?"

기사는 속삭이는 목소리로 말을 이었다.

"지금이라도 같이 칼을 듭시다!"

카셀은 오히려 그들의 행동이 답답했다.

"아니, 기껏 목숨을 구했는데 뭐 하러 죽을 짓을 하려는 거요? 난 안 싸울 거요."

그러자 다른 기사가 도적들의 눈치를 살피며 속삭였다.

"조금만 기다리시오. 반나절이면 지원군을 끌고 올 수 있소."

"그럴 필요 없소."

"당신은 카모르트 왕국의 손님이오. 우리가 모른 척할 수는 없소."

그 말에 카셀은 갑자기 울컥하는 마음이 들었다.

"신기한 일이군. 마땅히 지켜야 할 백성은 모른 척하고 전쟁만 벌이는 사람들이, 굳이 도움이 필요 없다고 말하는 다른 나라의 기사는 지켜야 한다며 억지를 부리다니."

세 기사는 큰 충격을 받은 표정이었다.

'이 말을 농부 카셀이 했어도 저런 표정을 지었으려나?'

카셀은 기사들을 당황하게 만들었다는 통쾌함보다 오히려 씁쓸함을 맛보았다.

"난 이런 상황에 익숙하니, 내 걱정은 말고 떠나시오. 이 이상은 나도 당신들의 목숨을 책임질 자신이 없소."

"면목이 없습니다, 캡틴 울프."

기사들은 갑자기 말 위에 있는 카셀에게 한쪽 무릎을 꿇었다.

"제 이름은 파비입니다. 지금은 비록 백작의 군대 밑에 있으나, 당신 같은 진정한 기사가 되길 꿈꿔 왔습니다. 부디 당신을 또 만나 제 꿈을 실현할 수 있기를 바랍니다."

"제 이름은 밀렌입니다. 오늘 봤던 당신의 용기는 절대 잊지 못할 것입니다."

"제 이름은 니셀입니다. 당신은 제게 진정한 기사의 명예를 가르쳐 주셨습니다."

카셀은 깜짝 놀랐다.

'내가 무슨 말을 했다고 저러는 거야?'

장미 기사단의 예법에 대해서 잘 모르는 카셀이지만, 어떤 나라의 어느 기사단에도 군주가 아닌 자에게 무릎을 꿇는 예의는 없다. 심지어 이로피스 같은 규율이 엄격한 기사단에서는 왕을 제외한 다른 누구 앞에서도 목을 베기 전까지는 결코 무릎을 꿇지 말라고 가르쳤다.

"일어나시오. 나는…… 당신들의 군주가 아니오."

카셀은 무뚝뚝하게 말했다. 하지만 당황한 모습을 감출 길이 없어 기사들이 눈치채기 전에 얼른 몸을 돌려 도적들을 따라 가버렸다.

'어제부터 난 계속 저지르기만 하는구나.'

카셀은 그저 앞일만 걱정할 따름이었다.

팔콘이 카셀을 데려간 곳은 '기사단도 무서워하는 거대 도적 집단의 소굴'이라고는 볼 수 없는 평범한 마을이었다. 바위 동굴 안에 숨겨져 있는 비밀의 공간이나 뾰족한 방벽을 세워둔 요새를 생각했던 카셀은 도리어 그 평범한 모습에 놀랐다.

　마을 곳곳에 일상을 준비하는 아낙들도 있었고 뛰노는 중인 아이들도 보였다. 마을 뒤쪽으로는 농작물을 경작하는 밭이 있었다. 아무래도 카셀은 농사를 짓는 입장이다 보니 제일 먼저 땅의 상태와 밭의 넓이부터 살피게 되었는데, 이 정도 크기의 마을이라면 충분히 식량을 자급자족할 수 있는 수준이었다.

　빨랫줄에 널어놓은 하얀 이불보가 바람에 펄럭였다. 지붕에는 검은 버섯을 말리고 있었고, 굴뚝을 타고 올라온 하얀 연기가 공기 중에 스며들었다. 마을 앞에는 꽃과 나무가 잘 가꾸어져, 지나가면서 보면 아름다운 마을 선정 위원회에서 촌장 좀 뵙자고 달려들 것 같았다.

　고향을 떠난 이후 계속 전쟁을 준비하는 부대에서 시달리다가 처음으로 만나는 평범한 마을이라 더욱 마음이 훈훈했다. 루우룬 마을로 돌아온 기분이었다.

　"고향 같은 곳이군."

　거의 무의식중에 카셀이 말하자, 길을 안내하던 팔콘의 부하 중 하나가 자랑스럽게 설명했다.

　"마을을 제대로 꾸리는 데에 꼬박 1년이나 걸렸지. 우린 이곳을 아지트라고 부르지 않아. '집'이라고 하지."

　"혹시라도 누군가 공격해오면 너무 무방비가 되지 않겠소?"

　카셀이 물었다.

"이런 모습이라 오히려 더 안전할 때가 많아. 또 그 정도는 감안하는 거다. 우리도 싸울 줄 모르는 바보들은 아니니까."

마을 앞에는 건달처럼 껄렁대는 젊은 녀석이 둘 서 있었는데, 팔콘이 진입하자 즉시 군인처럼 똑바로 서서 인사했다. 일부러 풀어진 모습을 연출하고 있었던 게 분명했다.

마을 사람들은 팔콘이 말을 타고 돌아오자 꾸미지 않은 미소로 반겼다. 누구도 그를 도적단의 두목으로 보는 것 같지 않았다. 팔콘도 같이 사람들에게 인사했고, 아이들은 팔콘의 말을 줄을 지어 따라다녔다. 심지어 팔콘을 상대로 장난을 치는 대담한 장난꾸러기도 있었다. 바로 옆을 수행하는 도적이 녀석에게 화를 냈지만, 그건 그저 말 가까이 오면 다친다는 뜻에서 야단치는 것이었다. 어딜 봐도 그저 인기 많은 마을 아저씨 같았다.

갑자기 루치가 생각났다. 자신의 갑옷을 뽐내고 기사라는 이름을 내세우는 모습. 그때는 뭐에 씌었는지 그게 부럽고 멋있어 보였지만 지금 생각해보면 조금도 기사다운 모습이 아니었다. 갑옷과 붉은 장미 문장이 아니었더라면 녀석은 예전 마을 사람들의 골칫거리였던 때와 조금도 달라지지 않았다. 여자들에게 손대는 것도 여전했고, 술 마시고 탁자 뒤엎으며 싸움 거는 것도 여전했다. 달라진 거라면 그가 기사라는 것 때문에 아무도 호통치지 못 하게 되었다는 것뿐이었다.

루치는 어렸을 때부터 그랬다. 카셀도 안 좋은 일을 여러 번 당했다. 대항해봤자 힘센 패거리를 이끌고 다니는 놈을 당해낼 방법이 없으니 무시할 도리밖에 없었다. 그러나 이상하게도 카셀이 저항을 포기하자, 오히려 녀석의 괴롭힘은 사라졌다. 왜 그런지 몰라도 그건 정말 반가운 일이었다.

'과시를 안 하는구나.'

좀 전의 상황을 되짚어 보니 팔콘은 협박하지 않고 기사들을 제압했고, 강요하지 않고 부하들을 통솔했다. 그리고 무슨 수를 썼는지 마을 사람들에게도 인기를 끌고 있었다.

카셀은 이것과 비슷한 분위기를 딱 한 번 겪어보았다. 익셀런 기사단이 루우룬 마을로 들어왔을 때였다. 그들은 어떤 위협도, 과시도 하지 않고 하룻밤 지내고 갔을 뿐이었는데 단번에 마을 사람들의 공포심을 경외심으로 바꿔버렸다. 카셀은 팔콘의 뒷모습을 보며 그때의 기사를 떠올리게 되었다.

팔콘과 그의 부하들은 마을 제일 안쪽에 위치한 회관으로 들어갔다. 준비하고 있던 마을 청년들이 말을 마구간으로 끌고 가면서 카셀을 노려보았다. 딱히 협박을 당한 것도 아니고 어디 묶여있는 것도 아니었지만 불편하고 무서운 건 어쩔 수 없었다.

제법 널찍한 둥근 회관의 벽에는 여러 종류의 무기와 방패가 걸려 있었다. 팔콘은 자신의 거대한 칼을 벽에 걸어두고 한쪽 의자에 앉았다. 뒤따라 들어온 다른 도적들도 차례대로 테이블에 앉았다.

"앉지 그래?"

팔콘의 제안에 카셀은 제일 끄트머리 자리에 앉았다. 수십 개의 눈빛이 그를 향했다. 다행히 팔콘의 눈빛에는 아무런 적의도 없었다. 하지만 그게 더 무섭게 느껴지긴 했다. 팔콘이 카셀을 향해 물었다.

"내 마을이 어떤가?"

카셀은 팔콘에게 좀 더 정중해지기로 했다.

"카모르트에 이렇게 살기 좋은 마을이 있다는 것만으로 기분이 좋을 정도로 훌륭합니다."

하지만 팔콘은 변함없는 말투로 질문을 이었다.

"슬쩍 봐놓고 살기 좋은지 아닌지는 어떻게 아나? 난 마을의 겉모습에 대해서 물은 것이었는데."

"지금 같은 흉년에, 귀족들에게 식량과 세금을 뜯기고, 관리들의 횡포까지 이어지는 와중에 밥만 잘 먹고 살아도 잘 사는 거 아닙니까? 이 마을 사람들의 얼굴빛을 보니 밥은 잘 먹는 것 같더군요."

밥만 잘 먹어도 잘 사는 것이다! 그건 부대에서 훈련받으며 든 생각이었다. 루우룬 마을은 그런 의미에서 확실히 잘 사는 마을이었다.

"뭐, 기본적으로 우린 세금을 안 내니까. 아란티아에는 이런 마을이 없나?"

팔콘은 큰 소리로 웃으며 물었다.

'날 시험하기 위해 저런 말을 하는 걸까, 아니면 그냥 궁금해서 묻는 걸까?'

날카로운 눈빛들이 사방에서 쏘아보는데, 괜히 그런 의문을 마음에 품고 있으면 자칫 실수로라도 속마음이 드러날 게 무서워 지워버렸다. 지금은 거짓말을 하고 있다는 사실 자체를 스스로 잊어버릴 필요가 있었다.

"아란티아라고 특별히 다른 곳보다 좋은 곳이랄 수 있겠습니까? 왕실의 손길이 닿지 않는 마을은 카모르트처럼 관리들의 횡포가 심한 곳도 있고, 도적들도 많지요. 그런 지역이 많지는 않다 정도? 적어도 여기보다 도적에게 습격당할 염려는 없을 겁니다."

도적이라는 말에 팔콘은 잠시 눈살을 찌푸렸다.

"나도 그중 하나라고 지목하는 것처럼 들리는군."

"평범한 도적은 아니라고 생각되지만, 근본적으로 아니랄 수도 없지 않습니까? 이 마을도 어찌 보면 당신들이 노략질한 사람들의 피와 돈으로 건설된 건데?"

"돌려 말하는 법을 모르는군."

"지금 무서운 나머지 나오는 대로 말하는 중이라서."

그 말에 도적들은 잠시 웅성거렸다. 팔콘은 팔짱을 끼고 카셀을 잠시 훑어보았다.

"하던 얘기를 마저 하기 전에 아까 상황을 잠시 묻고 싶군. 나는 그때 그 기사 놈들을 살려둘 생각이 전혀 없었다. 놈들은 절대 무릎을 꿇지 않을 테니 무릎을 꿇으라면 덤빌 것이고, 그럼 나는 놈들의 마지막 자존심을 지켜주며 죽여줄 생각이었다. 그런데 댁이 그렇게 나서는 바람에 죽일 수가 없게 되었지."

팔콘이 카셀을 손가락으로 가리키며 말을 이었다.

"물론 난 아란티아에서 온 귀한 손님을 죽이는 우를 범할 뻔했고. 자신 있었나? 내가 안 죽일 거라고?"

"자신 없었습니다. 그냥 왠지 대화가 통할 거라 믿었습니다."

"만약 그 판단이 틀렸다면? 내가 그레이독처럼 그저 싸움질이 좋아 생각 없이 도적질이나 하는 뚱보였다면 어쩌려고 했나?"

카셀은 대답 대신 잠깐 웃어 보이며, 처음 칼을 숨겨 놓았을 때부터 생각했던 시나리오를 펼쳤다.

"내가 칼을 숨겨둔 걸 기억하십니까? 단순히 싸움질 좋아하는 뚱보가 날 포위했다면, 대화 대신 다른 방법을 쓸 요량이었지요. 별거 아닌 자의 별거 아닌 부하들이라면 숫자가 많다 해도 충분히 이기지 않았을까 싶습니다만?"

카셀의 말은 의외의 반향을 일으켰다. 다들 놀란 눈이었고, 팔콘은 질린 표정이었다.

"그러니까 오십이나 되는 인원을 상대로 싸울 생각이었다?"

'너무 과장이 심했나?'

이미 되돌릴 길이 없어 카셀은 태연하게 대꾸했다.

"물론 당신 부하들 상대로는 무리였겠지요."

사방에서 기분 나쁘게 수군거렸다. 팔콘은 손을 들어 모두를 진정시켰다.

"이름이 뭐라고 했지?"

이미 너무 많은 거짓말을 하고 있는데 이름까지 가짜로 대면 힘에 부칠 것 같았다.

"카셀."

"당신이 누구든 이 마을에서는 내게 존칭을 받지 못할 거다. 하지만 우선 당신의 무모함과 대담함에 찬사를 보내도록 하지. 그럼 본론으로 들어가 묻겠다."

"대답할 수 있는 문제라면."

"카모르트에는 왜 왔는가?"

"아까 한 대답을 되풀이 할 수밖에 없겠군요. 해를 끼치러 온 건 아니며, 진짜 이유는 밝힐 수 없습니다."

"당신의 무모함이 진짜인지를 확인해보고 싶은 대답이군."

팔콘이 보이는 미소는 진짜로 살벌했고 진짜로 자신감이 넘쳤다. 카셀은 여유 있는 척하려고 웃었지만 오히려 팔콘의 자신감에 주눅이 들 따름이었다. 그래도 눈길을 피하진 않았다.

"그렇게 들렸다면 사과하겠습니다, 팔콘."

카셀은 고개를 까닥이며 잽싸게 덧붙여 물었다.

"그런데 그런 걸 왜 묻습니까? 도적 주제에."

"뭐라고?"

"그냥 도적이라면 사람들의 돈을 빼앗고 마을을 약탈하고 무고한 사람들을 죽이는 데 집중하셔야지요. 제가 온 목적은 카모르트 왕국과 직접적으로 관련된 일입니다. 극비 사항이죠. 들으면 신변이 위험해질 얘기를 뭐하러 신경 쓰십니까?"

카셀의 말이 끝나기가 무섭게 팔콘의 부하가 자리에서 벌떡 일어났다. 그는 길이가 사람 키만 하고 칼날이 초승달처럼 굽은 거대한 칼을 바닥에 찍으며 소리쳤다.

"아까부터 보자보자 하니까 못하는 소리가 없군. 닥치고 팔콘께서 묻는 말에 대답이나 해라."

"내가 대화하고 있는 상대는 이 자리에 있는 사람 전체가 아니라 팔콘이다. 네가 대신 대답할 게 아니라면 나서지 마라."

카셀은 싱겁게 대꾸하고 팔콘을 돌아보았다. 팔콘의 부하는 선 채로 굳었다.

"앉아라."

팔콘은 서 있는 부하에게 명령하곤 카셀에게 말했다.

"너무 내 부하들을 자극하는 발언은 삼가는 게 좋을 거다, 카셀."

"칼을 쓸 생각이었다면 아까 장미의 기사들과 함께 싸웠겠지요. 이 정도가 자극이 될 말일 줄은 몰랐습니다. 좀 더 조심해서 말을 하도록 하지요."

카셀은 팔짱을 낀 채 의자에 등을 기대고 물었다.

"자, 그래서요? 제가 카모르트에 온 목적은 왜 물었습니까?"

"그저 이 나라에 충성을 다해야 할 의무가 있기 때문이라고만 말해 두지."

"그럼 저 역시 아란티아가 카모르트 왕국을 위해 날 보냈다고만 말씀드리지요."

"두 백작 중 하나를 돕기 위해서가 아니라고 믿어도 되나?"

"의심하기 시작하면 날아가는 새도 붕어로 만들 수 있는 법입니다."

카셀은 팔콘의 강력한 눈빛을 조금도 흔들림 없이 바라보았다. 속으로 '밀 한 가마니 어디에다 팔아먹었어?'라고 묻는 아버지의 눈빛에 대항했던 경험에 비하면 별것도 아니라는 이상한 비교를 하면서.

"식사는 했나?"

카셀은 팔콘의 엉뚱한 질문에 웃음을 터트렸다.

"당신이 부숴버린 캠프에서 할 예정이었죠."

"그거 미안하게 됐군."

"거기 병사들, 다 죽인 겁니까?"

"저항하는 놈들만. 나머지는 모조리 옷을 벗겨서 황야로 던져버렸지. 그럼 내가 대신해서 한 끼 대접하도록 할까?"

팔콘이 로비 밖에 서 있는 여자에게 손짓하자 금방 준비된 음식이 나왔다.

식사는 그 자리에서 이루어졌다. 지금까지 군인들처럼 각을 잡고 절제하는 모습을 보여 왔던 도적들은 식사가 준비되자 자유롭게 흩어져 먹었다. 고급스럽진 않더라도 이 시기에 맛보기 어려운 푸짐한 음식과 고기가 있었다. 음식을 나른 여자들은 자연스럽게 남자들의 옆에 앉아 같이 식사를 했다.

잔뜩 긴장한 탓에 허기는 전혀 느껴지지 않았지만 의식적으로 먹어 둬야겠다는 생각에 카셀은 조금씩 음식을 주워 먹었다. 그러던 중 아무도 앉지 않는 카셀의 옆에 누군가 자리를 잡았다.

카셀보다 나이가 열 살은 족히 많은 여자였다. 잔주름이 적당히 눈가에 잡힌 매력적인 얼굴이었지만 무관심한 눈빛이 쌀쌀맞아 보였다. 카셀은 입에 넣은 고기를 우물거리며 여자를 바라보았고 여자는 한 손으로 턱을 괴고 마찬가지로 뚫어지게 쳐다보았다.

"뭡니까?"

카셀이 물었다.

"우리 마을 전사들이 어쩌지도 못하고 데려온 검사가 있대서, 구경 중이죠."

여자는 카셀의 팔뚝을 대뜸 주물럭거려 보았다.

"과연 몸집은 작지만 근육은 대단하군요."

'규칙적인 생활과 제한된 식사, 그리고 혹사당하지 않을 만큼의 밭일을 하면 저절로 이런 몸을 가질 수 있게 되지요.'

카셀은 허를 찌르는 농담을 한마디 하려다가 참았다.

"제 이름은 제이니예요."

"카셀입니다."

"좋은 얼굴을 옷이 망쳤군요."

"비밀 임무 중이라 이렇게 입었지요."

카셀은 자기가 말해놓고도 웃었다.

"하지만 지금은 그러고 있을 필요 없잖아요? 식사 끝난 후 절 따라오시죠."

카셀은 그녀의 망설임 없는 접근에 당황하며 팔콘을 바라보았다. 하지만 팔콘은 커다란 양고기에 향료를 뿌리며 눈길도 주지 않았다.

'차라리 잘 됐다. 오래 속일 수 있는 사람이 아니야. 벗어나 있자.'

카셀이 물었다.

"어디 씻을 곳 좀 없을까요?"

"따라오세요."

제이니는 과감하게 카셀의 손을 잡고 일으켰다. 별로 세지도 않은 힘이었지만 마법처럼 쉽게 끌려갔다. 카셀은 퍼뜩 생각이 나서 잠깐 멈춰 팔콘에게 물었다.

"내 칼은 언제 돌려줄 겁니까?"

팔콘은 고기를 입에 물고 대꾸했다.

"네가 진실을 말할 때."

카셀은 순간 심장이 덜컹 내려앉았다.

"씻고 나중에 내 방으로 와라, 카셀. 이 방에서 못다 한 얘기는 거기에서 나누도록 하지."

카셀은 고개를 끄덕이고 도망치듯 제이니를 따라나섰다.

코끝을 찌르는 바깥 공기가 묘하게 상쾌했다. 카셀은 자신이 얼마나 가슴 졸이며 앉아있었는지 실감했다.

'진실을 말할 때? 내가 거짓말을 하고 있단 걸 눈치 챈 건가? 아니면 다른 의도가 있는 걸까?'

제이니는 마을이 한눈에 내다보이는 회관 앞에 서서 카셀을 기다리고 있었다. 여전히 일상이 이어지고 있는 마을을, 그녀는 부드럽게 손으로 훑어보이며 말했다.

"여기 있는 사람들은 모두 피난민이었어요."

"두 백작의 전쟁 때문에?"

"그래요. 팔콘이 우리를 구해줬죠."

회관을 지나쳐가는 마을 사람들의 얼굴에는 미소가 가득했고 발걸음은 가벼웠다. 사람들의 옷도 깨끗했고 길도 잘 다져져 있었다. 군대를 따라다니면서 보아왔던 수많은 피폐한 마을에 비하면 천국 같은 곳이었다.

"어떤 마을은 백작의 군대가 쳐들어와서 싹 쓸어가기도 하고, 어떤 마을은 도적 떼가 쓸어가기도 하죠. 아실지 모르겠지만 그런 일이 한번 터지면 마을이라는 존재 자체가 죽게 되죠. 사람은 살되, 마을은 그 생명을 잃게 돼요. 여자들은 몸을 빼앗기고, 남자들은 생명을 빼앗기고, 아이들은 꿈을 빼앗기고, 노인들은 살아온 인생을 빼앗기죠."

제이니는 크게 심호흡을 하며 말을 이었다.

"팔콘은 살아남았으나 마음이 죽어버린 사람들을 모아 이 마을을 만들었어요."

"그래서 사람들이 그렇게 팔콘을 따르는 것이군요."

"그렇죠. 그나저나 몰래 밖에서 듣고 있었는데, 당신 대단하던데요? 잡혀 온 주제에 우리 대장에게 그렇게 따박따박 따지다니."

"겁먹은 병아리가 삐약대는 것처럼 보이지 않던가요?"

"아무리 대단한 사람도 팔콘 앞에서는 찍소리도 못하는 거 많이 봤어요. 당신은 그 대단한 사람들보다 더 대단하거나 아니면 팔콘의 무서움을 전혀 모르는 사람이겠죠."

"그럼 난 후자인가 보군요."

카셀은 농담조로 웃으며 고개를 끄덕였다.

"어때 보여요, 당신 관점에서 우리 대장은?"

"이 나라를 걱정하는 의적…… 하지만 진실로 걱정된다면 제일 먼저 앞장서야지, 이런 작은 규모의 저항은 큰 관점에서 보면 도적질 외에 아무것도 아니라고 생각합니다."

카셀은 의적을 다룬 시와 나라를 걱정하는 정치가들의 이론을 떠올리며 말했다. 그러나 제이니는 부드럽게 웃으며 고개를 저었다.

"만약 팔콘마저 나라를 구한다는 명분하에 전쟁을 일으킨다면 이 마을 사람들은 어디 가서 살라고요?"

카셀은 더 할 말이 없었다.

'나도 내가 욕하는 귀족들 같은 얘기를 한 꼴이구나.'

제이니의 집은 회관에서 그리 멀지 않은 작은 집이었다.

제이니는 수건을 한 장 내주며 따뜻한 물이 가득 담긴 나무 욕조가 있는 욕실로 카셀을 안내했다.

"욕조가 좀 작죠. 하지만 이게 이 마을에서 제일 좋은 거예요. 팔콘도 종종 이용하죠. 새 옷은 조금 이따 문 앞에 둘게요. 그 옷은 버려야 겠어요."

카셀은 옷을 벗으려다 아직도 욕실 앞에서 두 손을 배 앞에 가지런 히 모으고 서있는 제이니를 발견했다.

"문을 닫아도 될까요?"

"원한다면 등을 밀어드릴 수 있어요."

"사양하겠습니다."

카셀은 놀리는 투로 제안하는 그녀를 애써 무시하고 문을 닫았다. 옷을 벗고 물에 몸을 담그니 피가 머리 쪽으로 솟으며 황홀할 정도로 기분이 좋아졌다. 마지막으로 제대로 씻어본 지가 도대체 언제인지 기 억도 안 났다.

"옷은 문 밖에 둘게요. 남편 키가 당신과 비슷하니 다행이에요."

문밖에서 제이니의 목소리가 들렸다.

"고맙습니다."

카셀은 욕조 끝에 뒤통수를 기대었다. 몸이 풀리니 다시금 걱정거리 가 머리를 쿡쿡 찔렀다.

'여기까지 온 건 좋았는데, 이제 어쩐다? 어떻게 하면 이 마을을 빠 져나갈 수 있을까?'

팔콘의 마지막 몇 마디가 신경 쓰여 죽을 지경이었다.

몸을 닦고 조심스레 문을 열어보니 옷이 한 벌 문 앞에 놓여있었다. 시골집의 형편에 맞는 싸구려 옷이 아니었다. 평생 이런 종류의 옷을 입어본 적이 없는 카셀은 낑낑대다가 겨우 단춧구멍을 끼워 맞췄다. 바 지를 추스르며 거실로 나오니 제이니가 웃으며 서 있었다.

"다행히 꼭 맞는군요. 이리 와 봐요. 뒤에 단추가 더 있어요. 아마 아란티아 기사 복식과는 달라 입기 힘들 거예요."

"남편분이 기사입니까?"

"예전에요. 자, 됐어요."

제이니는 허리춤에 손을 올리며 카셀을 위아래로 훑어보았다. 그리고 카셀의 젖은 머리를 몇 번 정돈해 준 다음에야 만족스러운 미소를 지었다.

"잘 입으면 멋진 남자일 거라고 생각했는데, 제 생각이 맞네요. 면도는 안 했어요?"

"칼이 없어서."

사실은 수염까지 깎아버리면 너무 어려 보일 것 같아 놔둔 거였다.

"뭐, 나름대로 어울리는군요."

제이니의 자신감 넘치는 미소를 보자, 덩달아 자신감이 생겼다.

제이니는 귀족 흉내를 내는 쟈넷처럼 도도하지도 않았고, 언젠가 한 번 본 적 있는 남작 부인처럼 보석이나 화장으로 치장하지도 않았지만, 누구보다 더 귀족처럼 보였다.

남편이 기사라면 제이니 역시 과거에는 신분 높은 집안의 사람이었을 것이다. 차림새가 어찌 되었건 현재 직위가 어찌 되었건, 행동거지에서 은근히 묻어나오는 품격이 달랐다. 카셀은 자신에겐 그런 품격이 없다는 것을 깨달았다.

"칼을 차면 더 어울릴 거예요."

제이니는 벽에 걸린 칼을 내려 손수 카셀의 허리에 달아주었다.

"이제 차림새만으로는 당신이 기사임을 의심하는 사람은 없겠어요."

별다른 의도가 있어서 한 말은 아니겠지만 카셀은 뜨끔했다.

"이제 팔콘을 만나러 가보시겠어요?"

"팔콘을요?"

"나오기 전에 만나자고 그러지 않았던가요?"

"맞아요. 그랬죠. 목욕이 너무 기분 좋아서 까먹었네요."

카셀은 농담조로 말했지만 유쾌하게 끝맺지 못했다.

'팔콘은 내가 무의식중에 취하는 동작 같은 걸로 내 실체를 알아봤을 거야!'

카셀은 허리에 찬 칼을 다시 풀어 제이니에게 돌려주었다. 어째서인지 칼집에는 왕실의 문장이 박혀 있었다.

"팔콘은 어디 있습니까?"

"아까 식사하던 회관의 뒤편으로 가세요. 방이 하나뿐이니 금방 찾을 거예요. 나머지는 다들 자러 갔어요. 어제는 힘든 전투가 있었다고 했으니까."

카셀은 제이니의 집을 나섰다. 아무도 그를 주시하는 사람은 없었다. 이대로 달아나도 붙잡을 사람도 없는 것 같았다. 하나 문제라면 아직 보검이 팔콘에게 있다는 점이었다.

'굳이 내가 되찾을 필요는 없잖아? 하얀 늑대들을 찾아가서 이 사실을 알리자. 그럼 그 사람들이 알아서 하겠지!'

그러나 카셀은 달아날 엄두가 나지 않았다. 게다가 하얀 늑대들에게 사실을 납득시킬 자신도 없었다. 그래서 칼만 되찾으면 도망치는 것으로 계획을 수정했다.

회관은 음식을 치우는 사람들만 몇 명 있었는데, 카셀을 봐도 별 관심을 두지 않았다.

제이니의 말대로 팔콘의 방을 찾는 건 어렵지 않았다. 카셀은 잠깐 문 앞에서 망설이다가 노크를 했다.

"들어와라."

안에서 팔콘의 목소리가 들렸다.

'팔콘을 어떻게 상대해야 할지 생각을 못 해놨네. 너무 준비 없이 왔나?'

카셀은 문을 열었다.

팔콘의 방은 침대 하나에 책장, 지도 한 장 놓인 탁자만으로도 꽉 찰 정도로 좁았다. 벽에는 다양한 종류의 무기들이 날을 번뜩이며 걸려있었다. 손잡이에 손때가 묻어있고, 날에 금이 가거나 부서진 자국이 있는 것으로 미루어 보아 장식품이 아니라, 실제 사용하던 무기들이었다.

팔콘은 술잔을 들고 의자에 앉아있었다. 단지 잔을 쥐고 있는 것뿐인데도 자세가 근사해 보였다.

"그렇게 입고 있으니 좀 낫군."

팔콘이 어깨를 으쓱하며 말했다.

"제이니가 주었습니다. 받아도 될지 모르겠지만."

팔콘은 이미 알고 있다는 듯 고개를 끄덕이며 말했다.

"잘 입어주면 좋지. 그 옷은 제이니 남편의 유품일 테니."

"유품?"

카셀은 죄를 지은 표정으로 물었다.

"말 안 했나?"

"과거형으로 말하긴 했지만…… 어느 가문의 기사였는지 물어도 되겠습니까?"

"카모르트의 왕실 기사단. 내가 캡틴이었고."

카셀은 비명을 내지를 뻔했다.

"왜, 놀랐나? 어느 쪽에서 놀란 거지?"

팔콘은 부하들과 같이 있을 때처럼 쏘아붙이는 어조 없이 부드럽게 말했다.

"둘 다. 하지만 당신의 경우에는 과거에 높은 직책이었음을 짐작했던 터라, 제이니의 정체에 더 놀라게 되는군요."

팔콘은 시원스럽게 웃음을 터트렸다.

"과연 잘 나가는 기사단의 캡틴답군. 왕실의 기사단 소속이었다고 밝히면 보통 기가 죽던 데 말이야."

카셀은 헛기침을 하며 말했다.

"일단 좀 앉아도 되겠습니까?"

"그러든가."

팔콘은 술을 한 모금 했고, 카셀은 의자에 앉았다.

"씻고 나서 보니 좀 어려 보이는군. 스물다섯? 일곱?"

"그 정도."

사실 그것보다 서너 살이나 더 어리다는 말은 하지 못했다.

"그 나이에 캡틴이면 아주 대단한 실력을 지녔겠군. 마스터 퀘이언도 나이가 제법 된 후에야 캡틴을 맡지 않았던가?"

"뭐, 그거야…… 그보다 제이니의 남편 이야기를 먼저 해주십시오."

카셀은 보지도 못한 사람을 소재로 거짓말을 지어낼 자신이 없어 화제를 돌렸다. 다행히 팔콘은 깊게 파고들지 않았다.

"메오릭스. 나 같은 별거 아닌 캡틴보다 위대한 멋진 기사였지! 우린 처음에 적으로 만났다. 나는 론타몬이 아크랜드 점령에 나섰던 당시의 익셀런 기사단 소속이었고 메오릭스는 왕성을 지키는 카모르트의 기사였지."

"익셀런?"

카셀은 팔콘을 만난 이후 가장 크게 자신의 감정을 드러내 보였다. 어린 시절 기사에 대해 가졌던 모든 꿈을 한 마디로 집약한 존재인 익셀런의 기사가 바로 눈앞에, 나이 든 모습으로 앉아 있는 것이었다.

"안 놀란 거 아니까, 그렇게 놀란 눈 안 해도 돼."

팔콘은 술잔을 내려놓고 의자에 기대어 깍지를 끼었다. 그리고 과거를 회상하며 느긋하게 이야기를 시작했다.

"카모르트 국왕이 항복 문서에 도장을 찍기 직전이었지. 이 나라를 지탱하던 길터 장군이 익셀런의 캡틴 웰치에게 죽는 순간 승패는 이미 갈린 거나 다름없었으니 왕을 두고 벌인 전쟁은 사실 소모전에 불과했어. 론타몬의 주력은 벌써 다음 타깃인 가넬로크로 향했고 내가 속한 익셀런의 한 부대만 노르만트를 공격했지."

팔콘의 눈은 벌써 그 순간으로 돌아간 듯 젖어 있었다.

"당시 있었던 수많은 전투에 비하면 별거 아닌 전투였다. 왕이 데리고 있는 기사단이라 봐야 소규모였고, 우린 얼른 왕에게 항복 문서를 받아낸 다음 서둘러 본대에 합류하라는 명령을 받았을 정도였으니까. 하지만 우리 부대 지휘관이 카모르트의 기사 중 하나에게 당하자 금방 끝나리라 여겨졌던 전투가 아주 길어지게 되었지."

"그게 메오릭스?"

"그래. 녀석은 명예와 전투를 중시하는 익셀런 기사단의 약점을 파악하고 하나씩 일대일 대결로 쓰러뜨려 갔지. 멋지지 않나? 나라면 금방 포기했을 거야. 나와 싸울 때는 이미 기운을 잃은 덕에 녀석을 쉽게 잡았다. 하지만 죽이지는 않았어…… 죽이기 아까웠달까?"

팔콘은 웃으며 얘기를 계속했다.

"나중에 물었지. 왜 그렇게 필사적으로 싸웠냐고. 항복하면 다 살려줬을 상황이었는데. 그랬더니 메오릭스가 그러더군. 익셀런 기사단은 여자와 아이들을 잡아먹는 사악한 악마들이라고 들었고 자기는 얼마 전에 결혼한 아내를 지켜야 했다고."

활자로 적힌 문장과 노래로만 알던 당시의 전투를, 당사자의 입으로 갑작스럽게 듣게 되니 카셀은 당혹스럽기 그지없었다. 그것도 익셀런의 기사가! 이런 이야기는 하루 전부터 두근거리며 기다렸다가 긴장된 마음으로 손에 땀을 쥐며 들어야 하는데, 따분한 척 들어야 한다는 게 카셀은 안타까웠다.

"중간에 많은 일이 있었으나 전쟁이 끝난 후 나는 카모르트에 정식으로 망명을 요청해 기사가 되었고, 메오릭스와 난 절친한 친구가 되었지. 어떻게 생각하면 미친 짓이었어. 원수 같은 타국 기사단의 기사가 제 발로 찾아와 기사로 받아달라고 청하다니 말이야. 대신들은 처형하자고 주장했지만, 놀랍게도 기사단은 나를 받아주었지."

"순전히 메오릭스라는 기사에 반해서 그런 위험을 감수했다고요?"

"부정할 수 없군."

팔콘은 웃으며 다시 얘기했다.

"하지만 카모르트의 기사가 된 이상 카모르트에 충성을 다할 생각이었다. 그러나 카모르트는 샤이필드 공작이 죽은 후 엉망이 되었지. 공작에게 의지하던 왕은 힘을 잃었고, 그 틈에 두 빌어먹을 백작이 전쟁을 벌이기 시작하더군. 그 전쟁의 명분이라는 것도 웃기지만……."

카셀은 이 기회에 백작 둘이 왜 전쟁을 시작했는지 구체적인 이유를 들을 수 있나 보다 하고 귀를 기울였지만, 팔콘은 다른 얘기로 넘어가 버렸다.

"중요한 건 그 땅에 살고 있는 사람들이지. 두 백작 놈은 그 사실을 잊었어. 나는 국왕께 몇 번이나 왕실 상비군을 키워야 한다고 간언했지만 출신이 익셀런이라 그런지 오히려 기사직을 박탈당했지. 두둔하던 메오릭스도 함께. 캡틴 자리는 프란시스에게 물려주긴 했지만, 녀석은 아직 경험이 부족해서 정국이 어수선한 지금 상황을 제대로 버티지 못할 게야."

팔콘은 몇십 년 전을 회상하는 노인처럼 한참이나 벽을 쳐다보더니 얘기를 마무리했다.

"그 뒤로 내 힘만으로 어떻게든 이 일을 해결하고 싶어 여러 가지로 노력하다가 결국 여기까지 왔다. 도적이란 이름으로."

"죄송합니다, 팔콘. 짧은 생각으로 당신을 욕했군요."

"욕이라고 생각하지도 않았으니 그런 건 아무래도 좋아."

팔콘은 술잔을 쥔 손으로 턱을 괴더니 카셀을 바라보았다.

"대신 시간이 지날수록 네 정체가 점점 궁금해지더군."

"무슨 뜻입니까?"

카셀은 고개를 갸웃하고 물었다.

"넌 기사가 아니야."

'올 게 왔구나.'

카셀은 잠시 뜸을 들였다가 물었다.

"기사가 아니면?"

"나야 모르지. 적어도 내가 아는 부류의 칼잡이는 아니다. 너처럼 얌전한 기사는 본 적도 들은 적도 없다. 아니면 내가 겪어보지도 못할 정도로 터무니없는 강자라 나 따위에게는 아무렇지도 않게 무릎을 꿇을 수 있는 건가? 아니야. 넌 기사가 되어본 적이 없는 녀석이야. 그걸 어떻게 알았냐고? 걸음걸이, 손놀림⋯⋯."

팔콘은 탁자에 놓인 아란티아의 보검을 내보이며 말했다.

"⋯⋯그리고 이 칼을 내게 건넬 때의 모습. 어느 것 하나 칼을 배워본 적이 없는 녀석의 행동이었어."

카셀은 대답하지 못했다. 갑작스럽게 허를 찔렸고 이런 질문에는 아무 대처도 되어있지 않았다.

"대답해라, 카셀. 넌 누구냐?"

# ✤ Chapter 4 ✤
## 의적과 도적 사이

'품격.'

제이니는 스스로 귀족이라고 말하지도 않았고 옷차림으로 자신을 내보이지도 않았지만 카셀은 자연스레 그녀가 귀족이라고 생각했다. 몸에 배어있는 자세만으로 그렇게 생각하게 된 것이었다. 카셀은 기사를 제대로 본 적도 없고 기사들과 같이 생활해 본 적도 없었다. 그들의 태도를 눈으로나마 보고 익힐 기회가 없었으니 기사처럼 행동하는 게 불가능했다.

카셀에게는 기사의 품격이 없었다.

'거짓말이 들통났다. 그럼 이제 죽는 건가?'

카셀은 팔콘이 말을 꺼낸 시점을 되돌아보았다. 그는 쓸데없이 제이니의 남편부터 시작해서 과거의 익셀런 이야기까지 꺼내놓았다. 그는 뭔가를 얘기하고 싶었고 그걸 카셀이 잡아내는지 알아보고 있었다.

'죽일 거였으면 그런 얘기를 안 했겠지.'

메오릭스. 카모르트의 국왕. 왕립 기사단의 캡틴. 나라를 위한 의적 질. 팔콘이 이 대화의 중심에 걸어놓은 건 카셀의 목숨이 아니라 카셀의 정체였다.

왜 팔콘이 굳이 카셀의 정체를 궁금해하는가? 왜 아란티아에서 온 손님이라는 말에 순순히 넘어가 줬으며, 마을로 인도했는가? 왜 굳이 카모르트의 국왕 얘기를 꺼냈는가?

그건 팔콘이 정말로 나라의 안위를 걱정하는 사람이라고 가정하면 어렵지 않은 문제였다. 그리고 왜 카셀을 데려와 굳이 과거 얘기를 하면서까지 정체를 캐내려고 했는지도 알 수 있었다.

팔콘은 카셀이 이 나라에 도움을 줄 손님이길 진심으로 바라고 있는 것이다. 다행히 카셀 역시 전투를 한 번 겪으며 이딴 전쟁은 없어지길 간절히 빌었던 사람이라 굳이 거짓말을 할 필요가 없었다.

"뭘 원하는지 아직 모르겠지만 적어도 당신이 계속 날 살려두고 계신 이유를 물어도 될까요?"

카셀은 강하고 거만해 보이도록 꾸며낸 목소리가 아니라, 본래의 목소리로 말했다. 그를 상대로는 허세를 떨 필요도 없을 것 같았다.

"일단 달아나지 않더군."

"보검이 여기 있으니까."

"제이니도 건드리지 않았고."

"맙소사, 설마 메오릭스의 아내를 미끼로 썼다는 말을 하는 건가요?"

"가장 몸을 잘 숨기는 녀석이 셋이나 그 집을 에워싸고 있었다."

'아까 몰래 달아나려고 했다면 그 즉시 잡혔겠군.'

카셀은 내심 다행스러워하며 말했다.

"이젠 별로 기분 나쁘지도 않군요. 그래서 절 어쩌실 겁니까?"

"변명하지 않을 생각인가?"

"그 보검 외에 제 신분을 증명할 건 아무것도 없습니다. 아무리 당신이 그러셔도 전 그 보검을 들고 제 친구들과 합류해서 노르만트로 가야겠습니다."

"가서 뭘 할 건가?"

"비밀입니다."

"내가 더 의심하게 만들 건가?"

"이미 우리는 패잔병들의 마을에 오기 전에 암살자들의 공격을 받았고, 덕분에 전 난장판 속에서 이 칼을 찾기 위해 동료들과 떨어졌다가 당신을 만난 겁니다. 그 암살자들의 배후가 누구인지 알아내기 전까지는 모든 걸 비밀로 할 생각입니다."

"암살자를 만났다고?"

팔콘이 인상을 구기는 걸 보며 카셀은 고개를 끄덕거렸다.

"동료들과 합류할 장소는 어디로 정했나?"

"코홀룬. 바로 쫓아가려고 했지만 마차 시간이 어긋나서."

카셀은 이 정도 정보를 줬을 때 팔콘이 보여줄 반응이 제발 머릿속으로 생각했던 그것이길 바랐다.

왕국을 걱정하는 마음. 그런 마음을 가진 사람이라면 아란티아에서 온 손님이 암살자에게 공격당했다는 말을 듣고도 상대의 정체나 의심하고 있을 여유가 없을 것이다. 무엇보다 카셀은 지금 진짜 하얀 늑대들이 아니면 알 수 없는 내용을 떠들고 있었다.

"암살자들이 왜 울프 기사단을 공격해?"

팔콘이 물었다.

카셀은 속으로 안도했다. 그리고 한술 더 떠 심각하게 말했다.

"왜, 가 아니라 어떻게, 입니다. 극비리에 왔는데 어떻게 우리가 카모르트로 왔다는 사실을 알아내고 암살자들이 공격한 겁니까?"

"국왕 폐하와 아란티아에서 온 사신의 만남을 아주 꺼려하는 누군가가 있다는 소리군."

팔콘은 턱을 쓰다듬더니 카셀에게 보검을 내주었다.

"어려운 문제니 한숨 자고 생각해야겠어. 너도 어디 가서 쉬든가 놀든가 해도 좋다."

"칼을 쥔 정체불명의 이방인을 마을 안에 풀어놓겠다는 겁니까?"

카셀이 물었다.

"왜? 내 부하들을 몰래 급습해서 죽인 다음 아이들을 거꾸로 매달고 아낙들을 겁탈한 후에 마을을 불살라버리기라도 할 건가?"

어처구니가 없는 대답에 카셀이 눈살을 찌푸리자, 팔콘은 자리에서 일어났다.

"그게 아니라면 됐다. 마을을 떠나도 상관 않도록 하지. 아, 마을 비밀은 유지해줬으면 좋겠군."

팔콘은 자리에서 일어나 침대에 누워버렸다. 카셀에게 아직 칼이 있다는 사실도 신경 쓰지 않는 모습이었다.

팔콘은 카셀이 진정 검을 쓰지 못하는 녀석임을 간파한 게 분명하든가 완전히 카셀을 믿게 되었든가 둘 중 하나로 보였다. 아니면 이 행동

역시 카셀을 마지막으로 시험해 보는 연기거나. 어느 쪽이든 카셀은 상관하지 않고 조용히 자리에서 일어나 방을 나섰다.

회관 밖에서 제이니가 기다리고 있었다.

"마을 구경이라도 하시겠어요?"

카셀은 대답했다.

"그러죠."

✦

제이니는 팔콘이 군대를 양성하기 전까지는 나그네들의 짐을 빼앗다가 나중에 두 백작의 군수 물자를 훔치게 된 과정을 설명해주었다. 그것을 어떻게 활용하며 어떤 방식으로 다른 마을과 교역이 이루어지는지도 카셀이 이해하기 쉽게 얘기했다. 그러나 카셀은 건성으로 대꾸했다.

"제 이야기를 안 듣고 계시는군요."

제이니가 약간 골을 내며 말했다.

"죄송합니다. 당신의 남편에 대해 생각하고 있었어요."

"팔콘이 메오릭스에 대해 이야기했어요?"

"예."

"이 인간이!"

제이니는 버럭 화를 냈다.

"제가 들려달라고 했어요. 팔콘의 잘못이 아닙니다. 그런데 부군께선 어쩌다가?"

제이니는 한숨을 푹 쉬며 앞장서 걸어가 버렸다. 분명히 화가 난 것이리라 생각하고 카셀은 사과하려 했다. 하지만 제이니가 먼저 입을 열었다.

"2년 전, 이 마을이 생기기 이전의 마을에 있을 때였죠. 그때는 정말 도적단 소굴이라고 불려도 할 말 없을 정도로 형편없는 상태였던 터라 마을의 존재가 금방 발각되었고, 붉은 장미 백작의 기사단이 쳐들어왔죠. 당시에는 마을 경비가 아직 정규군을 상대할 수 있는 수준이 아니었어요. 메오릭스는 모두를 후퇴시키고 혼자서 그들과 맞서 싸웠어요. 그리고 죽었죠."

제이니는 최대한 건조하게 말을 하려고 애썼다.

"유감입니다."

"그이는 항상 그랬죠."

제이니는 허공에 자기 남편이 있기라도 한 듯이 양손을 내저으며 거칠게 말을 이었다.

"언제나! 자기는 돌보지 않고 언제나 남 걱정만 하고 내가 뒤에 있다는 사실을 잊어버리죠. 잘 죽었어요. 나도 이제 돌아올지 안 올지 모를 사람을 가슴 졸이며 기다릴 일 없으니까."

카셀은 말없이 따라가기만 했다. 제이니도 흥분한 마음을 가라앉히려고 입을 다물었다.

"당신은 메오릭스를……."

"그 이야기는 그만해요!"

"……왕실의 기사였을 때부터 만났나요?"

카셀은 말을 멈추지 않았다. 제이니는 조금 짜증을 내며 대꾸했다.

"우린 소꿉친구였어요. 내가 열다섯, 메오릭스가 열여덟이었을 때 결혼했어요. 그는 결혼하자마자 전쟁터로 뛰어든 거죠."

"결혼해서 아내가 있는 남자가 홀로 익셀런 기사단 전체와 싸울 정도로 무모했군요."

"정말 형편없죠?"

"아니, 부럽습니다."

"뭐가요?"

"메오릭스는 당신을 지키기 위해 싸웠잖아요."

"아니, 그 사람은 국왕을 위해 싸웠는걸요!"

"팔콘이 그 얘길 안 해준 모양이군요?"

"팔콘은 내 앞에서 메오릭스 얘기를 한 적이 없어요…… 내가 안 들으려고 했으니까."

카셀은 희미하게 웃으며 말했다.

"전 누군가를 지키려고 목숨을 걸어본 적이 없습니다. 그렇게 뜨거운 사랑을 해본 적도 없지요……."

위대한 기사들의 이야기는 이름 난 전쟁터에만 있는 건 아니었다. 카셀은 메오릭스가 혼자서 익셀런 기사단 전체를 맞아 싸우는 그 순간의 모습이 그려지는 것 같았다. 그때 메오릭스의 심정은 어땠을까? 이대로 죽으면 아주 유명해질 거라고 생각했을까? 아니면 팔콘처럼 적군의 기사가 자기를 대단한 사람 취급해주길 원했을까? 아니, 오직 자기가 죽은 뒤에 남겨질 아내 걱정뿐이었겠지.

팔콘은 또 어땠을까? 자신을 대신하여 희생하겠다는 메오릭스를 버리고 떠나면서 살아남았다고 안도하지는 않았을 것이다.

카셀은 눈물을 보이지 않으려고 다른 곳을 돌아보았지만 제이니에게 금방 들키고 말았다.

"당신은 정말 솔직한 사람이군요."

카셀은 얼굴에 열이 확 오르는 기분이었다.

"제 얘기 어디에서 감정이 복받쳤나 모르겠네요. 하지만 당신 우는 걸 보니 나도 눈물이 날 것 같으니까 그만 울어요."

"죄송합니다."

"괜찮아요. 따라와요. 이 즈음이면 마을의 이야기꾼이 모두에게 떠들고 있을 거에요."

마을 중앙의 커다란 나무 아래에 많은 아이들과 앞치마 입은 아낙들이 앉아 있었다. 노인도 몇 눈에 띄었고 그 중앙에는 수염 긴 남자가 손짓을 크게 하며 이야기하고 있었다.

"으레 이 시간이면 마을 사람들이 다들 모여서 아무나 이야기를 시작하곤 하죠. 그중에 저 사람이 제일 재밌게 얘기해서 다들 좋아해요. 본명은 자기도 잊어버렸다는데, 우리는 그냥 '덩키'라고 불러요."

"재밌는 이름이군요."

"얘기는 더 재미있어요. 들어보세요."

덩키라는 사람은 한쪽 다리가 없는 노인이었다. 그는 자기 앞에 앉아 눈을 반짝이는 아이들에게 허풍 섞은 자신의 경험담을 열심히 떠들고 있었다. 이야기하는 실력이 보통이 아니라 다른 고민 때문에 이야기에 집중하지 않던 카셀도 금방 거기에 빠져들었다.

'하늘 산맥'의 드래곤 중 한 마리가 지상으로 내려왔다가 실수로 왕이 되어버리는 모험 얘기였다. 카셀은 이미 아버지에게서 옛날이야기로 들은 것이었다. 하지만 덩키는 교묘하게 그 이야기에서 드래곤과 맞선 마법사가 자기인 것처럼 바꿨다.

덩키는 자신의 말재주로 드래곤을 설득해 하늘 산맥으로 돌려보냈다는 이야기로 결말을 지었다. 인간에게 있어 신이나 다름없는 존재를 쫓아낸 위대한 영웅이 겸손한 마무리 인사를 마친 후에야 카셀은 정신없이 이야기에 빠져 있는 자신을 발견했다.

"오늘은 새로 온 손님이 있군요. 팔콘님도 반한 멋진 분이라는데 우리 그분의 이야기를 청합시다."

늙은 덩키가 카셀을 지목했다. 모두 박수를 쳤고, 아이들은 환호했다.

"당신이 아란티아의 기사라는 말을 듣고 다들 저러는 거예요. 이야기할 게 없다면 자기소개만 해도 사람들은 흥분할 거예요."

제이니는 안심시키며 둥글게 원을 그린 모임의 중앙으로 카셀을 안내했다. 맑고 초롱초롱한 어린아이들의 눈빛을 감당하는 게 보통 힘든 일이 아니었다. 지금까지 했던 거짓말은 모두 살아남기 위한 어쩔 수 없는 수단이었지만, 이 자리에서는 어떤 이유에서든 거짓말을 하는 건 죄악이라는 생각마저 들었다.

아무 말 못하는 모습을 보고 제이니는 손을 살짝 흔들어 주었다. 카셀은 어색하게 미소 지은 후 얘기를 시작했다.

"저는 말재주가 없어 이 자리에 서기가 힘들군요. 아시겠지만, 저는 아란티아의 기사입니다."

사람들의 작은 웃음소리가 있었다.

"제 얘기는 지루하기 짝이 없는 내용뿐이니, 저도 옛날이야기나 하겠습니다. 하늘 산맥 얘기가 나왔으니 저도 그곳 이야기를 해보죠."

아이들은 와아 하며 덩키 쪽을 바라보았다. 늙은 이야기꾼은 조금 당황하는 표정이었지만, 카셀은 웃으며 그에게 손바닥을 펼쳐 보였다. 아이들의 영웅을 추락시킬 생각은 조금도 없었다.

하늘 산맥은 세상이 처음 태어났을 때부터 있어왔으며 그곳에는 사람들이 알지 못하는 신화 속의 존재가 살고 있다고 전해져 왔다. 산맥 너머의 남쪽 땅은 누구도 가보지 못했으므로 언제나 음유시인들의 좋은 소재가 되어왔다. 그곳이 땅끝이라 바닥을 알 수 없는 낭떠러지가 있다는 설도 있고, 드래곤이나 날개 달린 요정이 지배하는 숲이라는 설도 있었다.

아크랜드를 경계 짓는 그 거대한 절벽과도 같은 산에 도전했다가 돌아오지 못한 사람들의 얘기도 많았다.

"제 할아버지는 젊었을 때 많은 여행을 했는데, 그중 날개 달린 요정과 만났던 얘길 해볼게요. 맞아요. 하늘 산맥 너머에는 날개 달린 요정이 살고 있답니다. 실수로 산맥 아래로 내려온 요정은 길을 잃고 헤매던 중 한 모험가를 만나게 된답니다."

어색하게 얘기를 시작한 카셀은 스스로 자신의 얘기에 취해 열을 냈다. 이야기에 푹 빠진 아이들은 그만 벌린 입을 다물 줄을 몰랐다.

모험가의 이름은 카셀이었다. 할아버지는 자신이 만난 모험가가 겪은 얘기에 반하여 먼 여행을 떠났고 그 얘기는 고스란히 아버지를 통해 카셀에게 전달되었다. 할아버지의 얘기는 어린 카셀의 마음에 모험심을 불 지르기에 모자람 없는 환상을 심어주었다. 그게 정말이에요? 정말 하늘 산맥에는 날개 달린 요정이 있나요? 만나 보았어요? 카셀은 같은 얘기를 백 번을 들어도 같은 질문을 하고 또 했다.

어른이 된 지금도 그 마음은 달라지지 않았다. 카셀은 여전히 그 순간을 생각하면 마음속에 불길이 타올랐다.

'정말이잖고. 네 이름은 그 모험가의 이름에서 따왔단다, 카셀.'

아버지는 정해진 수순인 양 언젠가 카셀이 여행을 떠날 거라고 말했다. 하지만 그렇다고 등을 떠밀지도 않았고 붙잡지도 않았다.

'어제 내 눈앞에서 죽은 그 병사는 나보다 어렸지.'

카셀은 자신의 앞에서 죽은 소년의 눈동자를 떠올렸다.

그런 어린 소년을 창으로 찔러 죽이려고 집을 나선 게 아니었다. 상상 속에서 그는 피 한 방울 묻히지 않은 하얀 망토를 걸친 아름다운 자태로 서 있기만 했다. 전쟁은 사실 그런 게 아닌데, 기사란 그런 게 아닌데!

'그냥…… 놀고 싶었나 봐요, 아버지.'

카셀은 마을 아이들에게 모험 얘기를 하며 다시금 떠오른 자신의 꿈에 눈물이 왈칵 쏟아졌다.

지난 한 달간 자신의 모습이 스쳐 갔다. 추하고 철없는 병신 같은 꼬마 녀석의 투정.

'모험을 하고 싶었던 거야. 지금 내가 얘기하고 있는 모험담 속에 나오는 또 한 명의 카셀처럼, 할아버지처럼, 아버지처럼. 그런 모험을 하고 싶어서 집을 나갈 핑계가 필요했던 거야.'

그저 할아버지가 그랬던 것처럼 나중에 손자에게 이런 얘기를 해줄 수 있는 할아버지가 되고 싶었다. 사람을 죽이고 싶은 생각은 추호도 없었다.

'네게 기사도를 논할 자격이 있어? 이 마을에서 이름도 날리지 못하고 죽어간 메오릭스의 마음도 이해하지 못하는 네가?'

카셀은 이야기를 마무리 짓고 눈물을 머금은 채 서 있었다. 재미있게 얘기를 듣던 아이들은 영문을 몰라 웅성거렸다. 잠시 자기 할 일도 잊고 카셀의 얘기를 듣던 어른들도 말을 걸지 못했다.

"죄송합니다. 잠시 감상에 빠졌군요."

카셀은 애써 웃으며 자리를 벗어났다.

제이니는 카셀에게 뭔가 물으려다 그냥 다른 말을 꺼냈다.

"식사는 한 시간 후예요. 제 집에서 쉬고 계시다가 얘기하던 자리로 오시면 돼요."

카셀은 말없이 고개를 끄덕이고 제이니의 집으로 향했다. 그때 마을 입구에서 말을 타고 들어온 한 남자가 소리를 질렀다.

"습격이다!"

공터에 모여 있던 마을 사람들은 멀뚱히 서로를 바라보다가, 곧 진짜로 일이 터졌다는 것을 깨닫고 허둥댔다. 아이들은 비명을 질렀다.

"진정해. 다들 평소 훈련받았던 대로만 하면 돼."

제이니가 소리 높여 외쳤다.

카셀은 잠시 멍청히 서서 마을 안을 살폈다. 여자들은 모두 하던 일을 멈춘 후 아이들을 데리고 산 쪽으로 뛰어가고 있었고 남자들은 집 안으로 들어가더니 일제히 갑옷과 무기를 챙겨 나왔다. 카셀도 그제야 무슨 일이 일어났는지 깨달았다.

마을이 노출되었다.

"숫자는?"

잠든 줄 알았던 팔콘이 마치 대기라도 하고 있었던 듯 어느새 무장을 하고 나와 물었다.

소식을 알려온 남자가 보고했다.

"말 탄 기사는 열다섯 기, 병사들은 약 쉰 명 정도입니다."

"열다섯이나? 이곳임을 확신하고 온 것이군. 조금 힘들겠어."

"싸워볼 만하지 않습니까? 우리도 그동안 훈련한 게 있는데요."

칼과 갑옷으로 무장을 마친 부하들은 투지 가득한 눈으로 팔콘을 바라보고 있었다.

"우리가 기사단과 정면 대결을 한 건 메오릭스가 죽었던 그때뿐이라는 걸 잊었나?"

부하들은 움찔하며 입을 다물었다.

"흥분하지 말고, 계획대로 한다. 확보된 퇴로로 주민들을 대피시키는 게 먼저다. 마을 사람들을 대피시킬 사람은 자원해라."

아무도 나서지 않자, 팔콘이 직접 지목했다.

"데이, 블록, 라루. 너희 셋."

셋은 동시에 반발했다.

"싫습니다!"

라루라는 남자는 대놓고 대들었다.

"이 중 누구보다 검술에 능한 제가 빠지는 건 말도 안 됩니다."

데이라는 소년도 이에 질세라 소리쳤다.

"전 누구보다 기습 대비 훈련을 열심히 받아왔습니다. 그런 절 빼다니요!"

카셀은 자기보다 어린데도 불구하고 두 배는 더 듬직한 데이의 모습을 지켜보며 가슴이 뜨거워지는 것을 느꼈다. 그러나 팔콘은 꿈쩍도 하지 않았다.

"회의 때 이미 정하지 않았나? 너무 어리거나 부양할 이가 많은 사람은 빠진다. 특히 라루. 임신한 아내를 데리고 있는 이상 넌 팀워크만 흐트러뜨린다. 얘기는 여기서 끝이다. 나머지는 작전대로 간다."

"그럴 수는 없습니다, 팔콘."

라루는 저항했지만 팔콘은 더 듣지 않고 말에 올랐다. 다른 이들도 셋을 내버려두고 팔콘의 옆으로 붙었다. 다른 나이 많은 남자가 좀처럼 물러서지 않으려는 셋을 재촉했다.

"뭘 멍청히 있는 거야? 너희나 우리나 죽으러 가는 게 아니야."

별수 없이 세 사람은 산 쪽으로 달려갔다. 팔콘은 그들이 떠난 것을 확인한 후 말을 몰았다. 하지만 말을 탄 카셀이 그 앞을 막아섰다.

"너와는 더 많은 시간을 갖고 이야기 하고 싶었다. 하지만 운이 따라주지 않는군. 이제 떠나도 좋다, 카셀."

"한 가지 묻고 싶습니다, 팔콘."

"나중에! 지금은 이럴 시간이 없다."

카셀의 돌발적인 행동에 가장 당황한 건 뒤에 서 있던 제이니였다.

"카셀?"

제이니는 카셀이 따로 도망칠 수 있도록 말을 내왔는데, 바로 그 말을 타고 팔콘의 길을 막아버린 것이었다.

기사단이 곧 들이닥친다고 입구의 경비가 소리 지르고 있었다.

"지금이 아니면 안 됩니다, 팔콘. 당신은 왜 도적 두목 짓을 하면서 기사라는 이름을 버린 거죠? 그럼 메오릭스는 대체 뭘 위해 죽은 게 되는 겁니까?"

아까 눈물을 흘린 탓에 붉은 핏발이 선 카셀의 눈동자를 바라보며, 팔콘은 대답했다.

"칼을 들면 둘 중 하나밖에 할 수 없다. 착취하거나, 보호하거나. 카모르트의 기사직이 착취하는 편에 서자 나는 보호하려는 쪽으로 돌아선 것이고, 메오릭스는 내 뜻에 함께했다. 대답이 되었나?"

"고맙습니다."

카셀은 힘없이 미소 지었다. 그리고 멀리서 먼지를 일으키며 달려오는 기사단의 깃발이 붉은 장미인 것을 먼저 확인했다.

"아까 제가 누구냐고 물었지요, 팔콘? 전 아무것도 아닙니다. 아무것도! 다 거짓말이었어요. 전 카셀 울프가 아니라 카셀 노이입니다."

카셀은 말머리를 마을 입구 쪽으로 돌리며 물었다.

"당신의 본명을 듣고 싶습니다, 팔콘."

팔콘은 마치 뭐에 홀린 듯 놀란 눈으로 대답했다.

"휴스펠 데이릭."

카셀은 고개를 끄덕이더니, 곧장 장미 기사단을 향해 말을 달렸다. 등 뒤로 팔콘의 부하가 하는 말이 들렸다.

"어, 어떻게 할까요, 팔콘?"

뒤이어 팔콘의 목소리가 들렸다.

"전투 준비! 왜 아직 여기 있나, 제이니? 마을 사람들을 따라가! 나머지는……."

더 이상 팔콘의 목소리는 들리지 않았다. 카셀은 돌진해 오는 기사단을 향해 멈추지 않고 달렸다.

기사단과의 거리가 점점 가까워지며 카셀은 흥분했던 마음이 차분하게 가라앉았다. 그러고 나서야 자신의 실수를 깨달았다.

카셀은 저들은 막을 방법을 하나 준비해두었다. 하지만 가만 생각해보니 상대가 멈춰줬을 때나 쓸 수 있는 방법이었다. 지금처럼 카셀의 말을 발견하자마자 창을 치켜 올리는 기사단을 상대로는 쓸 수 없는 작전이었다. 하지만 이미 말을 돌릴 기회는 놓쳤다.

'어쩔 수 없구나.'

카셀은 아란티아의 보검을 뽑아 치켜들었다. 말고삐를 잡아당기자 말이 속도를 급히 늦추고 앞발까지 들어 올리며 옆으로 몸을 돌렸다. 카셀은 힘껏 소리 질렀다.

"나는 아란티아의 울프 기사단, 캡틴 카셀이다! 멈춰라."

햇빛을 반사하여 날을 번뜩이는 창끝은 무서운 속도로 접근했다. 카셀은 겁에 질린 말을 달래며 그 자리에 우뚝 서서 칼만 들고 있었다.

계속 돌진하는 기사단은 카셀을 보고도 조금도 속도를 줄이는 것 같지 않았다. 도망가고 싶은 마음이 간절했지만 이미 늦어버렸다. 카셀은 일부러 눈을 천천히 감았다가 떴다. 다시 떴을 때는 창끝이 아예 미간에 꽂힌 게 아닌가 싶을 정도로 가까워 보였다.

기사들은 그에게 도달하기 다섯 걸음 앞에서야 비로소 말을 세웠다. 누런 먼지가 피어올라 기사들을 뒤덮었다. 카셀은 한 것도 없는데 숨이 찼다.

"나는 울프 기사단의 캡틴, 카셀 울프다. 그쪽 지휘관은 누군가?"

"하마터면 공격할 뻔했소, 캡틴 카셀. 내가 지휘관인 리토르, 장미 기사단의 일원이오."

리토르는 창을 들어 올리며 말했다.

"장미의 기사라면 그쪽에 기사 파비, 기사 밀렌, 기사 니셀이 있겠군."

"그렇소. 그들이 이곳의 위치를 알려주며 당신을 구해주길 부탁했소. 늦지 않아서 다행이오."

다행이라고 말하고 싶은 건 오히려 카셀이었다. 상황이 그렇다면 생각해둔 작전대로 나갈 수 있었다.

"구해주다니, 누굴 말이오?"

카셀이 날카롭게 소리쳤다. 리토르와 다른 기사들은 허를 찔린 듯 당황하며 서로의 얼굴을 바라보았다. 카셀은 대답할 틈을 주지 않고 쏘아붙였다.

"저들은 날 극진히 대접해주었소. 반면 장미 기사단의 세 기사는 날 범죄자 취급을 했고, 심지어 내가 캡틴 울프임을 증명하지 못하면 죽이려 들었지. 난 그 셋에게 연행된 기분이었소."

"그, 그럴 리가 없소!"

"어제는 암살자들에게 목숨을 위협받고 오늘 아침에는 장미 기사단에게 목숨을 위협받았소. 이걸 카모르트 국왕께 어찌 고할까 고민 중이오만? 아아! 붉은 장미 백작은 국왕도 두렵지 않은 권력자라던가? 그럼 나야 할 말 없군. 하지만 여기 팔콘이란 사람만큼은 다르더이다. 내가 카모르트에 와서 손님 대우를 받은 건 이번이 처음이었소. 그런데 이제 아예 나를 찌를 듯이 몰려와서는, 구해서 다행이라고?"

처음에는 호의적이던 리토르의 얼굴에 분노가 서렸다.

"지금 무슨 얘기를 하는 거요? 그런 얘기라면 나중으로 미루겠소."

"왜? 이젠 공식적으로 날 죽이고 지나가려고?"

"내가 언제 그렇게 하겠다고 했소? 그런 억지를……."

카셀은 의식적으로 기사단이 지나갈 방향에 말을 세워두고 최대한 상대방에게 건방지고도 재수 없는 인간으로 보이게 말했다. 그런 건 아주 간단했다. 루치 흉내만 내면 되니까.

'계속 화를 내라고, 리토르! 이 어리고 건방진 개자식을 찔러 버릴 만큼!'

"당신들이 죄 없는 마을 사람들을 도적이라고 몰아세우고 전멸시킬 작정인가 본데, 이거 어쩌나? 난 이미 아란티아에서 온 기사라고 다 떠들어 놨고 심지어 편지까지 보냈지. 카모르트 어느 마을에 묵고 있고 조만간 노르만트로 떠나겠다…… 근데 노르만트로 간다는 캡틴 울프는 소식이 없고 마지막 편지가 출발한 마을로 와보니 마을은 파괴되어 있고, 그게 장미 기사단의 소행이라고 밝혀지면……."

"아무도 당신을 죽인다고 그러지 않았소! 우리 임무는 당신을 구하고 도적단을 붙잡는 거요."

"저러고 있는데도?"

카셀은 아직도 자신을 향해 창을 겨냥하는 기사 하나를 가리켰다. 리토르가 확 째려보자, 그 기사는 서둘러 창끝을 위로 올렸다. 카셀은 강한 어조로 말을 이었다.

"여기 도적단 따위는 없소."

"당신이 팔콘에게 붙잡혀 여기로 끌려왔다는 건 이미 확인했소. 이제 비키지 않겠다면 강제로라도 당신을 말에서 끌어 내리겠소!"

리토르는 협박조로 말했다.

"끌어내리겠다? 하얀 늑대를 상대로 자신 있소?"

카셀은 아란티아의 보검을 앞으로 내밀었다.

울프 기사단은 개개인이 혼자서 열 명을 상대할 수 있고 그중 정예인 하얀 늑대는 모든 울프 기사단 중 최고라는 소문을, 기사라면 모를 수가 없었다. 카셀은 부디 리토르가 그 명성을 검으로 확인하려는 생각을 하지 않기를 빌었다.

"아무리 당신이 아란티아에서 온 손님이라 해도 우리는 임무를 수행 중이고 당신은 그것을 방해하고 있소, 캡틴 울프!"

"당신의 임무가 나를 구하는 것이라면, 그 임무는 이미 끝났소."

"내 임무는 당신을 납치한 도적단을 끝장내는 것까지요."

"말했잖소. 여긴 도적단이 없소."

"있소. 팔콘은 이 지역에서 가장 유명한 도적이고, 저 마을이 바로 그 근거지요."

"도적이란 죄 없는 사람들을 죽여 그 물건을 빼앗고, 그 물건으로 자기 사욕을 채우는 악당들 말하는 거 아니오?"

카셀은 느릿느릿 설명조로 말했다.

"들어보니 팔콘은 다른 도적들한테서 물건을 빼앗았다던데, 그럼 도적들의 물건을 다시 도적질하면 그건 도적이오, 아니오?"

리토르는 카셀이 말한 '다른 도적'이 자신의 군주를 비롯한 두 백작을 의미하는 것임을 깨닫고 눈을 가늘게 떴다. 너무 심했나 싶어 후회했지만 어차피 카셀의 목적은 상대를 도발해 시간을 끄는 것이었다.

"돌이킬 수 없는 잘못을 저지르는 것이오, 캡틴 울프. 도적의 편을 들다니, 아란티아 기사의 명예는 땅으로 떨어질 것이오."

"지금 내 기사단의 명예가 떨어지도록 험담을 하고 돌아다니겠다는 거요?"

카셀은 계속 억지를 부렸다. 어떻게 생각하면 참으로 미안한 일이었다. 구하겠다고 일부러 와준 기사를 모욕 줘서 쫓아낼 생각이었으니.

그러던 중 리토르가 손바닥을 펼쳤다. 그러자 장미의 기사들이 다시 창을 앞으로 내밀었다.

'어?'

카셀은 당황했다.

"전설적인 검술이란 게 뭔지는 모르겠지만 말 위에서 몇 명이나 동시에 상대할지는 모를 일이겠군. 어디 정말 캡틴 울프라면 그 잘난 혓바닥이 아니라 검으로 자신을 증명해 보시오."

리토르는 으르렁거리며 자신의 창을 앞으로 뻗었다.

카셀의 계산대로라면 리토르는 울분을 참고 다음에 두고 보자는 말을 남긴 후 떠났어야 했다. 하지만 그리되지 않았다. 리토르는 일단 화가 나면 나중을 생각하지 않는 성격인 모양이었다.

'역시 아까 도적의 도적 부분에서 말을 멈추는 게 나았을지도.'

그러나 리토르는 들어 올린 손을 내리기 직전에 멈췄다. 다른 기사들은 놀라 진형을 흐트러뜨렸다. 카셀을 향하던 창이 사방으로 흩어져 다른 곳을 겨냥했다.

카셀이 기사들의 길을 막고 있는 동안 이미 팔콘의 부하들이 장미 기사단 주위를 포위하고 있었다. 아직 여기까지 도달하지 못한 장미 기사단 측의 보병 부대도 팔콘의 궁수 부대에 진로가 막혀 다가오지 못하고 있었다. 그것은 실제로 천천히 이루어진 작전이었을 테지만, 카셀에 집중하느라 주위를 소홀히 했던 리토르를 비롯한 기사들의 눈에는 느닷없는 매복처럼 보였다.

리토르는 얼굴을 일그러뜨리고 입술을 부들부들 떨었다. 그러나 카셀은 그 표정을 보고 이겼다는 생각을 하지 않았다. 그는 분명 이 순간 자기가 죽더라도 끝까지 싸울 생각을 할 위인이었다. 파비, 밀렌, 니셀도 그랬으니까.

"여기까지 합시다, 기사 리토르."

카셀은 선수를 치며, 보검을 집어 넣어버렸다.

"어느 쪽도 죽을 필요 없고 어느 쪽도 항복할 필요 없소. 나를 구하러 오셨소? 구하시오."

"당신을 어떻게 믿고?"

카셀은 대답 대신 천천히 말을 몰아 리토르의 앞으로 다가갔다. 그리고 리토르가 내민 창끝 바로 앞에서 멈췄다. 실수로 조금만 더 말을 더 몰면 목이 꿰뚫릴 정도로 아슬아슬하게.

"내가 당신 부대 안에 섞여 가겠소. 저들은 날 쏘지 않을 것이고 나역시 희생될 생각은 추호도 없소. 날 구하러 왔다고 했소? 임무를 완수하시오."

리토르는 천천히 창을 접었다. 하지만 아직도 눈빛에는 저항감이 남아있었다. 카셀은 더욱 가까이 다가가 작은 목소리로 말했다.

"전적이 필요하시오? 나와 함께 마을을 떠납시다. 그럼 저들도 물러설 거요. 하지만 싸우게 되면 저들은 이판사판으로 붙을 거요. 그런 적과 싸우겠소? 잘 생각해 보시오. 지금 후퇴하면 팔콘을 무찔렀다는 전적이 공으로 생길 거요."

리토르는 숨을 크게 들이마시고 부하들에게 명령했다.

"퇴각한다."

카셀은 리토르의 바로 뒤를 따랐다.

"그래봐야 아까의 언행은 카모르트에 정면으로 거스른 것이었소, 캡틴 울프. 훗날 어떤 식으로 이 일이 평가될지 모르오."

"변명을 잔뜩 준비해 두리다."

카셀은 떠나기 직전 살짝 뒤를 돌아보았다. 멀리 말에 올라타 있는 팔콘의 모습이 보였다. 카셀은 그에게 손 인사도 한 번 하지 못하고 떠나는 것이 안타까웠다.

팔콘은 이제 마을을 버리고 다른 곳으로 떠날 테니, 후에 여길 다시 찾아와도 만나지 못할 것이다.

카셀은 더 이상 돌아보지 않고 기사단을 따라 말을 몰았다.

'아무리 당신이 대단한 기사라 해도 혼자 다니기에는 위험할 거요.'

장미의 기사 리토르는 팔콘의 마을을 벗어난 순간 혼자 떠나려는 카셀을 붙잡아 세우며 충고했다. 카셀은 그들과 같이 있다가 정체가 발각될 것이 무서워, 위험성을 알면서도 제안을 거절했다.

카셀은 다시 토끼가 나타나면 살인 토끼는 아닌지 걱정해야 할 처지가 되었다. 이제 와서 패잔병들의 마을로 되돌아갈 수도 없는 노릇이라, 패잔병들의 마을에서 들은 정보에 따라 코홀룬으로 향했다.

코홀룬은 워낙 대도시였기에 찾아가는 건 어렵지 않았고 사려 깊은 제이니가 옷에 금화를 몇 개 넣어두어 경비도 부족하지 않았다.

카셀은 도적이나 들짐승들을 만날 게 두려워 마을과 마을 사이로만 지나다녔다. 전쟁의 여파로 피폐한 생활상은 모든 마을이 비슷했다.

다행히 코홀룬에 도달하기까지 아무 일도 벌어지지 않았다. 중간에 몇 번이나 보검을 내던져버리고 포기하고 싶었지만 그러지 못했다. 팔콘과 제이니가 했던 말이 그의 등을 떠미는 느낌이 들었다.

코홀룬은 거쳐 온 다른 마을과 달리 번화한 곳이었다.

'귀족들 간의 전쟁이니 같은 수준의 영주가 지배하는 마을은 건드리지 않는 걸까? 아니면 코홀룬의 영주는 장미와 사자, 둘 중 한쪽 귀족 편에 붙어있어서 안전한 걸까?'

도시는 성곽으로 둘러싸였는데, 성문 안으로 들어가기 위해서는 은화를 두 개나 지불해야 했다. 끔찍한 가격에 혀를 내둘렀지만, 통행료를 안 내고 들어갈 수 있는 방법이 없었다. 이제 수중에 남은 돈은 은화 여덟 개뿐이었다.

'오긴 왔는데, 이제 어쩐다?'

촌에서만 살던 카셀에게 도시란 공간은 너무 넓고, 사람이 많은 곳이었다. 이런 곳에서 잠깐 스치듯 만난 세 명을 찾을 수 있으리라 생각했던 자신의 안일함에, 카셀은 어이가 없어 웃음부터 나왔다.

대로는 번화했으나 뒷골목은 패잔병들의 마을과 다를 바 없이 더러웠다. 오히려 더 많은 부랑자들이 거적때기와 함께 뒹굴고 있었다. 시장에는 팔뚝만한 쥐들이 돌아다니는데 신경 쓰는 사람 하나 없었다.

말을 끌고 반나절을 멍청히 돌아다니다 너무 무모하다는 생각에 일단 여관을 하나 잡아 묵기로 했다. 특별히 좋은 여물을 주라고 마구간지기에게 부탁하며 은화 하나를 집어주었지만, 시큰둥한 대답을 보니 그리 해줄 것 같지 않았다.

번화한 도시의 여관들이 으레 그렇듯 여기도 숙박과 술장사를 같이 했다. 문을 열자마자 퀴퀴한 냄새가 확 몰려나왔다. 그나마 깨끗해 보이는 건물을 택했는데도 그랬다.

　로비에 앉아있는 사람 하나하나가 모두 음침하고 지저분했다. 몇 명은 테이블에 앉아 수프 같은 걸 먹고 있었는데, 걸쭉한 게 돼지 사료로나 쓰일 것 같았다. 마구간에 말을 맡긴 후라 도로 나가기도 애매했고, 다른 여관이라고 형편이 나을 것 같지도 않았다. 카셀은 로비를 가로질러 바 앞에 섰다.

　"어서 오시오."

　젊은 주인이 그를 맞았다.

　"방 하나 주시오."

　"며칠?"

　"으음, 한 사흘 정도?"

　"하루는 은화 넷. 사흘 치 한꺼번에 내면 금화 하나."

　"하루 치씩 계산합시다."

　카셀은 일단 기세 좋게 지불했지만 실은 걱정이 태산이었다. 남은 돈이 얼마 없었다.

　"2층 3호실이오."

　홀에 있는 손님들의 시선이 모두 계단을 오르는 카셀을 따라다녔다. 취한 것 같은 한 명이 입술로 삑 소리를 내며 말을 걸어왔다.

　"어이, 친구. 칼 좋은 거 차고 있네."

　카셀은 대꾸도 하지 않고 계단을 올라갔다.

　"조심하는 게 좋아. 이곳에서는 그런 좋은 물건 가지고 있으면 표적이 되거든."

　카셀은 걸음을 멈추고 돌아보았다. 그러자 카셀을 보고 있던 가게 손님들이 잽싸게 시선을 돌렸다. 좋은 칼을 차고 다니면 위협이 되는 게 아니라, 오히려 표적이 된다고는 생각도 해 본 적이 없었다.

"뭐라고 했지?"

카셀은 아직도 웃고 있는 남자에게 말했다.

"충고하는 거유. 어지간하면 숨겨가지고 다니라고. 그렇게 자랑스럽게 허리에 내놓고 다니면 좀 훔쳐가주슈, 하고 애원하는 거나 마찬가지니까."

그게 사실이라면 오늘 하루에만도 벌써 몇 명이나 이 칼을 보고 탐냈을지 모를 일이었다.

'경고라도 해둬야겠군.'

카셀은 계단 난간에 손을 걸치고 슬쩍 칼을 내보였다. 눈동자가 풀린 그 남자는 헤헤 웃으며 두 손을 들었다.

"어이, 충고해준 건데, 감사는 못 할망정 너무하지 않아? 그리고 이런 곳에서 칼 보인다고 무서워할 사람 없어. 게다가 여긴 경비병도 많아서 그런 짓 했다가는 당장 지하 감옥행이야."

"아니, 가르쳐줘서 고맙다는 의미에서 나도 걸맞은 정보를 하나 주려고. 이 칼 어때 보여? 비싸 보인다고 했지? 그럼 이런 물건을 누가 가지고 다닌다고 생각하나? 이 바닥에서 이런 물건을 아직도 얌전히 가지고 다닌다면 얼마나 많은 멍청한 도둑놈들이 이 칼에 죽었을지도 상상이 가지 않나?"

그 남자는 여전히 헤헤 웃으며 물러났다.

"난 그냥 정말 충고만 해준 거야. 칼에는 관심 없어."

"나도 너한테 관심 없다. 단지 쉬고 싶은데 괜히 귀찮은 일이 하나

터질까 봐 미리 말해둔 거지."

그 말은 사실 그 남자보다는 술집에 있는 다른 녀석들 전부에게 하는 말이었다. 모두 못 들은 척했지만 다 듣고 있는 게 분명했다.

카셀은 도로 칼을 집어넣고 계단을 올라갔다.

'괜한 짓이었나? 오히려 내가 약골에 겁쟁이라는 걸 드러내 보인 꼴은 아니었을까?'

그러나 방에 들어가 침대에 눕자 카셀은 이내 걱정을 잊어버렸다. 팔콘의 마을을 벗어난 다음에는 딱히 힘든 일이 없었지만, 말을 타고 이동하는 것은 그 자체로도 중노동이었다.

카셀은 누운 채로 앞으로의 계획을 점검해 보았다. 하나하나 돌아보기에 만만한 크기는 분명 아니었으나, 아란티아의 유명한 기사단이 도시에 들어섰다면 무슨 소문이 나도 났을 것이다. 그들이 이 도시에 없다면 다음은 수도 노르만트로 떠나야 하는데, 적어도 그런 정보를 들어두면 유용하게 쓰일 것이다.

문제는 돈이었다. 당장 내일 여관비도 없는 판국에, 며칠 후 계획을 세워봐야 아무 소용없었다.

'말을 팔면?'

제이니의 선물이나 다름없는 거라 꺼림칙했지만, 지금은 그 말을 잡아먹어도 모자랄 정도로 배가 고팠다.

'팔면 얼마나 받을 수 있을까? 시세도 모르면서. 밀 파는 것처럼 팔면 되나? 아아, 예전에 아버지가 코홀룬으로 밀 팔러 간다고 하셨을 때 따라다녔어야 했는데.'

목욕이라도 하는 게 좋겠다고 생각했지만 어느 순간 카셀은 침대에 엎어진 채로 잠들어 버렸다. 눈을 뜨니 벌써 날이 저물어 있었다.

'해 떠 있는 시간을 잠으로 날려 먹다니!'

카셀은 서둘러 세수를 하고 나갈 채비를 갖추다가 옆구리에 찬 칼을 잡았다. 유일한 무기가 갑자기 부담스럽게 느껴졌다.

'그 녀석 말이 옳아. 이 화려한 보석 달린 칼은 너무 눈에 띄어. 그렇다고 여기 놓고 갈 수도 없고.'

카셀은 낡아서 안 쓰고 있던 망토를 걸쳐 칼을 감추었다. 묵은 냄새가 났지만, 빨거나 새로 살 여유가 없었다.

술집을 빠져나갈 때는 들어올 때처럼 카셀을 지켜보는 시선이 없었다. 낮에 카셀을 눈여겨보던 취객이나 다른 사람도 안 보였다.

이미 해는 졌고, 낮에 비해 행인의 숫자가 확연히 줄었다. 카셀은 문 닫은 가게밖에 없는 어두운 거리를 헤매기보다는 손님이 가득 차 있는 큰 술집을 찾았다.

'옛날이야기에 보면 항상 주인공은 술집에서 정보를 얻지.'

카셀도 그런 운을 기대하며 술값 안 내고 몰래 앉아 있어 봤다. 하지만 아란티아의 기사에 대한 이야기는 없었고, 대부분은 최근 벌어진 전쟁에 관한 이야기를 하고 있었다. 슬슬 다른 술집으로 옮겨볼까 했는데, 마침 귀에 확 들어오는 이야기가 있었다.

"……그래서 그 캡틴이 혼자서 칼을 들고 막아서니까 장미 기사단 녀석들이 꼼짝도 못하고 멈췄다더군."

"맙소사, 혼자서 삼십 명의 기사단을 말이야?"

"아니야. 내가 들었는데 오십 명이야, 오십 명. 그래! 그것도 칼 한 번 안 휘두르고 기합만으로. 내 생각에는 벌써 그 캡틴이란 작자가 팔콘을 자기 부하로 만들어버린 것 같아."

카셀은 깜짝 놀랐다.

'저거 혹시 내 얘기 아니야?'

카셀은 도로 자리에 앉아 귀를 기울였다.

"아란티아의 울프 기사단이라면 과장이랄 것도 없지. 내가 예전에 들은 얘기로는 말이야, 아란티아의 기사가 되려면 곰을 맨손으로 때려 잡고 장비 없이 성벽을 타 넘을 정도는 되어야 겨우 예비 시험을 볼 수 있게 해준다더군."

"내가 들은 건 더 심했어. 예전 울프 기사단의 캡틴이자, 여왕의 수호 기사인 퀘이언의 일격을 받아내지 못하면 그냥 죽어야 한다더군. 그의 일격은 신의 일격과도 같아서 방패든 갑옷이든 모두 베어낸대. 그걸 막을 정도가 아니면 합격이 아니래."

"하긴, 그 정도는 되니까 장미 기사단 전체를 혼자 막을 용기가 나오는 거겠지."

"그런데 카모르트에는 왜 왔대? 왕이 불렀나?"

"내가 듣기로는 검은 사자 백작의 초청이라던데? 힘을 합쳐 이 나라를 먹을 속셈인 게지."

"아란티아가 침략 전쟁을? 평화의 나라 아니었어?"

"예전엔 안 했다고 앞으로도 안 그러리라는 법 있나? 말이 났으니 얘긴데 국토가 작아서 그렇지, 아란티아가 마음만 먹으면 차지 못할 나라가 어디 있겠나? 울프 기사단만 정면에 세우면 우리 같은 왕국은 싸워보지도 못하고 항복해야 할걸?"

"쉿. 그런 이야기 함부로 떠들고 다니지 마."

곧 그들의 이야기는 전에 벌어졌던 귀족 간의 전쟁 얘기로 넘어갔다. 카셀은 혹시라도 그들이 다른 이야기를 해줄까 싶어 계속 점원의 눈치를 보며 앉아 있었다.

그때 카셀은 맞은편 자리에 앉은 남자와 눈이 마주쳤다. 검은 눈썹에 푹 파인 커다란 눈동자가 인상 깊은 얼굴이었다. 훔쳐본 게 아니라는 듯 시선을 피하지도 않으니, 도리어 카셀이 놀라 눈길을 피해버렸다.

'어디서 본 것 같은데? 어디서 봤더라?'

품에는 아주 긴 창을 끼고 있었다. 넓은 어깨에 구릿빛으로 탄 굵은 팔뚝의 근육은 탄력 있어 보였고, 검은색 곱슬머리는 어깨까지 늘어져 있었다.

'본 적이 있는 얼굴이야. 그런데 누구지? 저런 인상 강한 얼굴을 잊어버릴 리가 없는데.'

카셀은 필사적으로 떠올려보려고 애썼다.

'나랑 같은 부대의 용병인가?'

노려보는 시선은 그 남자 한 명이 아니었다. 점원도 카셀을 노려보고 있었다. 술값 안 내고 앉아 있는 걸 들킨 모양이었다. 더군다나 술집 뒷문에서는 웬 패거리가 카셀을 고갯짓으로 가리키며 다른 쪽 패거리와 시선을 나누고 있었다.

"이봐요, 술도 안 마시고 자리 차지하고 있을 거면……."

점원이 막 항의하려는 순간 카셀은 자리에서 일어났다.

"나가려던 참이었소."

카셀은 술집을 나갔다. 카셀을 보고 시선 교환을 하던 건달패거리들은 어느새 뒷문으로 사라졌다.

'그냥 우연이었나 보군. 내가 너무 예민했던 건가?'

혹시나 해서 뒤를 돌아보니 창을 든 남자가 카셀을 쫓아오고 있었다. 그 큰 덩치와 긴 창은 어둠 속에서도 눈에 안 띌 수가 없었다. 미행도 아니고, 노골적으로 쳐다보면서! 그는 너무 집중한 나머지 지나가는 사람과 부딪친 것도 몰랐다. 남자와 부딪힌 사람은 욕이라도 한마디 하려다 그의 덩치를 보고 아무 말도 하지 못했다.

그저 덩치만 큰 사내라면 함께 지냈던 용병들 때문에 익숙했다. 하지만 이 남자는 그들과 뭔가 달랐다. 카셀은 그의 눈빛만 보아도 그만 뱀을 본 개구리처럼 다리가 얼어붙는 것 같았다. 그래도 달렸다. 그러자 그 남자도 달려왔다.

'칼 도둑이다! 낮에 점 찍어뒀다가 밤에 훔쳐가려는 거야!'

카셀이 칼을 집어 던져버리고 달아나는 방법에 대해 진지하게 고민하며 골목길 모서리를 돌아가는 순간, 누군가 앞을 막고 멱살을 붙잡았다. 카셀은 아무 저항도 못 하고 휙 끌려갔다.

"헤이, 부자 양반. 어딜 그렇게 바삐 가시나? 쫓아오느라 고생했잖아."

놈은 카셀을 골목에 몰아세우고 칼을 목에 들이댔다. 우습게도 카셀은 반갑다는 생각을 해버렸다. 하지만 그럴 일이 아니었다.

'뭐지? 지금 쫓아오는 덩치랑 같은 패거리인가?'

카셀을 에워싼 건 모두 여섯 명이었는데, 그중 셋은 아까 술집 뒷문에서 버티고 있던 건달 녀석들이었다. 그리고 또 한 명은 처음 들어간 여관에서 칼 도둑맞지 않게 조심하라고 '고마운 충고'를 해준 취객이었다. 나머지 둘은 모르는 얼굴이었다.

어쨌든 여기 있는 여섯은 뒤에 따라오는 남자와는 옷차림부터 달랐다. 즉, 같은 패거리가 아니었다.

"네가 여관에서 안 나오는 걸 보고 얼마나 초조했는지 알아? 이렇게 인적 드문 곳으로 알아서 들어와 주다니 고맙기 그지없군."

카셀의 멱살을 잡은 남자의 입에서 1년쯤 방치한 술통에서 나는 냄새가 풍겼다. 카셀은 그 남자의 눈빛에서 기묘한 살기를 느꼈다.

'다르다. 타이거와도 다르고, 부랑자와도 다르고, 기사들과는 완전히 달라!'

놈은 웃고 있었고 칼을 내놓으라는 말을 하지도 않았다. 협상도 안 할 것이고 카셀의 말을 들어주지도 않을 것이다. 아마도 그는 일단 상대의 목부터 찌르고 가진 걸 다 훔쳐가는 유형인 놈이었다. 게다가 이미 겁에 질린 얼굴로 울프 기사단의 캡틴이니 뭐니 허세를 부려봐야 통할 리도 없었다. 카셀은 거의 외마디 비명을 외치듯 내뱉었다.

"날 죽이면 니들 후회한다!"

칼을 든 남자의 손이 카셀의 목에 반쯤 올라갔다가 멈췄다. 남자는 실실 쪼개며 뒤에 서 있는 자기 동료들을 돌아보며 물었다.

"우리가 후회한대. 어떻게 생각하나?"

다섯 명의 건달들 중 한 명이 카셀을 가리키며 말했다.

"재밌다! 어떻게 후회하나 물어봐."

다른 건달 하나가 짜증 내는 투로 재촉했다.

"시간 없어. 얼른 죽이고 가자."

남자는 다시 고개를 돌려 카셀에게 물었다.

"좋아, 친구. 세 마디 안에 설명해보시지. 우리가 왜 후회해?"

남자의 칼이 카셀의 목에 닿았다. 다행히 카셀이 할 말은 세 마디밖에 없었다.

"내게는 경호원이 있다."

"뭐?"

카셀은 한쪽 눈을 질끈 감았다. 설득이 됐든, 안 됐든 우선 놈은 카셀을 찌르지 않았다. 그걸로 일단 성공이었다.

'이 다음은?'

카셀은 표정이 일그러질 정도로 이를 악물고 생각을 빨리했다.

"경호원 좋아하시네. 아까부터 너 혼자인 거 다 봤어."

남자는 눈살을 찌푸리며 말했다.

"내 경호원은 항상 눈에 띄지 않게 따라다니지! 엄청난 실력이라 너희들은 눈치도 챌 수 없어! 날 놔주지 않으면 너희들은 내 경호원에게 죽을 거다."

카셀은 뒤에 서 있는 여관의 취객을 똑바로 바라보며 말을 이었다.

"야, 너! 내가 낮에 했던 말 기억해? 이런 고급 칼을 들고 다니면서도 아직 목숨을 부지하고 칼을 안전하게 가지고 다녔다면, 이 칼을 노렸던 수많은 얼치기들이 얼마나 죽었을지!"

칼을 들이댄 남자가 취객을 돌아보자, 취객은 어깨를 으쓱했다.

"난 기억 안 나는데?"

카셀은 포기하지 않고 계속 말했다.

"저놈이 기억하든 말든 상관없어! 어쨌든 다시 한 번 말할 테니, 잘 들어. 내 칼을 노렸던 놈들은 모두 죽었어. 왜 그렇다고 생각해? 내겐 언제나 뒤를 따르는 경호원이 있기 때문이야. 날 놔주지 않으면 너희들도 끝장날 거다."

"거짓말하지 마, 이 새끼야. 그런 경호원이 있다면 어디 내가 셋 셀 동안 한 번 불러내 보시지."

그는 카셀을 벽 쪽으로 세차게 몰아세웠다.

"하나! 둘!"

카셀은 시간을 끌 말도 찾지 못하고 그만 눈을 감아버렸다.

'망할 놈, 다섯까지만이라도 세지.'

하지만 남자는 셋을 끝까지 세지 못했다. 그리고 멱살을 잡은 손을 천천히 놓아주었다. 카셀이 눈을 뜨자 골목 입구 쪽에 거대한 창을 든 남자가 이쪽을 바라보고 있었다.

창을 든 남자는 잠시 사태 파악이 안 되는지 고개를 갸웃했다. 물론 지금 상황만으로 일이 어떻게 꼬인 건지 알 리는 없었다.

카셀은 아는 사람인 척 잽싸게 그 덩치 큰 남자에게 말을 건넸다.

"칼은 아직 안전하게 있소. 하지만 이 자들이 빼앗아갈 모양이오."

대꾸를 기대하지는 않았다. 어차피 창을 든 남자도 칼을 훔쳐갈 생각이 있다면 카셀을 둘러싸고 협박 중인 건달들과 경쟁자일 것이다. 카셀은 처음부터 그가 따라오는 것을 염두에 두고 있었다. 이제 이 두 패거리가 싸움만 붙는다면 작전은 성공이다. 그러나 기대하지 않은 대꾸가 돌아왔다.

"누구냐, 이 녀석들은?"

어째서인지 창을 든 남자도 카셀을 아는 사람처럼 대했다. 카셀 역시 담담한 어조로 즉시 대답했다.

"보면 모르겠소? 칼 도둑이지."

그 남자는 건달들을 스윽 훑어보더니 굵은 목소리로 말했다.

"물러서라. 너희들이 가지면 재앙만 가져올 칼이다."

건달들은 그 남자의 덩치와 목소리, 험한 얼굴에 잠시 주춤거렸다가 곧 기가 살아났다.

"어이쿠, 지랄을 하시네. 너는 뭐 하는 새끼냐?"

따지고 보면 그들이 물러설 이유는 없었다. 그들 패거리는 여섯이고 창을 든 남자는 혼자였다.

"코홀룬에서 우리가 못 건드릴 물건은 고디머 백작 소유뿐이야. 어디, 네가 백작의 경호원쯤 되냐?"

"말로 하는 경고는 여기까지다."

덩치 큰 남자는 손에 쥔 철창을 앞으로 길게 내밀었다. 그러자 여섯 건달 역시 칼을 앞으로 내밀었다. 그중 한 명이 갑자기 뛰쳐나가며 소리쳤다.

"됐으니까 죽여 버려."

카셀을 지키고 있는 한 명을 제외한 나머지 건달들이 한꺼번에 남자에게 달려들었다.

그 남자의 창은 거의 움직이지도 않았다. 그러나 어째서인지 쇳소리가 요란하게 울렸고, 건달들의 칼이 와르르 떨어졌다. 건달들은 한순간 무슨 일이 벌어진 건지 몰라 얼떨떨한 표정으로 멈춰 있었다.

창을 든 남자가 천천히 뒤로 물러서자, 카셀의 멱살을 잡은 남자는 흥분해 소리쳤다.

"도망가잖아! 잡아. 죽여 버려."

카셀이 보기에도 그건 도망가는 게 아니라 창을 제대로 쓰기 위해 좁은 골목을 벗어난 것이었는데, 그들은 흥분해서 그렇게 생각하지 않은 모양이었다. 사내들은 떨어진 칼을 줍더니 골목 밖으로 달려나가 그를 포위했다.

카셀을 지키고 있는 녀석은 그 광경에 한눈이 팔려 경계를 잠시 소홀했다. 목에 들이댄 칼에서 벗어나기 위해 내뱉은 모든 무모한 허풍은 이런 틈을 만들기 위한 것이었다. 카셀은 있는 힘을 다해 상대의 얼굴을 후려쳤다.

"으악."

"으악."

남자는 코를 감싸쥐고, 카셀은 주먹을 감싸쥐고 비명을 질렀다. 주먹이 으스러지는 기분이었다. 어쨌든 카셀은 달아났다.

"거기 서라!"

창을 든 남자의 고함 소리가 들렸지만 카셀은 무작정 어두운 골목길을 내달렸다. 뒤이어 다른 이들의 비명 소리와 금속성이 섞였다.

숨이 차올라 한 걸음도 내디딜 수 없을 정도가 되어서야 걸음을 늦추었다. 아직도 누가 따라오는 것 같아 뒤통수가 간질간질했다.

'그 패거리는 그냥 칼 도둑이야. 하지만 창을 든 남자는 그렇지 않은 것 같아. 누구였지? 어디서 본 것 같은데?'

남자는 칼에 대해 아는 눈치였다.

'아니야. 그러니 더더욱 칼 도둑일 수도 있는 거야. 칼의 비밀을 알 정도라면 써먹을 곳도 많겠지. 아란티아에 가져다주고 사례를 받을 수도 있고, 암시장에 더 비싼 값으로 팔아먹을 수도 있고. 창 솜씨를 보

니 나보다 더 그럴듯하게 울프 기사단 흉내를 낼 수도 있을 거야.'

카셀은 거기까지 생각하다가 기억을 더듬었다.

'잠깐…… 혹시 패잔병들의 마을에서 봤던 하얀 늑대들 중 한 명 아니야?'

그때 봤던 울프의 기사는 세 명. 그중 머리를 땋은 여자의 인상이 너무 강해 그 옆에 있는 다른 두 덩치의 인상이 완전히 흐릿해져 있었다.

'만약 하얀 늑대들 중 하나였으면 칼을 돌려줄 좋은 기회를 잃은 걸지도 몰라.'

카셀은 여관으로 돌아왔다. 그 패거리 중 한 명이 여기 묵는 것을 알지만, 짐이 있으니 별 수 없었다. 밤이 되자 이곳도 패잔병들의 마을에 있던 술집 못지않게 많은 사람이 떠들며 술과 식사를 즐기고 있었다.

배가 고팠지만, 돈도 없고 괜히 다른 사람과 눈을 마주칠 것이 무서워 카셀은 얼른 2층으로 올라갔다. 복도에는 술에 취해 어깨동무를 하고 노래를 부르는 사내들이 있었고, 아예 벽에 뒤통수를 댄 채로 앉아서 곯아떨어진 놈도 보였다. 가게 점원은 곯아떨어진 남자의 멱살을 잡고 '이게 몇 번째야, 자식아' 하고 소리 질렀다.

카셀은 그들을 피해 좁은 복도를 가로질러 도망치듯 자신의 방으로 들어갔다. 촛불을 켜지 않은 어둠이 그에게 편안함을 안겨주었다. 카셀은 탁자로 가서 촛불을 켜고 망토를 벗었다.

"!"

침대에 시커먼 그림자가 앉아 있었다. 다행히 카셀은 비명을 삼킬 수 있었다.

'오늘 하루 놀랄 일을 너무 많이 겪었어.'

카셀은 머릿속으로만 목청 터지게 비명을 지르면서 겉으로는 망토를 천천히 의자에 걸어놓았다.

"누군데 그 칼을 가지고 있는지 우선 묻고 싶소."

촛불에 비친 상대의 모습은 큰 덩치도 아니었고 거대한 창을 들고 있지도 않았다. 말투로 미루어 강도 패거리 중 한 명도 아니었다. 완전히 새로운 인물이었다. 카셀은 멍청하게 칼을 내보이면서 돌아다녔던 자신의 오늘 하루를 저주했다.

'코홀룬의 주민 여러분! 제가 엄청 비싼 칼을 하나 가지고 있는데, 제 생각에 이 무기는 아란티아 울프 기사단의 보검 같습니다. 가지고 싶은 사람은 저를 베고 가져가십쇼.'

카셀은 자신을 실컷 비웃어 준 후 상대의 목소리 톤에 맞춘 정중한 어조로 대꾸했다.

"누군데 이 칼에 대해 아는지 먼저 물어도 되겠소?"

"내가 알기로 울프 기사단의 캡틴이자 아란티아의 여왕 수호 기사인 마스터 퀘이언만이 그 칼을 가질 수 있소. 그리고 나는 오륙 년 전이긴 하지만, 아란티아 여왕의 공식 방문 때 마스터 퀘이언의 얼굴과 보검을 잠깐 본 적이 있는데 당신은 퀘이언이 아니오."

"맞습니다. 제 이름은 카셀이고……."

속으로는 다음 말을 잇기까지 아주 많은 생각과 고민을 했지만 실제로는 거의 간격을 두지 않고 흘러나왔다.

"……아란티아에서 왔습니다."

카셀은 의자를 끌어당겨 등받이를 품에 안은 자세로 앉았다. 왠지 그게 느긋해 보이는 자세라고 생각했는데 앉고 보니 조금 어색했다. 하지만 자세를 고치면 더 우습게 보일 것 같아 그냥 그대로 앉아있기로 했다. 카셀은 헛기침을 하고 물었다.

"당신은?"

"나는 코흘룬의 영주 고디머 백작이오."

"저는 하얀 늑대들 중 한 명이자, 울프 기사단의 캡틴입니다."

팔콘의 마을을 벗어난 이후 처음으로 내뱉은 그 단어에 카셀은 가슴이 두근거렸다. 역시 이런 거짓말은 하고 싶지 않았다.

고디머 백작은 들어야 할 말을 들었다는 듯 자연스럽게 말했다.

"하얀 늑대들의 캡틴이 장미 기사단을 부수고 팔콘이라는 도적 우두머리를 자기편으로 끌어들였으며 검은 사자 기사단을 말 한마디로 굴복시켰다는 소문이 있었소."

'맙소사, 소문이 어디까지 발전한 거야?'

카셀은 듣고만 있었다.

"시간상 분명 코흘룬을 지나쳐갈 거라고 생각하고 최근 경비를 강화하고 있었지. 그러다 경비병 중 하나가 당신을 발견하고 이 여관에 묵은 것을 알려왔소."

"그런데 이 칼만 보고 이렇게 온 겁니까? 확인도 않고?"

"그 외에 달리 무슨 방법이 있겠소? 당신이 칼을 숨기고 이 도시에 들어왔다면 몰랐겠지."

"찾은 건 저뿐입니까? 그러니까……."

카셀은 좀 머뭇거리다가 물었다.

"……제 동료들은요?"

"그거야 당신이 알고 있지 않소?"

카셀은 별거 아니라는 듯 손을 내저었다.

"사정이 생겨 흩어졌지요. 그런데 무슨 볼일이 있어 그런 음산한 모습으로 제 방에 숨어있었던 겁니까?"

"미리 말해둬야 할 일이 있소. 당신들은 '두 백작' 중 한쪽이 고용한 암살자들에게 목숨을 위협받고 있소. 이 마을에 당신들이 나타난다는 정보는 나만 들은 게 아니라, 당신을 죽이려 하는 쪽도 들었을 것이오. 시간이 없어 무례를 범할 수밖에 없었소. 나는 당신을 보호하기 위해 온 거요."

카셀은 아까 창을 들고 자신에게 접근해왔던 남자를 떠올렸다.

'그가 암살자일 수도 있었을까?'

카셀은 헛기침을 한 번 더 하고 물었다.

"그럼 당신은? 신분을 밝혔으나 저로서는 그걸 액면 그대로 믿는 것도 무리입니다. 그리고 애초에 울프 기사단의 캡틴인 제가 누군가의 보호를 받을 거라고 생각했습니까?"

카셀은 본의 아니게 그를 먼저 의심했다. 정말 의심해서가 아니라 그 정도 경계심은 내비쳐야 자신의 정체를 더욱 확실하게 숨길 수 있을 것 같아서였다.

"내가 암살자라면 당신이 들어오는 순간 문 뒤에 숨어서 칼을 내리쳤을 거요. 아무리 여관이라지만 당신, 조금 무방비로 문을 열고 들어오더이다."

카셀은 어깨를 으쓱해 보이기만 했다.

"그럼 제가 어떻게 해야 좋겠습니까?"

"우선 내 성으로 갑시다. 나는 왕을 섬기는 몸. 왕의 손님을 대하는 예의 정도는 알고 있소."

"좋습니다."

카셀은 기세 좋게 대답해버렸다. 그리고 또 후회했다.

'가서 어쩌려고?'

온통 술 취한 사람들 투성이었던 패잔병들의 마을에 비해 코홀룬은 술집만 벗어나면 조용했다.

저택 쪽으로 뻗은 큰길을 걷던 고디머 백작은 지름길로 간다면서 골목 안으로 들어갔다. 그곳은 달빛에 의존해서 걷기도 힘들 만큼 어둡고, 갈림길이 많아 방향 감각을 잃을 정도였다.

백작은 종종 가던 길을 멈추며 주위를 살폈다. 쫓아오는 사람도 없는 것 같은데 굳이 저렇게 할 필요가 있나 싶을 정도로 신중했다. 그리고 아무래도 같은 길, 또는 같은 구역을 맴돌고 있는 것 같기도 했다.

'생각해 보니 이상하네? 백작 정도 되는 사람이 직접, 그것도 혼자서 나를 찾으러 와? 그리고 난 그런 수상한 사람을 백작이라고 너무 쉽게 믿었어. 이 사람이 날 캡틴이라고 너무 쉽게 믿은 것만큼이나.'

카셀에게는 팔콘처럼 자세나 행동만으로 정체를 꿰뚫어볼 눈썰미는 없지만, 주변 정황을 통해 이 남자가 귀족이 아니라는 느낌을 받았다.

그때 고디머 백작은 돌연 좁은 골목 안으로 들어가더니 칼을 뽑았다.

"쫓아오는 녀석이 있소."

카셀은 뒤를 돌아보았지만, 아무도 없었다.

"어디에?"

"나도 모르겠소. 하지만 아까부터 계속 같은 인기척이 우리를 따라오고 있었소. 못 느꼈소?"

카셀은 고개를 끄덕였다.

'인기척은 모르겠지만 당신이 거짓말을 하고 있는 건 알겠어.'

항상 거짓말로 위기를 넘겨서인지 카셀은 상대의 서툰 거짓말이 금방 눈에 들어왔다. 그는 계속 주변을 어지럽게 살피며 말했다.

"여럿이오. 어쩌면 당할지도 모르겠군. 자, 서두릅시다. 조금만 더 가면 내 부하들이 기다리고 있소."

어둠 속을 안내할 양으로 백작이 손을 내밀었다.

"이해할 수 없군. 왜 자기 영지 안에서 이렇게 숨어다니는 거요?"

카셀은 손길을 거부했다.

"날 의심하는 거요? 시간이 없소."

"당신은 고디머 백작이 아니야."

순간 그는 거짓말이 들통 난 사람 특유의 당혹스러움을 내비쳤다. 카셀이 그 찰나를 놓치지 않고 물었다.

"당신, 누구요?"

"무슨 소릴 하는 거요?"

백작은 뒤늦게 정색하고 고개를 저었다. 그가 안내하려는 골목 쪽에서 또 다른 검은 그림자가 접근했다. 그들의 손에는 무기가 하나씩 들려 있었다.

"이 녀석들! 내가 누군 줄 아느냐?"

백작은 칼을 내밀며 경고했지만, 상대는 소리 없이 다가왔다. 더 기다릴 것도 없었다. 카셀은 아무도 없는 골목 쪽으로 달려갔다.

"어딜 가는 거요? 젠장!"

그가 외쳤지만, 카셀은 멈추지 않았다. 뒤이어 칼과 칼이 부딪치는 소리가 요란하게 울렸다.

다른 방향에서 쫓아오는 소리가 들렸다. 카셀은 골목 여기저기로 방향을 바꾸면서 달렸다. 어디로 가는지 자신조차 방향을 종잡을 수 없었지만, 계속 한 방향으로 뛰는 것보다 그게 나을 것 같았다.

밤이라 발소리가 크게 났다. 중간에 카셀은 과일 껍질을 밟으며 미끄러지기도 했지만 다행히 넘어지지는 않았다. 하지만 그 소리가 아주 크게 울려 위치를 드러내버렸다. 카셀은 잠깐 쓰레기더미 뒤에 몸을 숨겼다가 그림자들이 지나쳐 간 방향을 확인했다. 그리고 그 반대 방향으로 다시 달려갔다.

'백작이 날 속이려 든 걸까? 그의 말대로 처음부터 날 죽일 생각이었다면 방에 들어가는 순간 죽였겠지. 젠장, 대체 지금 얼마나 많은 사람들이 날 쫓고 있는 거야?'

카셀은 최대한 발소리를 죽이며 걸었다. 쫓아오는 소리는 들리지 않았다. 주위를 둘러보았지만 불빛은 거의 없고 사람들의 목소리도 아주 멀리서 희미하게 들려왔다. 카셀은 불이 밝혀진 큰길 쪽으로 걸어갔다.

'자, 이제 생각 좀 해보자. 코홀룬을 지배하는 영주가 외국 기사단의 캡틴을 이렇게 비밀리에 초대할 필요가 있을까? 성대한 환영식을 펼치는 쪽이 맞지……'

"윽!"

카셀은 걸음을 멈췄다. 골목 앞에 한 무리의 검사들이 길을 막고 있었다. 돌아보니 이미 퇴로도 몇 명이 막고 있었다. 그중 나이가 많아 보이는 남자가 숨을 헐떡이며 다가왔다.

"기다리시오, 캡틴 카셀."

처음 보는 남자였다. 카셀은 여섯 명이나 되는 칼잡이들을 상대로 보검을 뽑는 게 더 나을지, 아니면 칼을 아예 뽑지 않는 모습을 보이는 게 더 나을지 고민하면서 물었다.

"당신은 누구요?"

"고디머 백작이오."

처음 고디머 백작이라 밝힌 남자와 얼굴도, 나이도, 옷차림도 완전히 다른 사람이었다.

"일단 내 말 좀 들어보시오. 우리는 당신을 해치거나 공격할 생각이 없소."

"그럼 지금 이건 위협이 아니고 뭐요?"

"당신이 내 말을 듣질 않으려 했으니까. 아까 고디머 백작이라고 밝힌 그 친구는 실은 내 경호원인 아이크 앤플러라는 기사요. 날 대신해서 당신을 만나라고 보냈소. 보다시피 난 이 정도 숫자의 경호원이 아니면 어디 가지도 못하는 겁쟁이라서."

"그럼 그 숫자의 경호원을 데리고 직접 내 앞에 나타나면 될 거 아니요? 왜 자기 경호원에게 거짓말을 시켰소?"

카셀은 화난 목소리로 말했다.

"은밀하게 일을 진행시킬 필요가 있었소."

"은밀하게? 자기가 주인인 도시에서?"

"이런 곳에서 얘기할 수는 없소. 또한 암살자들이 당신의 목숨을 노리고 있소. 설명할 시간이 없으니 가서 얘기합시다."

카셀이 쉽사리 결정을 내리지 못하자, 백작이 말했다.

"믿어주시오. 나조차도 위험에 처해 있소. 심지어 지금 내가 만나는 당신이 캡틴 울프가 아니라면…… 그러니까 당신 쪽이 지금 거짓말을 하는 거라면 나 역시 죽은 목숨이오. 그러니 내가 당신을 믿듯이 당신도 날 믿어줬으면 하오."

카셀은 할 말을 잃었다.

'아니, 이건 또 뭔 소리야? 내가 거짓말 한 게 밝혀지면 코홀룬의 영주가 죽는다고?'

고디머 백작은 불안하게 주변을 살피며 말했다.

"게다가 내가 당신과 접촉했다는 사실이 공개되면 자칫 또 다른 전쟁이 벌어질지도 모르오. 그래서 이런 시간을 택할 수밖에 없었소. 상황을 아시지 않소?"

"솔직히 왜 그렇게 되는 건지 잘 모르겠소."

카셀은 혼란스러워 고개를 저으며 말했다.

"아아, 외국에서 왔으니 그럴 만도 하군. 나는 현재 벌어지는 두 백작의 전쟁에 반대하며 오직 왕실 편에 서 있소. 일종의 중립을 지키는 거요. 그런데 이런 큰일에 나서면 자신에게 반발을 하는 것으로 보일 수도 있소."

"단순히 절 만나는 것만으로도 큰일이라는 겁니까?"

"울프 기사단의 캡틴이라는 자리가 아란티아 내에서는 그렇게 가볍게 여겨지는 자리는 아니지 않소?"

고디머 백작이 오히려 되물었다. 카셀이 대답하지 않고 침묵을 지키자 그는 긍정의 뜻으로 받아들이고 미소 지었다.

"자, 시간이 없으니 서두릅시다. 그리고 아이크는 어디에 있소? 당신한테 고디머 백작이라고 거짓말했던 친구 말이요."

"아, 그분은 아까 저쪽 골목에서 정체 모를……."

카셀이 손가락으로 고디머 백작의 경호원 뒤쪽을 가리켰다. 그 순간 그 경호원 두 명의 뒤쪽에 검은 그림자들이 불쑥 나타났다. 앞에 둘, 뒤에 둘, 그리고 골목 위에 한 명이 거미처럼 거꾸로 매달려 있었다. 그림자가 일어서기라도 한 것처럼 검은 옷을 얼굴까지 뒤집어쓴 차림이었다. 그들은 소리 없이 허리에서 칼을 뽑았다.

"아니, 어떻게 이런……."

백작이 놀라 말할 때 어디선가 아까의 백작, 그러니까 아이크라는 기사의 목소리가 들렸다.

"백작과 캡틴을 보호하라!"

아이크가 골목으로 뛰어들면서 괴한들과 싸움이 벌어졌다. 다른 호위병들도 칼을 뽑아 맞섰다. 아이크는 백작을 호위하며 뒤로 물러섰다.

괴한들은 순식간에 두 명의 병사를 쓰러뜨리고, 카셀과 백작 쪽으로 달려왔다. 아이크가 재빨리 칼을 휘둘러 그들을 밀어냈다. 백작이 카셀의 손을 잡아끌었다.

"이쪽으로. 어서!"

카셀은 백작의 손길에 이끌려 좁은 길을 달렸다.

백작은 다른 쪽 골목으로 달려갔다. 그러나 그쪽에도 이미 검은 옷으로 얼굴을 가린 괴한들이 버티고 있었다. 그들은 백작과 카셀을 보자마자 칼을 들고 달려왔다.

"흩어집시다. 아이크, 백작을 호위하시오!"

카셀은 백작을 오른쪽 갈림길로 밀고 자신은 왼쪽으로 달아났다. 아이크는 카셀과 백작을 번갈아보더니 곧 백작 쪽으로 달려갔다.

'대체 지금 무슨 일이 벌어지고 있는 거지?'

카셀은 복잡한 생각을 던져버리고, 그저 오늘 하루를 책임져 준 자신의 두 다리를 믿고 앞만 보고 달렸다. 다행히 멀지 않은 곳에 큰길로 빠져나가는 길이 보였다. 하지만 미처 빠져나가기 전에 카셀은 걸음을 멈췄다. 골목을 빠져나가는 입구에 또 다른 검은 형체가 등불을 들고 서 있었다.

백작 측의 경비병도, 검은 옷을 입은 자객도 아닌, 강도들로부터 본의 아니게 카셀의 목숨을 구해준 철창을 든 남자였다. 그는 마치 할 일을 정해놓은 사람처럼 느릿느릿 등불을 내려놓고 등에 걸고 있던 창을 꺼내 들었다.

카셀은 되돌아가려 했지만, 이미 뒤에는 검은 옷을 입은 칼잡이 두 명이 따라붙어 있었다. 그들은 뒤집어쓴 로브를 날개처럼 펄럭이며 한 손에 든 단검을 앞으로 내밀고 달려왔다.

카셀은 지금까지 그렇게 빨리 달리는 인간을 본 적이 없었다. 급기야 한 명은 바닥이 아닌 벽을 타고 달려오기 시작했고, 땅을 달리는 한 명은 더욱 자세를 낮췄다. 꼭 두 마리의 황소가 뿔을 세우고 돌진해오는 것처럼 보였다. 달아날 길이 앞뒤로 막힌 카셀은 그대로 얼어붙어 움직이지 못했다.

"비켜."

창을 든 남자는 무뚝뚝한 목소리로 내뱉곤 카셀의 목덜미를 잡아 뒤로 휙 던졌다. 바닥에 코를 박았을 때 카셀은 꼼짝없이 죽는 줄 알았다. 그러나 창을 든 남자의 표적은 카셀이 아니라 달려드는 괴한들 쪽이었다.

괴한들은 몸을 날려 덩치 큰 남자를 향해 칼을 휘둘렀다. 그때 무슨 일이 벌어졌는지 카셀의 눈에는 보이지도 않았다. 거대한 창이 마치 바람에 휩쓸리는 갈대처럼 휘는가 싶더니 이쪽으로 날아들던 두 자루의 칼과 두 명의 인간이 반대로 튕겨 날아갔다. 동강난 시체들이 카셀의 옆에 떨어지며 피와 살점이 철퍽철퍽 튀었다. 동그랗게 뜬 시체의 허연 눈동자가 카셀의 겁에 질린 눈동자와 마주쳤다.

카셀은 비명을 지르지 않으려고 입을 틀어막았다. 창을 든 남자는 괴한들의 시체를 내려다보더니 작은 목소리로 중얼거렸다.

"또 그놈들이군."

그는 곧장 카셀에게 다가와 과격하게 몸을 뒤졌다. 그리고 허리에 찬 보검을 발견하곤 조금의 거리낌도 없이 뽑아보았다.

"아까도 대뜸 나한테 강도 놈들을 떠넘기더니 이제는 암살자들까지 끌고 나타나는군. 말해봐라, 꼬마야. 이 칼을 어떻게 가지게 되었지?"

그의 눈동자는 이미 모든 것을 알고 있다는 듯 불타고 있었다. 지금까지 그렇게 강한 시선은 느껴본 적이 없었다. 검은 사자의 기사도 아니었고, 장미의 기사도 아니었고, 심지어 팔콘도 아니었다. 그들 모두 사선을 지나 살아남은 전사들이었는데도 이런 강한 눈빛은 아니었다.

"당신은 누굽니까?"

카셀은 얼결에 물었다.

"내가 먼저 물었다."

카셀은 딱딱한 표정의 남자에게 말했다.

"그래도 당신이 먼저 대답해야 할 겁니다. 이 칼이 어떤 물건인지 안다면!"

창을 든 남자는 허탈한 웃음을 터트렸다.

"배짱 하나는 좋구나. 하긴, 그 정도는 되어야 울프 기사단의 캡틴을 사칭하고 다니는 거겠지?"

이제야 확실하게 기억이 났다.

'패잔병들의 마을에서 그 땋은 머리의 여자 옆에서 느긋하게 설명하던 남자가 이런 목소리였어!'

카셀은 더듬거리며 말했다.

"당신은…… 아란티아 울프 기사단의 하얀 늑대겠군요."

그는 카셀의 멱살을 잡아 일으키며 말했다.

"자기 부하를 이제야 알아보시나, 캡틴?"

## ✦ Chapter 6 ✦
### 아란티아의 보검

연기가 방 안을 하얗게 메우고 있었다. 촛불 몇 개가 방을 밝히고 있었지만 너무 어두워서 타들어 가는 연초 파이프의 붉은 점만 어둠 속에 둥둥 떠 있는 것 같은 착각이 들었다.

카셀은 방 안의 무거운 분위기와 연기를 감당하기 힘들어 몇 번 헛기침을 했다. 하지만 덩치 큰 남자는 의자에 앉아 아무 말도 하지 않고 카셀을 노려보고만 있었다. 남자는 깊은 생각에 빠져 있다가 뭔가 말하려 하더니 도로 입을 다물기를 반복했다. 방 한쪽에 세워둔 거대한 철창도 무언의 시선만큼이나 카셀을 압박했다.

"성함을 여쭤볼 수 있을까요? 제 이름은 카셀 노이라고 합니다."

침묵을 유지할 줄 알았지만 그는 순순히 자기 이름을 말했다.

"쉐이든 울프."

"저, 당신을 이용한 일에 대해 화가 나신 건가요? 그건 정말 사과드릴게요."

"화 안 났어."

그는 화난 목소리로 대꾸했다.

"저기, 아까도 한번 말했지만 저는 이 칼을 훔쳐서 달아난 게 아닙니다. 찾아주려고 여기까지 온 거예요."

카셀은 오해가 풀리길 바라며 간절히 말했다.

쉐이든은 연기를 허공에 길게 뿜어내며 대꾸했다.

"그 얘기라면 동료들이 오면 하지. 미리 말해두지만, 그 칼은 아주 중요한 물건이다. 그런 일은 지금껏 없었으나, 손을 댔다는 이유만으로 두 손목을 잘라낼 벌을 줘야 할 정도로 심각한 사안이지. 하지만 지금은 그게 중요한 게 아니게 됐거든. 그러니 기다……."

그때 방문이 거세게 열리고 머리를 길게 땋은 '바로 그 여자'가 들어왔다.

"아, 끔찍한 밤이야. 사흘째 밤샘 탐색이라니……."

그리고 쉐이든과 카셀을 발견하자마자 말을 멈추었다. 카셀은 깜짝 놀라 눈을 크게 떴다. 패잔병들의 마을에서 그녀를 처음 봤을 당시의 상황이 어제처럼 선명하게 떠올랐다.

"누구야?"

그녀가 묻자 쉐이든이 짧게 대답했다.

"우리의 캡틴."

"아아!"

여자는 팔짱을 끼고 벽에 등을 기대었다. 뒤따라 들어온 남자도 그때 그녀의 옆에 있던 또 다른 덩치였다. 한 번 기억이 나니 어두침침한 촛불 아래에서도 다 알아볼 수 있었다.

"전 당신들을 압니다."

그들이 말을 꺼내기 전에 카셀이 먼저 선수를 쳤다.

"그래? 어떻게?"

여자가 물었다.

"패잔병들의 마을에서 봤죠. 당신들은 모를 겁니다. 저기 계신 레이디는 제가 있던 술집에 들어와 이 칼을 찾는다는 말을 했죠. 그래서 이칼이 당신들의 칼이라는 것을 알고 갖다 주러 여기까지 온 것입니다."

"코홀룬에 전설 같은 이야기를 뿌리면서 말이지?"

문 옆에 서 있던 덩치가 등에 멘 도끼를 바닥에 내려놓으며 말했다.

"전설이라니요?"

"장미 기사단을 기합만으로 무너뜨렸다느니, 도적단의 두목을 부하로 만들었다느니…… 믿을 만한 정보인지는 둘째 치고, 재미있었어."

여자는 말하며 웃었다. 그녀는 카셀이 앉아 있는 의자 옆 침대에 털썩 앉았다. 침대의 탄력 때문에 그녀의 몸이 위아래로 크게 흔들렸고 땋은 머리도 같이 출렁였다. 카셀은 그녀의 묘한 매력에 잠깐 정신을 빼앗겼다가 얼른 변명했다.

"그건 다 헛소문입니다."

"알아, 알아. 지금부터 어디까지가 헛소문인지 직접 들을 거니까 서두르지 마."

여자가 방안을 살피며 쉐이든에게 물었다.

"로일과 던멜은?"

"외곽 성 쪽에. 새벽에 온다고 했어. 그 둘이라면 우리끼리 결정해도 뭐라 그러지 않을 거다."

도끼를 내려놓은 남자가 의자를 끌어당겨 앉으며 말했다.

"자, 그럼 짧게나마 서로 소개하고 이야기에 들어갈까? 내 이름은 아즈윈 울프. 참고로 우리 기사단의 성은 모두 울프야. 알고 있을지 모르겠지만."

여자가 먼저 말했고, 도끼를 내려놓은 남자가 뒤를 이었다.

"나는 게랄드 울프."

"제 이름은 카셀 노이입니다."

"카셀, 음, 부르기 좋은 이름이군. 패잔병들의 마을 출신인가?"

아즈윈이 계속 물었다.

"아니, 루우룬 마을 출신입니다. 시골이라 모르실 거예요."

"보검은 어디서 얻었어?"

카셀은 아직도 자신의 품에 있는 칼을 그녀에게 내밀었다.

"패잔병들의 마을에서 주웠습니다."

그녀는 둘에게 '거봐, 내가 거기에서 잃어버린 거 맞다 그랬잖아'라고 중얼거렸다.

"또 한 번 말씀드리지만 저는 이걸 훔친 게 아니라, 주인에게 돌려주러 온 겁니다."

"아무도 훔쳤다고는 안 했다? 변명할 필요 없어. 그리고 그 칼은 잠시 가지고 있도록."

"예? 제가요?"

카셀은 의외의 말에 놀라 머뭇거렸다. 쉐이든도 그렇고, 아즈윈도 그렇고, 그들은 어째서인지 카셀이 제일 중요하다고 생각했던 칼을 돌려받으려 하지 않았다.

카셀은 칼을 다시 무릎에 올려놓는 수밖에 없었다. 어쩌면 그렇게까지 위험한 상황에 처한 건 아닐 거라는 생각에, 카셀은 점점 냉정을 찾아갔다. 그렇다고 긴장까지 풀어버린 건 아니었다. 앞에 있는 세 명의 기사가 하얀 늑대들이라는 시점에서 긴장하지 않는 게 불가능하기도 했다. 아즈윈이 말했다.

"우린 소문으로만 네 이야기를 전해들었어. 과장되기도 하고, 앞뒤도 맞지 않지. 그러니 네 입으로 직접 듣고 싶어. 하나도 빠짐없이, 하나도 거짓 없이."

카셀은 마침내 잡은 변명의 기회에 감사하며 얘기를 시작했다. 그러고 보니 패잔병이 된 후 처음으로 거짓이 아닌 '사실'을 말하고 있는 게 아닌가 싶었다. 팔콘에게조차 지금처럼 다 털어놓은 것은 아니었다.

카셀은 전쟁터에서 음유시인을 만난 부분부터 시작했다. 이어서 타이거라는 도적들을 만난 다음 검은 사자 기사단을 만나고, 패잔병들의 마을에서 칼을 주운 후 찾아주려다 길이 엇갈렸으며, 장미 기사단에게 끌려갔다가 팔콘을 만난 이야기까지…… 그리고 코홀룬에 도착해 쉐이든에게 붙잡혀 온 순간으로 얘기를 끝냈다.

제일 처음 입을 연 사람은 게랄드였다.

"놀랍군. 나는 흉내도 못 내겠어."

"우리 중 누가 흉내 내겠어? 참 여러 사람 당했네. 쉐디 너도 포함해서 말이야."

아즈윈은 키득거리며 옆에 앉은 쉐이든의 옆구리를 쿡 찔렀다. 그녀의 쾌활한 웃음소리가 묵직한 방 안 공기를 밀어내는 기분이 들었다.

"당했다는 말을 부정할 수 없군."

쉐이든은 코를 긁적이며, 카셀에게 물었다.

"그럼 저녁 무렵 널 협박하던 그 강도들은 뭐였지?"

"칼을 훔쳐 가겠다더군요. 당신을 경호원 취급하면서 떠넘긴 건 정말 죄송합니다. 사실 저는 당신이 칼을 훔치려는 또 다른 강도인 줄 알았어요."

"충분히 이해한다. 하지만 너 때문에 난 쓸데없는 살인을 저지를 뻔했어."

쉐이든은 조금 화가 난 목소리였고 아즈윈은 침대 위로 발을 끌어당겨 앉은 자세로 물었다.

"그래서 강도들은 어찌 했누?"

"그냥 뭐…… 죽이지는 않았다."

아즈윈은 또 재미있는 일 없었냐는 투로 물었다.

"그런데 쟨 어떻게 잡아 왔어? 얘기 들어보니 요리조리 잘도 피해 다니는 앤데?"

쉐이든은 어깨를 으쓱하더니 카셀을 바라보며 대꾸했다.

"쉽지 않았어. 내가 멱살을 잡고 누구냐고 물었는데도 나더러, 뭐랬더라? 이 칼이 어떤 물건인지 안다면 나부터 정체를 밝혀야 한다고 강요하더군. 마스터 외의 누구한테도 들어본 적이 없는 명령이라 얼결에 대꾸하고 말았지."

게랄드가 웃음을 터트렸다.

"예전 용병 시절에 누가 먼저 이름 밝히나로 시비가 붙어서 목숨 걸고 싸웠던 기억이 나는군. 언제였냐면……."

"안 물었거든."

아즈윈이 게랄드의 말을 끊고 카셀에게 다시 말했다.

"네 얘기는 다 들었으니 이제부터 우리 이야기를 해주지. 일단 그 칼
의 유래부터. 르고라는 대장장이를 알아? 아니, 몰라도 돼. 대단한 사
람이긴 하지만 지금 여기서 중요한 건 아니니까. 그 사람은 아란티아
왕실의 대장장이로, 우리가 쓰는 모든 무기를 만들어주는 사람이야."

그녀는 허리에 차고 있는 자신의 칼을 톡 쳤다. 칼날이 넓고 짧았다.

"그러니까 그 칼은 르고가 만들었는데…… 아니다, 이 이야기부터
하면 안 되겠어. 다시 시작하지. 이건 내가 울프라는 성을 갖기 전의
이야기야. 전쟁이 시작되기도 전의 이야기이지, 아마?"

그녀는 쉐이든에게 동의를 구하듯 쳐다보며 계속 말했다.

"루티아라는 마법 도시에서 온 마법사가 왕실을 상징할 보검이 필요
하다고 하면서 여왕께 마법의 금속을 선물했지. 위대한 영웅이 쥐었을
때 진정한 빛을 발휘한다는 신기한 금속인데, 어…… 예전에 우리 마스
터가 익셀런의 캡틴 웰치를 꺾었을 때 태양만큼이나 환한 빛을 뿜었다
나 어쨌다나. 그 성스러운 빛에 놀라 론타몬의 군대가 물러났다는 소문
이 있는데, 나도 자세히는 몰라."

아즈윈은 턱을 손가락으로 두들기며 이야기를 이어갔다.

"바로 그 금속에다가 가넬로크 왕실에서 선물로 준 드래곤의 보석까
지 합쳐 르고가 그 칼을 만들었어. 덧붙이자면 드래곤의 보석은 빛을
받지 않아도 스스로 빛을 내. 진짜 예쁘지? 아, 예쁘다는 건 보석이 아
니고 칼 얘기야."

카셀은 새삼스럽게 어둠 속에서도 자신의 색깔을 잃지 않는 손잡이

의 푸른 보석을 바라보았다. 앞뒤를 잘 정리하지 못한 아즈윈의 이야기는 계속되었다.

"엄밀히 말해 왕실의 보검이지, 울프 기사단의 보검은 아니야. 하지만 우리 여왕님이 말씀하시길, 왕실을 지키는 것이 울프 기사단이라면 이 보검은 마땅히 울프들이 가져야 한다 하여 당시 캡틴인 퀘이언 아저씨가 하사받게 된 거지."

"아저씨? 너 이른다?"

게랄드가 말했다.

"여하튼 보검은 그 뒤로 울프 기사단을 상징하는 보물이 된 셈이야. 여기까지 이해 가?"

카셀은 멍청히 듣다가 얼른 대꾸했다.

"네. 이해했어요."

"얼마 전 카모르트 왕국에서 비밀리에 초대장이 날아왔어. 원군을 요청한다는 내용이었지."

아즈윈은 정신없이 얘기를 이어갔다.

"여왕님은 어떻게 할까 살짝 고민하다가 우리 하얀 늑대들을 원군으로 보냈고 우리의 말과 행동이 곧 여왕의 말과 행동을 대신한다는 뜻으로 보검까지 들려 보내셨지. 그게 없어도 특별히 우리가 임무를 수행하지 못한다거나 임무가 변경될 수는 없겠지만, 워낙 귀한 보물이라서 잃어버린 채로 못 찾았더라면 우린 마스터한테 맞아 죽었을 거야."

"여기서 맞아 죽는다는 표현은 비유가 아니라는 점이 중요하다."

게랄드가 강조했다.

"내 말이!"

아즈윈과 게랄드는 패잔병들의 마을에서 봤던 것처럼 서로 손뼉을 마주쳤다. 쉐이든은 픽 웃으며 말했다.

"누가 들으면 마스터가 정말 못된 사람인 줄 알겠다. 처음부터 나는 이 칼이 우리에게 돌아올 줄 알았어. 아란티아의 보검은 스스로 자신이 갈 곳을 찾는 칼이라고 하였으니 결국은 이렇게 우리 손으로……."

쉐이든은 말을 하다 말았다. 게랄드와 아즈윈이 똑같이 재미없다는 표정으로 인상을 구기고 있었던 것이다.

"음, 그만하도록 하지."

쉐이든은 애꿎은 파이프만 물고 하얀 연기를 푸욱푸욱 뿜어냈다. 아즈윈이 참다못해 파이프를 빼앗아 안의 재를 바닥에 털어 발로 비벼 꺼 버렸다. 쉐이든은 입맛만 다시고 따지지 못했다.

왠지 그 모습이 우스웠으나, 카셀은 못 본 척하고 물었다.

"다섯 분이 사절단으로 왕실에 온 건가요?"

"말했잖아. 사절단이 아니라 원군이야. 어, 그런데 내가 다섯 명이라고 말했나?"

"아까 이 자리에 없는 두 사람을 언급했으니 그럴 거라고 생각했습니다. 하얀 늑대들은 모두 다섯 명인가요?"

"음, 맞아. 머리 좋네."

"암살자 얘기가 계속 들리던데요."

"그게 웃기는 노릇이지. 우리가 남의 나라까지 와서 죽을 위험에 처할 이유가 없잖아. 이제는 먹는 빵 하나, 마시는 물 한 잔도 신경 쓰일 지경이라니까."

아즈윈이 한탄하듯 말하자 때마침 옆에서 물 한 잔 마시려고 컵을 들었던 게랄드가 손을 움찔하더니 마시지 않고 내려놓았다. 아즈윈이 설명을 이어갔다.

"카모르트 국경을 넘는 순간부터 시커먼 옷을 입은 놈들에게 공격당했지. 그 와중에 우릴 안내하던 카모르트의 사신이 죽었어. 뭔가 안 좋은 일이 터졌구나 싶어 되돌아가려다가, 그렇게 하면 그 시커먼 옷 입은 놈들 뜻대로 되는 것 같아 그냥 강행한 거야."

쉐이든이 덧붙였다.

"문제는 놈들이 전멸했다는 점이지."

"그게 왜? 죽이면 안 되는 거였단 말이야?"

아즈윈이 따지듯 물었다.

"이미 설명한 걸로 아는데……."

쉐이든은 기억해달라는 뜻으로는 아즈윈과 게랄드를 쳐다봤지만 둘은 똑같은 표정으로 눈만 깜빡거렸다. 그는 포기하고 설명했다.

"마흔 명이나 되는 놈들이 전멸을 할 때까지 계속 싸웠다는 게 말이 안 돼. 절반 이상 죽은 시점에서 단념하고 도망갔어야지."

게랄드가 이의를 제기했다.

"우리가 놈들을 너무 순식간에 없애버리니까 녀석들이 자기들 숫자 주는 걸 눈치채지 못한 것뿐일걸. 게다가 마지막에 달아나는 놈이 있긴 했어. 그런데 던멜이 칼을 던져서 죽인 거지."

"아아, 죽이지 말라고 소리쳤는데 못 들었지."

아즈윈은 고개를 끄덕거렸다가 다시 말을 이었다.

"여하튼 그런 엉뚱한 사고를 당한 터에 안 그래도 다들 싱숭생숭해 있는데 패잔병들의 마을에서 보검을 잃어버리게 된 거지. 이 자리에 없는 어떤 녀석의 실수로."

"참고로 그 시커먼 옷을 입은 녀석이란, 아까 카셀 널 쫓아오다가 나한테 당한 놈들이다. 어떻게 알고 온 건지 이 도시에도 있더군. 물론 이번 공격은 우리가 아니라 널 향한 것이었지. 외부에 알려지기로는 네가 하얀 늑대들의 캡틴이니까……."

쉐이든이 설명했다가 멈칫했다. 아즈윈도 작은 목소리로, '대체 걔네는 누구야?' 하고 중얼거리다가 멈췄다. 쉐이든의 시선이 아즈윈의 시선과 부딪혔다.

게랄드가 끼어들었다.

"지난번 공격이 우연이 아닌 게 확실해졌군. 감히 울프 기사단한테 덤비다니, 우리의 엄청난 실력에 관한 소문도 못 들었나?"

"놈들의 목표가 저기 있는 카셀이었다면, 녀석들은 정말로 하얀 늑대들에 대해 제대로 알지도 못한 채 소문에 휩쓸리고 있는 거다. 카셀이란 존재의 출현 때문에 당황하고 있는 건 그놈들도 마찬가지라 이거지. 흐음, 그건 말해놓고 보니 의외인데?"

쉐이든은 창가에 서서 턱을 어루만지며 생각에 잠겼다. 그 사이 아즈윈은 카셀의 옆에 더 가까이 앉아 물었다.

"그보다 우리 칼을 여기까지 애써 가지고 왔을 정도라면 뭔가 바란 거 아니야? 보상이라든가?"

"그, 그런 건 없습니다."

질문에 대해서가 아니라 아즈윈의 접근에 놀란 카셀은 더듬거리며 대답했다.

"아니, 특별히 다른 뜻으로 물어본 건 아니야. 우리가 할 수 있는 건

해줄게. 돈? 지금은 보다시피 우리 꼴이 이래서 없지만 기사단에 말하면 많이 줄 거야."

아즈윈이 제안했다.

"거짓말하시네. 우리 기사단에 돈이 어디 있냐?"

게랄드가 폭로하듯 말했다. 아즈윈이 벌떡 일어나며 손가락질을 해댔다.

"있어! 아마 있을 거야. 누가 들으면 울프 기사단이 찢어지게 가난하다고 그러겠네!"

"누가 그렇대? 그냥 애써 칼을 돌려주려고 온 애한테 지키지도 못할 약속 하지 말란 뜻이다. 너랑 달리 난 배려가 좀 있거든!"

"드래곤 코털 뽑는 소리 하고 있네! 원로원의 돈이 곧 울프 기사단의 돈인 거야. 것도 몰랐냐?"

둘이 티격태격하는 동안 카셀은 보상이란 말에 가슴이 콩닥거리고 있었다. 아란티아에 데려가 울프 기사단의 훈련생으로 넣어달라거나, 아예 그들의 종자로 부려달라는 종류의 보상이 먼저 떠올랐다. 그게 아니라면 집에 돌아갈 면목이라도 생길 테니 농사 자금을 위한 금전적 보상도 나쁘지 않은 선택이었다.

카셀은 새삼 주변을 돌아보게 되었다. 기사단의 임무와 보상이란 건 파이프 오르간이 울리는 커다란 홀에서 근엄한 표정을 한 왕이 내리는 것인 줄로만 알았지만, 이곳은 허름한 여관방이었다. 그리고 비단옷을 입은 왕자와 공주 대신 카셀처럼 허름한 옷을 입은 미녀와 덩치가 서로 욕을 해대고 있었다. 겉으로만 보면 둘은 기사 같지도 않았다.

'지금까지 내가 기사답지 않은 모습을 보였는데도 어째서 다들 거짓

말에 넘어갔는지 알겠군.'

순간 카셀은 지금 이 자리가, 자기처럼 평범한 사람에게 평생 딱 한 번 찾아오는 그 기회일지도 모른다는 생각이 들었다. 다른 기사도 아니고 하얀 늑대들이다. 그리고 그들이 먼저 보상을 묻고 있었다. 그런데 고작 농사지을 자금을 달라는 요구를 한다고?

카셀은 침착하게 주변 돌아가는 상황을 살폈다. 우선 그들은 카셀을 죽일 생각이 없었다. 단순히 판단을 보류하느라 죽이지 않는 게 아니었다. 아무리 비관적으로 생각해도, 저런 시답잖은 농담을 하던 게랄드가 갑자기 옆에 있는 도끼를 집어들며 '이제 장난은 그만하고 네 목이나 칠까?'라고 말할 것 같지는 않았다.

'좀 더 오래 생각해도 돼. 이 자리에 판돈으로 올라와 있는 건 내 목숨이 아니니까.'

카셀은 조심스럽게 입을 열었다.

"우선 한 가지 여쭐 게 있습니다."

아즈윈과 게랄드가 서로에게 거의 쌍욕을 던지기 직전에 말을 멈추고 카셀을 돌아보았다. 창밖을 바라보던 쉐이든도 고개를 돌렸다.

"왜 이 칼을 가져가지 않으십니까?"

"왜, 무거워?"

아즈윈이 농담조로 던진 질문에 카셀은 어색하게 웃었다.

"네. 사실 무겁군요. 이 칼이 가지고 있는 엄청난 책임감과 의미가요. 전 농부입니다. 이 칼을 내놓으라고 하셨다면, 전 얌전히 내놓았을 겁니다. 보상이요? 목숨만 살려주시면 감사하죠. 오히려 당신들과 만났다는 것만으로 평생 영광으로 알았을 겁니다."

"호오, 철학적인데?"

아즈윈은 키득대더니 말을 이었다.

"더 말해봐. 넌 어째 입만 열면 얘기가 길어진다?"

"그, 그런가요? 죄송합니다. 어쨌든 칼을 아직도 가져가지 않는 건 이유가 있어서 아닙니까? 그러니까…… 아마도 제가 아직도 이 칼을 가지고 있어야 할 어떤 이유가 있는 겁니다. 맞습니까?"

아즈윈이 쉐이든을 돌아보았다. 쉐이든은 끼고 있던 팔짱을 풀고 거칠게 자란 턱수염을 긁적거렸다. 카셀은 괜히 게랄드의 눈치도 살폈다. 하지만 그는 자기를 왜 보냐는 듯 별다른 표정 변화를 보이지 않았다. 아즈윈은 마치 테스트를 하듯 물었다.

"맞다고 하면?"

카셀은 심호흡을 한 후 말했다.

"방금 말한 걸 첫 번째 가정으로 두죠. 당신들이 제가 이 칼을 계속 가지고 있도록 내버려 두었다는 점이요. 마스터한테 맞아 죽을지도 모른다, 아란티아의 보물이다 그렇게 말하면서도 말입니다. 당신들이 암살자들에게 공격을 당한 점을 두 번째 가정으로 두죠. 그런데 그 암살자들조차 정작 거짓말하고 다닌 저를 캡틴으로 알고 공격했습니다."

카셀은 점점 말을 빨리했다.

"저도 코홀룬에서 저와 관련된 소문을 들었습니다. 제가 한 몇 가지 행동이 꽤나 과장되어 있더군요. 심지어 팔콘의 일 때문에 장미 기사단에서도 울프 기사단의 캡틴은 저라고 알고 있을 겁니다. 이 소문이 세 번째 가정입니다. 세 가지 가정을 합쳐보면, 적어도 카모르트 내에서는 공식적으로……."

말하기 전부터 대충 짐작하고 있었지만 막상 말하다 보니 두려움이 앞섰다. 카셀은 살짝 입술을 깨물었다가 말했다.

"제가 울프 기사단의 캡틴이군요."

쉐이든이 정리하듯 카셀의 말을 받았다.

"그 결론은 정확히 말해 두 번째, 세 번째 가정만을 합쳐서 말하는 거겠지. 첫 번째 가정, 우리가 너에게서 보검을 빼앗지 않는 이유."

쉐이든은 화를 내는 것처럼 눈을 부릅뜨고 말을 이었다.

"그것까지 합쳐서 다시 말해봐라."

카셀은 거부했다.

"안 됩니다."

"말해봐! 그럼 애초에 첫 번째 가정은 뭐 하러 말했나? 넌 내가, 아니 우리가 무슨 말을 할지 이미 알고 있는 거잖아."

카셀은 거의 울먹이는 투로 고개를 저었다.

"못 합니다."

게랄드가 과장되게 두 손을 펼치며 중재하듯 끼어들었다.

"왜 애를 울리고 그래? 내가 정리해주지."

"하지 마. 네가 정리하면 더 복잡해져."

아즈윈이 놀리듯 말했다. 그러자 게랄드가 도끼를 들었다. 카셀은 처음에 정말로 게랄드가 아즈윈을 공격하려고 그러는 줄 알았다.

아즈윈도 느긋하게 앉아있던 자세를 풀고 바로 문 쪽으로 달려가 등을 벽에 붙였다. 얼음 위를 미끄러지듯이 소리 하나 없이 이동하는 모습에 카셀은 깜짝 놀랐다.

'이 여자, 방금 어떻게 움직인 거야?'

아란티아의 보검

사람이라면 누구라도 움직이기 위해 두 다리를 교차해 뛰는 과정이 필요하다. 그런데 방금 아즈윈은 그 과정이 생략된 것처럼 이동했다.

　갑자기 방문이 안쪽으로 왈칵 열리며, 한 남자가 칼을 들고 뛰어 들어왔다. 고디머 백작의 경호 기사 아이크 앤플러였다. 그는 뭔가 말하려고 했다. 이를테면 꼼짝 마라 경호대에서 나왔다, 라든가 캡틴 울프 내가 구하러 왔소, 라든가. 하지만 그는 한마디도 하지 못했다.

　아즈윈이 그가 든 칼을 손으로 내리쳐 떨어뜨린 것과 거의 동시에 게랄드가 앤플러의 멱살을 잡아 안으로 끌어당기더니 벽에 몰아붙였다. 앤플러는 뒤통수를 벽에 부딪치며 짧게 비명을 질렀다.

　다른 경호병들이 뒤따라 더 들어오려 했지만, 상황이 이렇게 되자 방 안으로 발도 들여놓지 못했다. 어느새 아이크가 떨어뜨린 칼은 아즈윈이 집어 들었고, 게랄드는 앤플러의 멱살을 잡은 반대편 손에 쥔 도끼를 문 쪽으로 내밀고 있었다.

　카셀의 어깨 바로 위로 거대한 창이 문 쪽을 겨냥하고 있었다. 좁은 방 안이다 보니 고작 세 명의 무기가 문을 향하고 있음에도 마치 기마대가 돌격 준비를 하고 있는 기분이었다.

　"아이크 앤플러?"

　카셀이 침을 꿀꺽 삼키고 말했다. 앤플러는 두 손으로 게랄드의 두꺼운 팔뚝만 움켜쥐고 겨우 대답했다.

　"그렇소."

　카셀은 뒤늦게 정신을 차리고 얼른 말했다.

　"게랄드, 그분을 내려줘요. 코홀룬의 영주 고디머 백작의 경호 기사인 아이크 앤플러입니다. 절 구하러 온 겁니다."

게랄드는 미심쩍은 표정이었지만 일단 앤플러를 내려주었다. 그는 겨우 두 발을 바닥에 대더니 비틀거리며 벽에 손을 짚었다. 그리고 분노에 찬 눈으로 게랄드를 노려보았으나, 마주 바라보는 게랄드의 시선을 버티지 못하고 이내 시선을 돌려버렸다.

아즈윈도 칼을 내렸고 쉐이든도 창을 거뒀다. 하지만 방금 반응 속도를 생각하면 사실 무기를 손에 쥐고 있으나 바닥에 내려놓으나 별 차이는 없어 보였다. 문 바깥의 병사들도 눈치를 보며 무기를 내렸다.

"캡틴 카셀?"

방 밖에서 고디머 백작의 목소리가 들렸다. 병사들 틈으로 백작이 비집고 다가와 방문 앞에 섰다. 그는 카셀이 아닌 다른 세 사람을 발견하고 흠칫 놀랐다.

"고디머 백작님. 아, 그러니까 이 셋은⋯⋯."

카셀은 셋을 가리키며 과연 이 말을 해도 될 것인지 짧은 고민 끝에 말을 이었다.

"내 친구들입니다."

"친구들? 그럼⋯⋯."

"하얀 늑대들."

"아. 그, 그렇군."

고디머 백작은 겨우 안도했다.

"갑자기 쳐들어온 점, 사과드리겠소. 캡틴이 창을 든 남자에게 잡혀갔다는 말을 듣고 그만⋯⋯."

"하얀 늑대들의 캡틴을 잡을 사람이 하얀 늑대 외에 누가 있겠습니까? 그보다 백작님은 괜찮으십니까?"

"팔을 조금 다쳤으나, 괜찮소."

고디머 백작은 피가 배어 나오는 팔을 들어 보였다. 카셀은 살짝 미소 지으며 말했다.

"다행이군요. 그보다 오늘은 날이 늦었고, 서로 험한 일도 많이 당했으니 자세한 이야기는 내일로 미루는 게 어떻습니까? 오늘 나타난 암살자들에 대해서도, 그리고 처음부터 저를 만나고자 한 목적에 대해서도. 이곳은 긴 얘기를 하기에 좋은 장소가 아닌 것 같습니다."

백작은 카셀이 아닌 다른 셋을 살피며 조심스럽게 말했다.

"내 생각도 그렇소."

"내일 저택으로 가면 되겠습니까?"

"그러시오. 아무 때나 와도 좋소. 아, 그리고 원한다면 경비병을 조금 남겨두고 가겠소."

"고맙지만 필요 없습니다."

"하긴……."

고디머 백작은 이해한다는 뜻으로 웃어 보였다.

"내일 뵙겠소. 아이크, 괜찮나?"

아이크는 천천히 문을 나섰다. 마지막 순간 돌아본 그의 눈초리가 매서웠으나 딱히 누굴 지목해서 노려본 건 아니었다. 백작은 한 번 더 손 인사를 하고 조용히 문을 닫았다.

하얀 늑대들의 시선이 다시 자신에게 집중되기 전에 카셀은 잽싸게 말했다.

"이 부분은 아까 설명 드렸듯이, 좀 복잡한 문제가 있어서…… 그러니까, 고디머 백작이 아까 그랬거든요. 제가 만약 하얀 늑대들의 캡틴이 아니라면 이 도시에 전쟁이 일어날 수도 있다고 해서, 그래서……."

카셀은 중구난방 떠들다가 푹 고개를 숙였다.

"죄송합니다. 또 제가 거짓말을 해버렸군요."

"그럼 지금이라도 쫓아 나가서 백작을 붙들고 '지금까지 거짓말이었습니다'라고 변명이라도 할 건가?"

"네? 그걸 원하신다면……."

"잠깐 나가 있어라. 우리끼리 상의할 일이 있다."

쉐이든이 강압적으로 말했다. 카셀은 얼른 자리에서 일어났다.

"그럼 백작에게 지금 가서 사실대로 말하라는 거죠?"

"내내 똑똑한 모습 보이다가 갑자기 멍청한 척하지 마. 그냥 문밖에 있어!"

쉐이든이 말했다. 카셀은 자리에서 일어나 허벅지에 올려놓은 보검을 침대에 내려놓으려 했다. 그러나 쉐이든은 고개를 저었다.

"칼은 그대로 가지고 있고. 한 번 쥐었다면 쉽게 내려놓아선 안 되는 물건이다."

카셀은 찍소리도 못하고 시키는 대로 칼을 들고 나가야 했다.

밖으로 나가 문을 닫고서, 카셀은 다시 들어오라고 할 때까지 꼼짝도 하지 않고 서 있었다. 달아나지 말라는 경고조차 하지 않은 사람들을 상대로 도망칠 엄두도 내지 못 했다.

굳게 닫힌 방문 안에서는 그의 운명을 결정지을 회의가 조촐하게 진행되고 있었다.

"어떻게 생각해?"

카셀을 내보낸 후 쉐이든이 작은 목소리로 물었다.

아즈윈은 키득키득 웃으며 문 쪽을 손가락질했다.

"아까 봤어? 백작한테 하는 말, 거짓말이라기에는 무서울 정도로 자연스럽던데?"

"누가 봐도 우리 캡틴이었어."

게랄드도 동의했고 쉐이든도 고개를 끄덕였다.

"보통 사람이라면 저런 경우에 어떻게 했을까? 거짓말? 아니, 대부분은 아무 말도 않고 우리가 뭔가 하길 기다렸거나 아니면 사태를 악화시킬 쓸데없는 소리나 지껄였겠지."

게랄드도 작은 목소리로 웃었다.

"속으로는 엄청 긴장해 있던 것 같았어."

"그게 대단한 거다. 사람이란 건 긴장하면 말이 헛나오게 되어 있으니까. 네 경우에는 어땠나? 긴장했을 때도 검을 제대로 쓸 수 있나?"

쉐이든이 물었다. 게랄드는 자기 도끼를 슬쩍 들어보곤 고개를 저었다.

"도끼건 칼이건 긴장해 있을 때 뭔 생각을 하냐? 그냥 몸이 반응하는 거지. 그래서 연습을 쉬지 않는 거잖아."

"그거다. 녀석이 우리에게까지 거짓말을 한 게 아니라면 녀석은 농부에 불과하다. 귀족이라면 무조건 고개를 조아리는 법부터 배우는 위치지."

쉐이든은 어울리지 않게 굽실거리는 자세를 취해 본 다음, 말을 이었다.

"나만 해도 이거 봐. 안 어울리지? 실제로 백작이 나타난 순간이나 우리에게 잡혔을 때 녀석은 긴장해서 숨도 제대로 쉬지 못하는 모습이 역력했다. 그런데 어땠지? 곧 아무렇지도 않게 백작에게 하던 거짓말을 이어갔지. 그것도 어깨 딱 펴고 말이야. 게랄드 말대로 몸이 반응한 거야. 머리는 백지인 상태에서."

"녀석의 경우에는 입이 반응한 거라고 봐야지."

아즈윈이 또 키득거리며 말을 이었다.

"난 말 많은 남자는 질색이야. 말 잘 하는 남자도 질색이고. 하지만 어째 저 녀석은 별로 기분 나쁘지 않네."

"자기과시를 위한 말이 아니라서 그래. 살기 위한 몸부림을 보고 추하다고 느낄 사람은 거의 없지."

쉐이든의 분석에 게랄드는 새삼 고개를 끄덕거렸다.

"오호라, 그래서 그랬군. 난 울프 기사단의 캡틴에 관련된 소문을 들었을 때 어떤 놈이든 잡히면 주먹으로 한 대 갈겨 주려고 했는데 막상 만나서 얘기하고 나니까 별로 그러고 싶지 않더라고. 하도 허약해 보여서 봐주게 된 건가 싶었지만 가만 생각해보니 난 허약한 놈이 재잘거리면 더 열 받는 성미거든."

"이거 아주 의외의 인물이 우리에게 주어졌군. 어떻게 할깝쇼, 똑똑한 쉐이든 님?"

아즈윈은 호기심 어린 눈동자로 물었다.

"마스터라면 어떻게 하셨을까?"

쉐이든은 자리에서 일어나 서성거렸다.

"마스터라고 별생각 있겠냐? 근엄한 목소리로 항상 하던 말씀하시겠지. 될 대로 되게 두어라."

게랄드가 마스터의 목소리를 흉내 내어 말했다.

"장난치지 말고 신중히 결정해야 해. 우리 선택에 울프 기사단 전체의 명예가 걸려있다."

쉐이든의 말에 아즈원이 웃음을 터트렸다.

"우리 기사단에 명예 같은 게 어디 있냐?"

"웃음거리가 되는 건?"

"아아! 그건 안 되지."

"카셀 식으로 말해보지. 가정 하나, 외부에는 녀석이 캡틴으로 알려져 있다. 사실은 다른 녀석이 캡틴을 사칭한 것이었다는 쪽으로 밝혀지는 것도 모양은 좋지 않아. 가정 둘, 암살자들에게 정식으로 노출된 것역시 녀석이다. 우릴 본 녀석은 한 명도 살아남지 못했으니까."

"그럼 첫 번째 공격에서는 우릴 어떻게 알아보았지?"

게랄드가 물었다.

"우리가 아니라, 카모르트 사신을 알아봤겠지."

쉐이든이 대꾸했다.

"그 당시 전멸한 줄 알고 있었지만, 실은 몇 놈 살아서 우리 얼굴을 봤다면?"

이번엔 아즈원이 물었다.

"우리는 코홀룬을 사흘이나 돌아다녔는데도 공격당하지 않았지만, 카셀은 나타나자마자 공격당했다."

"아아."

게랄드와 아즈원이 동시에 납득했다. 쉐이든은 인상을 구겼다.

"둘 다 왜 처음 듣는 것처럼 그래? 몇 번이나 설명한 내용이었잖아."

"그랬어? 언제?"

아즈윈이 눈을 초롱초롱 빛내며 물었다. 쉐이든은 한숨을 내쉬며 다시 얘기했다.

"지금도 이 도시 전체에 암살자들이 깔려있다고 봐야 해. 그리고 그 놈들은 캡틴이 누군지 알아냈지. 힘들게 찾아다니던 표적이 나타나면, 그 표적이 진짜인지 가짜인지 분별할 여유를 잃게 돼. 우린 아직도 암살을 사주한 자가 누구인지 몰라. 그럼 이쪽에서도 함정을 파야지."

"가정 하나 더하기 가정 둘. 그거 더하기, 캡틴 울프 사칭하고 다니는 녀석이 의외로 괜찮은 인물. 흐음. 정말 그렇게 하자고?"

아즈윈이 눈썹을 실룩거리며 물었다. 게랄드도 난처한 표정이었다.

"굳이 그럴 필요가 있는 거야?"

"그럼 네가 캡틴을 맡든가?"

쉐이든이 도발적으로 제안했다. 게랄드는 즉시 두 손을 번쩍 치켜들었다.

"항복!"

"로일은 지금까지 강제로 캡틴을 맡은 것 때문에 너무 부담스러워했어. 이제 그 짐을 줄여줘야 해. 하지만 우리 중 누구도 그 짐을 맡는 걸 꺼린다면, 따로 짐꾼에게 맡기는 방법이 있지."

"우릴 뺀 울프 기사단 전체를 무시하는 처사일지도 몰라. 책임질 자신 있어?"

아즈윈은 입술을 잘근잘근 씹다가 물었다.

"책임은 진다. 그리고 애초에 모든 것을 우리의 판단에 맡긴 마스터의 책임도 있다고 봐야지. 여차하면 여왕님도 물고 늘어지겠다. 우릴 믿은 여왕님이 바보라고!"

쉐이든은 공범이라도 만들겠다는 양 고개를 까닥했다. 아즈윈은 동의한다는 뜻으로 같이 고개를 끄덕였다.

쉐이든이 눈빛으로 게랄드의 의향을 묻자, 게랄드는 자신 없는 목소리로 물었다.

"녀석이 잘 할 수 있을 거라고 생각해?"

"녀석은 달랑 칼 한 자루만으로 몇십 명이나 되는 사람들에게 자신을 울프 기사단의 캡틴이라고 믿게 만들었다. 적어도 그 부분은 높이 평가해줘야지. 여차하면 우린 녀석을 허수아비로 내세웠다는 사실을 나중에 공개해도 된다."

쉐이든의 말에 아즈윈은 인상을 잔뜩 구겼다.

"야아, 너무 잔인하잖아? 위험하다 싶으면 버리자고?"

"게다가 너무 확률 낮은 도박이야."

게랄드도 걱정했다.

"그럼 일단 본인의 의향을 들어볼까?"

쉐이든은 문 쪽으로 다가가다 말고 둘에게 말했다.

"뭣보다 녀석은 내가 몇 마디 슬쩍 던져주는 것만으로 의도를 눈치채고 거부하는 반응을 보였다."

"어? 그랬어?"

게랄드와 아즈윈이 동시에 물었다.

"지금 너희들 반응만 봐도, 적어도 너희 둘보다는 눈치가 빠른 녀석이란 소리지."

쉐이든은 두 사람이 뭐라 말하기 전에 문을 열었다. 카셀은 불안한 표정으로 복도에서 기다리고 있었다. 쉐이든이 고갯짓을 하며 불렀다.

"들어와라, 카셀. 아까 하던 얘기마저 하지."

아즈윈이 뒤늦게 깨닫고 욕을 내뱉었다.

"저 새끼, 방금 나 놀린 거 같은데?"

"그랬어?"

게랄드가 물었다.

"하얀 늑대가 되고 싶지 않나?"

카셀이 다시 방 안으로 들어와 들은 첫 번째 제안이었다.

"역시 그랬군요."

카셀은 늘어뜨린 손을 꽉 쥐고 말했다.

"뭐가 역시 그랬다는 거냐?"

쉐이든이 물었다.

"복도에 서서 잠시 아까 하던 얘기를 정리해봤습니다. 일단 저는 울프 기사단의 캡틴을 사칭하고 다녔습니다. 그건 아주 커다란 잘못이겠죠. 사과드리겠습니다."

카셀은 고개를 꾸벅 숙였고, 쉐이든이 대꾸했다.

"사과를 받아들이지."

"당신들은 보검을 돌려받지 않았습니다. 그리고 이 칼은 가야할 곳으로 가야 한다는 말을 하셨죠. 그건 어떤 마법인가요? 아니면 칼이 살아 움직이기라도 하나요? 어쨌든 그런 이유로 칼이 계속 제게 있다는 건 당분간 이 칼을 제 소유로 두겠다는 뜻이 아닌지요?"

하얀 늑대들은 아무 대꾸도 하지 않고 조용히 노려보고만 있었다. 카셀은 침을 꿀꺽 삼켰다.

"그리고 외부에는 제가 울프 기사단의 캡틴으로 알려져 버렸습니다. 장미 기사단은 제 이름을 붉은 장미 백작에게 고했겠지요. 어쩌면 검은 사자 백작에게까지 닿았을지도 모르죠. 이대로 당신들이 왕실에 가면 상당히 복잡한 상황에 처할 겁니다. 그걸 수습할 사람이 필요하겠죠."

카셀은 자기가 하면서도 무서운 얘기를 이어갔다.

"또 하나 추가하자면 암살자들이 왜 당신들을 공격하는지, 누가 사주했는지 알아내고 싶을 겁니다. 미끼가 필요하단 거지요."

카셀은 굳은 표정으로 마무리했다.

"결론은 제가 울프 기사단의 캡틴을 계속 연기해야 한다는 겁니다."

"너 밖에서 다 들었냐?"

게랄드가 멍청하게 물었다. 카셀은 듣지 않았다고 굳이 변명하지 않았다.

"이미 전 대답했습니다. 전 못합니다."

쉐이든이 뭔가 말하려고 했으나, 아즈윈이 가로막고 말했다.

"강제로 제안하는 거 아니야. 부탁하는 거지. 우린 사실 카모르트에 대해서 아무것도 몰라. 하지만 듣자니 넌 아주 많은 정보를 가지고 있더군."

"짧은 기간 동안 얻은 소문이나 자잘한 사실뿐입니다. 큰 도움이 되지 않을 겁니다."

"대가를 원해? 말해. 아란티아 왕실에서 공식적으로 내줄 수도 있고, 우리가 개인적으로 해 줄 수도 있어."

카셀은 잠시 기사 훈련생이 된 자신의 모습을 머리에 떠올렸지만, 얼른 머릿속에서 지워버렸다.

"보상과는 상관없어요."

"그럼 뭐가 문제야?"

"들통날 겁니다. 말씀드리지 않았나요? 팔콘은 제 정체를 알아차렸습니다. 전 오랜 기사 생활을 한 사람 특유의 분위기와 품격을 갖지 못합니다. 아무 말 하지 않아도 이 사람은 기사구나 하는…… 전 그런 걸 알지 못합니다."

"얘 좀 봐. 우리가 기사로 보이나 봐."

아즈윈이 말했고, 게랄드도 그에 동의했다.

"카셀 넌 로일을 한 번 봐야 해. 울프 기사단에 기사다운 기사란 건 없어. 죄다 깡패들이지."

"그중 네가 일인자죠, 두목님?"

아즈윈이 놀렸지만 게랄드는 굴하지 않았다.

"드디어 인정했구나, 나의 졸개야."

카셀은 사실 갈등하고 있었다.

'세상에, 이 멍청아. 네가 지금 뭘 거절한 건지 알기나 해?'

하지만 카셀은 팔콘의 마을에서 생각했던 대로 하기로 이미 마음의 결정을 내렸다. 칼을 찾아주고 마을로 돌아간다. 하얀 늑대라는 전설과도 같은 기사들을 만난 걸로 만족하자. 이 모든 일을 겪고도 살아 돌아가는 게 어디야……

"배워."

갑자기 쉐이든이 말했다.

"뭘요?"

카셀이 물었다.

"기사다움 어쩌고 하는 거."

"그런 건 배운다고 배울 수 있는 게 아……."

"아까 사과한 건 뭐였나? 넌 보검을 쥐었고 그걸로 울프 기사단 행세를 했다. 캡틴 울프? 십 년 전 그 이름을 가졌던 사람은 익셀런 기사단의 캡틴 웰치를 쓰러뜨렸다. 그리고 지금은 아란티아 여왕의 수호기사이며 검을 배우는 사람들에겐 거의 검의 신처럼 여겨지고 있지."

카셀은 쉐이든이 무슨 얘기를 하는 건지 알아들을 수 없었다. 쉐이든은 이 자리에 없는 사람을 지칭하기 위해 창문 쪽으로 턱짓했다.

"그다음 캡틴 울프가 된 사람은 로일이다. 울프 기사단 중 최강이며 녀석을 가르친 마스터조차도 이제 한 수 접어줄 수 없다고 인정하지."

"누가 그래? 로일이 최강이라고?"

게랄드가 노려보며 묻자 쉐이든이 명령조로 말했다.

"얘기 헷갈리게 하지 말고 가만히 있어!"

그 와중에 아즈윈도 혼란을 가중시켰다.

"말이 되는 소리를 해야 가만히 있지! 날 두고 누구더러 최강이라는 거야?"

쉐이든은 머리 위로 손을 흔들었다.

"내 얘기 좀 마저 끝내자! 어쨌든 캡틴 울프란 이토록 대단한 거다. 그런데 카셀 네가 그 이름을 더럽히고 끝내겠다는 거냐? 책임을 져라."

아즈원과 게랄드가 장난을 쳐서일까? 강한 어조인데도 부드러운 제안으로 느껴졌다. 카셀은 흔들렸다.

"더 이상 더럽히지 않기 위해 물러나려는 것이었는데요."

"더럽혔으면 치우고 가는 것이 예의지."

"제가…… 해내지 못하면요?"

카셀은 마지막으로 물었다. 그러나 쉐이든은 단호했다.

"달아날 구석부터 찾은 다음에 일을 시작하지 마라."

카셀은 그다음 말을 알고 있었다.

'피할 구석을 미리 마련해놓으면 반드시 피할 구석으로 달아나게 된다.'

아버지가 자주 했던 말이었다. 모든 일에 자기 전부를 걸 필요는 없지만, 전부를 걸 필요가 있는 일이 있다. 그럴 때엔 피할 구석을 미리 마련해 두면 안 된다.

다시 카셀의 심장이 거세게 뛰기 시작했다. 두려움도 아니고 놀람도 아니었다.

흥분이었다.

마음속에 꾹꾹 눌러 담았던 모험심이 확 튕겨 올라왔다. 이건 루치가 기사가 되었다는 소식에 발끈해서 뛰쳐나갔던 것과는 전혀 달랐다. 카셀에게는 선택지가 있었고 이대로 고향에 돌아가는 길도 얼마든지 있었다.

쉐이든은 더 이상 설득하지 않았다. 아무도 카셀을 막지 않았다. 암살자니 전쟁이니 하는 위험 속에 뛰어들든가, 루우룬 마을로 돌아가서 농사를 짓든가 둘 중 하나였다.

카셀은 분명 훗날 자신이 아버지처럼 농사를 지으며 살 것을 알았다. 하지만 그 전에 하고 싶은 일이 있었다.

'네 이름은 그 모험가의 이름에서 따왔단다, 카셀.'

카셀은 아란티아의 보검을 쉐이든에게 내밀면서 말했다.

"하겠습니다. 제가 이 일을 맡아 하면서 벌어지는 모든 일에 대해 제가 책임지겠습니다."

"와우, 화끈하네."

아즈윈이 얼굴을 환하게 폈다. 아직 불안한 얼굴로 카셀이 물었다.

"제가 해야 할 맹세 같은 게 따로 있나요?"

"흐음, 이런 거?"

아즈윈은 손을 내밀었다.

"이제부터 그대의 이름은 카셀 울프이며, 일이 끝났다고 판단될 때까지 하얀 늑대들의 임시 캡틴으로 임명한다. 이는 하얀 늑대들 개개인의 협의 하에 내린 결정이며 전원 동의하에 우리가 스스로 번복할 때까지는 누구도 이 결정을 위반할 수 없다. 이상."

카셀은 아즈윈이 내민 손을 잠시 내려다보았다. 가만 생각해보니 여자의 손을 잡아본 적도 거의 없는 카셀이었다.

아즈윈은 재촉하지 않았다. 카셀은 조심스럽게 손을 내밀어 그녀의 손을 잡았다. 부드럽고 말랑말랑한 손은 아니었다. 흉터 많은 손등은 남자처럼 핏줄이 툭 불거져 나와 있었다. 가볍게 쥔 것 같은데도 악력이 대단했다.

카셀은 그녀가 했던 말을 따라 했다.

"하얀 늑대들의 협의 하에 내린 결정에 따라 저는 지금부터 하얀 늑대들의 임시 캡틴, 카셀 울프입니다. 저는 전원의 동의하에 직위를 박탈당할 때까지 임의로 이 결정을 위반하지 않겠습니다. 이상."

"우와, 그걸 외웠어?"

아즈윈은 크게 웃었다. 카셀은 묘한 흥분으로 가슴과 얼굴이 달아오르는 것을 느꼈다.

"너무 안심하지 마. 아직 우리는 너를 완전히 신뢰하는 게 아니야."

게랄드가 찬물을 끼얹는 목소리로 말했다. 막 꿈결 속으로 들어가려던 카셀은 얼른 현실로 되돌아왔다.

"물론 저도 신뢰를 얻었다고는 생각하지 않습니다."

카셀은 흥분된 마음을 진정시키고, 급한 것부터 물었다.

"그럼 이제 당신들의 진짜 임무를 듣고 싶습니다. 아란티아의 기사가 왜 카모르트에 왔는지."

카셀은 오해를 사지 않도록 덧붙였다.

"이런 걸 알아둬야 제 역할을 확실하게 연기할 수 있을 테니까요."

"그래야지. 안 그러면 너뿐 아니라 우리 전체의 목숨이 위험하니까."

게랄드가 말했다. 쉐이든이 '말한 김에 네가 설명해'라며 양보했다. 게랄드는 괜히 헛기침을 하고 말했다.

"우리도 사실 자세한 이야기를 듣고 온 게 아니야. 언제나와 같은 훈련 시간에 갑자기 마스터가 들어와서 말씀하셨지. '너희들 카모르트에 좀 다녀와야겠다.' 그래서 물었지. '왜요?' 그랬더니, '카모르트에서 사신이 왔는데, 두 백작이 왕을 무시하고 전쟁을 벌인다더라. 그래서 그 내란을 진압하고 싶은데 카모르트의 왕에게는 진압할 군대가 없다. 해서, 아란티아에 파병을 요청했는데, 폐하께서 너희들을 지목하셨다. 다녀와라'라고 하셨지."

아즈윈이 눈을 가늘게 뜨고 게랄드의 말을 잠시 곱씹어 보더니 고개를 저었다.

"그거보다는 길지 않았냐?"

"요점만 말한 거야. 요점만."

게랄드는 주먹으로 손바닥을 탁탁 치며 말했다.

"아즈윈 너는 언제나 나의 의도를 지나치게 단순화시키려고 하는 게 문제야. 하여간, 그래서, 여하튼, 우리는 폐하의 뜻이 적힌 문서 대신 그 보검을 들고 오다가 기습을 당했고, 그다음 얘기는 앞서 이야기 한 바와 같다."

"그럼…… 카모르트에 대해서 아무것도 모르고 온 셈이군요?"

카셀은 진지하게 물었다.

"그런 셈이지. 그래서 지금도 고생하고 있어. 뭘 해야 할지 통 알 수가 있어야지. 이대로 왕실로 쳐들어가면 되는지, 아니면 칼부터 찾아야 하는지, 아니면 아란티아로 돌아가야 하는지."

게랄드가 말을 끝냄과 동시에 아즈윈이 화를 냈다.

"야! 네가 그렇게 설명해 버리니까 어째 우리 꼴이 엄청 한심한 것처럼 됐잖아!"

"한심한 것처럼, 이 아니라 한심해! 그것도 무진장!"

"그건 그래! 젠장!"

아즈윈은 손사래를 치며 한탄하듯 카셀에게 말했다.

"우린 검술만 배웠지, 외교나 협상 같은 건 배우지 않았거든."

"난 눈앞에 모여 있는 사람이 열 명만 넘으면 말이 안 나와."

게랄드는 덩치에 걸맞지 않게 몸을 부르르 떨었다.

"그럼 제가 할 일은…… 단순히 안내자 역할만이 아니겠군요. 여러분들이 충동적인 결정으로 저에게 캡틴 자리를 내어준 게 아니라면, 제 의견을 말씀드려도 되는 거겠지요?"

카셀이 차분히 정리했다.

"이상한 수작만 아니라면 어지간한 명령도 막 따라주지. 그런 의미에서 우리는 이제부터 뭘 해야 하지?"

아즈윈이 왠지 즐거워하며 물었다.

얼마 전까지만 해도 카셀은 기사가 되면 뭘 해야지, 하는 상상만으로 벅차 잠을 설쳤다. 목록으로 정리한다면 이틀은 걸릴 정도로 많은 일들이 머리를 스쳐 갔다. 하지만 대부분은 여자들 앞에서 폼 잡기 위한 용도가 다였다.

레이디 앞에서 무릎을 꿇고 충성을 맹세하기? 망토를 휘날리며 길바닥 돌아다니면서 악당을 혼내주기? 꽃잎이 흩날리는 환영 인파 속을 걷기? 그런 건 지금 아무 상관 없는 일이 되어 있었다. 카셀은 하던 걸 계속하는 것 외에는 다른 생각이 들지 않았다.

"첫 번째 할 일은 고디머 백작을 만나러 가는 것입니다."

"아까 오라고 초대하긴 했다만, 굳이 꼭 가야 해?"

아즈윈이 물었다.

"두 백작의 전쟁을 막기 위해 카모르트의 국왕이 서신을 보내 이 나라에 왔다…… 그럼 울프 기사단의 카모르트 입국을 가장 껄끄러워할 사람은 그 두 귀족이잖아요? 암살자들을 사주한 사람 역시 그 둘 중 하나일 가능성이 높을 테지요. 그런데 고디머 백작은 제가 무슨 말을 하기도 전에 미리 암살자들의 존재를 알고, 그에 대해 걱정하며 비밀리에 접촉하려 했습니다."

아직 추측일 뿐이었지만 그래도 카셀은 자신의 생각에 확신을 가지고 말을 마무리했다.

"고디머 백작은 우리들을 공격한 그 암살자들의 배후를 알지도 모릅니다."

실수로 우리라고 말했으나 세 하얀 늑대들은 아무런 거부감을 느끼지 않았다. 아니, 오히려 자연스러운 그의 제안에 셋은 서로의 얼굴을 바라보았다.

"그럼 언제 가는 거야, 캡틴?"

게랄드가 물었다.

"내일이요."

카셀은 대답하고 흠칫 놀랐다. 방금 게랄드가 부른 캡틴이라는 호칭은 생각보다 무겁게 다가왔다.

# ✦ Chapter 7 ✦

## 고디머 백작

'등에 날개라도 달려 하늘을 날아 이동하는 것인지, 한순간에 몸을 보이지 않게 움직이는 것인지 그들은 전장의 어디에서든 나타나 공격해왔다. 분명 숫자가 적다고 들었는데, 늘 우리 측 군대보다 더 많아 보였다. 때론 가늠할 수 없는 인원이 사방을 압박해오는 것 같았다.'

울프 기사단에 대한 적들의 두려움을 표현한 문구였다.

'그들은 어디에나 있었고, 어디에도 없었다. 그들을 상대로 우린 단 하룻밤도 편히 쉴 수가 없었다. 심지어 아무도 죽지 않았는데 후퇴해야 할 때도 있었다.'

세상에는 그들을 위한 찬사와 서사시가 넘쳐났다. 떠돌아다니는 소문은 어느 것이 과장이고 어느 것이 사실인지 구분이 되지 않았다.

카셀은 그들을 직접 만나면 감히 쳐다보기 힘든 카리스마가 있을 거라고 막연하게 상상해왔었다. 하지만 좀 달랐다. 원래 환상이란 것은 직접 대면하면 깨지기 마련이지만 카셀의 경우에는 심했다.

게랄드는 그저 수없이 보아온 용병들과 비슷한 분위기의 근육질 덩치였다. 팔짱을 끼고 서 있으면 제법 폼이 났지만, 그 외에 특별한 모습은 보이지 않았다. 가끔 하는 농담은 심각할 정도로 재미가 없었다.

쉐이든은 좀 더 지적인 이미지가 강했다. 짙은 눈썹에 파묻힌 눈동자는 맑게 빛을 냈다. 만일 카셀이 그가 두 손으로 옮기기도 힘든 창을 한 손으로 빙글빙글 돌리는 모습을 보지 못했다면, 어디 사무실에서 깐깐하게 일 처리하는 행정 사무관이 아닐까 생각했을지도 몰랐다.

아즈원은 처음 봤을 때의 아름다운 모습이 착각이 아니었다. 가끔 눈을 감고 고개를 젖힐 때면 촛불 빛을 반사해 희게 빛나는 그녀의 목덜미에 숨이 턱 막힐 정도였다. 하지만 카셀은 그것이 그저 자신이 워낙 여자를 접해본 경험이 없는 탓에 생긴 환상에 불과하다 생각하고 넘겼다.

하얀 늑대들의 또 한 명의 멤버는 아침이 되어서야 나타났다. 그는 파리하고 언뜻 허약해 보이는 남자였다. 키는 컸지만, 너무 말라서 근육도 없어 보였다. 카셀은 네 개의 침대 중 하나에서 거의 날밤을 새우다시피 쭈그리고 있었는데, 그는 어느 순간 소리 없이 나타나 카셀을 바라보고 있었다.

카셀은 유령이라도 나타난 줄 알고 비명을 질렀다. 쉐이든이 그 소리에 깨어나 잠결에 소개했다.

"던멜 울프다."

카셀은 얼른 악수를 청했다. 아직 놀란 마음이 진정되지 않아 손끝이 파르르 떨리고 있었다.

"카셀 노이입니다."

이번에 새로 캡틴이 된 사람입니다, 라는 소개는 생략했다. 던멜은 악수하지 않고 고개만 살짝 끄덕이고 말았다. 금발에 어울리지 않는 엷은 갈색의 눈동자는 마치 상대의 모든 것에 관심이 없다는 듯 허무하게 빛을 내고 있었다.

아즈윈도 헝클어진 머리로 일어나 말했다.

"던멜은 듣지도 말하지도 못해. 하지만 말할 때 입 모양을 보여주기만 하면 나머지는 굳이 신경 써주지 않아도 돼. 던멜은 언제나 혼자 행동하고 우리를 보조해주지. 그렇지, 던멜?"

아즈윈이 엄지손가락을 치켜세웠다. 던멜은 메마른 미소로 답했다.

"아, 그렇군요."

카셀은 어색하게 웃었다. 던멜의 허리에는 짧고 가는 칼이 두 자루 매여 있었는데, 방에 들어와서도 풀어놓지 않았다.

"로일은?"

아즈윈이 던멜에게 물었다. 던멜은 고개를 저었다. 그리고 뭔가를 말하듯 손을 움직였다.

'저게 수화구나. 처음 보네.'

아즈윈은 그의 손동작만 보고 무슨 말인가 알아듣고는 투덜거리더니 도로 침대에 누웠다.

"그 녀석, 또 어디로 샜군. 분명 어디서 엎어져 자고 있을 거야. 아니면 자기가 해야 할 일을 까먹고 있거나."

그대로 거의 한 시간 동안 어색한 침묵의 시간이 흘렀다. 던멜은 말을 못하고 쉐이든은 말을 하지 않으니 카셀은 괜히 불안하게 앉아있을 수밖에 없었다. 겨우 모두 일어나 준비를 갖추기 시작했을 때에야 조금 활기를 찾았다.

"우린 고디머 백작의 저택으로 갈 거야. 로일은 어떻게 하지?"

아즈윈은 다른 남자들이 보든 말든 상관 않고 옷을 갈아입으며 말했다. 카셀은 아즈윈이 드러낸 가슴을 보고 깜짝 놀라 고개를 돌렸다.

"내버려 두면 알아서 오겠지."

게랄드가 건성으로 대답했다.

카셀은 이미 옷을 다 입은 채라 창가에 서서 바깥만 내다보았다. 창유리에 반사된 하얀 늑대들의 모습을 보고 있자니, 그냥 건달들이 마실 나갈 준비를 하는 정도로밖에 보이지 않았다. 하지만 무장을 갖출 때의 모습만큼은 전혀 달랐다.

아즈윈은 등에 둥근 방패를 짊어지고 허리에는 날이 넓고 길지 않은 칼을 찼다. 쉐이든은 그 긴 철창을 숨길 곳이 없어 날 쪽에 헝겊을 싼 후 세웠고, 게랄드는 등에 도끼를 멨다. 던멜이 양 끝이 뾰족한 긴 나무 막대를 챙기는 것을 봤는데, 나중에야 그것이 활대라는 것을 알았다. 나무에는 이상한 문자가 잔뜩 새겨져 있었다. 모두 무기가 보이지 않게 황갈색 망토를 두르는 것으로 준비를 끝냈다.

"자, 갈까, 캡틴?"

게랄드가 말했다.

"대낮이긴 해도 위험하지 않을까요?"

카셀은 방을 나서기 직전 '밤에 그들을 노렸던 위험한 놈들'에 대해 언급했다.

"바보들이 아닌 이상에야 대낮에, 그것도 우리가 같이 있을 때 공격하지는 않을 거다."

쉐이든이 대꾸했다. 그의 창끝에 두 명이 동시에 나가떨어졌던 광경을 떠올려보니 과한 잘난 척은 아니었다.

백작의 저택까지는 먼 길이 아니었다. 그러나 그 짧은 길을 가는 동안 수상쩍은 미행자가 있었다. 카셀이 경고하려고 했을 때 다른 이들은 이미 미행자의 존재를 파악하고 다음 조치까지 준비하고 있었다.

"처치할까?"

아즈윈이 물었다. 모두 대답이 없자, 쉐이든이 카셀의 등을 쿡 찌르며 덧붙였다.

"캡틴한테 물은 거야."

"아, 음, 싸우는 문제라면 저한테 묻지 않아도 되지 않습니까?"

"혼란이 없어야지. 명령은 한 명이 내리는 게 나아."

강요에 가까운 말투였다. 카셀은 시험받는 심정으로 쉐이든에게 되물었다.

"몇 명 정도나 따라오고 있죠?"

"확인된 것만 다섯 정도. 아마 더 있을 거야."

그러나 던멜이 수화로 그의 말을 정정했다.

"던멜이 그러는데, 일곱이라는군."

"공격할 것 같습니까?"

카셀은 신중하게 앞만 바라보며 물었다.

"아니."

"그럼 내버려 두세요."

"미행을 붙이는 건 기분 나쁜데."

아즈윈이 말했다.

"그냥 이렇게 사람 많은 마을 한복판에서 싸움을 일으키는 건 좋은 생각이 아닌 것 같아서요. 어제 비밀리에 만나려던 백작의 의도도 있고…… 하지만 이건 그저 원론적인 이야기니, 만약 달리 생각하신다면……."

"아니, 좋은 생각이야."

쉐이든은 더 따지지 않았다.

백작의 저택은 생각보다 작았다. 담장은 높고 쇠문은 굳게 닫혀 있었으나, 경비병이 많아 보이지는 않았다. 카셀이 문고리를 두들기자 문은 열리지 않고 눈높이에 있는 작은 덮개만 살짝 열렸다. 눈만 드러낸 누군가가 물었다.

"무슨 일이오?"

"백작님을 뵈러 왔소."

카셀이 대꾸했다.

"약속이 되어 있소?"

"있소."

"그런 말 없었는데?"

경비병은 의심쩍은 눈으로 카셀과 일행을 살폈다.

"아니, 있소. 확인해보시오."

"누구라고 전해야 하오?"

"어젯밤 찾아온 손님이라고 해주시오."

그는 카셀의 얼굴을 한참 뜯어보았다.

"잠시 기다리시오."

덮개가 닫히고 발소리가 멀어졌다.

카셀은 대답이 올 때까지 기다리며 전부터 궁금했던 걸 물었다.

"얘기를 듣자니 울프 기사단 선정 과정은 아주 까다롭다더군요. 심지어 기사단의 정확한 숫자도 알려지지 않았고요. 울프 기사단은 몇 명쯤 됩니까? 그리고 하얀 늑대들은 그들의 정예 부대라던데 맞습니까?"

"딱히 비밀로 하고 있는 건 아닐걸? 그렇다고 굳이 대외적으로 알리지도 않지. 헛소문이 도는 거야 어떻게 할 수 있는 것도 아니고."

게랄드가 무료한 듯 발장난을 하며 대꾸했다.

"하지만 전 알아둬야죠."

"그야…… 응? 잠깐, 내가 설명해야 하는 거야?"

게랄드가 다른 셋을 돌아보았다. 아즈원은 눈만 깜박거렸고 쉐이든은 어깨를 으쓱했다. 던멜은 무관심했다. 카셀이 말했다.

"책을 통해서 약간은 알고 있어요. 그래도 보다 구체적으로 알아야 하지 않을까요? 외부에서는 알지 못하는 내부의 정보 같은 거."

"내부인인 내가 외부인이 모르는 내부의 정보를 어떻게 아냐? 그냥 다 말하지. 뭐부터 시작할까? 울프 기사단 시험. 그래, 그거부터 하는 게 좋겠군."

게랄드는 동의라도 구하듯 다른 셋을 살펴본 후 말했다.

"그때 오백 명 정도가 지원했던가? 그중 1차로 백 명 정도 뽑았고."

"60명."

쉐이든이 정정했다.

"60명. 어, 그래. 그리고 2차로 50명 좀 안 되게 뽑혔지."

"40명."

쉐이든이 또 정정했다.

"40명. 어, 그래. 그리고 거기에 기존 울프 기사단 중 아직 현역에서 활동할 수 있는 기사 스무 명 정도가 합류했지."

"15명."

쉐이든이 또 끼어들었다. 게랄드가 째려보니 쉐이든은 어깨를 으쓱하며 말했다.

"계속해."

카셀은 둘이 싸우기라도 할까 봐 얼른 물었다.

"그럼 하얀 늑대들이란 존재도 기존에 있던 사람에서 여러분들로 교체된 건가요?"

"일단 선배들이 있긴 해. 모두 네 명이고, 그중 한 분이 지금의 마스터인 퀘이언이야. 나머지는…… 우리도 잘 몰라."

게랄드가 쉐이든을 휙 쳐다보았다. 그는 이번엔 끼어들지 않았다. 게랄드는 다시 얘기를 이었다.

"그들은 이름조차 밝혀져 있지 않아. 뭐, 비밀이라기보다 다들 별로 알고 싶지 않아서 캐묻지 않은 거라고 봐야 하지. 에에, 그리고…… 하얀 늑대가 정예라는 말도 꼭 틀린 건 아닌데, 정확히 말하자면 우린 퀘이언의 제자, 훗날 여왕 수호기사의 후보라는 편이 옳아. 달리 표현하자면 이미 울프의 기사가 된 애들을 두고 비밀리에 세 번째 테스트가 진행되었고, 우린 그 합격자들이지."

아즈윈이 인상을 구겼다.

"야, 그건 좀 비밀 아니었냐?"

"그럼 네가 얘기하던가."

"맘대로 하셔."

게랄드는 뒤통수를 긁적였다.

"뭐, 그 정도만 알아둬. 결국 하얀 늑대들도 울프 기사단이야. 딱히 하얀 늑대들이 제일 앞에 나서서 나를 따르라! 하고 외치는 입장은 아니라는 거지."

"제가 듣기로는 이전까지는 하얀 늑대라는 존재가 아란티아에 없었다면서요?"

"있었을걸? 있었나?"

게랄드가 아즈윈에게 물었다.

"아마도…… 있었나?"

아즈윈은 쉐이든에게 대답을 넘겼다.

"있었다. 원래 있었던 것이 10년 전 전쟁 때 드러나 유명해진 것뿐."

쉐이든이 확정짓듯 말했다.

"이제야 대충 구조를 알겠군요. 그럼 하얀 늑대들과 다른 울프의 기사들은 어떤 차이가 있죠? 권한의 차이가 없다면 역시 실력의 차이?"

게랄드가 웃었고 아즈윈은 키득거렸다. 쉐이든만 무표정한 얼굴로 대꾸했다.

"가급적 실력에 관해서는 아무 말 안 하는 게 좋겠다. 다른 울프의 기사들은 자기가 하얀 늑대들보다 약하다고 생각 안 할 테니까."

"그럼 어떻게 알아둬야 좋을까요? 이를테면…… 좀 이상한 질문이 될 수 있겠지만……."

카셀은 적당한 단어가 없을까 하는 고민 끝에 물었다.

"하얀 늑대들 여러분들은 얼마나 센가요? 솔직하게. 겸손해하지도 말고 과장하지도 말고."

"울프 기사단을 벗어난 다른 곳에서는 지지 않을 정도?"

두루뭉술한 게랄드의 대꾸에 쉐이든도 동의했다.

"그거 상당히 적절한 대답이군."

카셀은 그 정도란 게 어느 정도인지 짐작이 가지 않았다.

"이건 또 개인적인 질문입니다. 울프 기사단이 되려면 어떻게 해야 하죠?"

"이를테면 '네가' 울프 기사단이 되려면, 이란 질문이지?"

게랄드는 뜻밖에도 예리하게 파고 들어왔다.

"그렇…… 죠."

카셀은 조금 창피해하며 대꾸했다.

"난 잘 모르겠네. 아즈윈. 너라면 뭐라고 대답해 줄래? 역시 검술이 뛰어나야 하는 건가?"

아즈윈은 대화에 벌써 흥미를 잃고 혼자서 공기놀이를 하고 있었다. 그 모습만 보면, 하얀 늑대가 아니라 심심해 미치기 직전인 시골 처녀 같았다.

"검술 얘기만 하자면, 카셀 넌 안 돼."

"단언하시는군요."

알고 있었지만 막상 들으니 실망감이 컸다.

"그렇지. 카셀 너 몇 살이야? 열여덟?"

"스물셋."

"에이, 거짓말. 열셋이면 믿겠네."

"스물셋이에요."

"그럼 더더욱 안 되겠군. 울프 기사단 중에서 스무 살 이전에 검술에 재능을 보이지 않은 사람은 아무도 없어. 심지어 지금 열여섯 살짜리도 나랑 실력으로 맞먹으려고 하는데? 쉐이든 같은 경우에는 좀 늦게 배운 케이스이긴 하지만 저 녀석은 처음 창을 잡은 날 이로피스의 왕실 기사단 한 녀석을 때려눕혔지."

그 말에 쉐이든이 어쩐지 창피해하며 말했다.

"그건 녀석이 각별히 실력이 없어서였다."

"딱 저 정도는 되어야 해. 아무리 실력이 없어도 한 나라의 대표인 기사를 검술 배운 첫날 쓰러뜨리고 겸손한 척할 정도는 되어야 하는 거지. 넌 어땠어?"

카셀은 절망적으로 대답했다.

"전혀요."

게랄드가 아즈윈의 얘기를 이었다.

"우리 시험 볼 때 이야기를 해볼까? 정말 많은 녀석들이 모였지. 다양하고 괴상한 놈들만…… 검술에 관해서는 전 대륙에서 난다 긴다 하는 녀석들은 다 모였다고 봐야지. 하지만 첫 번째 테스트에서 다 떨어지고 1할 정도만 뽑혔고, 두 번째 테스트에서는 그마저도 뛰어넘는 잠재력을 가진 친구들만 남게 되었지."

어째서인지 게랄드는 두 번째 테스트에 관해서는 '뽑혔다'라고 하지 않고 남았다는 표현을 썼다.

"그럼 역시 전 재능이 없는 건가요?"

"뭐, 내 경험을 얘기한 것뿐이야. 그리고 네가 검술에 재능이 없다고 울프 기사단이 되지 못한다는 뜻은 아니야."

"같은 말 아닌가요?"

"울프 기사단은 검술 시험을 통해서만 뽑히는 건 아니야. 로일처럼 덜커덕 추가되는 경우도 있어. 던멜도 그랬다지 아마?"

던멜이 고개를 끄덕였다.

"하지만 던멜과 로일은 칼 잘 쓰지 않아요?"

"어. 끝내주지."

그 말은 어딘지 모르게 '카셀 넌 안 돼.'라는 선고처럼 들렸다.

때마침 철문이 열리며 세 명의 경비와 검은 정장의 늙은 집사가 그들을 맞았다. 집사는 정중히 인사하고 말했다.

"어서 오십시오, 기사님들. 경비병들에게는 일부러 말해두지 않아 기다리게 했군요. 죄송합니다."

카셀은 우울한 표정을 금방 바꿔 물었다.

"충분히 이해하오. 오히려 우리가 미리 뒷문으로 갈 걸 그랬소."

아즈윈이 엄지를 치켜들었다.

"표정 변화로 시험 보면 넌 합격!"

집사는 어리둥절한 표정으로 아즈윈과 카셀을 번갈아 살폈다. 카셀은 흔들리지 않는 심각한 표정으로 집사에게 물었다.

"백작님께서는 지금 어디 계시오?"

"안에서 기다리십니다."

고디머 백작은 저택의 정원까지 나와 그들을 기다리고 있었다. 예의

상 반기러 나온 게 아니라, 오히려 좋아하는 모습을 애써 절제하는 듯
한 표정이었다.

"무사히 계셨군요. 밤새 걱정했소."

백작은 얼굴에 넘쳐나는 웃음을 참기 위해 애쓰며 말했다.

"제가 심려를 끼쳐드렸군요. 상처는 괜찮습니까?"

카셀은 붕대를 감은 그의 팔을 보고 물었다.

"대수롭지 않소. 그나마 앤플러가 아니었으면 이 자리에 서지도 못
했을 거요. 들어가십시다. 할 이야기가 많소. 아, 이쪽은 부하들?"

백작이 아즈윈과 게랄드, 던멜, 쉐이든을 가리켰다. 그들은 '부하들'
이라는 말에도 전혀 불쾌한 표정을 짓지 않았다. 그러나 카셀은 고개를
저었다.

"우리는 상하가 없습니다. 어제 말씀드렸다시피 이들은 제 친구이
고, 저는 그들의 대표일 뿐입니다. 하얀 늑대들에게 있어 캡틴이란 그
런 존재입니다."

"이거 실례했소."

백작은 하나하나 감탄하며 직접 안내했다. 카셀이 먼저 백작을 따랐
고, 아즈윈이 그 뒤를 따랐다. 그녀는 카셀의 어깨를 툭툭 두들기더니
또 엄지를 치켜세워 보였다. 카셀도 얼결에 손가락을 세웠고, 아즈윈
은 미소 지었다. 카셀에게는 다른 게 아니라 그녀의 미소가 이 일에 대
한 보상이 되어주고 있었다.

"무기는 우리에게 맡겨주셨으면 합니다."

홀에 들어서자마자 늙은 집사가 모두에게 정중히 부탁했다. 카셀은
못마땅해하는 모두에게 눈짓했다.

그들은 하는 수 없이 장비하고 있는 칼을 풀었다. 아즈윈은 방패와 칼을 내줬고, 게랄드는 도끼를, 쉐이든은 창을 내주었다. 늙은 집사가 모두 맡기에는 무리라 다른 병사가 와서 거들었으나, 그들도 쉐이든의 창과 게랄드의 도끼를 들기 버거워했다.

"내 도끼, 떨어뜨리지 않는 게 좋을 거야."

게랄드의 한마디에 병사들은 금방 기가 죽었다. 던멜은 자신의 칼 두 자루와 단검 네 자루, 그리고 활대를 내주었다. 화살은 없었다.

"제 칼은 그대로 지니고 있겠습니다, 고디머 백작. 이건 무기라기보다 보검이니까요."

카셀은 자신의 칼까지 가지러 오는 집사보다 빨리 말했다.

"그러시오."

백작이 손짓하자 집사는 마지못해 물러났다.

"자, 그럼 모두 응접실로 갑시다. 아침 식사를 하지 않고 왔기를 바라오. 때마침 요리사가 아주 근사한 빵을 구웠거든. 올림산 차와 잘 어울릴 거요."

백작은 들뜬 목소리로 그들을 위층으로 안내했다. 응접실 앞에는 아이크 앤플러가 어제와는 다른 깨끗한 옷차림으로 서 있었다. 하지만 눈빛은 날카로웠으며, 위압감은 여전했다.

"어제 일은 사과드리겠습니다, 캡틴 울프."

앤플러가 카셀에게 말했다. 그러나 시선은 게랄드를 향해 있었다.

'어제 멱살을 잡고 몰아세운 게 게랄드였지? 거의 공중에 매달린 꼴이라 자존심이 많이 상했을 거야.'

카셀은 일부러 밝은 목소리로 말했다.

"오해가 있었던 일이니 잊어버립시다. 어제 소개를 드려야 했으나, 조금 늦었군요. 이쪽은 아즈윈, 쉐이든, 게랄드, 던멜입니다. 친구들, 이쪽은 백작의 수호기사 앤플러."

네 명의 기사들이 차례로 가볍게 악수하며 인사했다. 앤플러는 마지막에 게랄드의 손을 오래 잡고 말했다.

"어제는 꽤나 추태를 보였소. 언제고 정식으로 대화를 나누고 싶소만?"

"응? 무슨 추태?"

게랄드는 느긋하게 대답하며 손에 힘을 주었다.

"악수가 길군, 게랄드. 들어가지."

카셀이 일부러 엄한 목소리로 말하자 게랄드는 금방 손을 놓았다.

모두 카셀과 백작을 따라 응접실로 들어간 후에도 게랄드는 복도에서서 앤플러를 돌아보며 말했다.

"아, 혹시 어젯밤 여관에서 그거? 미안. 방금 기억났어."

앤플러는 가늘게 눈을 치켜떴다. 카셀은 걱정스레 돌아보았지만 오히려 당사자인 게랄드는 전혀 신경 쓰지 않는지 태연하게 응접실 안으로 들어왔다.

식탁에는 벌써 빵과 찻잔이 준비되어 있었다. 모두 자리에 앉았고, 나이 어린 예쁘장한 시녀가 빵을 잘라 모두의 앞에 한 접시씩 내려놓았다. 시녀가 예의 바르게 인사하고 나간 후 앤플러가 들어와 문을 닫고 그 옆을 지키고 섰다. 카셀이 어색한 침묵 속에서 제일 먼저 빵을 뜯었다.

"아주 맛있군요."

어려워하는 표정으로 모두의 눈치만 보던 백작이 그제야 웃으며 대구했다.

"이 빵은 루우룬의 밀로 코홀룬 최고의 제빵사가 만들었소. 내가 워낙 쿠키와 빵을 좋아해서 이런 건 아주 철저하거든."

카셀은 뜬금없는 고향 마을 이름에 놀라 목이 막혔다. 겨우 물을 한 모금 하고 물었다.

"루우룬?"

카셀은 그리운 단어를 다른 사람, 그것도 귀족의 입으로 듣는다는 것이 반가웠다.

"그곳 밀은 아주 질이 좋소. 내게는 특별히 그곳과 거래하는 상인이 있어서 늘 이런 좋은 빵을 먹을 수가 있소. 뭐, 빵 얘긴 됐고 갑작스럽지만 얘기를 시작할까 하오."

카셀은 빵을 더 먹고 싶었지만 백작이 진지하게 돌변하는 바람에 더 먹을 수가 없었다. 게다가 강한 적의를 담고 있는 기사 앤플러의 눈빛이 걸렸다. 그리고 이상하게도 그의 적의는 카셀을 향하고 있었다.

'이봐요, 앤플러! 내가 아니라 게랄드를 봐야지!'

카셀은 속으로 외쳤다.

"여러 가지로 궁금한 게 많은 줄로 아오. 사실 어떻게 얘기를 시작해야 할지 오랫동안 고민해 봤지만 내가 여러분들에 대해 아무것도 모른다는 문제점이 있더구려. 하지만 이 마음만은 알아주셨으면 좋겠소. 당신들을 돕고 싶소."

카셀은 우선 쉐이든을 돌아보았다. 쉐이든은 고갯짓으로 말했다.

'하고 싶은 대로 해라.'

카셀은 희미하게 웃으며 다시 백작에게 눈을 돌렸다. 농부로 살면서 평생 한 번 마주하기도 힘든 귀족인데도 의외로 별로 부담스럽지 않았다. 어째서인지 익숙한 느낌마저 들었다. 카셀이 입을 열었다.

"비겁하시군요, 백작님은."

"무슨 뜻이오?"

백작은 멋쩍은 미소를 보였다.

"교묘하게 우리가 먼저 입을 열게 하시지 않습니까?"

"그런 의도는 아니었소."

카셀에게는 백작의 미소가 은근히 능글맞아 보였다.

"어제 습격을 받았는데, 사실 우리들은 이 도시에 오기 전 이미 한 차례 그들의 습격을 당한 적이 있습니다. 왜 우리가 공격당한 겁니까?"

"어제 얘기하고 싶었던 게 그거요. 그건 분명 검은 사자 백작과 붉은 장미 백작, 둘 중 하나의 소행임이 틀림없소. 아니면 둘 다일지도 모르고."

쉐이든과 카셀은 빠르게 시선을 교환했다. 대화는 카셀이 계속 이어갔다.

"목적은?"

"짐작하고 계실 거요. 두 백작의 전쟁은 구실이야 어찌 되었건 궁극적으로 둘 중 하나가 왕을 차지해 이 나라를 손에 넣는 것이 목적일 테니까."

"카모르트가 처한 현 상황을 그보다 더 간략하게 표현할 수는 없을 것 같군요."

"지금의 왕은 편들어주는 이도 적고, 힘도 없소. 아시다시피 카모르트의 국왕은 상비군을 가질 수 없고, 오직 왕실 기사단만 허용되오. 그런데 최근 그들이 실종되는 사건까지 벌어졌소."

카셀은 백작의 이야기가 진행될수록 자신들이 이 일에 깊숙이 빠져 있다는 것을 알았다.

"이제 국왕 폐하께는 나처럼 힘없는 귀족의 별거 아닌 지지와 왕이라는 이름밖에 남지 않았소. 그나마 아무도 왕을 올려다보지 않는 상황에서 왕의 이름으로 뭘 할 수 있겠소? 그 이름값으로 나라를 살릴 수 있는 방법은 하나밖에 없었던 거요."

"다른 나라에 원군을 요청하는 것?"

"정확하오. 내가 알기로 그나마 그 부름에 응한 건 아란티아뿐이오…… 소문에 따르면 왕실 기사단이 사라진 것도 이로피스나 가넬로크로 몰래 원군을 요청하러 가다가 살해된 거라고 하더군. 이 역시 두 백작 중 하나가 저지른 일이라는 건 공공연한 비밀이오. 하지만 어쩌겠소? 두 백작을 건드릴 수 있는 세력이 없는 것을."

앤플러는 아직도 카셀을 노려보고 있었다. 카셀이 힐끔 돌아보자, 그는 팔짱을 풀더니 들리지 않는 한숨을 내쉬었다. 그리고 양해를 구한 후 밖으로 나가버렸다.

"왕이 바라는 건 타국의 원군으로 군대를 구성하여 힘으로 두 백작을 누르는 것이군요?"

카셀이 자신이 이해한 게 맞느냐는 뜻으로 물었다.

"아무리 카모르트 내에서 가장 강한 힘을 가진 두 백작이라고는 하나 다른 나라가 개입하면 얘기가 완전히 달라지니까."

"국내 일에 외국 군대를 개입시키려 했다는 것이 밝혀지면 폐하의 입장이 난처해지겠군요."

"그렇소. 하지만 나처럼 굼뜬 사람도 알아버렸는데 다른 귀족들이라
고 모르겠소? 당신들이 암살자의 공격을 받았다는 것만 봐도 두 백작
중 하나가 알아차렸다는 뜻이 되오."

카셀은 눈을 질끈 감았다 떴다.

'나 지금 너무 큰 사건에 개입된 거 아니야?'

백작이 걱정스레 물었다.

"피곤하시오?"

"아닙니다."

카셀은 억지로나마 웃어 보였다.

"일단 난 하얀 늑대들을 만났다는 사실을 드러내지는 않을 생각이
오. 그나저나 아란티아의 군대는 언제 옵니까? 당신들의 울프 기사단
에 나의 상비군을 더 투입하고, 남은 왕실 기사단을 합치면……."

백작의 희망에 가득 찬 어조에 아즈원이 찬물을 끼얹듯 말했다.

"우리가 답니다."

"……다라니?"

"우리가 아란티아의 원군입니다, 고디머 백작. 화장실이 어디 있죠?
아까부터 참느라 힘든데."

백작은 손가락으로 밖을 가리켰다.

"아래층에 있소. 하녀들이 많으니 금방 안내받을 수 있을 거요."

"하녀들이 다들 예쁘더군요. 좋으시겠어요."

농담인지 비꼬는 건지 애매한 말을 남기고 아즈원은 밖으로 나갔다.
문이 열리고 잠깐 차가운 바람이 방 안을 채웠다.

"참으로……."

백작은 적당한 단어를 찾아 헤매다가 겨우 말을 꺼냈다.

"……매력적인 숙녀분이군요. 기사라는 직책이 어울리지 않는다는 게 제 솔직한 심정입니다."

"네, 매력적인 하얀 늑대지요. 그보다 일이 그렇게 확대되어 버렸다면 우리가 국왕 폐하를 빨리 알현하는 편이 더 낫지 않을까 생각되는데요?"

"물론이오. 마차와 말, 경비대까지 모두 준비했소."

"출발 시각은요?"

"언제든 원하는 대로! 나도 동행하겠소."

백작은 웃고 있었지만 실망의 빛을 감추지 못했다.

'원군이 고작 기사 다섯이라니, 그럴 만도 하겠지.'

"아, 참. 아직 합류하지 못한 한 명이 코홀룬 어딘가에 있습니다. 출발은 나머지 한 명이 도착한 그 이후에 하지요. 그리고 참 예의 없는 부탁이긴 한데, 우리는 아침 식사는 물론 어제 저녁 식사도 제대로 하지 못했습니다. 혹시 빵 말고는 없나요?"

"이런 결례가 있나? 진작 말하지 그러셨소. 당장 식사를 준비하도록 이르겠소."

백작은 옆에 있는 작은 종을 울렸다.

"좋아하는 메뉴가 있으면 말씀하시오. 주방장에게 말하면 어지간한 건 다 준비가 될 거요."

카셀은 직접 대답하기보다 하얀 늑대들의 의향을 물었다.

"그렇다는데? 어떤가, 친구들?"

아직 카셀은 그들을 친구처럼 대하는 게 어색했지만, 최대한 자연스럽게 보이기 위해 굵은 목소리를 냈다. 게랄드가 간단하게 대꾸했다.

"고기. 많이."

음식 안 내놓으면 한바탕 벌이겠다는 듯한 그의 어조에 백작은 천천히 고개를 끄덕였다. 집사가 노크하고 안으로 들어왔다.

"부르셨습니까?"

"주방장에게 알려 제일 빨리 되는 음식으로 푸짐하게 식탁을 채우라고 이르게. 양고기가 준비되어 있나?"

"예. 최상급으로 준비해 뒀습니다."

카셀은 속으로 웃음이 터져 나오는 걸 겨우 참았다.

방금 하얀 늑대라는 작자가 '고기, 많이'라는 단 두 마디 말로 백작을 협박했다고 하면 누가 믿겠는가? 카셀은 무섭기만 했던 하얀 늑대들이 점차 편하게 느껴졌다.

아즈윈은 방을 나선 후 복도를 따라 걸었다. 복도에는 장식용 판금 갑옷들이 장식용 칼을 바닥에 꽂고 서 있었다. 아즈윈은 화장실이 있다는 아래층이 아니라 그쪽 복도를 따라 창가로 갔다.

앤플러가 팔을 기대고 창문 밖을 내다보고 있었다.

"아이 캔플러라고 했지?"

아즈윈은 벽에 한쪽 어깨를 기대고 팔짱을 낀 채 건들거리면서 물었다. 앤플러가 힐끔 보더니 흥미를 잃고 도로 시선을 밖으로 향했다.

"아이크 앰플러요."

"난 아즈윈 울프."

"울프?"

"하얀 늑대들이라고 소개했는데, 당연히 울프지. 아, 우리한테나 당연한 거지 넌 모를 수도 있겠군."

"그런 건 알고 있소. 하지만 당신은 아닐 거라고 생각했소. 울프 기사단에 여자가 있으리라고는 생각도 못 했으니까."

"왕도 여자인 나라의 기사가 여자인 게 그렇게 놀라워?"

아즈윈은 한 손을 허리에 올리고 말했다.

"그보다 아이크, 아까부터 우리 캡틴을 바라보는 시선이 곱지 않던데? 왜 그래?"

창 너머로 향했던 시선을 아즈윈에게 돌리며 앰플러가 말했다.

"기사 간의 예의를 지키시오, 아즈윈."

"뭐가? 내 말투? 난 여왕한테도, 마스터 퀘이언한테도 이렇게 말하는데? 너만 특별 취급해달라고? 꿈도 크셔라."

"그렇다면 좋다. 나도 상관 않도록 하지."

"바른 자세야, 기사 양반. 검술 경력은?"

"15년."

"그렇게 나이가 많은 것 같지 않은데?"

"열다섯 살 때부터 검을 들었으니까. 그쪽은?"

"어때 보여?"

"실전 경험 전무한 어린애."

"내가 좀 어려 보이긴 하지. 본의는 아니지만. 그래 봤자 나이로는 너나 나나 별로 차이 안 날걸?"

"그래서? 내게 도전이라도 해볼 생각인가? 미안하지만 난 여자와 검을 나누지 않는다."

앤플러는 창틀에 손을 짚고 잘라 말했다.

"도전?"

아즈원은 깔깔대고 웃다가 되물었다.

"대륙 최고의 검사가 누구라고 생각해, 아이크?"

"그건 누구에게 물어도 같다. 마스터 퀘이언. 그래, 네 스승이겠지. 그래서 제자인 너도 최고라고 말하고 싶나?"

"아니, 틀렸어. 대륙 최고의 검사는 여자야. 네가 말한 마스터 퀘이언조차 스스로 인정한 진짜 검의 마스터는 남자가 아니라 여자란 말이지. 알겠어?"

"……무슨 말을 하고 싶어서 그러나, 아즈원 울프?"

"나의 캡틴을 노려보는 네 눈빛이 뭔지 나는 잘 알고 있지. 너는 우리 중 하나한테 멱살 잡힌 것 때문에 자존심이 아주 많이 상한 거야. 하지만 고작 그런 일로 복수했다가는 쪼잔해 보이겠지. 다른 방법이 뭘까? 어떻게 하면 복수도 하고 자신의 강함을 과시할 수 있을까?"

아즈원은 입을 가리고 소리 없이 웃었다. 그리고 정말 새침한 소녀라도 된 척 슬그머니 다가가며 말을 이었다.

"15년이라고? 그래, 15년 동안 검술을 단련해서 얻은 검술이 어디까지 통할까? 난 이 세계에서 어느 정도에 위치한 걸까? 그게 궁금해 죽겠지? 그런데 때마침 기회가 찾아온 거야. 그런데 그 빌어먹을 기사의 명예인지 지랄인지 때문에 참는 거지. 네가 모시는 분의 눈치도 있고 우리가 다른 나라의 손님이라 건달처럼 마음대로 시비 걸어서 싸우지도 못하겠고……."

"헛소리하지 마라."

앤플러는 버럭 소리 질렀다. 아즈윈은 거의 앤플러의 얼굴에 닿을 듯 가까이 다가가 말했다.

"이거 왜 이러실까? 정중히 부탁해봐, 아이크. 난 거절하지 않아. 왜냐면 난 그런 안타까움을 아주 잘 알거든. 불행히도 쉐이든이나 게랄드는 너랑 싸워주지 않을 거야. 하지만 난 아니야. 어때? 응? 응? 응?"

앤플러는 아즈윈의 눈빛에 밀리지 않고 한껏 노려보았다. 복도 어딘가에서 하녀들이 음식을 나르는 소리가 들렸다. 멀리서 말 우는 소리와 바람에 깃발이 펄럭이는 소리가 들렸다.

"충동적인 결투는 하지 않는다. 날 시정잡배로 취급하지 마라."

앤플러는 단호히 말했다. 아즈윈은 심드렁한 표정으로 돌아섰다.

"흐음, 그래? 그럼 그러시든가. 싱거워라."

"한다면 네가 아니라 네 캡틴과 겨루고 싶었다. 물론 정식으로. 나는 내 검을 들고, 그는 그의 검을 들고."

"으응?"

아즈윈은 가던 걸음을 멈추고 돌아보았다. 앤플러는 어느 순간 허리에 찬 칼에 손을 대고 있었다. 그의 눈은 강한 살의로 불타고 있었다.

"하지만 이런 것도 좋지. 나 역시 거칠게 칼을 배운 녀석이니까. 어쩔 텐가? 칼이 필요한가?"

"필요 없어."

아즈윈은 벽에 걸린 장식용 칼을 들었다.

"날도 없는 칼로 해보겠다는 건가? 게다가 그건 여자가 들기에 무거울 텐데?"

앤플러는 어느새 등에 건 망토를 풀어 바닥에 던져놓았다.

"그런 말 백 번도 넘게 들었어. 여자 주제에, 어린애 주제에, 어쩌고저쩌고 주제에…… 잘 들어, 아이크. 울프 기사단엔 이런 말이 있어."

아즈윈이 씨익 웃으며 경고하는 투로 말했다.

"하얀 늑대의 이빨을 보고 살아남을 수 있는 건 하얀 늑대뿐이다. 네가 내 이빨을 볼 수 있는 실력은 될까?"

앤플러는 신중하게 칼을 한 손에 쥐고 다른 손은 부드럽게 가슴 옆에서 쥐었다. 그의 길고 가는 칼은 예리하게 흰빛을 반사했다. 아즈윈은 그로부터 한 걸음이면 닿을 수 있는 거리에서 무거운 칼을 늘어뜨리고 서 있었다.

앤플러는 한참이나 그 자세에서 움직이지 못했다.

"왜 그래? 선공을 좋아하는 녀석인 줄 알았는데?"

아즈윈이 도발적으로 물었다. 그래도 앤플러는 움직이지 못했다. 아즈윈이 계속 말을 이었다.

"난 너 같은 녀석을 많이 알아. 노련하면서도 신중하지. 맞아. 그래서 칼을 꺼내기까지는 오래 걸리지만, 일단 꺼내면 주저하는 법이 없을 거야. 그런데 지금은 왜 그래?"

"딱 한 번 칼을 꺼내고도 포기한 적이 있다."

앤플러가 말했다.

"언제?"

"10년 전 론타몬의 군대가 코홀룬까지 진입했을 때 고디머 백작은 전투 한 번 없이 항복했고 얌전히 받아들였지. 그때 난 익셀런 기사단의 캡틴 웰치를 만났다. 난 젊은 혈기를 누르지 못하고 그에게 도전하기로 했다."

"받아주던가? 웰치가?"

"그렇다. 하지만 그때 난 지금처럼 움직일 수가 없었지. 결국 제대로 싸워보지도 못하고 항복하고 말았다."

"그랬군. 그런데 그 얘기를 왜 지금 하는 거야?"

"이번엔 항복할 수 없다고 나 자신을 타이르는 중이니까!"

"그럼 내가 재촉 좀 해줘야겠군."

아즈윈의 칼이 살짝 올라갔다. 순간 앤플러는 반사적으로 칼을 뺐다. 그의 가는 칼날은 정확히 그녀의 가슴을 겨냥하고 들어갔다. 그러나 아즈윈은 그의 칼을 피하고 손에 든 장식용 칼로 앤플러의 옆구리를 후려쳤다. 앤플러의 몸이 살짝 허공에 떠올라 벽에 처박혔다.

앤플러와 부딪친 장식용 판금 갑옷이 분해되어 흩어졌고, 앤플러의 칼도 함께 바닥에 굴렀다.

앤플러는 한동안 숨을 쉬지 못했다. 일어서지도 못했다. 반사적으로 칼부터 찾았지만 칼 대신 여자의 손이 잡혔다.

"괜찮아?"

아즈윈이었다. 앤플러는 그대로 벌렁 누워버렸다.

"안 괜찮다."

"그러라고 친 거야."

아즈윈은 앤플러의 옆에 앉았다. 앤플러는 겨우 숨을 내쉬며 아즈윈을 올려다보았다.

"어떻게 피했지?"

"아이크 넌 누굴 공격할 때 어떤 공격을 했는지 설명할 수 있어? 난 그런 거 못하는데."

아즈윈은 가늘게 눈을 뜨고 웃었다.

"바보가 된 느낌이군."

"이건 어떤 의미에서 경고였어. 말해두는데, 함부로 나의 캡틴을 시험해볼 생각은 하지 않는 게 좋아."

"아까부터 묻고 싶었는데, 내가 그럴 거라는 걸 어떻게 알았지?"

"너 같은 사람 많이 봤거든."

큰 소리를 듣고 계단을 달려온 하인들과 집사들이 두 사람을 발견하고 비명을 질러댔다. 아즈윈은 그들에게 손을 흔들어 보이며 말했다.

"네가 설명해줘. 오해받고 싶지 않으니까."

앤플러는 대답 대신 몸을 일으켜 아즈윈에게 손을 내밀었다. 그녀는 기꺼이 그의 손을 잡고 일어났다.

"방금 공격이 하얀 늑대의 이빨이란 건가?"

"하얀 늑대의 이빨을 보면 살아남을 수 없다고 했잖아. 그리고 넌 지금 살아있지."

아즈윈은 돌아서서 가버렸다. 앤플러는 어처구니없다는 듯 고개를 저었다. 소란에 놀란 하인들이 다가왔다.

"괜찮으십니까?"

"아무 일도 아니다. 다들 자리로 돌아가라."

✦━◆━✦

점심 식사는 급히 차렸다고는 생각이 안 될 정도로 푸짐하게 준비되었다. 앤플러는 속이 안 좋다고 빠졌고, 백작과 카셀을 포함한 하얀 늑대 다섯 명만 식탁에 앉았다. 와인까지 준비되어 백작은 잔을 들었다.

"카모르트를 위해 찾아온 여러분들의 행운을 빌며 건배하겠습니다."

"카모르트의 영광을 위해."

카셀이 호응했고 모두 잔을 살짝 들어 보인 후 식사를 시작했다. 쉐이든과 게랄드는 허기가 졌다고 말한 것 치고는 비교적 점잖게 먹었고, 아즈윈과 던멜은 의외로 와인만 즐기고 있었다.

"아주 좋은 화이트 와인이군요. 점심에 곁들여 먹기에는 과분할 정도예요."

아즈윈이 감탄했다.

"고맙소, 레이디 아즈윈. 물론 이 와인의 품격도 당신의 미모를 따라가지는 못할 것이오. 레드 와인도 좋은 게 있지요. 맛보시겠소?"

고디머 백작은 자연스레 대화를 주도했고, 아즈윈도 특별히 거부 반응을 보이지 않았다.

"아니오. 얘로도 충분해요. 한 잔 더 부탁드려요."

그녀가 잔을 내밀자, 집사가 깔끔한 동작으로 와인을 다시 채웠다. 아무 말 없이 와인을 다 마신 던멜이 잔을 톡톡 두들겼다. 집사가 던멜의 잔에도 와인을 채우고 물러섰다.

"레이디 아즈윈? 그런 호칭 싫어하지 않았나?"

게랄드가 비꼬는 투로 말했다. 그러나 아즈윈은 그를 무시하고 백작하고만 얘기했다.

"하지만 레드 와인은 아란티아 쪽이 한 수 위죠. 땅이 달라요, 땅이.

카모르트는 포도가 성장하기에는 땅이 좀 척박하죠."

"꼭 그렇지만도 않소, 레이디 아즈윈. 특히 쉬란 강 오른쪽 지방에서 생산되는 와인은 이 대륙 최고라고 해도 과언이 아니오."

"하지만 그 지방 와인에 물 섞는다는 소문은 어쩌고요?"

"아아, 그 소문은 일부 사실이오. 와인 배달꾼들이 저지른 짓이지. 내가 그곳 영주라면 그런 업자들을 중형에 처할 텐데."

아즈윈과 백작의 와인 얘기는 계속 이어졌다.

카셀은 대화가 이어지는 동안 다른 사람의 나이프와 포크 사용법을 눈여겨보았다. 다행히 식탁 예절에는 그렇게까지 조심할 필요가 없을 것 같았다. 쉐이든만 이런 식탁 예절에 익숙하지, 다른 사람은 전혀 그런 것에 신경 쓰지 않고 아무렇게나 먹고 마셨다. 특히 게랄드는 서슴없이 손을 써서 음식을 집어먹고 양념이 묻은 손가락을 빨고 있었다.

'그래도 알아두면 나쁠 거 없겠지.'

카셀은 고디머 백작의 손을 유심히 살폈다. 같은 손동작임에도 묘하게 고급스러웠다. 카셀은 그의 태도를 보고 하나씩 익혔다. 몸에 밴 부드러운 말투와 행동은 보는 것만으로는 따라 하기 힘든 세련된 절도가 있었다.

카셀은 그의 행동을 따라해 보다가 의외의 사실을 깨달았다.

'어째 낯설지가 않네?'

카셀은 이제껏 귀족이 식사하는 모습을 본 적이 없었다. 그러니 모든 것이 어색해야 하는데, 백작의 행동은 카셀이 이미 한 번씩 따라 해본 적 있는 모습이었다. 아버지.

'아버지는 마을에 오래 산 노인들 모두가 인정하듯, 대대로 농부였

어. 괜한 생각하지 마.'

식사가 끝나고 후식으로 과일이 나왔다. 카셀은 포만감에 자기도 모르게 의자에 등을 기대었다. 고디머 백작은 카셀의 그런 행동을 유심히 지켜보고 있었다.

카셀은 자신이 너무 풀어져서 그런가 싶어, 다른 하얀 늑대들의 자세를 살폈다. 아즈원은 앉아있는 의자에 두 다리를 올려 허벅지를 끌어안고 상체를 달랑달랑 흔들고 있었고 게랄드는 방금 새참 먹은 일꾼처럼 늘어져 있었다. 던멜은 아직도 술을 마시는 중이었고 쉐이든만 얌전했다.

카셀은 자신이 어떤 자세로 앉아있어야 할지 따라 할 대상을 찾을 수가 없었다. 설득력은 말투가 아니라 행동거지에서 나온다고 강조했던 아버지의 말이 떠올랐다.

'다른 사람을 설득할 때 손 좀 휘젓지 마. 자신감 없어 보여.'

카셀은 새삼 팔콘이 탁자에 앉아 얘기할 때의 자세를 떠올렸다.

'그건 협박이었지만, 나한테는 아주 효과적이었어. 나도 그렇게 해보자.'

카셀은 부드럽게 깍지를 낀 손을 가슴께로 올렸다.

"고디머 백작님. 한 가지 확인하고 싶은 게 있습니다."

"무엇이오, 캡틴 울프?"

카셀은 몸을 당겨 깍지 낀 두 팔을 탁자에 기대었다. 그 상태로 좀 더 가까이 백작의 눈을 응시했다. 그의 잘생긴 얼굴에는 부드러움을 가장한 강함이 숨어있었다.

"백작은 우리를 도우려 하는데 그게 국왕 폐하를 위한 것입니까, 아니면 단지 자신의 안위를 위해서입니까?"

순간 백작의 눈동자가 흔들렸다.

"불쾌한 질문이오. 난 당신들에게 나의 진심을 몇 번이나 보였고 몇 번을 말해도 같은 방식으로 증명할 수밖에 없소."

"우리의 행동반경을 묻는 겁니다."

"행동반경이라니, 그게 무슨 소리요?"

"저는 카모르트의 국왕께도 똑같은 질문을 할 겁니다. 만약 나라를 선택해야 할지, 국왕을 선택해야 할지에 대한 갈림길이 나온다면 우리는 어느 쪽으로 가야 합니까?"

백작은 진지하게 고민한 후 고개를 저었다.

"그건 국왕 폐하께서 스스로가 선택하실 일이지, 내가 정할 문제가 아니오."

"생각해야 할 때가 올 겁니다."

카셀은 무겁게 말한 후 입을 다물었다.

후식은 침묵 속에서 끝이 났다.

다섯은 백작이 마련해 준 거처에서 모두 모였다. 넷의 시선이 모두 카셀에게 집중되어 있었다. 카셀은 그들의 시선을 멍청히 바라보다가 불안하게 물었다.

"뭔가 부족한 게 있었습니까?"

"아니, 괜찮았어."

아즈윈이 입맛을 다시며 말했다. 쉐이든도 칭찬했다.

"솔직히 아주 좋았다. 누가 봐도 넌 우리의 캡틴으로 보였어."

던멜은 와인을 잔에 따르고 있었다. 아까 식탁에서 먹던 걸 가져온 모양이었다. 질 좋은 와인 향이 방 안을 맴돌았다. 게랄드가 물었다.

"그런데 그 이야기는 왜 했어?"

"무슨 얘기요?"

"누구를 선택할지에 대한 이야기. 굳이 할 필요 없는 이야기 아니야? 백작이 뭐라고 대답하길 바랐어?"

"게랄드 울프, 전 백작이……."

"울프는 빼도 돼."

아즈윈도 지적했다.

"네가 우리를 대하는 모습, 너무 정중해 보여."

"그래도 다른 사람들 앞에서는 꽤 '막' 대했다고 생각했는데요."

"평소에도 그래야지. 지금도 말이야."

"쉽게 고칠 수 있는 문제는 아니라고 생각합니다. 게다가 정중한 캡틴이어도 좋지 않을까요?"

카셀이 어깨를 으쓱해 보였다.

"좋을 대로 하셔."

아즈윈은 금방 수긍했다.

"계속 얘기하자면, 전 백작이 제 질문에 대해 아무 대답도 하지 않길 원했어요. 그러니까 백작은 결국 제가 원한대로 대답한 거죠."

아즈윈이 침대에 앉아 마치 날씬한 몸매를 과시하기라도 하듯 허리와 다리를 쭉 펴며 물었다.

"그게 원하는 대답이었다고?"

"백작은 아직 우리를 신뢰하지 않아요."

카셀은 아즈윈이 덥다고 바지를 걷는 걸 보지 않으려고 게랄드에게 시선을 돌리며 말을 이었다.

"특히 아란티아에서 내준 원군이란 게 우리 다섯, 아니 여섯뿐이라는 것에 실망하면서 더욱 신뢰하지 않게 되었죠. 지금은 믿는다지만 나중에는 우릴 이용하거나 여차하면 버릴 거예요."

"그럴 사람으로 보였어?"

"이를테면 선을 그은 거죠."

"그게 어떻게 선을 그은 게 되지?"

이번에는 게랄드가 물었다.

"이야기가 좀 길어지겠군요. 첫째로 우리는 여섯 명이라는 적은 머릿수가 약점이 되어서는 안 돼요. 오해하지는 마세요. 제가 말하려는 건, 이 전력이 다른 병력에 비해 얼마나 대단한 것인지 설명하여 설득하는 것보다 우리가 아란티아의 대표라는 사실을 잊지 않게 만드는 게 중요하다는 거죠. 제가 백작에게 '선택할 순간이 오면 어떻게 할 거냐'고 물었잖아요?"

"그랬지."

"그 말에 이미 우리는 카모르트의 운명을 결정할 순간에 옆에 있겠다고 간접적으로 못을 박은 거였어요. 둘째, 저는 백작에게 당신이 그 선택의 순간에 끼어들 수 없다는 말을 미리 해 둔 거예요. 오직 왕과 우리만으로 나라의 위기를 극복할 것이며 백작은 옆에서 돕기만 하라고 요청한 셈이죠."

"만약 백작이 둘 중 하나를 선택해버렸으면 어쩌려고 그랬어? 예를 들어, 국왕을 선택해! 우리 왕이 최고요! 그랬으면?"

"어느 쪽 대답을 하든 전 '당신에게 그럴 자격이 있소?' 하고 호통쳤을 거예요. 그럼 우리의 입지는 더 탄탄해졌을 테죠. 대신 고디머 백작의 후원은 얻지 못하게 될 수도 있었을 테지만, 귀족이 고디머 한 명만 있는 게 아니니까요."

"어제만 해도 넌 고디머 백작이 유일한 방법인 것처럼 말했잖아?"

아즈윈이 물었다.

"고디머 백작이 제게 힌트를 준 셈이죠. 하얀 늑대들이라는 이름값이라면 다른 백작의 도움도 받을 수 있어요."

카셀은 말을 끝냈다. 다들 서로의 얼굴만 바라보았다.

"그러니까 넌 '방금' 식사를 대접한 백작이라도, 도움이 안 되면 버리겠다는 이야기구나?"

아즈윈이 얼굴을 찌푸리며 말했다.

"그렇게 되네요."

카셀은 이어 소심하게 물었다.

"냉정해 보이나요?"

"믿을 수가 없어."

카셀은 아즈윈이 '너의 인간성이 그렇게 차갑다니 믿을 수 없어'라는 말이라도 하는 줄 알았다.

"그걸 어떻게 모두 계산해서 말할 수 있는 거지? 그거 정말 생각해서 한 말이야?"

카셀은 여러 가지 의미에서 안도했다.

"갑자기 생각난 거였어요. '왕과 그 땅의 기사들'이라는 책이 있는데, 재미있는 소설은 아니었지만 한 장면만큼은 아주 인상적이었죠. 포로로 잡힌 왕이 자기 때문에 항복하려는 군대 앞에서 자결하는 부분인데 거기 나온 대사를 인용했어요. 원래 대사는 이거예요."

카셀은 헛기침을 한 번 하고 굵은 목소리로 읊었다.

"누군가 내게 나라를 선택할 것이냐, 왕을 선택할 것이냐를 묻는다면 나는 기꺼이 나라를 선택하리라!"

카셀은 원래 목소리로 바꿔 말했다.

"사실 책에서 너무 자주 나오는 대사라, 저는 백작에게 그 문구를 인용했다는 걸 들키는 게 더 걱정이었어요."

"말도 안 돼!"

아즈윈이 두 손을 털며 침대에서 일어났다.

"뭐가요?"

"어떤 놈이 소설 구절을 외우고 다녀?"

카셀은 아즈윈의 말이 더 이상하게 들렸다.

"그게 그렇게 이상한 일인가요? 제 아버지는 일상에서 늘 하시는 일인데요."

쉐이든은 껄껄대고 웃었다.

"소설 구절이나 시구를 외우고 다니는 게 이상한 건 아니지. 그걸 적절한 때에 써먹는 건 대단한 거고. 검술도 그렇잖아. 아는 동작을 제대로 활용하는 게 어려운 거야."

게랄드도 고개를 설레설레 저으며 말했다.

"생각해 보니 이 녀석, 천하의 하얀 늑대들에게 사로잡혀서 벌벌 떨면서도 할 말은 다 했지. 보통은 그런 말재간이 있어도 쫄아서 아무 말 못 하는데.”

카셀은 그들이 자신을 칭찬하는 건지, 욕하는 건지 분간이 되지 않아 한참 동안 무릎에 올려놓은 아란티아의 보검만 내려다보았다. 다들 말이 없으니 이상하게 분위기가 어두워지는 것 같아서 카셀이 입을 열었다.

“그럼 앞으로도 계속…… 이렇게 할까요? 제 생각대로?”

“그야 당연하지. 뭐, 중요한 건 상의하되 나머지는 모두 뜻대로 해.”

아즈윈이 대답했다.

“만약 제가 여러분들의 의견에 어긋나는 행동을 하면?”

“지금까지 했던 것처럼만 하면 크게 문제가 생기진 않을 거야. 하지만 지나치게 큰 문제가 터지면, 어제 했던 선언이 우리 모두의 동의하에 변경될 수 있다는 것을 명심해. 나는 네가 마음에 들기 시작했어. 하지만 그걸 배신한다면 너는 나를 상대로 검의 소질을 시험해 봐야 할 거야.”

아즈윈은 딱 잘라 말했다. 카셀은 아즈윈이 검의 달인이 아니더라도 그녀를 상대로 검을 휘두르고 싶은 생각은 없었다.

“명심할게요.”

게랄드는 길게 하품을 하며 아까부터 내내 창가에 서 있는 던멜에게 물었다.

“밖은 조용해? 엿듣는 사람이라도 있는 건 아니고?”

던멜은 고개를 저었다. 게랄드는 말 못 하는 동료의 어깨를 토닥거리더니 침대에 털썩 쓰러졌다.

"난 좀 자야겠어. 어제 잠이 모자랐어."

그 진동 때문에 같은 침대에 앉아 있던 아즈윈이 크게 흔들렸다.

"나도."

아즈윈은 누워있는 게랄드의 배 위에 머리부터 떨어뜨렸다. 게랄드
는 짧게 신음했다. 아즈윈은 베개라도 되는 양 그의 몸을 이리저리 틀
어서 원하는 자리에 위치시켰다. 게랄드는 아무 말도 못 하고 미는 대
로 밀려났다. 그래도 침대를 양보하지는 않았다.

둘은 그 뒤로도 누운 채로 몇 번이나 좁은 침대에서 넓은 공간을 확
보하기 위한 쟁탈전을 벌이다가, 결국 행복한 신혼부부쯤 되는 다정한
자세로 잠들었다. 카셀은 게랄드가 조금 부러웠다.

"던멜과 카셀도 좀 자둬. 둘 다 어제 제대로 못 잤잖아."

쉐이든이 말하자, 던멜은 고개를 끄덕이더니 아즈윈과 게랄드가 열
심히 쟁탈전을 벌이는 동안 아무도 손대지 않고 남아 있던 넓은 침대에
누웠다.

"카셀은?"

"전 괜찮아요. 그보다 아즈윈은 항상 같은 방에서 자나요?"

"왜?"

쉐이든이 눈을 몇 번 깜빡이다가 이내 질문의 의미를 깨닫고 웃었
다.

"여자라서?"

악의 없는 웃음이었으나 카셀은 조금 당황하며 대꾸했다.

"특별히 안 될 건 없지만……."

카셀은 말을 얼버무렸다.

아즈윈은 가까이서 보면 피부도 거칠고, 머리카락에 윤기가 나는 것도 아니었으나 카셀에게는 한없이 아름다워 보였다. 그리고 연약해 보이기도 했다. 그런 여자가 이런 우락부락한 남자들 틈에 무방비 상태로 잠들어 있는 것은 적응하기 힘든 광경이었다.

"자신을 우리와 동떨어진 존재로 생각하고 싶어 하지 않아서 그래. 어쩔 땐 목욕도 같이하지."

쉐이든은 장난기 많은 소년처럼 미소 지었다. 그 모습에서 어제 창을 휘둘러 적을 한 번에 내동댕이쳤던 것과 같은 잔혹함은 찾아볼 수가 없었다.

"같이 목욕을 한다고요?"

카셀이 놀라며 말하자 쉐이든은 손을 내저었다.

"아즈윈과 같이 생활하면서 특별히 여자는 이래야 한다는 고정관념은 잊어버린 지 오래지만, 그래도 한 번은 '넌 여자 아니냐, 너무 그렇게 보여주는 것도 좋게 보이지는 않아'라고 말했더니 이 녀석이 뭐라는 줄 알아? '나도 근육 붙은 남자들 알몸 보는 게 좋아서 그런다'라고 대놓고 말하더군. 본인이 좋다는 데야 누가 뭐라고 하겠어? 나야 좋지."

쉐이든은 의자에 파묻히듯 몸을 뒤로 기대었다.

"울프 기사단에 실디레라는 여자애가 하나 있는데, 아즈윈이 그러고 다니는 건 여자의 수치라며 오히려 더 불만이지. 하지만 보다시피 아즈윈은 남의 의견을 귀담아듣는 애가 아니다."

카셀은 대자로 펼친 팔로 게랄드의 가슴을 짓누른 채 잠든 아즈윈의 모습을 바라보며 한숨을 쉬었다.

"전 저런 예쁜 여자는 감히 접근도 못 하게 까다로울 거라 생각했는데요."

"아즈윈이 잘못된 편견을 깨뜨리기에 좋은 성격과 외모인 건 사실이지만, 또한 까다롭고 변덕스러운 것도 사실이다. 그저 모든 행동에 일관성이 있는 거지."

"일관성?"

"팀워크. 아즈윈은 팀워크를 해치는 행동은 절대 하지 않고, 마찬가지로 팀워크를 살릴 행동이라면 그게 뭐든 주저하지 않아. 게다가 아주 솔직해서 우리 같은 별스러운 성격을 잘 그러모아 주는 역할도 해주지. 다른 사람은 말도 잘 못 거는 날 쉐디라고 친근하게 부르고, 게랄드도 제멋대로 게리라는 애칭으로 부르는 것도 그런 역할 중 하나야. 내 입장에서는 여동생 같아서 재미있기도 하고 귀엽기도 하다. 하지만 칼을 쥐고 전투에 임하는 모습은 아주……."

쉐이든은 눈을 가늘게 뜨고 잠깐 말을 멈췄다가 극적으로 말을 이었다.

"……살벌하지. 어떨 때는 우리에게 매달려 어린애처럼 굴다가 어떨 때는 모두의 어머니같이 따뜻하게 품어주기도 하지. 어린애 같은 로일이 조직의 한 사람으로 성장할 수 있었던 것도 모두 아즈윈 덕이야. 그건 어쩌면 나도 마찬가지일지 모르겠군. 왜, 아즈윈에게 반했나?"

쉐이든의 눈빛은 연애 상담을 들어줄 준비를 마친 동네 아는 형처럼 반짝였다. 카셀은 잽싸게 손을 저었다.

"반하긴 했죠. 예쁜 건 사실이잖아요. 하지만 저 같은 남자는 감히 꿈도 못 꿀 것 같은데요. 너무 자유분방해서."

"감히 어느 남자가 꿈꾸겠어?"

쉐이든은 큰 소리로 웃음을 터트렸다.

"시끄러!"

아즈윈이 벌떡 일어나 화를 냈다. 그리고 도로 게랄드의 배에 머리를 처박고 잤다. 쉐이든은 속삭이는 말투로 바꿨다.

"딱 하나 감당할 녀석이 있군. 게랄드."

"그러고 보니 굉장히 친해 보이더군요. 아니면 그 반대인가?"

카셀도 같이 속닥거렸다.

"둘이 싸워서 누구 하나 죽거나 어느 날 덜컥 결혼하겠다고 하거나, 어느 쪽이 벌어져도 놀라지 않을 거다. 저 둘은 묘하게 어울리면서도 이질감이 든단 말이야."

쉐이든은 세상에서 가장 어려운 문제를 접한 수학자처럼 말했다.

"그런데 우리 무기는 언제 돌려줄 거요?"

게랄드는 얼굴을 험하게 일그러뜨리고, 빈 주전자와 찻잔을 치우러 온 집사에게 물었다.

"이 저택에서 무기를 소지할 수 있는 분은 기사 앤플러뿐입니다."

집사는 아무렇지도 않게 대꾸하더니, 탁자 위만 치우고 가버렸다. 게랄드가 걱정스러운 얼굴로 말했다.

"큰일 났다. 내 협박이 안 통하기 시작했어. 내 얼굴이 너무 순해진 거 아닐까?"

"염려 놓아도 돼. 충분히 위협적이야."

"고마워."

팔짱을 끼고 있던 쉐이든이 갑자기 일어나며 말했다.

"로일을 찾으러 가자."

아즈윈도 탁자를 쾅 치며 강조했다.

"찬성. 내버려 두면 그 녀석 지금쯤 기억상실증에 걸려 어디선가 마구간 청소를 하며 자아를 찾는 모험을 시작할지도 모르니까."

"그거 죽이는데? 소설 써도 되겠다!"

게랄드가 쓸데없이 감탄했다.

"모두 갈 필요는 없겠지. 던멜과 나와 아즈윈이 움직이도록 하지. 게랄드는 여기를 지켜."

쉐이든이 팀을 나눴다.

"지킬 게 뭐가 있다고 이런 심심한 곳에 날 던져 놓냐?"

쉐이든이 대답 대신 카셀을 가리켰다.

"아, 그렇군. 캡틴의 보디가드가 필요했구만."

게랄드는 카셀의 어깨에 손을 처억 올려놓았다. 카셀이 무거운 게랄드의 손을 버티며 말했다.

"호위가 붙어있으면 제가 약하다고 의심하지 않을까요?"

쉐이든은 고개를 저었다.

"높은 사람의 옆에 호위가 있는 건 당연한 거야. 우리들의 마스터도 어디 공식적인 자리에 갈 때는 울프들을 세 명 정도 대동한다. 마스터가 우리의 경호가 필요한 사람이 아니라 해도 말이지."

쉐이든이 던멜 쪽으로 고개를 돌리며 물었다.

"그보다 밖에 녀석들이 아직도 버티고 있는 것 같더군. 어떤가, 던멜?"

던멜이 손가락을 네 개 펼쳐 보였다. 쉐이든은 고개를 끄덕인 후 모두를 돌아보았다.

"아침부터 있었어. 놈들의 패턴을 생각해 보면, 아마 밤에 또 접촉해 올 거다."

카셀은 그런 무시무시한 암습을 고작 '접촉'이라는 단어로 표현한 부분이 되레 무서웠다.

"좋은 기회군. 로일을 찾는 김에 녀석들도 하나 잡자."

아즈윈이 자신 있게 말하자 쉐이든은 가볍게 경고했다.

"쉽게 생각하지 마. 암살자들이란 늘 예상치 못한 공격을 해 오는 법이야."

"저만 아는 것처럼 잘난 척하네?"

투덜대는 아즈윈을 뒤로하고 쉐이든은 게랄드에게도 당부했다.

"여기도 조심하고."

"로일이나 잘 끌고 와."

게랄드는 힘 있게 대답했다.

"무슨 할 말 있나, 캡틴?"

카셀이 할 말을 망설이는 모습을 눈치채고, 쉐이든이 먼저 물었다.

"좀 살벌한 얘기라서 해도 될지……."

"살벌한 얘기 좋지."

아즈윈이 허락했다.

"저만 그런 건가요? 저기, 그러니까…… 여러분들은 정말로 백작을 믿으세요?"

카셀은 조심스럽게 말을 꺼냈다. 아즈원의 눈썹이 휙 꺾여 올라갔다.

"돌려 말하지 말고 본론부터 들이대 봐."

"사실 우릴 죽이기 가장 쉬운 위치에 있게 된 사람이잖아요. 아까 식사를 하면서도 방금 차를 마시면서도, 정말 안전했다고는 생각하지 않았거든요."

카셀의 말에 넷은 동시에 서로의 얼굴을 돌아보았다. 카셀은 어깨를 움츠리며 괜한 말을 꺼냈다는 표정을 드러냈다.

"죄송해요. 그냥 상황이 이렇다 보니 호의를 베푼 사람조차 의심부터 하게 되는군요."

"그래서?"

아즈원이 따지듯 물었다.

"백작이 우리를 죽이려 들었다면 이미 우리는 화장실에서 토하다가 죽었겠지. 그런데 살아있으니 백작은 믿을만하다, 그런 말을 하려는 거야?"

"그런 건 아니고요."

카셀의 목소리가 기어들어갔다. 쉐이든이 중재했다.

"잠깐. 카셀이 무슨 생각이 있어서 말을 꺼낸 것 같다. 말해봐."

"전 고디머 백작의 현재 상황과 위치를 말씀드리고 싶은 건데요. 예를 들면 이런 겁니다."

카셀은 다시 한 번 머릿속을 정리하고 이야기를 계속했다.

"암살자들은 하얀 늑대들을 죽이려고 최소한 두 번 시도했지만 실패했어요. 그들의 입장에서 보자면, 이제 극도로 경계하기 시작한 하얀 늑대들을 상대로 점점 더 암습을 성공시키기는 힘들어지겠단 생각이 들겠지요. 그런데 지금 하얀 늑대들을 죽이기 가장 쉬운 위치에 선 사람이 있어요."

쉐이든이 물었다.

"놈들이 백작을 이용한다고?"

"가능성 문제지요. 아직까진 그런 일이 벌어지지 않은 것 같아요. 하지만 모를 일이잖아요."

카셀의 말에 게랄드가 덧붙였다.

"오늘밤에 뭔가 일어날 수도 있다?"

"염두에 둬야 하지 않을까 해서 말씀드려 봤어요."

카셀은 계속 아즈윈의 눈치를 보며 말했다. 던멜이 수화로 뭔가 말했고 쉐이든이 해석해주었다.

"던멜 말이, 억측은 아닌 것 같다고 하는군. 백작을 죽이지는 않겠지만 뭔가 위협을 가할지도 모르고 그 시점은 아마 오늘 밤이 아니겠냐는 거지."

쉐이든이 자신의 의견을 덧붙이는 것으로 그 얘기는 끝이 났다.

"일단 우리는 우리 대로 행동하자. 저택 안은 게랄드, 네가 맡아라. 뭔가 낌새가 이상하면 금방 돌아오도록 하지."

"어딜 가시는 게요?"

하얀 늑대들이 저택을 떠나려 하자, 고디머 백작이 깜짝 놀라 저택

입구까지 따라 나왔다. 카셀이 모두를 대신해 설명했다.

"아, 동료 한 명이 아직도 돌아오지 않아 걱정되어 찾으러 나가는 겁니다. 저는 여기 남을 거고요."

"그렇소? 아직 제대로 된 대접도 못 했는데 벌써 떠나는 줄 알고 걱정했소."

"대접은 이미 충분합니다. 그리고 어쨌든 동료가 돌아오면 우리는 바로 왕실로 떠날 생각입니다."

"그럼 언제든 출발할 수 있도록 나 역시 준비해두겠소."

백작은 당장 집사를 불러 짐을 꾸리라고 명령했다.

이 정도 영지를 소유하고 있는 백작이 동행한다면 큰 도움이 될 테지만, 어째서인지 카셀은 꺼림칙했다. 왜 그런 기분이 드는지는 스스로도 알 수 없었다.

"아, 참. 그리고 친구들에게는 무기를 돌려주셨으면 합니다."

"그야 물론이오. 집사, 기사단의 소중한 무기를 돌려주게나."

집사는 다른 하인들과 함께 긴 창과 칼을 넘겨받았을 때 그대로의 모습으로 조심스럽게 내왔다. 게랄드는 저택을 떠나지 않는 자신에게는 도끼를 내주지 않는 것에 투덜거렸다.

"자정이 되기 전에 돌아오지."

쉐이든이 말한 후 일행은 정원의 꽃길을 따라 정문으로 걸어갔다. 카셀과 게랄드는 그들의 뒷모습이 사라질 때까지 바라보았다.

"그럼 우리는 녀석들이 올 때까지 느긋하게 기다려볼까?"

게랄드는 머리를 긁적이며 안으로 들어갔다. 카셀은 그를 따라 방 안에 들어서자마자 물었다.

"게랄드, 물어볼 게 있어요."

"물어봐."

게랄드는 뒤통수에 손을 기댄 채 침대에 기대어 앉았다.

"아까 제가 고디머 백작이 이용당할 수도 있다는 말을 할 때 아즈윈이 왜 화가 난 거죠?"

"자기가 생각 못한 걸 네가 생각해내니까 샘나서 그러는 거야."

게랄드는 아주 쉽게 결론을 내주고 말했다.

"다른 질문 없어? 시간도 남는데, 캡틴 노릇 하는 동안 기본으로 알아둘 점이라거나. 난 꼼꼼하게 설명을 못 하니 네가 꼼꼼하게 물어봐주면 좋다!"

카셀도 곧 아즈윈의 화난 표정을 잊어버리기로 하고 물었다.

"마스터 퀘이언, 그러니까 여러분의 스승은 어떤 분이죠?"

"야아, 처음부터 까다로운 질문이네. 어떻게 설명하면 좋을까? 마스터에 대해서 어느 정도나 알지?"

"아란티아 여왕의 수호기사라는 것만 알아요. 대륙 최강자니, 검술의 마스터니 하는 소문도 많이 들었죠."

게랄드는 빙그레 웃었다.

"그분은 그런 소문을 별로 좋아하지 않아. 순위 매기기 좋아하는 사람들이 그렇게 부를 뿐이지. 마스터는 그저 자신을 아란티아의 기사 정도로 알아줬으면 좋겠다고 말씀하시지."

"그건 대단한 자신감이군요. 보통은 자기가 어느 정도의 지위만 가지면 거기에 특별한 의미를 부여하려고 애를 쓰는데. 이를테면, 어느 지방 최고의 기사니, 어느 나라 최고의 마법사니……."

"나도 사실 그런 녀석 중 하나였지."

게랄드가 솔직하게 인정했다. 카셀은 서둘러 말을 고쳤다.

"나쁜 뜻으로 한 말은 아니에요."

"하지만 그건 네 말이 맞아. 나도 그런 자부심 때문에 아란티아로 간 거였어. 사람들이 최고라고 떠받드는 검사가 직접 자신의 수하 기사를 뽑는다…… 재미있는 제안이지. 그곳에서 오히려 퀘이언이라는 사람을 꺾어버리면 어떨까? 사실 다들 대충 비슷한 생각에서 그 시험에 응했을 거야."

"그래서요?"

카셀은 눈을 동그랗게 뜨며 얼른 의자에 앉았다.

"뭐야? 너 지금 내 앞에서 할아버지 옛날이야기를 듣는 포즈를 취한 거냐?"

게랄드의 정확한 지적에 카셀은 얼굴을 붉혔다.

"머, 멈추지 말고 하던 얘기나 해요."

"알았어. 하지만 이런 이야기는 사실 아즈윈이나 쉐이든한테 들어야 재미있을 텐데. 난 던멜보다 말재주가 없거든."

"던멜은 말을 할 줄 모르잖아요."

"침묵의 미덕을 알잖아. 내 웅변은 그의 침묵을 이길 수가 없지."

게랄드의 말에 카셀은 가볍게 박수를 쳤다.

"방금 그 말은 웅변의 미덕이 돋보이는군요."

"그거 아주 귀에 쏙 들어오는 칭찬이로군. 좋아, 바라는 건 마스터에 대한 이야기니 그 부분만 이야기해 주지. 다른 건 부디 아즈윈에게 물어봐. 아즈윈은 이런 이야기 하는 걸 아주 좋아할 거야. 들어주는 사람이 있어야 얘기를 하는데, 들어줄 사람이 없어서 항상 입이 간지러워 못 견뎌 하거든, 그 애는."

게랄드는 카셀의 반짝이는 눈동자를 부담스러워 하며 얘기했다.

"마스터에 대한 소문 중 일부는 맞아. 검술에 관한 한은 과장이 없을 정도야. 난 지금까지 그분의 공격을 딱 한 번밖에 막아보지 못했어. 극히 최근에 한 번. 그 전까지는 한 번을 못 막았고, 정신 차리면 병실이었지. 그래도 어쨌든 막은 건 막은 거지."

게랄드는 아주 먼 옛날 일을 상기하듯이 말했다.

'고작 한 번 막은 것도 자랑스러워 할 정도인가?'

게랄드가 앤플러를 한 손으로 제압하는 모습을 보지 않았다면, 여러 가지로 오해했을 만한 얘기였다.

"처음 마스터의 기술을 얻어맞았을 때가 생각나는군."

게랄드는 자신의 가슴을 쓰다듬었다.

"여길 맞았지. 난 맞았다고 생각도 하지 않았어. 하지만 정신을 차리고 보니 시퍼렇게 멍들어 숨도 쉬기 힘들 지경이었는데, 나중에 보니 갈비뼈가 두 대나 나갔다더라고. 아즈윈은 방패로 그 한 방을 막았다가 방패와 함께 팔이 부러졌고, 쉐이든은 창을 놓치고 항복했어. 던멜은 공격 한 번 못 해보고 물러서 버렸지. 한 가닥 한다는 녀석들이 모두 모인 중에서 고르고 골라 뽑힌 네 명이었는데도 그 목검 일격을 아무도 당해내지 못했던 거야."

"다른 한 명은요? 그러니까 로일이요."

"아아, 로일은 아주 대담했지. 막을 수 없는 마스터의 공격에 방어가 아닌 공격으로 맞섰지. 하지만 그 대가로 손목을 다쳐 한동안 칼을 쥐지 못했어. 목숨을 건 싸움이었다면, 로일이 이긴 거였을지도 몰라. 하지만 마스터가 진검을 들었다면 정말 로일이 막을 수 있었을까? 그건 또 다른 얘기가 되겠지."

열린 창문으로 바람이 불어왔다. 게랄드는 커튼을 젖히고 창문을 도로 닫았다. 그 모습을 보며 카셀은 게랄드의 몸이 의외로 날렵하다는 걸 알았다.

용병들 중에는 게랄드 못지않은 덩치가 제법 있었지만 어째 근육으로만 뭉쳐 있어 몸이 둔해 보였다. 그러나 게랄드는 그렇지 않았다. 팔뚝이 굵고 어깨는 아주 넓었지만 기본적으로 팔다리가 길고 허리가 가늘었다.

"로일이란 분은 대체 어떤 사람인 거죠?"

카셀이 물었다.

"정확히 로일의 어떤 점을 묻는 거야? 내가 꼼꼼하게 물으랬잖아, 꼼꼼하게!"

"그에 대해서 말하는 걸 들으면 늘 극단적인 평가가 나오잖아요. 어떨 때는 멍청하다는 듯 평가했다가 지금 이야기를 들어보면 검의 달인인 것도 같고."

"둘 다 맞아."

"멍청한 검의 달인이요?"

게랄드는 큰 소리로 웃었다.

"로일을 보고 있으면 어떤 천재도 자신의 천재성을 의심하게 되지. 우리 중 가장 자부심이 강한 아즈윈이 그를 인정했다는 걸로 설명을 대신할까? 로일에 비하면 자신은 천재가 아니라, 단지 노력이 뛰어난 수

재였다나. 그건 나도 동감이야. 울프 기사단의 두 번째 테스트는 로일에게 맞춰져 있었다고 해도 과언이 아니야."

"어떤 테스트인데요?"

"로일을 보고도 감당할 수 있는가. 그게 관건인 테스트."

게랄드는 웃으며 말하다가 금방 정색했다.

"하지만 그렇다고 내가 로일에게 진다는 뜻은 아니야. 우리 다섯은 서로 우위를 가릴 수 없어. 그래서 평등한 거지. 처음 있었던 격차는 마스터에게 수업을 받으면서 더욱 줄어들었어. 우리 같이 개성이 강한 검사들을 모두 가르친다는 건 생각보다 대단한 거야. 뭐랄까, 전혀 성질이 다른 재료로 완벽한 요리를 만들었다고 하면 되겠지? 이해되지?"

"음, 잘 모르겠는데요?"

"에이, 이제 안 할래. 역시 내 말재주로 이런 설명은 무리야."

"마스터 퀘이언이 대단한 분이라는 건 충분히 알겠어요. 저도 그분을 만나 뵙고 싶군요. 그렇지만 아무래도 저 같은 게 아란티아 여왕의 수호기사를 만난다는 건 어렵겠죠?"

"이 일이 끝나면 한 번쯤 놀러 가서 만날 수 있지 않겠어? 넌 임시로나마 하얀 늑대들의 캡틴을 맡은 사람이잖아. 그리고 말이 났으니 얘긴데, 마스터는 사실 한가할 때가 많아. 그분을 만나는 게 그렇게 어렵진 않을 거다."

"그럴까요?"

카셀은 진심으로 기뻤다.

"아, 이건 비밀이랄 것도 없고 굳이 알 필요도 없지만, 그런 마스터도 검술로 당하기 힘든 사람이 있어."

"그런 사람이 있어요?"

카셀은 눈을 반짝이며 물었다.

"누구겠어? 마스터도 과거에는 하얀 늑대들 중 하나였어. 지금의 우리와 똑같이, 멤버끼리는 서로 우위를 정하기 힘들 정도로 비슷한 실력을 가지고 있었을 거야. 당연히 지금의 마스터라도 이긴다고 장담할 수 없는 검사란 당시의 하얀 늑대들이지."

"그들이 아직 살아있단 말이에요?"

카셀이 놀라 물었다.

"응? 카모르트에서는 전대 하얀 늑대들이 죽었다는 소문이라도 돌고 있냐? 당연히 아니지! 현역에서 은퇴했다지만, 검을 완전히 놓은 것도 아닐 것이고 생각보다 그렇게 나이가 많은 것도 아니야."

"그렇겠군요. 살아있는 전설 어쩌고 하니까 꼭 백 년 전 인물의 얘기를 듣는 것만 같아서요."

"더 자세한 이야기는 다른 친구들에게 물어봐. 난 마스터 이외에 그런 엄청난 인물들을 알아버리면 좌절하게 될 것 같아 더 파고들지 않았지만, 다른 친구들은 알지도 모르지. 아, 나도 한 명은 알고 있다."

게랄드는 주먹을 탁 쳤다.

"아즈윈이 미친 듯이 존경하는 검사라 몇 번이나 그 사람 얘기를 들었거든. 마스터께서 알면 아주 섭섭해하겠지만 만약 그 사람이 나타난다면 아즈윈은 두 번도 고민 않고 그 사람에게 엉겨 붙어 마스터라고 부를 거야."

"여검사?"

"맞아. 어떻게 알았어? 그때도 지금처럼 하얀 늑대들 중 한 명은 여자였고, 여왕의 수호 기사가 될 정도로 강했다더라. 아즈윈은 오래전부터 그 여자를 동경해 왔대. 그래서인지 나도 다른 전대 하얀 늑대들은 몰라도, 그 여자만큼은 꼭 만나보고 싶어지더군."

옛날얘기를 좋아하고 기사 이야기라면 환장을 하는 카셀이지만, 지금 얘기는 소화시키려면 한참은 걸릴 것 같았다.

'이쪽 세계에서 최고라고 모인 수십, 수백 명 중에서도 가장 뛰어난 하얀 늑대들이 스승으로 모시는 사람이 있고, 그 스승이란 사람과 또 어깨를 나란히 하는 사람이 있다니.'

카셀은 더 이상 울프 기사단에 대해 묻지 않았다. 이쯤 되고 보니 오히려 시간을 들여 천천히, 전부 들어두고 싶었다. 게랄드의 말마따나 꼼꼼하게!

## ✦ Chapter 8 ✦
### 암살자

해가 질 때까지 도시를 돌아다녔지만, 하얀 늑대들 일행은 로일을 찾을 수 없었다.

던멜은 마침내 로일이 코흘룬에 없다고 선언하기에 이르렀다. 던멜이 찾지 못한 데서야 아즈윈과 쉐이든도 다른 도리가 없었다.

"이상하네. 혹시 칼을 잃어버린 죄책감에 자살이라도 한 걸까?"

아즈윈이 심각하게 고려했지만 쉐이든은 시장에서 집어온 과일이나 씹어 먹으며 느긋했다.

"말도 안 되는 소리 하지 마라. 로일이 그런 성격도 아니지 않나?"

"걔, 의외로 여리거든!"

아즈윈이 버럭 소리 지르고는 던멜에게 달라붙어 물었다.

"마지막까지 같이 있었던 사람은 던멜 너잖아. 어땠어? 로일이 막 우울해하고 괴로워하고 그러지 않았어?"

던멜은 짧은 수화로 대꾸했다.

'전혀.'

"그럼 됐고. 다행이다."

아즈윈은 쉐이든이 먹던 과일을 빼앗아 입에 물었다. 그리고 벌써 로일 걱정은 잊어버린 얼굴로 말했다.

"중간 평가 한 번 해볼까? 카셀이라는 친구 어때 보여?"

"나쁜 녀석은 아니야."

쉐이든이 길게 생각하지도 않고 즉시 대답했다.

"거짓말을 그렇게 쉽게 하는 녀석을 신뢰해?"

"적어도 우리 앞에서는 거짓말한 적 없어. 왜? 녀석이 배신이라도 할 것 같아?"

"난 누구든 만난 지 1년 이내의 녀석은 신뢰하지 않아. 사실 너희들도 그랬어. 말 잘 하는 녀석에게라면 특별히 더 신뢰를 쌓기 힘들지."

누군가를 베기라도 할 것 같은 날카로운 눈빛으로 아즈윈이 말했다. 쉐이든은 그녀에게 부드러운 어조로 충고했다.

"십년지기에게도 배신당하고, 방금 만난 사람에게도 은혜를 입을 수 있는 게 인간관계다. 자신의 안목을 너무 높게 평가하지 않는 게 좋을 거야, 아즈윈."

"어머나, 그럼 그대는 카셀에게 믿음을 퍼주시겠다?"

아즈윈은 씹던 과일을 탁 뱉어내며 '으, 떫어' 하고 투덜거렸다.

"지금은 믿고 봐주는 게 좋다는 뜻이야. 운도 따랐고 불운도 따랐지만 전력을 다해 살아 남아온 녀석이다. 그런 일이 다 우연일까? 우연의 연속으로 우리에게 다다랐을까?"

코흘룬의 밤거리는 카모르트의 다른 도시보다 조용했다. 쉐이든은 작게 말했지만 고요한 골목을 따라 그의 목소리가 울렸다.

"난 평생 이로피스의 사무관으로 살아갈 생각이었지만 어느 날 길거리에서 만난 아무 관계없는 어떤 젊은 녀석이 벌인 검술 승부를 보고 기사가 되었다. 나도 그런 승부를 하고 싶었지. 반면 게랄드는 평생 용병 짓 하다가 별거 아닌 귀족의 경호원이나 해먹을 운명이었을지도 몰라. 하지만 어느 날 꿈속에서 자기를 인도하는 소리를 듣고 아란티아로 향했다고 하더군. 너는 어때?"

쉐이든은 딱히 대답해달라는 뜻은 아니었다는 듯 즉시 말을 이었다.

"운명이란 그런 거야. 카셀이 보검을 주운 건 우연이었을지 모르지. 하지만 그 보검을 갖고 살아남아 우리에게 온 건 녀석의 의지였어. 그건 높이 평가해 줘야지."

"녀석의 의지가 안 좋은 쪽으로 돌아갈 수도 있어. 딱 보면 알지 않아? 걘 인생 경험 없이 이론으로만 무장한 녀석이야. 목에 칼이 들어오면 당장 자기 살자고 휙 돌아설걸?"

"머리만 좋은 녀석이라면 그렇게 하겠지."

쉐이든은 자신의 가슴을 두들겼다.

"하지만 녀석은 흔한 말로, 머리는 차갑고 가슴은 뜨거운 녀석이야."

"혀 잘 놀리는 녀석 치고 진심인 거 못 봤다."

"혀 잘 놀리는 건 버릇이야."

"무슨 버릇?"

"반사적으로 튀어나오는 반응이라고. 누가 네 뒤통수를 치려고 하면 어떻게 하지?"

쉐이든은 손으로 아즈윈의 머리를 치려고 가볍게 휘둘렀다. 아즈윈은 즉시 막고 반격까지 했다. 쉐이든은 가까스로 아즈윈의 손을 막고 말했다.

"이렇게 되는 거다."

"뭔 소린지 원. 으으, 맛없어."

아즈윈은 먹던 과일을 한 입 더 먹어보고는 결국 쓰레기통에 던져버렸다.

"단련이 되어 있다는 거다. 아무리 검술 실력이 좋아도 실전 경험이 바탕 되지 않으면 죽은 검술이듯이 아무리 머리가 좋고 말재간이 뛰어나도 그를 받아주는 사람과 열심히 설전으로 단련하지 않으면 그렇게 되지 않아."

쉐이든은 걸음을 멈추고 하늘을 올려다보았다. 빗방울이 떨어졌다.

"녀석이 목에 칼이 들어오면 자기 살자고 우리를 등질 거라고? 우리가 목에 칼이 들어왔을 때 최선의 방어와 공격을 하듯이 녀석도 자기만의 방어와 공격을 할 거야."

아즈윈도 손바닥을 펼치고 비가 오기 시작한 하늘을 올려다보았다.

"흥, 비유는 좋네. 하지만 그건 모르는 일이야."

"카셀을 우리의 방패로 쓰겠다고 의견을 내놓은 건 나였지만, 모두 동의했다면 최소한 그 방패를 아껴줘야지."

아즈윈은 점점 늘어나는 빗방울을 피해 천막 밑으로 피했다. 해가 졌어도 장사를 접지 않던 상인들도 결국 짐을 정리하기 시작했다.

"아껴주긴 할 거야. 귀엽잖아. 벌써 마음이 가더라. 그래서 더더욱 이런 말을 하는 거지. 녀석이 만약 우릴 배반한다면 아마 난 참지 못할 것 같아."

잠시 기다려 봤지만 비는 그치지 않았다. 아즈윈은 분위기를 바꿔보려고 기운차게 외쳤다.

"쉐디, 던! 여관에 가보자."

"던멜이 거기에는 없다고 했잖아."

"나도 던의 느낌을 믿어. 하지만 로일이 우릴 찾으러 낮 동안 여관에 들렀을지도 모른다는 생각이 드네."

"로일이 누구한테 물어물어 우리를 찾아올 주변머리는 아니지."

쉐이든이 냉소적으로 말했다.

"그래도 헛걸음하는 셈 치고 가보자."

아즈윈은 모두의 동의를 구하지도 않고 여관 쪽으로 발걸음을 옮겼다. 두 남자는 별수 없이 그녀를 따라갔다.

여관 1층의 바는 벌써 사람들로 붐비고 있었다. 앞치마를 입은 중년의 여인이 뚱뚱한 몸을 이끌고 그들을 맞았다.

"하룻밤 묵을 거요, 말 거요?"

용병과 상인을 상대로 장사한 경력을 유감없이 발휘하는 거친 말투였다. 늘 남자들의 압력을 가볍게 받아치는 아즈윈이지만, 이런 여자에게는 오히려 밀리는 경향이 있었다. 아즈윈은 평소와는 다른 부드러운 목소리로 말했다.

"우리는 오늘 저녁까지 여기 묵기로 했고 벌써 숙박료도 다 지불했어요."

"몇 호실?"

"204호. 하지만 더 머물지는 않아요."

"미리 낸 돈은 안 돌려줘."

여주인은 미리 차단이라도 하듯 단호하게 말했다.

"그 돈을 돌려받으려고 온 건 아니에요. 일행 중에 하나가 우리와 떨어졌는데, 혹시 우리를 찾지는 않았나요?"

"그런 사람 없었는데?"

"편지 남긴 것도 없어요?"

여주인은 다른 손님의 주문이 밀리기 시작하자, 얼굴에 노골적으로 짜증어린 표정을 지어 보이며 고개를 저었다.

"그럼 혹시 우릴 찾는 사람이 찾아오면 영주의 저택으로 찾아오라고 전해주시겠어요?"

"알았수."

여주인은 절대 기억해주지 않겠다는 투로 대꾸했다. 직접 적은 쪽지라도 쥐여 주려다가 포기했다. 이런 곳에서 갑자기 종이와 잉크, 펜을 구하기는 드래곤 뼈로 담근 맥주를 주문하기보다 어려울 것이고, 줘 봐야 일행이 여관 문을 나서는 순간 쓰레기통으로 직행할 게 뻔했다.

여관을 나선 아즈윈은 신경질적으로 침을 뱉었다.

"혹시 고디머 백작이 코홀룬의 가게 주인들은 손님한테 친절하게 굴면 극형에 처한다고 포고라도 내렸나?"

쉐이든은 길게 하품을 하며 말했다.

"돌아가자. 로일이잖아. 뭔 일이야 있겠어?"

"난 지금 로일한테 사고가 나는 걸 걱정하는 게 아니라 로일이 사고를 치는 걸 걱정하는 거야."

아즈윈이 미련을 가지고 여관을 떠나지 못하고 있는데, 내내 이쪽을 유심히 바라보고 있던 한 어린아이가 그들에게 접근했다. 팔뚝이 그녀의 칼 손잡이보다 가늘고, 얼굴이 발바닥만큼이나 지저분한 아이였다.

"아즈윈이라는 분인가요?"

아즈윈은 고개를 갸웃하며 대꾸했다.

"어떻게 내 이름을 알지?"

"긴 머리를 땋은 예쁜 누나가 이 여관에 오면 쪽지를 건네주라고 어떤 사람이 그랬어요."

아즈윈은 손바닥을 딱 쳤다.

"이름이 로일이었니? 갈색 머리에 키가 나만 한 이십 대 중반의 아저씨지?"

"몰라요. 아저씨처럼 보이지는 않았어요. 하지만 그 사람은 아즈윈이라는 사람이 돈을 줄 거랬어요. 이 쪽지를 건네주면."

아이는 비에 젖은 손을 내밀었다. 손바닥 안에는 꽉 쥐어서 비에 젖지 않은 쪽지가 볼품없게 접혀 있었다. 아즈윈이 손을 내밀자, 아이는 쪽지를 자기 쪽으로 끌어당겼다.

"돈을 먼저 주지 않으면 쪽지도 주지 않을 거예요."

"거래하는 법 좀 아네? 얼마?"

"은화 두 개."

"심부름 값치고는 아주 비싸구나?"

"저는 이 쪽지를 전달해주려고 하루 종일 아무 일도 못 하면서 기다리고 서 있었다고요!"

"어머, 그러니?"

아즈원은 재미있어하며 은화를 두 개 내밀었다. 소년이 빼앗듯 그것을 가져가려 하자 아즈원도 손을 뒤로 얼른 뺐다.

"동시에 주고받아야지?"

아즈원이 다시 돈을 내밀자, 소년도 쪽지를 내밀었다. 둘은 서로의 물건을 잽싸게 빼앗았다. 일을 마친 소년은 달음박질치며 골목으로 달아나버렸다.

"아무것도 아닌 거면 어떡하려고?"

쉐이든은 소년이 사라진 골목 쪽을 바라보며 뺨을 긁적였다.

"너 은근히 내가 여행 경비 관리하고 있는 거 불만이더라?"

아즈원은 쪽지를 펼치며 말을 이었다.

"내 이름을 알고 있었잖아. 그리고 아니면 어때? 불쌍한 아이, 적선했다고 생각하지 뭐. 그 팔뚝 봤어? 얼마나 못 먹으면 그렇게 되니?"

"그런 애야 카모르트 넘어와서 수없이 보아 왔잖아. 정말 가난한 나라야. 장미인지 사자인지 호랑인지 두 백작은 무슨 돈이 있어서 전쟁을 몇 년씩이나 유지할 수 있나 모르겠군."

쪽지를 펼쳐보니, 안 그래도 읽기 힘든 로일의 글씨체가 빗물에 번져 더 알아보기 힘들게 휘갈겨져 있었다. 아즈원은 여관의 창문 쪽으로 다가가 새어 나오는 불빛을 이용해 눈을 찡그려가며 읽었다.


심부름 값을 미리 많이 주면 돈만 챙기고 쪽지를 전달해주지 않을 것 같아서 돈을 조금만 줬어. 이 쪽지를 전해주는 아이한테 심부름 값을 조금 주렴.

쪽지의 시작을 보고 아즈윈은 웃음을 터트렸다.

쉐이든과 던멜도 옆에 서서 같이 읽었다.


단독으로 행동해서 미안해. 이 쪽지가 전달되지 않더라도 던멜이 있다면 우리는 노르만트에서 만날 수 있을 거라고 생각해.

도와줘야 할 사람이 생겼어. 와인을 배달해서 먹고 사는 가난한 부부인데, 알다시피 최근 이 근처에 안 좋은 일이 많이 터졌잖아. 용병을 고용할 돈도 없고, 오히려 고용한 용병이 물건을 훔쳐 달아나는 일도 많다더군. 그래서 내가 같이 가주기로 했어. 너희들과도 같이 가고 싶었는데 벌써 이동하고 없더구나. 수도에서 만나자.

모두를 사랑하는 로일이.


추신. 하루 종일 생각해봤는데, 역시 칼은 패잔병들의 마을에서 잃어버린 것 같아.


"쪽지를 남길 줄도 알고? 나름대로는 신경 썼군. 여관 주인한테 남겼으면 우리한테 넘어오지도 못했을 거다."

쉐이든은 나직이 웃으며 말했다.

"하여간 제멋대로라니까. 이 와중에 남을 도와?"

아즈윈은 투덜거리며 쪽지를 접어 주머니에 넣었다.

"먼저 노르만트로 갔다니, 우리도 출발하면 되겠군. 와인 상인이라면 마차가 빠르지 않을 거다. 중간에 만날 수도 있고 우리가 먼저 도착해 기다리고 있어도 좋겠……."

쉐이든은 말하다 말고 등에 걸치고 있던 창으로 손을 가져갔다. 아즈윈도 칼을 뽑지는 않았지만 허리 쪽으로 손을 가져갔다. 던멜이 둘의 앞을 막아섰다.

골목 쪽 어둠 속에서 검은 로브를 입은 자들이 느린 걸음으로 다가오고 있었다. 우선 보이는 숫자는 여섯이었는데, 숨어있는 숫자까지 합한다면 더 많았다. 쉐이든은 등에서 철창을 끄집어내어 끝을 바닥에 찍었다.

"참을성 있는 녀석들이군. 우리가 저택에서 나오길 지금까지 기다린 모양이다."

"또 덤벼? 근성 있네."

아즈윈은 허리에 찬 칼 손잡이를 손가락으로 두들기며 말했다. 그러자 뜻밖에도 지붕 위에 있는 암살자들 중 한 명이 말을 걸어왔다.

"의뢰 대상이 너희 하얀 늑대들인 줄 알았다면 처음부터 조무래기들을 시키지는 않았을 거야."

놀랍게도 여자의 목소리였다. 아즈윈은 새로운 깨달음을 얻었다.

'내가 여자임을 밝혔을 때 상대가 놀라는 기분이 이런 거였군.'

지붕에서 펄럭이는 로브는 유령처럼 음산하기까지 했다. 아즈윈은 고개를 살짝 꺾어 올리고 올려다보며 말했다.

"그런데 지금은 우리가 하얀 늑대인 걸 알고도 이렇게 나오셨다? 암살자 주제에 친절하게 말까지 걸어주면서."

"너희들이 조금쯤 내 목소리를 들어두는 게 좋을 것 같아서. 그래야 효과적이거든."

"무슨 효과?"

검은 로브 안에 숨기고 있던 그 여자의 손이 드러났다. 어둠 속에서도 희한할 만큼 눈에 잘 띄는 하얀 손이 순간 더욱 환하게 밝아졌다. 유난히 긴 붉은 손톱을 따라 흐른 붉은 불길이 손바닥 전체로 번졌다.

"아, 마법사였구나? 그래서 말을 건 거야?"

마법사의 불꽃이 아즈윈의 머리 위로 떨어졌다. 쉐이든, 던멜, 아즈윈은 일제히 다른 방향으로 흩어졌다. 불덩어리가 바닥에 닿은 순간, 굉음과 함께 여관의 나무 창문과 문이 박살났다. 근처를 가득 메운 불길이 바닥을 꿈틀대며 기어갔다. 안에서 술 마시던 사람들의 비명 소리가 들렸고, 놀란 사람들이 밖으로 머리를 내밀었다.

"모두 안으로 피하시오."

쉐이든이 소리치며 창을 들자, 사람들은 불이 아니라 쉐이든에게 겁을 먹고 안으로 도망갔다.

이미 암살자들은 어디론가 사라지고 없었고 마법을 쓴 여자도 자리에서 벗어난 후였다. 주변이 여관에 옮겨붙은 불을 끄려는 사람들로 소란스러웠다.

쉐이든은 아즈윈과 던멜의 위치를 확인했다. 둘은 벌써 공격에 들어가 있었다. 쉐이든도 그들의 뒤를 따르려다 멈췄다.

'암살자가 암살 대상에게 말을 걸고, 일부러 인파로 북적이는 술집 근처에서 마법으로 공격을 했다? 눈길을 끌 속셈이군.'

쉐이든은 두 번 고민하지 않고 백작의 저택으로 달려갔다.

'놈들이 백작을 노릴 거라는 카셀의 생각이 맞을 수도 있겠어.'

마법 불꽃이 폭발하는 순간 던멜은 이미 지붕 위로 뛰어 올라와 있었다.

던멜은 골목 밑으로 소리 없이 움직이는 암살자들의 위치를 머릿속으로 그려두었다. 애초에 소리로 방향을 감지할 수 없는 그에게 소리 없는 이동은 통하지 않았다.

암살자들은 두 방향으로 이동했다. 한 무리는 동쪽으로 달려가는 쉐이든을 따라갔다. 던멜은 쉐이든이 무슨 생각으로 움직이는지 금방 이해하고, 저택 쪽을 그에게 맡겼다.

암살자들 중 다른 한 무리는 던멜의 주위를 맴돌고 있었다. 정확히는 던멜이 아닌 아즈원이었다.

아즈원은 행동으로 던멜에게 선공하라고 지시를 내리고 있었다.

던멜은 그녀의 지시대로 일부러 상대에게 모습을 드러냈다. 로브를 입은 마법사는 던멜의 등장에 놀란 듯했지만 금방 여유 있는 미소를 보였다. 검은 로브 틈으로 언뜻 드러난 뺨이 비 오는 밤에도 하얗게 빛나고 있었다.

"제법이군. 내 위치를 그리 쉽게 추적하는 녀석은 처음이다."

로브가 그녀의 눈 쪽은 가렸지만, 다행히 입술은 보였다.

"하지만 과연 마법사를 상대로 어느 정도나 버틸 수 있을까? 비가 와서 미끄러운 지붕 위에서 너는 네 두 발로 뛰어야 하고 나는 허공에서 발도 대지 않고 움직일 수 있지."

마법사는 말하면서 양팔을 펼쳤고 천천히 떠오르기 시작했다. 던멜은 움직이지 않았다. 그저 지붕 밑에서 뛰고 있는 아즈원의 움직임만 살폈다. 열 명이 넘는 암살자들이 모두 아즈원만 추적하는 중이었다.

"기사라기에 둔하고 덩치 큰 사내만 생각했더니, 너처럼 움직임이 빠른 녀석도 있었군. 하지만 나한테는 너 정도로 움직일 줄 아는 부하들이 아주 많지."

마법사가 손짓했다. 공격 마법을 쓰는 건가 싶었지만, 여섯 명이 밑에서 뛰어 올라와 던멜을 단숨에 포위했다. 마법사는 이래서 까다로웠다. 손짓과 말의 의미가 일반인과는 전혀 달랐다.

"오늘 밤 목표는 너희가 아니었지만, 쫓아온 거니 하는 수 없지."

마법사는 가는 손가락을 뻗어 던멜을 가리켰다.

"죽여라."

여섯 명이 여섯 방향에서 던멜을 향해 달려들었다. 거의 같은 속도로, 각각 다른 방향으로 공격해 들어왔다. 하나는 다리, 하나는 머리, 가슴에 둘, 실패했을 경우를 대비해 그 뒤로 준비된 공격까지.

던멜은 암살자들의 공격이 닿기 직전까지 움직이지 않고 있다가 양손에 쥔 두 자루의 단검으로 여섯 번의 공격을 차례로 쳐냈다. 짧은 순간 여섯 명이 동시에 튕겨 나갔고, 그중 하나의 목에는 녀석이 쥐고 있던 단검을 박았다.

던멜은 그들이 일순 당황하는 틈을 놓치지 않고 한 녀석의 목을 그었다. 앞뒤로 반격이 있었지만 던멜은 고개만 틀어 피한 다음 놈을 떠밀었다. 그리고 등 뒤에서 들어오는 두 번째 공격은 보지도 않고 뒤로 뛰어들어 등으로 놈의 가슴에 부딪쳤다. 던멜에게 떠밀린 놈들은 미끄러운 지붕에서 균형을 잡지 못하고 떨어졌다.

던멜은 멈추지 않고 한 녀석의 다리를 베고, 옆에 있는 녀석의 심장에 칼을 꽂아 넣었다. 그걸 다시 뽑을 틈이 없어 뒤에서 찌르는 칼을 피하지 않고 붙잡아 무릎 꿇은 녀석의 옆구리에 바로 찔러 넣었다.

심장에 칼이 박힌 녀석이 물러나자, 던멜은 한걸음에 쫓아가 가슴에 박힌 칼을 붙잡았다. 녀석은 그 상태에서도 반격하려 했다. 던멜은 발로 놈의 얼굴을 걷어차며 칼을 뽑았다. 뿜어져 나온 붉은 피가 공중으로 솟구쳤다.

마지막으로 뒤에서 달려든 녀석은 돌아서는 반동만을 이용해 칼을 내저어 목을 반쯤 베어버렸다. 피가 반대 방향으로 터져나가며 방금 심장에서 뿜은 핏자국과 함께 지붕 위에 붉은 십자가를 그렸다.

빗물 젖은 경사진 지붕 위에서 죽은 암살자들이 미끄러지는 가운데 던멜은 마법사의 위치부터 확인했다. 그때 흰빛을 띤 화살 한 자루가 던멜에게 날아왔다. 그가 허리를 젖혀 피하자, 빛의 화살은 허공에서 커다란 호를 그리며 되돌아왔다. 던멜은 몸을 옆으로 굴러 다시 한 번 피했다. 그는 미끄러운 지붕 끝에 아슬아슬하게 멈춰 섰다.

마법사가 조종하는 빛의 화살은 땅에 떨어지지 않고 또 던멜에게 되돌아왔다. 이번에는 피하지 않고 칼을 휘둘러 화살을 동강 내자, 깨진 가루 같은 것이 반짝이며 떨어졌다.

던멜이 재빨리 마법사의 위치를 확인했을 때 이미 허공에 떠 있는 마법사는 양손에 각각 네 개씩 총 여덟 개의 화살을 만들어 띄우고 있었다. 그러면서 뭔가 중얼거렸는데, 로브에 입 모양이 가려 던멜은 그녀가 무슨 말을 했는지 알 수가 없었다. 이윽고 둥둥 떠오른 여덟 개의 화살이 던멜을 조준했다.

그때 지붕 위로 아즈윈이 뛰어 올라왔다. 지붕 받침대를 잡고 낑낑대고 올라오긴 했지만, 던멜의 발아래에서 올라온 거라 마법사에게는 느닷없이 솟아오른 것처럼 보였을 것이다.

빛의 화살이 날아왔다. 네 개는 직선으로, 다른 네 개는 사방으로 흩어졌다. 화살은 제각기 다리 쪽으로, 가슴 쪽으로, 어떤 것은 정수리를 노려 수직으로 떨어졌다.

아즈윈은 불규칙적으로 방향을 바꾸며 날아오는 화살들의 움직임을 바라보며 즉시 던멜의 등 쪽에 섰다. 그녀는 둥근 방패로 왼쪽을 가리키며 검지를 세워 빙글 돌렸다. 던멜만을 위한 수신호는 아니었다.

아즈윈은 울프 기사단을 위해, 혼란스럽고 요란한 전장에서 알아보기 쉬운 수신호를 오십 가지 정도 만들었고 백 개쯤 되는 작전을 번호로 매겨뒀다. 이건 '왼쪽으로 돌아'라는 신호였다.

던멜은 왼쪽으로 돌았고 아즈윈은 그 움직임에 맞춰 같은 방향으로 움직였다. 둘은 등을 맞대고 있었지만, 마치 끌어안고 춤을 추듯 부드럽게 돌았다.

두 사람의 칼과 방패가 교차하며 일곱 개의 마법 화살이 모두 깨졌다. 반짝이는 가루가 지붕 밑으로 예쁘게 떨어졌다. 마지막 화살은 아즈윈과 던멜이 동시에 내민 칼에 부딪혀 깨졌다. 둘은 서로의 칼을 가볍게 한 번 부딪혀 주고 등을 뗐다.

마법사는 붉은 입술을 깨물더니 손가락을 튕겼다. 하지만 지붕 위로 올라오는 암살자는 아무도 없었다.

"네 쫄따구 부르는 거야? 이거 어쩌나? 내가 다 죽였는데."

아즈윈이 비아냥댔다. 마법사는 처음으로 당혹스러운 표정을 지었다. 그럴수록 아즈윈의 미소는 더 장난스러워지고 더 살벌해졌다.

"우리가 마법 부수는 거 보고 놀랐어? 나도 놀랐어. 너처럼 별거 아닌 마법사는 처음 봤거든."

어느 순간 마법사의 손에는 아까보다 훨씬 커다란 불덩어리가 쥐어져 있었다.

"너무 큰 마법을 쓰면 마을이 통째로 불탈까 봐 걱정했던 것뿐이다!"

"비 오니까 괜찮아. 불이 나도 알아서 꺼질 거야. 해 봐."

마법사는 허공에서 손을 휘둘렀다. 손끝에 달린 불덩어리가 던멜과 아즈윈을 덮쳤다. 아즈윈은 짧은 순간 던멜의 얼굴을 향해 간단한 수신호를 보냈다.

'내가 받침대가 될게.'

아즈윈은 방패를 치켜들더니 불덩어리가 날아오는 순간에 맞춰 방패를 휘둘렀다. 방패에 마법 불꽃이 부딪쳐 폭발이 일어났다. 아즈윈의 몸이 뒤로 밀려나는 걸 던멜이 막아주었다.

그 상태에서 던멜은 뒤로 두 걸음 정도 물러났다. 아즈윈이 머리 위로 방패를 올렸다. 던멜은 그녀의 방패 위로 도약했고 아즈윈은 던멜이 뛰어오른 타이밍에 맞춰 방패를 튕겨 올렸다.

던멜은 마법사를 향해 뛰었다. 옆에서 보면 거의 날아가는 것처럼 보일 정도였다. 마법사는 황급히 양손을 내밀어 빛의 화살을 던졌다. 던멜은 그마저도 칼로 쳐냈다.

던멜이 휘두른 두 자루 칼이 마법사의 팔을 자르고, 뺨을 깊게 베었다. 마법사는 둔탁하게 경사진 지붕 위를 굴러 밑으로 떨어졌다.

던멜은 착지한 다음 아즈윈의 상태부터 확인했다.

"아, 뜨거!"

아즈윈은 방패를 벗어 바닥에 내려놓더니, 던멜에게 수화로 물었다.

'죽였어?'

던멜은 고개를 저은 후 지붕 밑을 살폈다. 아무도 없었다.

둘은 동시에 2층 높이를 뛰어내렸다. 마법사의 시체가 있어야 할 곳에는 핏자국뿐이었다.

"도망갔나 보다."

아즈윈은 빗물 젖은 얼굴을 쓸어내리며 중얼거렸다.

'이쪽으로 도망쳤다.'

던멜은 골목을 가리켰다.

"애초에 목표는 우리가 아니었던 것 같은데? 쓸데없는 말로 시간 끄는 것만 봐도."

아즈윈이 중얼거렸다.

'처음부터 그저 우리를 혼란스럽게 할 생각이었는데, 위치가 들통나서 싸우게 된 것 같다. 따라갈까?'

던멜은 수화로 물었다.

"관두자. 휘말리고 싶지 않아."

아즈윈은 피를 닦은 칼을 칼집에 꽂아 넣으며 깔끔하게 포기했다.

저택의 2층, 서재에는 촛불 두 개만 밝혀져 어두컴컴했다.

서재는 고디머 백작이 저택에서 가장 좋아하는 방이었고, 특히 비

오는 날 빗소리를 들으며 여기서 와인 한잔하는 것을 각별히 좋아했다.

앤플러는 버릇처럼 창가에 서서 저택의 정문을 내려다보고 있었다. 비가 와도 경비병들은 지정된 경로를 따라 순찰을 계속했다. 하지만 정원의 나무와 수풀이 쓸데없이 우거져서 침입자가 경비병들의 눈을 피해 들어올 수 있는 구석이 너무 많았다. 앤플러는 항상 그 점을 지적했지만 백작은 정원의 미적 구조를 포기하지 않았다.

"자네도 한잔하지 그러나?"

백작이 권했지만, 앤플러는 거절했다.

"오늘은 취해선 안 될 거라는 생각이 드는군요."

"아껴둔 와인이야. 자네가 같이 마셔주면 더욱 맛있을 것 같아 그러네."

"죄송합니다."

연이어 거절하는 모습에 백작도 더 강요하지 않았다.

"오늘 내 모습, 어때 보였나?"

앤플러는 백작의 질문이 선뜻 이해가 가지 않아 물었다.

"어느 부분에서 말씀이십니까?"

"캡틴 울프를 대할 때 말일세."

"백작님의 뜻을 제대로 전달했다고 생각합니다."

"위험한 발언을 한 게 아닌지 걱정일세. 울프 기사단이 사자와 장미 편이 되지 않을 거라는 보장이 없으니."

앤플러는 백작의 빈 잔에 술을 채워주며 말했다.

"선수를 친 거라고 생각하십시오. 계산대로라면 이제 두 백작은 코홀룬의 눈치를 볼 수밖에 없게 되었습니다."

어제만 해도 고디머 백작은 코홀룬에 울프 기사단이 찾아왔다는 소식에 겁부터 집어먹었다. 하지만 울프 기사단의 캡틴이 이미 장미 기사단과 검은 사자 기사단 양쪽 모두를 만나버렸다는 소식을 듣고 그냥 보낼 수 없게 된 것이다.

"자네 생각에는 어떤가? 하얀 늑대들이란 존재가."

"어제 잠시 봤습니다만, 제가 측정할 수 없는 수준이더군요."

"무슨 일이 있었나, 자네?"

"별일 없었습니다."

앤플러는 쓸쓸히 웃기만 했다.

"내가 그들에게 이 나라의 운명을 걸고 도박을 할 정도는 될 것 같나?"

"아무리 강해도 열 명이 안 되는 기사가 한 나라의 운명을 좌우했다는 말은 들어본 적이 없습니다. 단, 그들이 가진 이름값은 이용할 가치가 있겠지요."

"그 다섯 명이 모두 칼밖에 모르는 기사라면 나도 이용할 생각을 했을 걸세. 하지만 한 명 때문에 쉽게 그런 생각을 못 하겠어."

"캡틴 울프 얘깁니까?"

"말투가 거칠어. 다듬어지지도 않았고. 뒤도 잘 생각하지 않고 서슴없이 내뱉는 모양새가 정치판에 끼었다가는 사흘도 못 가 매장되기 딱 좋겠더군."

고디머 백작은 빗소리에 장단을 맞추기라도 하듯 탁자를 토닥토닥 두들겼다.

"문제는 그자가 하얀 늑대라는 점일세. 그런 위치에 있는 사람이라면 말을 아끼는 법이고 속에 어떤 음모를 꾸미고 있는 법인데 카셀이란 자는 너무 쉽게 자신의 의지와 뜻을 말해버리더군. 무슨 느낌이랄까……."

백작은 기억을 떠올려 말했다.

"왜, 언제 한 번 밀을 직접 거래하겠다고 나선 그 농사꾼 말일세. 말투가 거의 '넌 어차피 이거 살 거니까 시간 낭비하지 말자'라는 식 아니었나?"

"결국 사셨죠."

"그리고 실제로 질은 좋았지."

"아끼는 와인도 한 병 빼앗아가지 않았습니까?"

"너무 놀라서 하마터면 집사로 고용할 뻔했었지."

앤플러는 웃음으로 넘기고 말했다.

"그 농부와 달리 캡틴 울프는 단순히 어려서 그러는 거겠지요. 칼을 쓰는 사람들은 대개 그렇듯 우직하고 뒤를 돌볼 줄 모르는 법입니다."

"사실 지금 이 나라에 필요한 게 그런 거 아니겠나? 왕실을 떠올려보게. 다들 눈치를 보고 제 살길 찾기 바빠 진심을 내보이지도 못하는 이런 시국에, 외국의 어린 기사가 대뜸 저런 식으로 툭툭 내뱉는다고 생각해보게."

"둘 중 하나겠군요. 그들이 쫓겨나거나……."

"……정말로 이 나라의 운명이 바뀌거나. 폐하는 알고 계셨던 거야. 지금 사태를 내부의 힘으로 해결할 수 없을 거라는 걸."

백작은 벌겋게 달아오른 얼굴을 문질렀다. 앤플러는 와인병 마개를 닿았다.

"오늘은 이만 주무십시오. 내일은 바쁜 하루가 될 것입니다."

"와인이 남았는데?"

백작이 아쉬워하며 말했다.

"이대로 두면 내일은 더욱 부드러워지겠지요."

"그렇다면 자네 말을 따라야지."

백작은 와인 잔을 내려놓고 힘들게 자리에서 일어났다. 동시에 서재의 어둠 속에서 시커먼 그림자가 불쑥 일어났다.

앤플러는 즉시 칼을 뽑아 백작 앞에 섰다. 창문을 거의 가릴 듯 덩치 큰 남자였다. 앤플러가 조용히 물었다.

"누구냐?"

백작은 뒤늦게 눈치채고 와인 잔을 떨어뜨렸다. 두툼한 양탄자 덕에 잔은 깨지지 않고 둔탁한 소리를 내며 바닥을 굴렀다.

"어제 그 암살자들과 같은 일행이구나. 살아서 나갈 생각은 마라."

암살자는 앤플러의 말에 대꾸도 하지 않고 서재 중앙으로 다가왔다. 처음에는 검은 옷을 입고 있다고 생각했지만 잘 보니 상체엔 아무것도 걸치지 않고, 복면으로 얼굴만 가린 상태였다. 촛불에 반사된 탄탄한 근육은 칼로 후려쳐도 상처 하나 날 것 같지 않았다.

"경고를 하러 왔습니다. 고디머 백작님."

목소리는 전혀 엉뚱한 곳에서 들렸다. 앤플러가 창문 쪽에 신경을 쏟은 사이 백작의 등 뒤로 또 한 명이 서 있었던 것이다. 깊게 로브를 뒤집어써서 얼굴은 보이지 않았고 목소리로 보아 젊은 여성이라는 것만 알 수 있었다.

"하지만 분명 말해도 듣지 않을 테니 우선 이 자리에 있는 한 명의 목숨을 가져가도록 하죠."

여자는 백작의 팔을 꺾고 칼을 목에 댔다.

"움직이지 않는 게 좋습니다. 저 많은 경비병들에게 옷자락 하나 들키지 않게 들어온 실력인데 백작님 하나 제압하는 건 일도 아니지요."

"나, 날 인질로 앤플러를 죽일 생각이라면 한참 잘못 생각했다! 나는 그런 식으로 목숨을 연명할 생각은 없어!"

백작의 강한 어조에 여자는 웃으며 말했다.

"오호라, 호위병에 대한 믿음이 대단하시군요."

덩치 큰 남자는 오른손에 들고 있는 둥근 쇳덩어리를 바닥에 떨어뜨렸다. 주먹만 한 크기였는데, 얼마나 무거운지 단지 떨어뜨린 것뿐인데 나무 바닥에 금이 갔다. 쇠구슬의 한쪽에는 가는 쇠사슬이 이어져 있었다.

덩치 큰 남자의 다른 손에는 작은 방패가 들려 있었다. 쇠구슬에서 시작된 쇠사슬은 거기까지 연결된 것이었다.

"앤플러, 난 상관 말고 싸우게!"

백작이 소리쳤다.

"그래요, 앤플러. 싸워 봐요. 코홀룬 최고라는 실력 좀 구경하게."

여자가 말했다. 앤플러는 입술을 살짝 깨물고 덩치 큰 암살자를 향해 칼을 내밀었다.

암살자는 쇠줄을 잡고 쇠구슬을 빙글빙글 돌리기 시작했다. 속도가 붙으면서 윙윙하는 바람 소리가 났다.

앤플러는 백작에게 공격이 닿지 않도록 옆으로 몸을 움직였다. 그 순간 쇠구슬이 암살자의 손에서 벗어나 직선으로 뻗어왔다. 앤플러는 거의 운이라는 생각이 들 정도로 얼결에 공격을 피했다. 쇠구슬은 금방 암살자의 손으로 되돌아가 다시 회전을 시작했다.

앤플러는 책이 잔뜩 쌓인 책장 뒤쪽으로 몸을 피했다. 암살자의 손에서 다시 벗어난 쇠구슬이 앤플러가 숨은 책장 쪽으로 뻗어왔다. 앤플러는 고개를 숙이고 달려나갈 준비를 했다. 하지만 책장에 걸릴 줄 알았던 쇠구슬이 책장을 뚫고 앤플러의 얼굴까지 날아왔다. 가까스로 피하기는 했으나, 그는 균형을 잃고 넘어졌다. 부서진 나무 파편과 찢어진 종잇조각들이 사방에 흩날렸다.

쇠구슬은 다시 암살자의 손으로 돌아갔다. 근육질의 암살자는 처음 모습을 드러낸 자리에서 한 걸음도 움직이지 않은 상태였다.

앤플러는 책장 모서리에 맞아 부어오른 이마를 어루만지며 다시 일어났다. 또 한 번 쇠구슬이 그의 정면으로 날아왔다.

앤플러는 상체를 젖혀 피하고 길게 한 걸음을 내디디며 칼을 뻗었다. 그러나 그의 혼신을 다한 일격은 거구의 암살자가 다른 손에 든 방패에 막혔고, 칼날도 부러지고 말았다. 앤플러는 자신의 뒤통수 쪽으로 되돌아오는 쇠구슬을 발견하지 못했다.

끔찍한 참상에 백작은 고개를 돌렸다. 머리가 깨진 앤플러가 채 카펫 위에 쓰러지기도 전에 여자가 말했다.

"제 목적을 말씀드리도록 하죠. 소리 내지 마세요. 희생자를 더 늘리고 싶지는 않겠죠?"

여자는 목에 대고 있던 단검을 천천히 떼고 백작 앞에 섰다. 깊게 눌러 쓴 후드 너머로 그녀의 붉은 입술이 보였다.

"이 저택에는 두 명의 하얀 늑대가 남아있죠? 지금 이 소란을 듣고 달려오고 있을지도 모르겠네요. 그 전에 말씀을 끝내죠. 시간 많이 안 뺏을게요."

여자는 투명한 액체가 든 병을 탁자에 내려놓았다. 손가락 두 마디도 안 되는 크기였다.

"'두 방울에 다섯 걸음'이라는 별명을 가진 독이에요. 말 그대로예요. 두 방울을 먹으면 다섯 걸음도 못 가 죽게 되지요. 사인을 알아낼 수도 없어요. 아주 깨끗하죠."

"이, 이걸로 뭘…… 어쩌라는 거요?"

백작은 침을 꿀꺽 삼키고 말했다.

"솔직히 말해 우리 힘으로는 하얀 늑대들을 어쩌지 못했습니다. 하지만 백작님이라면 가능하지요. 그 점을 잘 생각해 보세요."

여자는 웃으며 물러났다. 덩치 큰 남자가 그녀를 위해 창문을 열어주었다.

"또 만나는 일이 없길 바랄게요."

그들은 왔을 때만큼이나 조용히 사라졌다. 긴 시간 동안 고디머 백작은 서재에 앉아 있었다. 경비병들이 와서 앤플러의 시체를 발견하고 호들갑을 떠는 동안에도 앉아만 있었다.

잠시 후 카셀이 서재를 찾아왔다. 그는 앤플러의 시체를 발견하고 시체를 처음 본 사람처럼 놀랐다. 위로의 말이라도 건넬 줄 알았지만 카셀은 한참 망설이다가 그냥 입을 다물었다. 백작에게는 오히려 고마운 일이었다.

뒤이어 쉐이든이 비에 잔뜩 젖은 채로 모습을 드러냈다. 잠시 후 게랄드도 비에 젖어 나타났다. 게랄드는 카셀처럼 저택 안에 머물렀을 텐데도 이상하게 오랫동안 밖에 있던 사람처럼 똑같이 흠뻑 젖은 모습이었다.

아즈원과 던멜도 나타났다. 그 둘도 마찬가지였다. 그들은 백작에게 별다른 말을 하지 않았다. 그들은 경비병들을 도와 앤플러의 시신을 수습해주었다.

"죄송합니다."

카셀은 어째서인지 사과를 하고 물러났다. 백작은 정신이 없어 그 말에 대꾸도 하지 못했고, 카셀 역시 백작의 대답을 기다리지 않고 서재를 나갔다.

그 후에도 백작은 오래도록 서재에 앉아 있었다. 손에는 여전히 암살자가 건네고 간 독약을 쥔 채로.

아침은 금방 밝아왔다. 백작은 누가 등을 떠밀기라도 한 것처럼 퍼뜩 놀라 자리에서 일어났다. 카펫에는 아직 제대로 치우지 못한 핏자국이 선명하게 남아있었다. 뒤늦게 눈물이 터졌다.

백작은 비틀거리며 서재를 나섰다. 그리고 시녀들의 도움을 받아 가까스로 세수를 마쳤다.

거울에 비친 자신의 모습을 보고 그는 깜짝 놀랐다. 하룻밤 사이 십 년은 늙어버린 듯 흉한 몰골이었다. 머리를 물로 적시고 겨우 정신을 차린 백작은 붉게 충혈된 눈으로 거울을 바라보며 물었다.

"아란티아의 기사들은 아직 있나?"

"네. 하지만 곧 떠날 거라며 백작님께 의향을 여쭈라 했습니다."

뒤에 걱정스럽게 서 있던 병사가 대꾸했다.

"밤사이 그들이 뭘 하고 있더냐?"

"세 명은 방에 남았고 키가 큰 두 명은 경비병들을 도와 저택을 지켰습니다."

"앤플러 말고 다른 피해가 있나?"

"경비병 세 명이 죽고 넷은 부상으로 지금 치료받고 있습니다. 아직 깨어나지 못한 병사도 있으니 사망자가 더 늘어날 수도……."

경비병은 그게 마치 자기 탓인 양 조심스럽게 대답했다.

"다친 병사들은 나중에 만나도록 하지. 우선 하얀 늑대들을 만나야겠다."

백작은 힘없이 덧붙였다.

"그리고 주방장에게 아침을 준비하라 이르게."

고디머 백작이 식당에 들어가자 하얀 늑대들은 이미 식탁에 앉아 있었다. 다들 담담한 표정이었지만 카셀만 걱정스러운 얼굴이었다. 백작은 캡틴의 표정을 보고 무척이나 심란해졌다.

'마치 진심으로 앤플러의 죽음에 대해 책임감을 느끼고 날 걱정해주는 것 같군.'

백작은 입을 열었다. 반사적으로 얼굴에 미소가 떠올랐다.

"간밤에 큰 사건이 있었지만, 무엇보다 여러분이 무사해서 다행이오. 주방장에게 말해 오늘은 각별히 신경 써서 요리를 준비했소. 아무쪼록 어제의 안 좋은 일은 잊고 다시 국정을 논해봅시다."

말이 끝나기도 전에 카셀이 입을 열었다.

"간밤의 일에 대해서는 저희끼리 논의해 봤습니다. 도움이 된다면 무슨 일이든 도와드리고 싶지만 오히려 저희가 이 저택을 떠나는 것이 백작님께 이로울 거라는 결론을 내렸습니다. 마지막으로 저희에게 해주실 말씀은 없으십니까?"

"그리 급히 떠날 필요가 있소? 식사라도 하면서 얘기합시다."

"아니요. 지금 떠날 겁니다."

"지금 말이오?"

"지금이요."

백작은 당황했다. 카셀을 뺀 다른 네 명은 이미 자리에서 일어나 있었다.

"그러지 말고 식사라도 하고 가시오. 마차를 준비할 시간은 필요하지 않소?"

"정말 무례한 짓이었으나, 새벽에 이미 백작님의 병사들에게 마차를 한 대 부탁해 두었습니다."

카셀은 어느 순간부터 무뚝뚝하게 말하고 있었다. 그 역시 자리에서 일어날 몸짓을 보였다.

'저 어린 녀석이 내게 할 일을 강요하고 있군.'

백작은 천천히 찻잔으로 손을 뻗어 차를 한 모금 마셨다.

"노르만트에는 물론이고 카모르트의 모든 귀족들에게……."

백작은 그 말을 하고 차를 한 모금 더 넘겼다. 하얀 늑대들도 멈춰 서서 뒷말을 기다렸다. 카셀은 막 엉덩이를 떼려다 도로 자리에 앉았다. 백작은 찻잔에서 시선을 돌리지 않고 말했다.

"……하얀 늑대들이 입국했음을 선포하겠소."

"어제는 우리가 온 걸 비밀리에 처리하기로 하지 않았습니까?"

카셀이 물었다.

"잘못 생각했던 거요. 두 백작 중 하나인지 아니면 둘 다인지, 어느 한 쪽이 고용한 암살자들은 분명 당신들을 죽이려고 몇 번이나 시도했었소. 하지만 만약 그 사실을 공표해버린다면 암습을 하기가 어렵게 되오."

"국왕 폐하의 입장은? 다른 나라에 도움을 빌렸다는 사실이 미리 알려지면 두 백작이 대비를 하게 되지 않습니까?"

"여기까지 왔다면 이미 그들도 알고 있고, 또한 대비하고 있다고 봐야 하오."

말을 하면 할수록 백작도 냉정을 찾았다. 주방에서 하인들이 빵과 잼을 들고 와 식탁에 내려놓았다.

"내가 할 일은 거기까지요. 나머지는 캡틴이 알아서 하시오."

"좋습니다. 우리는 이대로 노르만트로 떠날 테니 우리의 일정을 다른 귀족들에게 알리십시오."

카셀은 따끈한 빵을 한 조각 뜯어 입에 넣으며 말했다.

"백작님은 절대 국왕 폐하나 울프 기사단과의 연계를 드러내지 마십시오. 그리고 기회가 닿는 순간 당신의 지원을 다시 한 번 요청하겠습니다. 그때 도와주십시오."

"큰 도움을 기대하지는 마시오."

카셀은 차까지 한 모금 하며 희미하게 웃었다.

"빵이 아주 맛있군요."

"당연하지. 가장 좋은 재료로 가장 뛰어난 제빵사가 만들었으니까."

"도시락 대신 몇 개 가져갈게요."

카셀은 빵을 두 개 집어 다른 하얀 늑대들에게 던져주고 자리에서 일어났다.

"날 믿는 거요?"

백작이 갑자기 물었다. 카셀은 머뭇거리지도 않고 대답했다.

"네. 믿습니다."

"마지막 순간에 내가 서게 될 자리가 당신의 반대쪽일 수도 있소."

"전 거기까지 계산할 줄은 모릅니다."

카셀은 벌써 밖으로 나가는 하얀 늑대들을 따라나섰다.

"또 뵙겠습니다. 그리고 백작님의 용기에 감사드립니다."

백작은 찻잔에 입술을 가져가다가 마지막 말에 놀라 뒤를 돌아보았다. 하지만 이미 문이 닫혀 있었다.

"용기…… 라니?"

문 옆에 기다리고 있던 늙은 집사는 하얀 늑대들이 닫고 가버린 문을 잠시 바라보다가 천천히 입을 열었다.

"드릴 말씀이 있습니다, 주인님."

"뭔가?"

백작은 약간 멍한 표정으로 물었다.

"캡틴 울프가, 서로에게 아무 일도 벌어지지 않고 아침 식사 자리가 끝나면 주인님께 전하라고 했습니다."

"그게 무슨 소린가? 아무 일도 벌어지지 않다니?"

백작은 의심쩍은 눈초리로 묻자, 식당 문이 열리고 중무장한 경비병들이 안으로 들어왔다. 집사는 용서를 구하며 말했다.

"캡틴 울프의 말이 수상하여 어제 일도 있고 해서 만일을 대비해 경비병들을 배치해 뒀습니다. 다행히 아무 일도 없었습니다만……."

"설명을 해보게! 나도 모르는 일이 내 저택 안에서 벌어지다니?"

백작은 당황한 나머지 고개를 좌우로 세게 저었다. 집사는 조심스럽게 설명했다.

"실은 저도 잘 모르겠습니다. 캡틴 울프가 정원 어딘가에 암살자 둘의 시체가 있을 거라고 가르쳐주더군요. 식사를 하기 직전에 들은 것이라 백작님께 알릴 틈이 없었습니다. 그리고 식사가 이렇게 빨리 끝날줄도 몰라 이제야 말씀드리게 되는군요. 죄송합니다."

백작은 답답한 나머지 자리에서 일어났다.

"이 와중에 사과 같은 건 집어치우게. 암살자 둘이라는 게 무슨 소리인가?"

때마침 식당 안으로 병사 하나가 뛰어 들어왔다. 병사는 백작과 집사 양쪽을 번갈아 바라보며 허둥대다가 보고했다.

"정원에 정말 시체가 두 구 있었습니다."

"안내해라."

백작은 소리치며 병사의 뒤를 따라갔다.

정원에 쓰러진 두 명의 시체는 어제 서재에서 자신을 위협한 두 명이 분명했다. 한쪽은 앤플러를 일방적으로 몰아붙이다가 머리를 깨뜨린 그 덩치였고 한쪽은 유령처럼 자신의 뒤에 서서 협박하던 여자였다. 여자는 커다랗게 뜬 눈으로 허공을 주시하고 있었다.

"누가 이렇게……?"

한 병사가 부축을 받아 백작 앞으로 걸어왔다. 어제 급습으로 부상당한 병사 중 하나였다. 방금 정신을 차리자마자 백작에게 보고해야 한다며 비틀거리는 몸으로 나온 것이었다.

"본 사실을 그대로 말하라."

백작의 재촉에 병사가 입을 열었다.

"어젯밤, 기습에 쓰러졌습니다. 기절하진 않았지만 일어날 수가 없었습니다. 전 빗속에서 소리를 질렀지만 목소리가 나오지 않아 그렇게 하지 못했습니다. 멍청하게 정신만 말짱한 채로 아무것도 못하는 꼴이었지요. 죄송합니다. 백작님. 전 할 말이 없습니다."

이 말재주 없는 병사는 얘기 중에 몇 번이나 '죄송하다', '할 말이 없다'라는 말을 반복했다. 이야기를 듣던 백작이 결국 죄송하다는 말 좀 그만하라고 호통을 쳐야 했을 지경이었다.

병사의 긴 얘기를 종합해보니 이런 내용이었다.

암살자 둘이 서재에서 나가 지붕 위로 올라간 것을 게랄드라는 기사가 따라잡았다. 그리고 싸움이 벌어졌다. 병사는 게랄드가 암살자를 상대로 맨손으로 싸웠다고 주장했다. 나중에 지붕에서 떨어져서도 싸움이 계속 이어졌는데 그때도 계속 맨손이었기 때문이었다.

백작은 믿을 수가 없었다. 나중에 지붕 위를 살펴보니 정말 격렬한 전투의 흔적이 남아있었다. 지붕 전체를 통째로 갈아야 할 판이었다. 앤플러가 칼 한 번 대지 못한 실력자를 끝내 주먹으로 쓰러뜨리는 게랄드의 모습을 보고 여자 암살자는 달아났다. 물론 병사는 그 여자를 '유령'이라고 묘사했다. 백작은 그 말에는 동감했다.

게랄드는 여자를 뒤쫓진 못했고 '너희들 대체 누구냐'고 소리만 질렀다. 여자는 '때가 되면 알게 되겠지만 그 전에 너희는 다 죽을 것이다'라고 경고했다. 하지만 경고의 말이 끝나기도 전에 여자가 바닥에 뚝 떨어졌다. 병사는 거기까지만 기억했다.

죽은 여자의 가슴에는 창이 관통한 시커먼 구멍이 뚫려 있었다.

고디머 백작은 주머니에서 그 여자가 주고 간 병을 꺼냈다. 한 방울도 쓰지 않아 받았던 양 그대로였다.

"나더러 용기 있다고?"

그는 병뚜껑을 열어 안에 든 것을 땅에 뿌렸다. 그리고 남은 병을 세게 돌바닥에 집어 던졌다. 깨진 유리 파편이 사방으로 흩어졌다.

"그게 이런 뜻이었나, 캡틴 카셀? 다 알고도 여유 넘치게 빵을 드셨군그래."

고디머는 웃음을 터트렸다. 그리고 휙 돌아서서 집사에게 명령했다.

"편지를 써야겠다. 까마귀란 까마귀는 다 동원해라. 그리고 가장 빠른 파발을 준비하라."

백작은 약속대로 수많은 귀족들에게 같은 내용의 편지를 쓸 생각이었다. 아란티아에서 하얀 늑대가 찾아와 왕실로 향하고 있다!

하지만 단 한 명, 에노아 후작에게는 다른 내용으로 쓸 생각이었다.

카셀은 멀어지는 백작의 저택을 돌아보았다. 마차의 말고삐를 쥔 쉐이든도 저택을 흘깃 돌아봤다가 카셀에게 물었다.

"뭔가 잘 안 된 부분이라도 있나?"

"잘 모르겠어요. 백작에게 다 말하지 않고 온 게 혹시 역효과가 되지는 않을는지……."

카셀은 어제 일을 되짚어 보았다.

게랄드가 누군가 침입해 들어왔다는 사실을 눈치채고 서재 쪽으로 갔을 때는 이미 앤플러가 당한 후였다. 암살자들이 백작을 협박하는 내용도 들었다. 그 순간 자신이 들이닥치면 백작이 인질로 잡혀 위험해질 것을 염려한 게랄드는 우선 기다렸다. 그리고 놈들이 서재에서 나가는 것에 맞춰 그 역시 창문 밖으로 나가 암살자들을 쫓았다.

정원 쪽으로 갈 줄 알았던 암살자들은 지붕으로 이동했다. 게랄드는 단숨에 그들을 따라잡았다. 싸움은 지붕에서 벌어졌다.

게랄드는 가급적 그들을 생포하려고 했으나 그럴 경황이 없었다. 더구나 두 암살자 중 한 명을 놓칠 뻔했는데, 때마침 저택에 도착한 쉐이든이 창을 던져 처리했다.

카셀은 그 상황을 보고 두 암살자가 이미 고디머 백작을 협박하고 떠났음을 알았다. 그래서 끝까지 암살자 둘을 처치했다고 말하지 않고, 백작이 독약을 사용하는지를 두고 보았다.

고디머 백작은 독약을 끝내 꺼내지 않았다. 그리고 지금쯤 그는 카셀이 '다 알고 있었다!'는 사실을 알게 됐을 것이다.

"쉐이든."

카셀은 말을 모는 쉐이든의 옆에 앉아 무겁게 입을 열었다. 마차는 벌써 코홀룬의 잘 다져진 돌길을 벗어나 흙길을 달리고 있었다.

"제가 제대로 하고 있는 건가요?"

"왜 그런 걸 물어? 고디머 백작이 우리 편이 되어주지 않아서?"

"전 백작이 제 손이라도 덥석 잡을 줄 알았거든요."

"자기 친구가 죽은 마당에, 타인에게 쉽게 마음을 열었다면 오히려 더 수상하게 봐야지. 넌 잘 하고 있어."

마차 위에서 아즈원의 목소리가 들렸다.

"맞아. 잘 하고 있어, 카셀."

카셀은 마차의 객실 위를 올려다보았다. 멀쩡히 객실에 비어 있는 자리를 두고 아즈원은 그 위에 앉아 있었다.

"카셀 네가 할 일은 배반을 하지 않는 거야."

"또 그 소리다."

쉐이든은 메마른 웃음을 터트렸다. 그래도 아즈원은 굴하지 않고 거듭 강조했다.

"우릴 배반하면 절대 안 돼. 알았어?"

카셀은 당연하다는 듯 대꾸했다.

"제가 그렇게 보일 행동을 한 적이라도 있는 건가요?"

"그런 적 없어. 하지만 그래도 말해야 해. 왜냐면 난 네가 점점 좋아지기 시작했거든. 좋아하는 남자애한테 버림받는 것만큼 속상한 일도 없지."

그녀가 자기를 좋아한다는 말을 듣자 카셀은 순간 가슴이 두근거렸지만, 일부러 건성으로 대꾸했다.

"네, 안 버릴게요."

카셀은 마음을 진정시키기 위해 다음 여정을 떠올렸다. 설레었던 마음이 금방 진정되었다.

'노르만트로 가는 거야. 카모르트의 국왕을 만나러 가는 거지. 국왕!
맙소사, 농부였던 내가 왕을 만난다고?'

카셀은 곧 속이 쓰려 오기 시작했다.

# ⚜ Chapter 9 ⚜
## 장미의 딸

사람들의 비명 소리도, 불꽃이 타오를 때 불티가 튀어 오르며 귀를 자극하는 소음도 들리지 않았다. 연기도, 매캐한 냄새도 없었다.

라틸다는 화염에 휩싸인 고요한 도시 한복판에 팽개쳐져 있었다. 타오르는 불꽃마저도 색을 잃어 검은 실루엣으로 보였다. 불길의 한가운데에 있었음에도 한기가 느껴졌다. 차가운 바람에 찢어진 치마가 펄럭거려 가는 다리가 드러났다. 그녀는 양어깨를 감싸 쥐고 몸을 웅크렸지만, 추위를 버티기에는 별 도움이 되지 않았다.

"아무도 없어요?"

라틸다는 소리를 질렀으나 곧 눅눅한 어둠에 먹혀버렸다. 몇 번이나 외쳐도 자신의 목소리만 되돌아올 뿐, 도와주는 사람은 없었다.

나중에는 아예 목이 잠겨 그나마 소리조차 나오지 않았다. 숨고 싶어도 그럴 수가 없었다. 그녀가 한 걸음 다가가면 공간이 한 걸음 물러섰고, 한 걸음 물러서면 공간이 한 걸음 다가왔다. 계속 제자리였다.

자신의 숨소리도 들리지 않는 정적 속에서 단 하나 들려오는 건 말발굽 소리뿐이었다. 메아리처럼 울리는 말발굽 소리와 바람에 깃발이 펄럭이는 것 같은 소리…….

라틸다는 비명을 질렀지만, 목소리는 목 안에서만 맴돌았다. 그녀는 달아났다. 숨이 턱에 차올라 정신이 희미해질 때까지 달렸다. 그러나 주변의 공간도 달라지지 않았고 말발굽 소리가 멀어지지도 않았다.

그때쯤이면 비로소 라틸다는 이게 현실이 아니라 악몽이라는 것을 깨달았다. 그리고 잠을 깨기 위해 질끈 눈을 감았다가 뜨면 항상 보이던 광경이 또 시작되었다.

그곳은 색깔 없는 불길에 휩싸인 집들이 밀집된 사거리의 중앙이었다. 교회 종탑의 커다란 황금종이 흔들렸으나 소리는 나지 않았다. 가까운 곳에서 불타던 집 한 채도 소리 없이 허물어졌다.

말발굽 소리는 점점 더 가까워졌다. 항상 같은 일을 당하는데도 그녀는 매번 당황했고, 도와주는 사람이 없다는 걸 아는데도 매번 주변을 두리번거렸다. 그녀는 말발굽 소리가 멈춘 다음에야 지붕 위를 올려다보았다.

잉크처럼 끈적한 검은 암흑에 먹혀 형체가 반쯤 가려진 기사가 말을 타고 교회 지붕 위에 올라가 있었다. 그는 망토를 박쥐 날개처럼 활짝 펼치고 뛰어 내려왔다.

라틸다는 달아나지 못하고 주저앉았다.

검은 갑옷을 입은 검은 기사가, 어둠을 묻혀온 듯 검은 도끼를 치켜들었다. 그의 주변 공기가 얼어붙었고, 말의 입김조차 끔찍하리만치

차가웠다.

검은 기사는 도끼를 치켜들었다. 그녀는 너무도 두려운 나머지 신음조차 못 냈고, 단두대를 바라보는 죄수처럼 움직이지도 못했다.

검은 기사는 도끼를 내리치지 않았다. 대신 그자의 어깨너머 아주 먼 곳에서 한 줄기 빛이 날아와 라틸다의 가슴에 꽂혔다. 지독한 고통이 전신을 관통했다. 손을 대보았지만, 이미 통과해버린 빛의 흔적은 남아 있지 않았다.

라틸다는 바닥에 얼굴을 부딪히며 쓰러져 일어나지 못했다. 더 이상 눈을 뜰 수 없었고 아무것도 볼 수가 없었다. 오직 검은 기사의 발소리만 들렸다.

악몽은 거기서 끝나지 않았다. 라틸다는 의식이 고스란히 살아있는 채로 모든 것이 사라져버린 암흑을 계속 견뎌야 했다. 비명도 지를 수도, 무언가를 볼 수도 없었다. 숨을 쉴 수도 없었고 몸을 움직일 수도 없었다. 손가락 한마디도 꼼짝 안 했고 눈꺼풀도 움직이지 못했다.

암흑 속에서 라틸다는 그저 모든 것을 감당하고 있어야 했다. 그것은 마치 영원히 계속될, 이승 이후에 받는 형벌 같았다.

라틸다는 비명을 지르며 몸을 일으켰다.

살짝 열린 창문 틈으로 새어 나오는 바람에 커튼이 부드럽게 출렁거리고 있었다. 자기 전에 켜놓은 촛불이 이제 얼마 남지 않은 심을 태우느라 불안하게 흔들리는 모습이 눈에 들어왔다. 움직이는 사물을 바라본다는 것이 그렇게 기쁠 수가 없었다.

라틸다는 자신이 살아있는지부터 확인하고 싶어 몸을 더듬었다. 온몸이 땀으로 젖어 있었고, 꿈속에서 그랬던 것처럼 부들부들 떨렸다. 그녀는 숨을 헐떡이며 이마의 땀을 훔쳐냈다. 가슴의 한 곳이 실제로 찔린 것처럼 아팠다.

"괜찮으세요, 라틸다 아가씨?"

안나가 방문을 열고 달려와 차가운 물수건으로 라틸다의 얼굴을 닦아주었다.

"응. 괜찮아, 안나."

"또 악몽을 꾸셨군요."

안나는 물을 한 컵 따라 건네주었다. 라틸다는 물을 받아 마시고 크게 심호흡을 했다.

"하지만 그건 꿈일 뿐이에요, 아가씨. 그냥 꿈이에요."

안나는 항상 그렇듯 무표정한 얼굴로 말했다. 가끔은 그런 표정이 무섭게 느껴질 때가 있었지만 지금은 볼 수 있다는 것만으로도 다행스러웠다.

"오늘도 안 자려고 노력했는데, 결국 자고 말았네."

잠들기 직전까지 읽고 있던 책이 침대 밑으로 떨어져 있었다. 페이지를 넘긴 것까지는 기억났는데, 그 이후는 악몽만 떠올랐다.

"더 주무세요. 몸이 피곤하니까 악몽을 꾸는 거예요."

"그건 단순히 악몽이 아니야. 너도 어제 봤잖니? 내 꿈이 현실이 되었어."

옆방에서 괴로워하는 남자의 신음이 들렸다. 안나는 소리가 들리는 벽 쪽에 시선을 둔 채로 말했다.

"네, 봤죠. 하지만 그건 검은 사자 백작의 기사들이었어요."

"그렇지 않아! 백작의 기사들이 왜 날 공격한단 말이니?"

"그야 아가씨가 붉은 장미 백작의 따님이니까요."

"그럴 리가 없어. 오히려 그들은 나를 보호해줘야 할 입장이야."

라틸다는 흥분해서 말했다가 손을 저었다.

"소리 질러서 미안해. 난 이제 괜찮으니 혼자 있게 해주렴."

"죄송합니다, 아가씨. 언제라도 필요하면 부르세요."

안나가 방을 나간 후 라틸다는 침대에서 일어나 창가로 갔다. 그녀
는 커튼을 젖히려다, 창문 너머로 또 꿈속에서 보았던 검은 기사가 걸
어 나올 것 같아 손을 거뒀다. 아직도 손의 떨림이 멈추지 않았다.

원래대로라면 내일 노르만트로 떠나는 마차에 오를 예정이었다. 왕
실에서는 매년 귀족들을 초청하는 행사를 갖고 있었는데, 전쟁 중인 올
해는 참가하지 않기로 했다가 갑자기 예정을 바꾸었다. 아버지는 라틸
다에게 파티에 참석하라고 일방적으로 통보했다. 그리고 정작 본인은
전쟁 준비로 또 떠나버렸다.

라틸다는 열 명의 호위병을 데리고 길을 떠나게 되었다. 그런데 여
정의 중간쯤 되는 지점에서 갑자기 검은 갑옷을 입은 기사들이 라틸다
일행을 습격해 왔다. 단 두 명의 공격에, 호위병들은 아무 저항도 하지
못하고 당했다.

안나와 라틸다는 부상당한 병사 셋만 데리고 겨우 가까이 있는 마을
로 달아났다. 그나마 셋 중 둘은 마을에 도착한 후 치료를 제대로 받지
못해 죽고 말았다.

'그건 검은 사자 백작의 기사가 아닐 뿐만 아니라, 아예 인간이 아니었어!'

지금도 커튼 너머에서 검은 기사가 커다란 도끼를 들고, 라틸다가 창문 밖으로 머리를 내밀길 기다리고 있을 것만 같았다.

'어디 쳐볼 테면 쳐봐!'

라틸다는 오기가 생겨 커튼을 젖히고 창문을 열었다. 2층 아래로 새벽빛이 감도는 마을이 내려다보였다. 도끼는 없고, 정적만 있었다. 제일 부지런한 사람도 아직은 자고 있을 시간이었다.

조금 기다리니 빵집 굴뚝에서 연기가 피어올랐다. 우유 실은 작은 수레가 마을 어귀에 들어서며 딸랑거리는 종소리를 울렸고, 우물물을 긷는 도르래 돌아가는 소리가 삐걱거렸다. 그녀에게는 이런 평화로운 소리마저도 불안한 내일을 예고하는 전주곡처럼 들렸다.

'이 마을 이름이 뭘까? 아니, 이름 따윈 없을지도 몰라. 그냥 윗마을, 아랫마을, 이렇게 불리겠지.'

라틸다는 창가에 턱을 대고 한숨을 푹 내쉬었다.

'덴모주에 연락을 취할 방법이 없을까? 여기 오래 머물러 있으면 안 돼. 호위병이 열 명이나 되는데도 공격했을 정도라면 이 정도 마을에 쳐들어오는 건 일도 아니야. 나 때문에 괜한 마을 사람들이 피해를 볼 수도 있어.'

라틸다는 피곤한 눈으로 어제 마시다 남은 와인을 들었다. 작은 마을이었지만 와인은 뜻밖에도 질이 좋았다. 듣자니 노르만트로 이동하는 몇 개의 큰길이 전쟁이나 도적들 때문에 위험해지는 바람에 몇몇 와인 상인들이 이런 작은 마을을 거쳐 가게 되었다는 것이었다.

'이대로 술이나 마시면서 언제 올지 모르는 도움을 기다리고 있을 수만은 없는데……'

라틸다는 같은 고민만 되풀이하며, 오전이 다 지날 때까지 그렇게 앉아있었다.

안나는 마을을 떠나는 상인들에게 노르만트까지, 또는 다른 큰 마을까지만이라도 같이 가달라는 부탁을 하고 다녔다. 하지만 모두 거절당했다. 상인들은 물건을 이 마을까지만 운송했고 나머지는 노르만트에서 병사들을 잔뜩 끌고 나온 도매상들이 가져가는 방식이었다.

큰 상인이라면 오히려 라틸다를 알아보고 도와줄 수도 있었다. 하지만 그들이 매일 이 마을을 찾는 것은 아니었다.

부상자가 끼어 있는 것도 문제였다. 이런 곳에서 모르는 사람에게 신분을 밝히는 것은 도리어 위험했다. 게다가 돈도 없었다. 설사 어떤 마음씨 좋은 여행자의 도움을 받아 떠난다 해도 아직 악몽의 기사들이 마을 밖을 지키고 있을 거라고 생각하면 마냥 부탁할 일도 아니었다.

'군대가 오지 않으면 안 돼.'

그런 생각을 하던 중에 때마침 마을로 마차가 한 대 들어왔다. 짐칸에 포도가 그려진 걸 보니 와인 상인이었다. 안나가 그쪽으로 달려갔다. 라틸다는 창틀에 턱을 기댄 채로 그녀를 내려다보며 중얼거렸다.

"포기하렴, 안나. 그런 식으로 될 일이 아니야."

마차에서 다섯 명이 내렸다. 둘은 열 살도 안 되는 어린 여자아이들이었고 어른 둘은 부부로 보였다. 그리고 다섯 번째는 키가 큰 청년이었다. 갈색 머리에 흙색 망토를 두르고 있었는데 마차에서 내릴 때 흘곳 허리에 찬 칼이 보였다. 청년은 마차에서 먼저 내려 상인의 어린 두 딸을 가볍게 안아서 내려주었다.

상인 부부는 모자를 벗어 몇 번이나 청년에게 인사했다. 청년은 손을 저으며 와인 상자를 내리는 것까지 돕더니 그대로 떠나버렸다.

'일행이 아니었던 모양이지?'

안나는 상인 부부에게 다가가 뭔가를 부탁했다. 상인은 난처한 미소를 보이며 손을 젓더니 안나에게 뭔가를 열심히 설명하는 듯했다. 안나는 어째 얌전히 듣기만 했다. 그리고 고개를 끄덕이며 깨끗이 포기하고 돌아섰다.

안나가 시선을 올려 라틸다를 발견했다. 그리고 곧장 달려왔다. 라틸다는 와인을 한 모금 넘기고서 중얼거렸다.

"아아, 또 한 소리 듣겠구나."

방문이 벌컥 열리며 안나가 달려왔다.

"아가씨 아침부터 술은 안 된다고 제가 몇 번이나……."

"이거만 마실게."

"안 돼요! 내놔요."

라틸다는 3분의 1쯤 남은 와인 병을 내밀었다. 안나는 병을 빼앗아 가더니 말했다.

"방금 저 와인 상인과 얘기해 봤는데요."

"데려다준대? 관두렴. 저 평화로운 가족을 우리 일에 휘말리게 할 셈이야?"

라틸다는 관심 없다는 투로 말했다.

"물론 처음에는 그렇게 부탁을 하긴 했죠. 하지만 안 될 걸 알았고 대신 우릴 경호해줄 용병 같은 사람을 구할 수는 없을지 물었죠. 그랬더니 방금 마차에서 내린 사람을 추천하더군요. 코홀룬에서 여기까지 안내해준 데다가 실제로 중간에 도적들을 만났는데 저 사람이 구해줬 대요."

"아아, 그래서 저렇게 고마워했군. 하지만 모르는 사람에게 경호를 부탁하기보다는 그냥 여기서 기다리고 있다가 아버님이 구하러 오길 기다리는 편이 더 낫지 않을까? 일단 우린 지금 사람을 고용할 돈이 없 잖니?"

"글쎄요, 일단 말해보죠. 듣자니 저 부부도 사례를 하려고 몇 번이나 돈을 내밀었지만 받지 않았다고 하더군요."

"그래서 우리도 그렇게 해줄 거라고? 용병의 몸값은 실력과 정비례 하지. 괜히 사람 하나 더 죽이지 말고 내 말대로 하자."

"이 마을엔 옆방에서 죽어가고 있는 달마르를 치료할 의사가 없다는 점은 생각 안 하시는군요."

안나는 화난 눈으로 말했다. 라틸다는 뒤늦게 그 점을 떠올리고 흠 칫 놀랐다.

"그건…… 미안해. 내 생각이 짧았어."

"다녀올게요."

안나는 빠른 걸음으로 달려나갔다.

라틸다는 옆방으로 들어갔다. 어제 일로 유일하게 살아남은 호위병 달마르가 아직도 고통스러운 신음을 내뱉으며 누워 있었다. 상처가 썩 어가는 냄새가 방 안에 진동했다.

"미안해, 달마르. 난 늘 내 생각밖에 못 해. 널 방치하겠다는 의미는 아니었는데…… 미안해."

라틸다는 옆에 앉아 그의 손을 잡아주었다. 하지만 달마르는 눈도 뜨지 못했다.

✦

라틸다는 텅 빈 1층 식당으로 내려가 안나를 기다렸다. 곧 안나가 땀에 흠뻑 젖은 얼굴로 돌아왔다. 하지만 같이 돌아온 사람은 없었다.

"역시 안 됐지?"

라틸다는 예상했다는 듯 물었다. 안나는 조금 복잡한 표정이었다.

"아니요."

"응? 됐다는 거야, 안 됐다는 거야?"

"오히려 과하다는 생각이 들 정도로 도와주려 해요."

설명하는 중간에 아까 그 와인 상인 가족이 술집 안으로 들어와 안나에게 인사했다. 안나도 고개만 살짝 까닥였다. 두 딸아이는 계속 배가 고프다고 칭얼거렸다.

"굉장히 걸음이 빠른 사람이었어요. 제가 말을 타고 따라갔는데도 한참이나 쫓아가게 되더군요. 마을에서 너무 벗어났나 싶어 불안할 즈음에야 겨우 그를 따라잡았지요. 저는 남자에게 다가가 다짜고짜 일을 부탁했어요. 와인 상인처럼 혹시 우리도 경호해줄 수 있느냐고요. 하지만 그는 바쁜 일 때문에 그럴 수 없다고 정중히 거절하면서, 그 부부의 일도 마침 지나는 길목이었기 때문에 도와줄 수 있었던 거라고 얘기하더군요."

"그 사람도 노르만트로 가는 길이었구나?"

장미의 딸

301

"네. 무사히 도착하면 사례도 충분히 하겠다고 했더니 좀 고민하더군요. 전 돈을 많이 달라고 할까 봐 조금 걱정했죠. 그런데 돈은 필요 없으니 사정 얘기를 듣고 싶어 하더군요."

"그래서 다 말해줬니?"

"예, 사실대로요. 저는 귀족을 모시는 시녀고, 우리 일행이 검은 기사의 공격을 받았다는 정도?"

"위험하구나, 안나. 그런 걸 함부로 말하고 다니면 안 돼."

"어쩔 수 없었어요. 달리 변명거리를 준비해둔 것도 아니고, 어째 그 사람을 상대로는 거짓말이 잘 안 나오더군요."

"그래서? 그걸 듣고도 도와주겠대?"

"그게 좀 이상했어요."

안나는 손가락을 잘근잘근 깨물며 말했다.

"사실 전 그 사람이 겁먹고 달아날까 봐, 사태를 축소해서 얘기했거든요. 그런데 그 사람이 계속 사태의 심각성을 잘 알아듣지 못하는 것 같아서 되레 과장해서 얘기하고 말았죠."

"확실히 어제 그 일은 말로 설명하긴 힘들지."

"그 남자는 그걸 듣고도 전혀 무서워하지 않았어요. 오히려 우리가 어제 마차를 그 자리에 버리고 왔다는 부분에 더 관심 있어 하더군요. 위치가 어디냐고 묻더군요. 저는 대강의 위치를 설명해주었고 남자는 갑자기 제가 타고 온 말을 빌려달라고 하더군요."

라틸다는 길게 한숨을 내쉬었다.

"그래서 말을 빌려줬니?"

"네. 그 남자는 바로 말을 타고 마차를 찾으러 갔어요. 그 길로 전 마을로 걸어와서……."

"그걸 믿은 거야?"

"하지만……."

안나는 변명이라도 하려다 입을 다물었다.

"생각해보니 그러네요. 그 순간에는 전혀 의심하지 않았는데. 정말 착해 보였거든요."

라틸다는 앞머리를 쓸어 올리며 살짝 미소 지었다.

"네가 처음 보는 사람을 믿어버리다니, 믿을 수 없구나."

"죄송해요. 이제 우리에게 하나 남은 재산이 사라져버렸군요."

"그야 어쩔 수 없지. 하지만 여관비는 어쩌지? 난 기다리는 시간이 길어지면 말이라도 팔아 갚으려고 했는데."

딱히 걱정되는 건 아니었지만 답답한 마음이 들어 라틸다는 한숨을 내쉬었다.

"저, 말씀 중에 실례지만……."

옆에서 가족들과 식사를 하고 있던 와인 상인이 다가와 조심스럽게 말을 건넸다. 라틸다는 반만 뜬 눈으로 올려다보며 말했다.

"무슨 일이죠?"

"방금 그 기사분 말입니다."

"기사?"

상인은 어색하게 웃으며 말했다.

"예. 본인 말로는 그냥 용병이라지만 하도 말씨가 곱고 단정해서 그냥 저는 기사라고 불렀답니다."

안나도 문득 생각난 듯 말했다.

"하긴 저랑 얘기할 때도 무척이나 고분고분했어요. 일을 맡기기에는 불안할 정도로 여려 보였죠."

라틸다는 말을 재촉했다.

"그 기사분이 왜요?"

"아마 믿으셔도 될 겁니다."

"믿음이 갈 만한 일이 있었나 보군요?"

라틸다의 물음에, 상인은 사람 좋은 미소를 띄우며 이야기를 풀어놓기 시작했다.

"그를 처음 만난 건 코홀룬이었죠."

라틸다는 코홀룬이라는 지명을 듣자마자 고디머 백작을 떠올렸다. 카모르트에서 손꼽히는 부자면서, 동시에 아버지에게 항상 우유부단한 남자라고 욕을 먹는 귀족이었다.

"보통은 코홀룬까지만 물건을 넘기는 일을 했는데, 이번 일은 노르만트로 배달하는 일이라 최소한 이 마을까지는 와야 했죠. 아시겠지만 호위를 해줄 용병을 구하는 데에는 돈이 많이 드는데 고작 와인 다섯 상자 때문에 그 돈을 들일 수도 없는 노릇이고, 그렇다고 약속한 물건을 갖다 주지 않는 건 신용에 큰 문제가 되는지라 이래저래 고민이 많았지요."

라틸다는 좀 더 빨리 요점을 듣고 싶었지만 내버려 두었다. 딱히 다른 할 일이 있는 것도 아니었다.

"그때 그 기사분이 도와주셨답니다. 사례도 받지 않았고요. 사실 만났을 때부터 심상치 않았지요. 술집에서 건달 녀석들의 시비에 말려 가진 돈을 다 털릴 판에 그분이 나타나 상황을 정리해 주셨답니다."

"정리라고요? 재미있는 표현이네요."

안나가 전혀 재미있어하지 않는 표정으로 물었다.

"정말 그랬죠. 주먹질을 하지도 않고 칼을 휘두른 것도 아니었어요. 술 취한 두 녀석이 양쪽에서 칼을 찔렀는데 어째 두 놈은 쓰러지고 그분의 손에 칼이 두 자루 들려 있더군요. 다들 어떻게 그런 일이 벌어졌는지는 보지도 못 했죠. 저야 마냥 대단하구나 싶었지만 그 자리에 있던 사람들 대부분은 뭔지 모를 분위기에 압도되어 조용해졌죠. 그래서 '정리' 됐다고 말씀드린 겁니다."

상인은 허허 웃더니 말을 이어갔다.

"그분은 친구들한테 허락을 받고 온다면서 이른 아침에 다시 만나자고 했지요. 그리고 이튿날 정말로 다시 나타나 출발했습니다. 네, 전 그가 다시 올 거라고 생각 안 했어요."

상인은 또 웃었다. 라틸다는 손을 휘휘 저으며 뒷얘기를 재촉했다.

"그래서 다시 만나 출발한 다음에는요?"

"코홀룬에서 여기까지 오는 길이 그리 쉬운 길은 아니었지요. 다들 가지 않는 외진 길로 온 게 잘못이었는지 정말로 도적들을 만나고 말았습니다. 그들은 마차를 빙 둘러싸고 포위해 왔지요."

상인은 괜히 긴장해 목소리를 줄였다.

"어둠 속이라 숫자는 다 헤아리지 못했지만 횃불만 봐도 열 개가 넘더군요. 횃불 안 든 사람을 합치면 더 많았을지도 모르지요. 으르렁거리는 소리도 들렸는데 아마 사냥개 같은 것도 있었던 것 같습니다. 저는 무서워서 고개를 푹 숙이고만 있었기에 더 자세히는 모릅니다. 그저 꼼짝없이 죽었다고 생각했지요. 아무래도 시절이 이러니 도적들이 물건만 뺏는 건 아닌 터라."

안나는 좀 더 집중해 듣는 모양이지만 라틸다는 여전히 별 흥미를 느끼지 못했다. 이런 장사꾼들의 말에는 언제나 허풍이 섞여 있기 마련이니 다음에 이어질 얘기도 그런 종류일 거라고 생각했다.

'한두 명 나타난 걸 가지고 마차가 포위된 거라고 과장하는 거겠지.'

붉은 장미 백작의 군대에는 장미 기사단이 있고 그중에서도 가장 막강한 기사들만 모은 '12쏜즈'라는 정예가 있었다. 군대의 규모에 있어 과장이란 걸 할 줄 모르는 아버지조차 12쏜즈만 있으면 군대 하나는 부술 수 있다고 호언하곤 했다. 바로 그 쏜즈의 기사들 중 최소 세 명이 갑옷으로 중무장하고 상대한다면 모를까, 무장도 안 한 사람이 혼자서 마차를 포위할 정도의 인원과 싸울 수는 없는 법이다.

"그때 뒷자리에서 그분이 제 딸아이와 아내를 진정시키더니, 제게 다가와 그러더군요. 뒷자리로 가서 애들을 돌봐달라고. 그리고 자기는 혼자 마차 밖으로 나가더군요. 이 와중에 애들을 돌보라니 그게 무슨 말일까? 전 나중에야 알았습니다. 그분이 나가서 대뜸 소리치더군요. 으음, 정확히 뭐라고 했더라? 대충 이랬습니다. '너희들에게 내 말이 얼마나 허황되게 들리는지는 알지만 물러나라. 물러나면 물러나게 둘 것이고 한 명이라도 내 칼에 죽으면 그다음에는 너희들 전부 죽을 것이다…….' 음, 대충 이렇게 말했지요."

라틸다는 약간 놀랐다. 과장된 얘기치고는 상인의 설명이 꽤 자세했기 때문이었다. 그녀는 자기도 모르게 얘기에 집중하기 시작하며, 참지 못하고 물었다.

"그거, 협박인가요? 혼자서 열 명 넘는 인원을 상대로?"

"제가 잘 기억하지 못하는 것일 수도 있지만 어쨌든 분위기는······ 네, 맞아요. 오히려 협박하고 있었어요."

상인은 어색하게 웃었다.

"여하튼 제가 할 일은 아이들과 아내를 끌어안고 있는 것이었습니다. 마차 밖에서 사람들의 비명 소리가 들리더군요. 개 짖는 소리도 들렸고요. 하지만 금방 조용해졌습니다. 잠시 후 마차가 움직이기 시작하더군요. 놀라서 봤더니 어느새 그분이 돌아와서 마차를 모는 것이었습니다. 제가 어떻게 됐냐고 물었더니, 다 끝났다고만 하더군요. 이제 계속 가면 된다고."

상인의 얘기가 끝나고, 라틸다와 안나는 서로의 눈치를 살폈다. 흥미롭기는 했지만 별로 믿어주고 싶지 않은 얘기라 라틸다는 어깨만 으쓱했다. 상인은 자기 가족들을 돌아보며 말했다.

"제 얘기가 얼마나 허무맹랑하게 들리는지 잘 압니다. 강도 두어 명쯤 나타난 걸 가지고 스무 명이라고 착각했을 수도 있지요. 밤인 데다, 겁에 질렸으니까요. 하지만 분명한 건, 우리 가족이 이렇게 무사히 마을에 왔다는 것입니다."

"계속 그분, 그분 그러시는데 그분의 성함은 어찌 되나요?"

라틸다가 물었다.

"아, 그분 성함은······."

말발굽 소리와 함께 바퀴 구르는 소리가 들렸다. 라틸다는 놀라 자리에서 일어났고 안나가 술집 밖으로 나가보았다.

어제 사건으로 버리고 왔던 마차 중 한 대가 마을 안으로 들어오는 중이었다. 마차에는 상인의 이야기 속 남자가 타고 있었다.

"아아, 가보니 말씀하신 그 자리에 마차 두 대가 있더군요. 하지만 한 대는 바퀴가 부서져서 끌고 올 수 없었어요. 시체는…… 그 자리에 두고 올 수밖에 없었고요."

남자는 유감이라는 표정으로 말했다.

안나가 입을 떼기도 전에 라틸다가 술집 밖으로 나서며 말했다.

"정말 돌아오셨네요? 전 말을 타고 가버린 줄 알았어요."

안나가 타박하는 눈짓을 줬지만 라틸다는 개의치 않았다.

"왜 돌아오신 거죠?"

"네? 그게 무슨 뜻인지……?"

남자가 웃으며 물었다. 라틸다에게 있어 사람 좋은 미소란 곧 경고의 의미였다. 라틸다는 마차를 가리키며 말했다.

"그 말만 해도 팔면 꽤 값어치가 나갈 거예요. 마차 뒤에 실은 돈주머니에도 금화 백 개 정도는 들어 있죠. 마차에 실린 내 옷이나 물건들을 팔면 더 될 거고요. 그대로 그걸 가지고 가버릴 수도 있었는데, 왜 돌아오셨는지 묻고 있는 거예요."

남자는 의아해하며 대답했다.

"전 아직도 질문의 의도를 잘 모르겠습니다. 어쨌든 저는 여기 계신 안나라는 분과 약속을 했고, 약속대로 돌아왔으며, 이제 약속대로 노르만트로 빨리 갔으면 하는데요."

라틸다는 또 한바탕 '아까 안나가 내어 준 말을 타고 갔으면 지금쯤은 노르만트에 도착했겠네요!'하고 대거리하려다 참았다. 말을 하면 할수록 자신은 못된 여자가 되었고 앞에 선 이 남자는 착하고 정의로운 남자가 되어갈 뿐이었다.

"일을 부탁하기에 정직한 사람인지 괜히 떠봤어요. 기분 나빴다면 사과드릴게요."

"그럼 사과하실 필요 없습니다. 기분 나쁘지 않았으니까요."

"바로 출발해도 될까요?"

"원하던 바입니다."

덴모주에서 가져온 마차 중 한 대는 라틸다가 탔던 고급스러운 승객용 마차였고 하나는 수레에 지붕을 얹은 짐마차였는데, 그가 끌고 온 건 짐마차였다. 라틸다는 짐칸에 타 돈과 귀금속이 들어 있는 상자를 꺼냈다. 안에는 한 푼도 건드리지 않은 금화가 고스란히 들어있었다. 어제 그 악몽의 기사들이 돈은 건드리지 않았다는 의미였다.

라틸다는 금화를 한 움큼 집어 안나에게 내줬다.

"안나, 여관 주인께 두둑하게 드려. 그리고 여기 재미있는 얘기를 해준 상인의 와인은 전부 내가 사는 걸로 하지."

안나는 상점 앞에 놓인 다섯 상자를 셈해보고 말했다.

"마차 뒤에 달마르를 눕히면 와인 실을 공간이 없을 텐데요?"

"그럼 한 상자만 싣고 나머지는 여관에 넘기도록 하자."

"그러죠."

안나가 여관 주인과 와인 상인에게 말도 안 되는 거래를 제안하는 동안, 라틸다는 남자에게 다가가 손을 내밀며 말했다.

"내 이름은 라틸다에요. 기사님의 성함은?"

남자는 라틸다의 손을 꽉 잡고 위아래로 힘차게 흔들며 악수했다.

"제 이름은 로일입니다. 반갑습니다."

라틸다는 로일이 손을 놓자 재미있다는 듯이 웃었다.

"당신은 기사가 아니군요? 나는 악수를 청한 게 아닌데요?"

"아, 그래요? 제가 그럼 뭘 했어야 하는 거죠?"

라틸다는 그에 대한 의심이 한순간에 풀려버렸다.

'큰일이네. 안나에게 그렇게 경고해놓고, 정작 난 이 남자가 마음에 들어서 경계심이 풀어지고 있어.'

라틸다는 고개를 저으며 말했다.

"아니요, 됐어요. 좀 도와주세요. 여관 위층에 부상자가 있어요."

## ✦ Chapter 10 ✦
### 악몽

마차의 말은 로일이 몰고 라틸다가 옆에 앉았다. 안나가 그 자리 배치에 반대했다.

"그 자리에 아가씨를 앉힐 수는 없습니다."

"그럼 내가 짐칸에 앉아 달마르의 수발을 든다면 네 마음이 좀 편하겠니?"

안나는 라틸다를 다루는 법을 잘 알았지만 라틸다 역시 안나를 다루는 법을 잘 알았다. 안나는 결국 짐칸에 앉았다. 로일이 말을 꺼냈다.

"그 검은 갑옷 기사들의 목표가 라틸다는 아니었나 보군요. 그때의 상황을 다시 한 번 얘기해주시겠어요?"

"왜 그 얘길 듣고 싶어 하시죠?"

"제가 도움을 줄 수 있을까 해서요."

라틸다는 검은 기사들이 다시 나타나면 로일이 아무리 대단한 실력자라도 소용없을 거라고 생각했지만, 구태여 그런 말을 입에 올리지는 않았다. 대신 그의 생각이 궁금해 물었다.

"내가 목표가 아니라고 생각한 근거가 있나요?"

"열 명의 호위병을 둘이서 공격할 정도로 대담한 녀석들이라면 목표물이 마을로 피신했다고 내버려 두지는 않았을 테니까요. 딱히 경비대가 지키고 있는 마을도 아니었고."

"나도 그 생각은 했어요. 그렇다면 정체를 드러내지 않으려고 나타나지 않는 건 아니었을까요?"

"그런 경우라면 더더욱 자기들을 보고 살아남은 라틸다를 내버려 둘 리 없을 것 같은데요."

로일은 아무렇지도 않게 잔인한 지적을 했다. 라틸다는 불안한 표정으로 주변을 살피면서 말했다.

"그만 얘기하죠. 적어도 인적 하나 없는 길을 벗어난 다음에 해요."

"아, 그렇겠군요. 죄송합니다."

로일은 조용히 말을 몰았다.

과묵한 남자는 아니었다. 묻는 말에 모두 얘기하기도 하고 궁금한 건 먼저 묻기도 했다. 하지만 말이 많은 남자도 아니었다. 라틸다가 입을 다물면 로일 역시 같이 입을 다물었다. 그런 침묵이 차츰 익숙해질 무렵 라틸다가 물었다.

"그런데 노르만트까지 걸어갈 생각이었나요?"

"어렸을 때 현상금이 걸려 달아나던 시절이 있었죠. 론타몬의 정복 전쟁이 있었던 시기였는데, 거의 5년 동안을 매일 걸어 다녔어요. 그래서 걷는 데엔 익숙합니다. 오히려 마차를 타고 가니 졸립군요."

로일은 길게 하품을 했다.

"내가 말을 몰 테니 옆에서 좀 눈을 붙이는 건 어때요?"

"그 정도는 아니에요. 그리고 요새는 잠을 안 자려고 노력합니다."

"왜요? 악몽이라도 꾸나요?"

"실은 얼마 전에 자다가 굉장히 중요한 물건을 잃어버렸거든요. 제가 잠이 많은 편이긴 하지만 중요한 일을 할 때 조는 경우는 한 번도 없었는데……."

로일은 슬픈 표정으로 말을 흐렸다.

마차가 돌부리에 걸려 크게 한 번 흔들렸다. 뒷좌석에 누운 달마르에게서 신음이 터져 나왔다.

"속도를 꽤 줄였는데도 그러네요."

로일은 미안해하는 얼굴로 뒤를 돌아보았다. 라틸다도 걱정스레 중얼거렸다.

"난처하네요. 치료를 받으려면 빨리 가야 하고, 속도를 내면 흔들릴 수밖에 없으니……."

"적당한 자리가 나오면 쉬죠. 노르만트까지는 이제 반 정도 남은 것 같은데. 밤에는 도착하겠죠."

"가급적 낮에 도착하고 싶은데 서두를 수는 없을까요?"

라틸다의 제안에 로일은 엉뚱한 질문을 했다.

"그 검은 기사들이 그렇게까지 두려운 존재였나요?"

"이상한 질문을 하는군요. 호위병들이 죽는 광경을 바로 옆에서 지켜봤는데, 무서운 게 당연하죠."

"그건 그렇지만, 당신은 그런 걸 무서워하는 게 아닌 것 같아서요."

악몽

313

"네에?"

라틸다는 이해할 수 없다는 표정으로 로일을 바라보았다.

'이 남자는 내 시선을 피하지 않네.'

라틸다는 자신의 외모가 지닌 힘을 잘 알고 있었다.

대부분의 남자들은 라틸다를 보고 두 가지 반응을 보였다. 흑심을 드러내는 눈빛을 보이거나 미모에 압도되어 눈을 피하거나. 그래서 그녀는 이렇게 어느 쪽에도 속하지 않는 눈빛이 반가웠다.

"당신은 참 이상한 사람이군요."

라틸다는 속으로만 생각하던 것을 입 밖으로 내뱉었다.

"제가요?"

로일은 다시 마차의 진행 방향을 바라보며 물었다.

"와인 상인의 말만 들어도 그래요."

"마코 말씀이군요?"

"와인 상인 이름이 마코였나요? 당신 얘기만 하느라고 서로 이름도 묻지 않았네요. 마코는 당신 얘기를 할 때 굉장히 무서운 사람인 것처럼 말했어요. 하지만 정작 자신은 전혀 무서워하지 않았죠. 뭐랄까, 꼭 어린아이가 자기 아빠 자랑을 하는 것 같았죠. 무서운 사람이지만 본인이 무서워할 필요는 없는?"

"그랬나요? 마코와는 친해졌다고 생각했는데."

로일은 실망한 것처럼 중얼거렸다.

라틸다는 문득 자신의 손을 내려다보았다. 손톱이 깨지고 손등도 거칠어져 있었다.

'돌아가면 또 혼나겠군.'

덴모주 성의 시녀들은 라틸다의 몸을 제 몸보다 더 소중히 여겼다.

이를테면 사교계에서 붉은 보석이라며 칭송받는 그녀의 붉은 머리카락이 조금이라도 헝클어지면 시녀들은 세상이 멸망할 것처럼 난리법석을 피웠고, 그날 라틸다의 일과는 앉아서 머리손질 받는 걸로 끝나버릴 정도였다. 그래서 이렇게 이틀째 화장도 안 하고 옷차림에 신경도 쓰지 않고 손톱이 깨져도 호들갑 떠는 사람 없이 앉아있노라니 더할 나위 없이 홀가분했다.

"자주 꾸는 악몽 같은 거 있어요?"

갑자기 화제를 바꾼 그녀의 질문에도 당황하지 않고 로일은 차분히 대꾸했다.

"있어요. 누가 쫓아오는 꿈이죠. 상대의 모습은 보이지 않는데 자꾸 쫓아오기만 합니다. 현실의 저라면 절대 피하지 않을 텐데, 꿈속의 전 무조건 도망가기만 하죠. 달아나다 보면 멍청하게도 항상 같은 장소, 같은 시간에 늘 똑같은 검은 구멍에 빠지는데 밑도 끝도 없이 떨어지다 보면 어느새 깨어나곤 해요."

로일은 비위를 맞추기 위해 대충 둘러대는 게 아니라 정말로 심각하게 대답하고 있었다.

"이렇게 말하고 보면 하나도 무서울 게 없는데, 깨어나면 이상하게도 늘 식은땀에 절어있죠. 옆에 자던 친구들이 제가 신음을 냈다느니 몸을 흔들어댔다느니 하더라고요. 그런 악몽을 자주 꾸죠. 라틸다의 경우에는 검은 기사가 악몽에 나오나요?"

라틸다는 깜짝 놀랐다.

"갑자기 핵심을 짚으시는군요?"

"해선 안 될 질문이었나요?"

"그건 아니에요. 내 주위에는 돌려 말하기 좋아하는 사람들 투성이라 그렇게 물어주니 오히려 기분이 좋군요. 맞아요. 난 검은 기사에 관련된 꿈을 꿔요."

라틸다도 솔직하게 얘기했다.

"어디인지는 잘 모르지만, 주변이 불타고 춥고 어두운 곳에 서 있죠. 시작은 그래요. 그 선명한 불꽃을 보면 '아 또 시작됐구나'하고 꿈인 걸 인지하고, 거기에서 깨어나려고 노력해요. 물론 소용없죠."

"저랑 비슷하군요. 저도 그게 꿈인 걸 알 때도 있는데, 깨어나진 못해요."

"도망쳐도 계속 그 자리고, 도망치지 않아도 마찬가지예요. 그리고 언제부터인가 검은 갑옷의 기사가 검은 말을 타고 나를 쫓아오는데, 아무리 달아나도 벗어나지 못해요. 그 커다란 손이 얼굴로 접근해오면 그만 기절해버리고 싶지만 꿈이라 그런 것도 안 되죠."

로일은 공감한다는 듯 고개를 크게 끄덕거렸다.

"마지막에는 하얀 빛이 가슴으로 날아와 박혀요. 그건 너무 현실적인 고통이라 꿈에서 깨면 정말 가슴 한쪽이 욱신거리고 아플 정도예요. 그리고 꿈속에서 나는 그대로 죽어버리는데, 죽음의 순간엔 아무 것도 보이지 않아요. 정말 끔찍한 꿈이에요. 깨어나면 마치 죽음으로부터 다시 살아난 것처럼 안도하죠."

"그런데 꿈속의 그 검은 기사가 얼마 전에 현실에서 나타났다?"

"처음 나타났을 때는 꿈이라도 꾸고 있는 건가 싶었죠. 안나는 그들을 검은 사자 기사단이라고 주장하지만요."

라틸다는 해선 안 될 이야기까지 한 것 같아 조금 후회했다.

"저도 오면서 카모르트의 전쟁 얘기를 많이 들었습니다. 검은 사자와 붉은 장미. 하지만 우린 그것보다는 도적떼들이나 괴상한 녀석들을 더 신경 써야 했죠."

라틸다는 턱에 한 손을 괴고 로일을 돌아보며 물었다.

"도적떼 하니까 생각나는데, 정말은 몇 명이었어요?"

"뭐가요?"

"그……."

와인 상인의 이름을 그새 까먹고 라틸다는 얼버무렸다.

"……와인 상인의 가족들을 습격했다던 도적떼들 말이에요. 밤이라서 상인은 몇 명인지 잘 몰랐다더군요. 그래도 족히 열 명은 넘었을 거라고 했지요."

"아, 그거요? 안 세어봤어요."

"다 죽였나요?"

로일은 후회하는 어조로 대꾸했다.

"어쩔 수 없었어요. 한 명이라도 살아남았더라면 더 많은 무리를 끌고 나타났을 겁니다. 그들은 나티, 어쩌고 하는 큰 조직의 일원인 모양이더라고요. 서쪽에는 팔콘, 동쪽에는 렝상. 그리고 중앙에는 나티가 있다고 자기들을 평가하던걸요."

"나티가 아니라 나야티일 거예요. 요새는 그런 건달 놈들까지도 조직이랍시고 도적단을 만들어 끔찍한 짓을 저지르고 있죠."

"괜히 다른 상인들에게 보복이 있을까 봐 도망치지 못하게 했어요. 하지만 어둠 속이라 몇 명 달아났을지도 모르겠네요."

라틸다는 도적들을 몇이나 죽였나 하는 무용담을 들을 줄 알고 물었는데, 결국 이야기는 상인들을 걱정하는 로일의 후회로 끝났다.

"피곤하진 않나요? 눈이 반쯤 감겼는데?"

로일이 물었다.

"졸리지만 안 잘래요. 악몽을 꾸고 싶지 않아요."

"그 악몽을 잘 때마다 꿔요?"

"매번은 아니지만, 꽤 자주 꾸죠. 이런 식으로 안 자려고 노력하다 보니 불면증이 생기더군요. 고맙게도."

라틸다는 냉소적으로 말했다.

"언제부터 그런 악몽을 꿨는지 여쭤봐도 돼요?"

"아마도 아버지가 병석에 누워 죽어가고 있었을 때부터 꿨던 것 같아요. 6년인가 5년 전."

라틸다는 지금 이 남자에게 대체 얼마나 더 털어놓으려는 건지 스스로 한심해 하면서도 계속 얘기했다.

"그땐 가난해서 직접 병시중을 들었죠. 어느 날 피곤에 지쳐 잠들었는데 그때 처음 검은 기사의 악몽을 꿨어요. 처음에는 정말 지독히도 선명했죠. 다행히 아버지의 병세는 호전되었지만 그 이후로도 악몽은 멈추지 않았어요. 요새 들어 더욱 잦아졌고요."

갑자기 두통이 찾아왔다. 아침부터 마신 와인과 모자란 잠 때문일 테지만, 마치 악몽 얘기 때문인 것처럼 느껴졌다.

"그러다 보니 이제는 자고 싶을 때도 쉽게 잠들지 못하는 경우가 생기더군요. 취해서 쓰러질 정도로 마시면 잠은 들 수 있는데, 대신 다음 날 숙취로 고생하죠. 지금처럼요."

로일은 동정심 깊은 눈으로 라틸다를 쳐다보았다. 꼭 오빠가 여동생을 쳐다보는 것처럼 보여 괜히 자존심이 상했다.

"술 좋아해요, 로일?"

"좋아하지만 잘 못 마셔요. 한두 잔이면 취해서 바닥을 기어 다니죠. 제 친구들은 엄청 마시는데, 그 꼴 보고 싶다면서 저도 같이 마시게 하죠. 그런 일이 많아서 주량이 늘 법도 한데, 여전히 전 안 되더군요."

"유쾌한 친구들이군요. 노르만트로 가는 건 그 친구들을 만나러 가는 건가요?"

"네. 바로 그 친구들이요. 코홀룬에서 헤어졌죠."

"친구들 이야기 좀 해 줘요. 난 아버지의 과잉보호 탓에 친구 하나 변변히 사귀지 못해서 그런 얘기를 동경하거든요."

라틸다는 마차 짐칸을 가리키며 말을 이었다.

"안나가 친구라면 친구랄 수도 있겠지만, 그 애는 날 주인으로 생각하지 친구로 여기지는 않아요. 로일은 어때요? 친구가 아주 많을 것 같은데."

"아니요. 그런 기준이라면 제게도 친구라 부를 만한 존재는 대여섯 명 정도에요. 나머지는 그냥 동료라고 봐야겠죠. 언제나 가까워질 만하면 다들 절 피해서……."

로일은 씁쓸히 말했다.

"다섯 명이 어디예요? 얘기해줘요. 내가 졸지 않을 정도로만 이야기를 엮어주면 고맙겠어요."

라틸다는 부탁하는 어조를 쓰려고 했으나 저절로 명령하는 말투가 되고 말았다.

'이럴 때조차 내 시선은 도도하고 건방져 보이겠지? 내가 친구가 없는 건 이래서야.'

남자들은 떠받들기만 할 뿐 다가오지는 않고, 여자들은 질투하거나 가식적으로 접근할 뿐 솔직하게 대해주지는 않았다. 자신의 태도가 바뀌면 좀 달라질까 싶어 노력해 본 적도 있었지만, 이미 굳어진 인상은 쉽게 바뀌지 않았다.

"어려운 부탁이군요."

로일은 턱을 쓰다듬으면서 심각하게 고민했다.

"친구들은 제 이야기만 들으면 자는데, 그 친구들 이야기를 졸지 않게 하라니…… 좋아요. 하나 생각났어요."

로일은 말고삐를 꽉 쥐었다.

"제 친구 중에 쉐디라고 있는데, 제가 그렇게 부르면 때려요. 그래서 전 반드시 긴 이름으로 부릅니다. 하지만 지금은 그냥 쉐디라고 할게요. 어느 날 쉐디가 제게 다가와 '만약 무기도 없이 곰을 만나면 어떻게 할 테냐'라고 묻길래 제가 대답했습니다. 공격하면 반격하겠다……."

라틸다는 어느 부분에서 웃어야 하는지 몰라 기다렸다. 로일은 계속 심각한 표정으로 이야기를 이어갔다.

"쉐디는 한참 동안 고민하더니 다른 친구인 게리에게 가서 같은 걸 물었죠. 게리는 '상관없다, 난 주먹으로도 이길 수 있다'라고 자신 있게 대답했습니다. 전 그 말을 믿어요. 게리는 정말 그럴 수 있거든요. 쉐디는 다른 친구에게도 물었죠. 그녀는 '내가 못 이길 것 같아서 묻는 거냐'라고 막 화를 냈답니다. 말을 못 하는 친구에게 물으니, 주위에 있는 모든 것이 무기가 될 수 있으니 굳이 무기가 없는 상황을 상상하지 못

하겠다고 수화로 대꾸했죠."

여전히 라틸다는 얘기의 흐름을 잡지 못해 로일의 얘기가 마무리되
길 기다렸다.

"쉐디는 모두를 불러놓고 이렇게 화를 냈습니다. '왜 다들 죽이겠다
는 대답밖에 안 하냐? 곰을 살려줄 수도 있는 거잖아!' 그래서 우리는
다들 웃음을 터트렸죠."

잠시 침묵이 흘렀다. 라틸다는 난감한 표정으로 대꾸했다.

"그게 어떻게 재미있는 이야기가 되는지 잘 모르겠군요. 그보다 당
신 친구들은 모두 곰을 맨손으로도 죽일 수 있나 보죠?"

로일은 고통스럽게 신음했다.

"음, 그걸 이해시키려고 한 이야기가 아니었는데…… 안타깝군요.
역시 제 말솜씨로는 무리였나 봐요. 말투에 문제가 있나요? 말하는 순
서라던가."

"소재 자체가 문제 아닌가요?"

"그런가요? 저는 말을 잘 해보려고 화술 교육을 받은 적도 있어요.
물론 소용없었지만."

라틸다는 심각한 표정으로 고개를 끄덕거리다가 갑자기 웃었다.

"왜요?"

"우습지 않아요? 왜 농담이 실패했는지 서로 진지하게 의논하는 상
황이……."

"그래요? 전 뒤늦게라도 제 얘기가 우스워서 웃은 줄 알았는데."

"미안해요. 그만하죠. 웃느라 잠도 많이 깼네요."

얘기하는 동안 라틸다는 악몽에 대해 잊을 수 있었다. 로일의 헐거

워 보이는 미소와 느긋한 말투가 그녀의 긴장감을 풀어버린 것이었다.

'다행이다. 이런 상황이 아닌 다른 곳에서 로일을 만났다면, 존재감이 없어 보이지도 못했을 테니까.'

✦

로일은 강둑 옆에 마차를 세웠다. 아무래도 달마르의 상태가 심상치 않아 갈 길이 바빠도 쉴 수밖에 없었다.

로일은 땔감이라도 구해오겠다며 강둑 풀숲께로 걸어갔다. 안나가 홀로 남은 라틸다에게 다가와 말했다.

"다정하게 얘기하시더군요."

"내가 그랬어? 좀 쌀쌀맞지 않았나 하고 반성 중이었는데."

"최근 들어 한 사람과 저렇게 길게 대화하신 적도 없잖아요."

"그도 그렇군."

"저 사람을 믿으세요?"

"네가 데려온 사람이야."

"제가 데려온 것과 아가씨께서 믿는 것은 별개의 문제예요."

안나는 물을 끓일 냄비를 꺼냈다. 라틸다도 거들려다 말았다. 그녀는 일을 도우려다 더 키울 때가 많았다.

"적어도 노르만트까지는 우리를 무사히 안내해주겠거니 하는 생각은 들어."

"그 정도면 굉장한 신뢰군요. 다행이에요. 제가 괜한 사람을 데려온 건 아닌 것 같아서."

"말투가 날카롭구나. 내가 뭔가 실수했니?"

"전혀요."

안나는 냄비를 들고 강가로 갔다. 그사이 로일이 돌아와 땔감을 바닥에 내려놓았다.

"좀 눕혀야겠어요."

로일은 달마르를 마차에서 데리고 나와 편평한 풀밭에 눕히고 상처를 살폈다.

"이런 거 좀 아시나요? 어때 보여요?"

라틸다가 물었다.

"제가 치료할 수 있는 상처가 아니라는 건 알겠군요. 서둘러 의사에게 보이지 않으면 위험하겠어요."

달마르가 입은 검상에서는 하얗고 끈적거리는 액체가 흘러나왔고, 지독한 악취가 났다. 좋은 징조는 아니었다. 잠깐 정신을 차린 달마르가 라틸다에게 물었다.

"아, 악마는…… 어디에?"

"악마 같은 건 없어. 괜찮아."

라틸다는 공포에 질린 그를 진정시키려고 말했다. 하지만 악마라는 표현을 듣고 나니 괜히 으스스한 기분이 들었다. 자기부터 진정이 안 되니 그를 진정시킬 수도 없었다.

"죄송…… 합니다, 아가씨. 제 불찰이…….."

"아무도 잘못하지 않았어. 걱정 말고 이대로 있어."

라틸다는 애써 웃어 보이는 것밖에 할 수 없었다.

라틸다는 일어나 풀밭 한쪽으로 걸어갔다. 이대로 강을 따라 반나절만 더 가면 노르만트였지만 이미 날이 어두워지고 말았다. 더 이상 이 동하는 건 무리였다.

라틸다는 로일이 옆에 다가온 걸 한참 전에 알았지만 말을 걸지 않고 있었다. 로일도 먼저 입을 열지 않았다. 아무 말 없이 함께 있는 시간이 어색하지 않은 사람은 참 드물었다.

흐르는 물을 내려다보고 있자니, 많은 생각이 들었다. 라틸다는 또 한 번 속마음을 입 밖으로 내고 말았다.

"로일 당신은 정말 우릴 습격한 게 내 악몽 속의 검은 기사라고 생각하세요?"

"예."

길게도 생각지 않는 로일의 대답이 어째 고맙게 느껴졌다. 그리고 갑작스러운 질문 후의 침묵도 그는 어색하게 여기지 않았다. 라틸다는 안나가 능숙하게 땔감에 불을 지펴 물을 끓이고 달마르의 붕대를 가는 모습을 지켜보다가 하품을 했다.

"안나와 나는요……."

라틸다는 잠을 떨치기 위해 아무 얘기나 시작했다.

"어렸을 때는 지금보다 더 친했어요. 내가 변한 걸까요, 안나가 변한 걸까요? 원래는 둘 다 장난을 좋아하고 이보다는 편한 관계였는데."

"저도 안나가 라틸다보다 무서워 보여요."

로일은 솔직하게 말했다.

"안나는 어느 순간부터 모두에게 쌀쌀하고 냉정해졌죠. 언제부터였지? 내가 시집갈 나이가 되니까 저 애가 먼저 신부 수업을 위한답시고 조신하게 행동하기 시작한 건가 싶네요. 아니면 아버지가……."

'전쟁을 시작한 다음'부터 그랬다는 말을 하려다 접었다.

자신이 붉은 장미 백작의 딸이라는 사실을 알면 로일의 태도가 달라질 것이 걱정됐다. 라틸다는 에둘러 표현했다.

"……아버지의 세력이 강해지기 시작했을 때부터 그렇게 된 건가도 싶고요."

"그러고 보니 라틸다는 미혼이신가 보군요. 제가 아는 귀족 여인들은 아주 어렸을 때 결혼하던데요."

"내가 아는 여자들 중에 스물넷이나 먹을 동안 결혼 안 한 사람은 나뿐이긴 하죠. 로일은 스물다섯?"

"여섯. 결혼을 안 하는 특별한 이유라도?"

"이유랄 게 있나요? 귀족 집안 딸이 결혼을 하고 안 하고는 본인 의지와 상관이 없는 건데요. 사실 나부터 관심이 없긴 한데, 아버님이 관심이 없다는 게 더 큰 이유죠."

"좋아하는 남자는 없었나요?"

"좋아하는 남자랑 결혼하고 싶다고 말할 정도로 순수할 나이는 지났어요. 아아, 역시 내 얘기는 졸리네요. 우리 다른 얘기 해요. 당신과 당신 친구들은 왜 노르만트에 가시나요? 여행?"

라틸다는 풀밭에 앉아 물었다. 로일은 머뭇거리며 쉽사리 대답하지 못했다. 머릿속으로 대답을 억지로 쥐어짜 내는 모습이 역력했다.

"심부름 가요."

"아하, 비밀이라 이거죠?"

대충 던져본 말인데 로일은 당황하며 머리를 긁적거렸다.

'정말 거짓말을 못 하는 남자네?'

라틸다는 속으로만 웃었다.

"죄송해요. 딱히 숨길 생각은 없지만 친구들의 허락을 받지 않고는 어디까지 말해야 할지 잘 모르겠어요."

"그럼 말하지 않아도 돼요. 우린 노르만트까지만 같이 가는 사이인 걸요. 서로 너무 잘 알아버린 나머지 나중에 헤어지기 아쉬우면 안 되죠."

라틸다의 말에 로일은 벌써 아쉬워하는 표정을 지었다. 말하고 보니 라틸다도 아쉬웠다.

"피곤해 보이는데 주무시죠?"

라틸다는 고개만 저었다.

"지금 굉장히 많이 피곤할 테니까 꿈도 안 꾸고 잘 수 있을지도 모르잖아요. 여차하면 제가 얼른 깨워드리죠."

"내 상태는 내가 알아요. 아무리 피곤해도 악몽이 피해가지 않는 순간이란 게 느껴질 때가 있어요. 지금이 그래요. 그러니 지금은 잠들면 안 돼요."

라틸다는 반만 감은 눈을 깜빡거리며 대꾸했다. 로일은 어둑어둑한 하늘과 강물을 번갈아 바라보다가 말했다.

"이런 게 얼마나 도움이 될지 모르겠지만, 제가 악몽 속의 기사를 무서워하지 않아도 된다는 것을 보여드리겠습니다. 음…… 어두워서 잘 보이려나?"

로일은 조금 물러서서 근방을 두리번두리번 살폈다.

"뭘 보여줄 건데요?"

"꿈속에 나타나 겁을 주는 존재보다 더 강한 존재가 옆에 있다면 안심이 되지 않을까요? 제 악몽은 실체가 없어 두려워하는 대상조차 모르기 때문에 해결할 수 없지만, 당신의 악몽은 대상이 뚜렷하잖아요. 그러니 그 대상을 막을 수 있다고 믿으면 악몽을 꾸지 않을 거예요."

라틸다는 그의 말을 믿어서라기보다 그가 뭘 보여줄지가 더 궁금해 고개를 끄덕였다.

"근사한 말이군요. 보여줘요."

로일은 허락을 구하듯 고개를 살짝 숙여 보인 후 검을 뽑았다. 라틸다는 검이 뽑히는 금속성에 어깨를 움츠렸다. 로일은 손을 앞으로 내밀어 그녀를 안심시켰다.

"어두워서 더 떨어지면 잘 안 보일 테니 이쯤에서 할게요. 하지만 라틸다에게는 아무 위험도 없을 겁니다. 믿고 가만히 계세요."

로일의 말은 묘하게 설득력이 있었다. 라틸다는 움츠린 채 무릎을 세게 끌어안고 지켜보았다.

"지금부터 세 가지 동작을 보여드리겠습니다."

"시작하기도 전에 김 빼는 것 같아 미안하지만, 난 검술에 대해 아무것도 몰라요."

"그래도 상관없어요. 검술을 몰라도 안심시킬 만한 힘을 보여드리겠습니다. 첫 번째 동작은 검술의 가장 기본 동작입니다. 어떤 검사든 이것만 제대로 익히면 불필요한 동작 없이 상대를 제압할 수 있는 기술입니다."

로일은 크게 숨을 몰아쉬더니 칼을 들어 올려 가볍게 아래로 내리쳤다. 검을 모르는 라틸다가 보기에도 깔끔하고 절제된 동작이었다.

"멋지군요."

라틸다는 작게 박수를 쳤다. 로일은 답례의 뜻으로 고개를 살짝 끄덕였다.

"두 번째 동작은 앞의 것과 같지만, 이것을 막을 수 있다면 그자는 상당한 수준의 검사라고 자부해도 좋습니다. 전 어렸을 때 오직 이 기술 하나만으로 모든 현상금 사냥꾼들을 꺾었습니다."

"현상금 사냥꾼?"

"사람을 죽이는 직업이지요. 하지만 상대가 나쁜 놈이었어요. 전 그게 잘못이라고 생각하지 않습니다."

'차라리 아까 곰 얘기 말고 현상금 사냥꾼 얘기나 해주지.'

라틸다는 방해하고 싶지 않아 고개만 끄덕거렸다.

로일은 검을 크게 치켜들더니 같은 방식으로 내리쳤다. 하지만 첫 번째와는 달리 칼이 허공을 벨 때 검이 사라지는 것처럼 보였다. 공기를 가르는 소리가 소름 끼치게 울렸다. 그 소리에 놀란 라틸다는 반사적으로 몸을 약간 뒤로 젖혔다.

"여기서 이어지는 연결 동작이 세 번째입니다. 그리고 이게 저의 이빨이죠."

라틸다는 이빨이라는 게 무슨 소리인지 물을 수 없었다. 로일의 얼굴에서 순진하고 약간은 멍청해 보였던 미소가 완전히 사라졌기 때문이었다.

"이것을 보고 살아남을 수 있는 건 제 친구들뿐입니다."

로일은 두 번째 동작으로 내리친 검을 그대로 위로 올려쳤다. 칼을 휘두르기 전과 휘두른 후 정지 동작 사이의 움직임을 그녀는 보지 못했다. 소리도 나지 않았다. 한순간 주위를 맴돌던 바람마저 멈춘 듯 정적이 이어졌다.

　로일이 칼을 집어넣은 후 자리로 돌아와 앉을 때까지 라틸다는 말을 잃었다.

　"혹시 로일, 마법사였어요?"

　라틸다는 바보 같은 질문을 내뱉었다.

　"전 마법사도 몇 명 알지만 이런 마법을 쓰지는 않던데요."

　"마법사도 알아요?"

　"두어 명 정도. 친한 건 아니에요."

　"한꺼번에 많이도 놀라게 하는군요."

　"그랬나요? 죄송해요."

　사과는 로일이 했지만, 라틸다가 도리어 당황했다. 그녀의 앞에서 실제로 벌어진 건 아무것도 없었다. 공중에서 두 바퀴쯤 회전해서 손가락으로 나무를 두 동강 낸 것도 아니고 맨손으로 곰을 때려잡은 것도 아니었다. 엄청난 광경을 본 것 같은데 그게 뭔지 설명할 길이 없었다. 로일은 속삭이듯 말했다.

　"이게 악몽 속의 괴물도 사로잡을 검술입니다. 좀 도움이 되나요?"

　라틸다는 기어이 웃음을 터트렸다.

　"그래요. 잘 모르겠지만, 그럴 것도 같군요."

　라틸다는 웃음을 거두고 나른한 목소리로 말을 이었다.

　"정말 그 검은 기사가 누구든 날 지켜줄 자신이 있나요?"

　"예."

　로일은 당연하다는 듯 대답했다.

　"그럼 왜 진작 와주지 않았어요?"

라틸다의 메마른 눈동자에서 자기도 모르게 눈물이 흘러내렸다. 그녀는 그대로 눈을 감고 무릎에 얼굴을 파묻었다.

"그럼 아무도 죽지 않았을 텐데…… 아무도."

그녀의 목소리가 점점 잦아들었다.

"이제라도 제가 지켜드리겠습니다."

라틸다는 잠에 빠져드는 걸 깨닫고 의식적으로 깨려고 했으나 로일이 그녀의 머리를 쓰다듬으며 잠으로 인도했다. 오래간만에 느끼는 안도감에 라틸다는 그만 잠들어버렸다.

라틸다는 불타는 광장 한가운데 서 있었다. 언제나 반복되는 악몽의 첫머리였다. 그제야 그녀는 로일이 안심시켜주는 말에 넘어가 잠들어버렸다는 사실을 깨달았다. 이번에도 이것이 꿈이라는 걸 인식하고 있었다. 그래서 더 무서웠다. 아무것도 할 수 없으니까.

'로일 잘못이 아니야. 로일은 최선을 다해 날 안심시켜 주기 위해 노력했을 뿐이니까.'

라틸다는 도망치지 않고 귀를 막고 눈을 질끈 감았다.

'곧 날 죽이러 검은 기사가 오겠지. 하지만 꿈이니까 상관없어. 진짜로 죽는 게 아니야.'

귀를 막았어도 사방에서 불타는 소리와 사람들의 비명이 들렸다. 그리고 익숙한 말발굽 소리가 접근하기 시작했다.

'꿈속에서만 잠깐 죽는 거야. 현실의 날 죽이지는 못해.'

라틸다는 속으로 외쳤다. 그러나 끝내 공포를 견디지 못하고 고개를 쳐들고 말았다. 눈앞에는 하늘 전체를 가득 메울 듯 시커먼 그림자를 드리운 검은 기사가 우뚝 서 있었다.

라틸다는 비명을 질렀다. 그리고 달아났다. 결국 잡힐 걸 알면서도 또 달아났다. 숨이 턱에 차오를 때까지 달려 더 이상 걸음을 뗄 수 없을 때, 검은 기사가 불타는 집 뒤에서 나타났다. 검은 갈기를 휘날리는 말이 붉은 눈으로 그녀를 불태울 듯 노려보고 있었다.

'이제 그만해. 제발.'

그녀의 목소리는 입 밖으로 나오지 못했다.

검은 기사는 악몽의 끄트머리를 향해 가는 마지막 과정을 채우기 위해 도끼를 치켜들고 다가왔다. 이렇게 가까운데도 말발굽 소리는 깊은 산의 메아리처럼 몇 겹이나 중첩되어 울려 퍼졌다. 예정된 순서대로 검은 기사의 어깨너머에서 빛이 날아들었다.

이미 라틸다는 끔찍한 심연의 어둠 속에서 허우적댈 자신의 모습을 그리고 있었다.

그때 날카로운 금속성이 울리며 빛이 눈앞에서 부서졌다.

열 걸음을 채 남겨두지 않은 거리에 있던 검은 말이 흥분하여 앞다리를 쳐들었다. 검은 기사도 당황한 듯 말을 진정시키려 했지만, 말은 라틸다에게 다가가길 거부하고 있었다.

어둠만 가득 차 있는 이곳에 나타난 하얀 빛이 그녀의 등 뒤를 따스하게 덮었다. 그 짐승은 라틸다의 옆에 서서 검은 눈동자로 도끼를 든 기사를 노려보았다.

그것은 눈부시게 하얀 빛을 내는 늑대였다. 검은 기사는 몇 번이고 다가오려고 노력했지만 그의 말이 거부했다. 늑대는 차분한 시선으로 검은 기사를 주시할 뿐, 공격하지도 않았고 으르렁거리지도 않았다. 곧 검은 기사는 말을 돌려 타오르는 불꽃 속으로 사라졌다.

늑대는 얌전히 그녀의 옆에 앉았다. 라틸다는 무서웠지만 그 신비한 따스함에 이끌려 늑대의 목을 끌어안았다. 늑대는 저항 없이 포옹을 받아들였다.

둘은 차갑게 타는 불꽃의 한가운데에서 오랫동안 움직이지 않았다. 끔찍한 악몽의 한 귀퉁이였건만, 라틸다는 모든 것을 잊어버릴 정도로 편안함을 느꼈다. 이대로 꿈이 끝나지 않길 바랄 정도로.

'그래, 현실로 돌아가 악몽만큼이나 끔찍한 현실과 대면할 바에야…….'

다시 눈을 떴을 때 라틸다는 자신이 누군가의 허벅지를 베고 잠들어 있었다는 걸 깨달았다.

안나였다.

그곳은 덜컹거리는 마차의 짐칸 안이었고, 옆에는 달마르가 누워 있었다. 주변이 너무 밝아 눈이 부셨다.

"안녕히 주무셨어요, 아가씨."

"아, 안나. 지금 시간이?"

"아침이에요."

"벌써? 우린 강둑에 있었잖아."

라틸다는 깜짝 놀랐다.

"로일이 아가씨를 마차에 옮겨 눕히고 출발하는 동안 전혀 깨지 않으셨어요."

"내가? 그렇게 깊이 잠들었다고?"

라틸다는 한참 동안이나 밖만 내다보았다. 마차는 익숙하지 않은 풍경 사이를 가로지르는 중이었다. 라틸다는 문득 꿈속에서 껴안았던 눈부시게 빛나는 늑대가 떠올라 물었다.

"내가 자는 동안 네가 옆에 있었니?"

"방금 전까지는요. 하지만 밤새도록 아가씨 옆에 있어 준 사람은 로일이에요."

"그래?"

라틸다는 아직도 멍한 정신을 수습하기 위해 노력하며 안나가 내 주는 물주머니를 받아 한 모금 마셨다.

마차의 속도가 천천히 줄며 로일의 목소리가 들렸다.

"저쪽에 성곽이 보이는데 확인해주시겠습니까?"

아침 햇살만큼이나 따뜻하게 들리는 목소리였다.

라틸다는 갑자기 로일의 얼굴이 보고 싶었다. 그러나 지금 보면 멍청한 웃음이 터져 나올 것 같아 안나에게 대답을 양보했다.

"확인할 것도 없습니다. 일직선 길이니까요. 그냥 가세요."

"그냥 가려고 하는데, 앞에 웬 기사들이 몇 명 지키고 있군요. 마차를 세우라고 손짓하고 있어요."

로일이 느릿느릿 말했다. 항상 냉정한 안나가 놀란 눈으로 라틸다를 보았다.

"왕실 기사단일까요?"

"우릴 배웅하러 온 걸지도 모르지."

라틸다는 나무 창문을 열어 밖을 내다보았다. 역광 때문에 기사단이 들고 있는 깃발의 모양이 잘 보이지 않았다. 하얀 망토를 두른 것으로 보아 왕실 기사단은 아니었다.

"로일, 기사단이 가지고 있는 깃발의 문장이 보이나요?"

"사자 모양인데요. 검은 사자 백작 말고도 카모르트에 사자 문장을 쓰는 가문이 있나요?"

"저들이 우릴 공격한 검은 기사가 아니길 바라야겠군요."

라틸다는 창문 안으로 도로 머리를 집어넣고 한숨을 길게 쉬었다. 안나는 불안하게 몸을 들썩이고 있었다.

"안나."

"네, 아가씨."

"거울."

"예?"

안나는 바깥의 상황에 정신이 팔려 무슨 뜻인지 못 알아들었다.

"쟌스테인 백작의 딸이 자다 깬 얼굴로 뤼미에르 백작의 기사들을 만나면 안 돼."

안나는 그제야 거울과 빗, 화장 도구를 바삐 꺼냈다.

"로일, 마차를 더 천천히 몰아주겠어요?"

대답은 없었지만, 마차는 사람이 걸어가는 속도로 느려졌다. 그 사이 라틸다는 거울을 보고 흔들리는 마차 안에서도 능숙하게 화장을 시작했다. 안나는 등 뒤에 앉아 빠른 손놀림으로 빗질을 해줬다. 평소에 워낙 잘 손질되어 있어 몇 번의 빗질만으로 충분했다.

곧 마차가 멈췄다. 라틸다는 물건을 모두 정리하고 단정하게 자리에 앉았다.

"누가 타고 있는 마차인가?"

강압적인 기사의 목소리가 들렸다.

"전 임시로 고용된 마부라 그리 잘 알지 못합니다. 원한다면 뒤에 가서 직접 제 고용주를 뵙는 게 어떻습니까?"

로일은 기사를 상대하면서도 기죽지 않고 정중히 말했다. 솔직하면서도 적절한 대처이기도 했다.

"고용주의 이름도 모르면서 일하는 멍청한 마부라니, 누가 이 마차의 주인인지 참으로 궁금하군."

'그래, 이리 와서 봐라. 나도 네 얼굴이 궁금하니까.'

라틸다는 크게 심호흡했다. 또각거리는 말발굽 소리가 천천히 짐칸 옆으로 다가왔다. 쇠를 덧대어 손등을 보호한 건틀렛이 나무 창문을 똑똑 두들겼다.

"창문 열어."

"먼저 예의와 절차를 지켜 말하면 열죠."

라틸다는 창문을 열지 않고 차가운 목소리로 말했다. 그러자 기사가 먼저 창문을 열고 안을 들여다보며 말했다.

"확 마차에서 끌어 내리기 전에…… 어?"

라틸다와 눈이 마주치는 순간 기사는 말을 멈췄다. 그녀는 차가운 눈길로 그를 쏘아보며 말했다.

"당신의 이름부터 말하세요, 뤼미에르 백작의 기사. 그 잘난 이름이 이런 무례를 감당할 수 있는지 한 번 봅시다."

'마차는 허름한데 안에 타고 있는 사람은 안 그런 것 같지? 얼른 네 상관이나 데려와.'

라틸다는 속으로 그렇게 말하고 있었다. 그 기사는 라틸다의 말이 아닌 속마음을 들은 듯 대꾸했다.

"자, 잠시 기다리시오."

기사는 빠르게 말을 몰아 달려갔다. 로일은 뒤를 돌아보며 물었다.

"기다릴까요? 아니면 그냥 갈까요?"

"기다려줘요. 높은 사람 데려오겠죠. 내가 대신 사과할게요. 저 사람이 로일을 마부 취급한 거."

"그런 건 상관없어요."

잠시 후 그 기사는 다른 기사를 데려왔다. 금발에 키가 크고 잘 생겼으며, 라틸다가 잘 아는 얼굴이었다. 그는 무거운 갑옷을 입고도 아주 가벼운 몸놀림으로 말에서 휙 뛰어내려 마차 옆으로 다가왔다.

"누가 검은 사자 백작의 기사를 함부로 부려먹나 했더니, 당신이었군요. 레이디 라틸다 쟌스테인."

라틸다는 그에게 따지듯 말했다.

"요새 사자 기사단은 예절 교육을 안 시키나 보죠, 기사 바딩?"

바딩은 뒤를 힐끗 돌아보았다. 처음 마차를 세운 기사가 안절부절못하는 모습으로 말 위에 앉아 있었다. 바딩은 하얀 이를 드러내며 정중히 고개를 숙였다.

"제가 대신 사과드리겠습니다."

"당신에게 받을 사과가 아니에요."

뒤에 있던 기사가 뒤늦게 고개를 숙였다.

"죄송합니다, 레이디 라틸다."

라틸다는 더욱 차가운 목소리로 말했다.

"제가 아니라 제 마부에게 사과하세요."

기사는 도움이라도 청하듯 바딩을 쳐다보았다. 그러나 바딩의 고갯짓을 보고는 하는 수 없이 로일에게 다가와 마지못해 고개를 숙였다.

"미안하오. 용서하시오."

"괜찮습니다."

로일은 손을 내저었다.

"이제 됐습니까?"

바딩은 두 손을 펼치며 물었다.

"아니오. 전혀요. 앞으로 이 일을 두고두고 써먹을 거예요. 마차에 탄 힘없는 여자를 뤼미에르 백작의 기사가 협박했다고 말이죠."

"제가 어떻게 하면 화를 푸시겠습니까, 라틸다? 저 친구의 직위라도 박탈할까요?"

그 말에 그 기사는 화들짝 놀랐다.

"그런다고 제가 이 일에 화가 났다는 사실에는 변함이 없으니 마음대로 하세요. 그리고 대체 무슨 자격으로 검은 사자 기사단이 노르만트로 들어가는 마차를 검사하는 거죠?"

"사실 우리는 지금 다른 손님을 맞이하기 위해 기다리고 있었습니다. 본의 아니게 막게 되어 죄송합니다. 아무 문제 없으니 들어가시지요. 그보다 왜 호위병 하나 없이 이렇게 먼 길을 오셨습니까?"

"그 역시 당신이 알 바 아니에요. 출발하세요."

라틸다가 명령을 내렸다. 아직 기사 세 명이 길을 막고 있어 로일은 마차를 출발시키지 못했다.

"나중에 파티 석상에서 뵙겠습니다. 그때 방금의 무례를 다시 한 번 사과드리도록 하지요."

바딩은 기사들에게 명령했다.

"보내 드려라. 붉은 장미 백작의 따님께서 노르만트에 입성하신다."

마차가 다시 움직였다. 노르만트로 들어가는 성문을 조금 남기고 라틸다가 말했다.

"마차 좀 멈춰요, 로일."

마차는 부드럽게 멈췄다.

문득 저택에 고용된 전문 마부 셋보다 로일이 말을 더 잘 몰고 있다는 생각이 들었다. 지금 상황에서 그런 건 아무래도 상관없었지만.

"방금 그 기사는 누구죠? 아는 분 같던데?"

로일이 물었다.

"바딩은 뤼미에르 백작의 경호 기사예요. 현재 카모르트에서 가장 명성 높은 기사라 할 만하죠. 단지 뤼미에르 백작을 등에 업고 있어서가 아니에요. 우스운 얘기지만 그가 지시하면 딱 두 명 빼고는 카모르트의 귀족 어느 누구도 목숨을 부지할 수 없다고들 얘기하죠."

"굉장한 사람이었군요. 아마 그 딱 두 명이라는 건 붉은 장미 백작과 검은 사자 백작이겠지요?"

"그런 바딩이 나에게만큼은 웃으면서 얘기하죠. 왠지 이유는 아시겠지요?"

"짐작은 가는군요."

라틸다는 마차에서 내렸고 로일도 뒤따라 말고삐를 놓았다.

"그래요, 로일. 내가 붉은 장미 백작 바르다 위그 쟌스테인의 딸이에요. 카모르트 영지의 5분의 1을 소유하고 이 나라의 권력을 양분하고 있는 귀족의 핏줄이죠."

　라틸다는 아무렇지도 않은 얼굴로 말했지만, 속으로는 로일의 표정이 어떻게 바뀔지 걱정스러웠다. 그러나 더 이상 거짓을 말하고 싶지 않았다.

　"고의는 아니었어요. 하지만 그 이름에 놀라 당신이 가버릴까 봐 말하지 않았어요. 미안해요."

　"미안할 만한 일은 아닙니다. 그런다고 저와 당신의 관계가 달라질 것도 없죠. 그리고 제 눈에 당신은 여전히 친구가 없어 힘들어하는 연약한 여자로만 보이는 데요."

　"내가요?"

　"그래요."

　"어제 잠결에 그런 말이라도 했나요?"

　"비슷한 말을 한 것 같은데, 잘못 들었던 건가요?"

　"맞아요. 잘못 들었을 거예요. 그럼 우리의 관계는 여기에서 끝이겠죠? 노르만트에 도착했으니까. 고마워요. 언제고 당신의 이름으로 날 찾아오면 약속한 사례를 해드리겠습니다. 안나, 마차를 몰거라."

　라틸다는 마음에도 없는 말을 해버리고 몸을 획 돌렸다. 금방 후회했지만, 잘난 귀족 여인의 무의식은 벌써 마차로 몸을 이끌었다. 그대로 헤어지면 언제 만날지 모를 남자를 뒤에 두고…….

　"라틸다."

　그때 로일이 그녀의 손목을 잡았다.

　"제가 뭔가 잘못 말했다면 용서하세요."

　"손목을 허락한 적 없어요!"

라틸다는 또 본의 아니게 날카롭게 말했다.

'무슨 소리니, 라틸다? 바로 어젯밤에 이 남자를 옆에 두고 잠까지 퍼 잔 주제에.'

라틸다는 자신을 질책하면서 그가 화를 내기를 기다렸다. 로일이 만약 그렇게 나온다면 얼른 사과하고, 본의가 아니었음을 말하고 싶었다. 만약 화를 내지 않고 물러나더라도 도로 불러세워 사과를 하고 싶었다. 하지만 로일은 둘 중 어떤 행동도 취하지 않았다. 대신 그는 질문을 했다.

"손목 잡을 때면 허락받아야 하는 건가요?"

"그야 당연하지요. 누가 가르쳐주지도 않던가요? 아니면 당신 친구들은 다들 그렇게 무례한가요?"

"둘 다인 것 같은데요. 아무도 가르쳐주지 않았고, 제 친구들도 늘 이러거든요."

로일은 곰곰이 생각해보더니 뒤늦게 그녀의 손을 놓고 말했다.

"저, 라틸다. 이건 어쩌면 부탁이겠지만 사실 난처한 건 우리 서로 마찬가지예요. 전 돈이 한 푼도 없는데다 이런 큰 도시에서 친구들을 만날 때까지 뭘 어째야 할지 모릅니다. 그리고 당신도 호위병이 필요하지요."

"노르만트에서 내가 위험할 일은 없어요. 저기 있는 바딩은 비록 아버지의 적이지만, 노르만트에 있는 동안에는 오히려 날 안전하게 지키려고 애쓸 테니까요."

"꼭 위험한 일이 있어야만 호위병이 필요하지는 않아요. 제 스승님은 세상에서 제일 강하지만, 종종 제가 호위를 하거든요."

라틸다는 한 걸음 물러섰다.

"당신이 뭘 원하는지는 알겠어요. 그렇다면 당당하게 요구하세요."

로일은 큰 깨달음을 얻은 듯 말했다.

"아아, 이런 게 절차와 형식의 필요성이군요! 저의 무례를 용서하십시오."

로일은 부드럽게 웃으며 한쪽 무릎을 꿇고 정중히 부탁했다.

"그럼 정식으로 요청합니다. 당신의 곁에서 좀 더 당신을 지킬 수 있도록 허락해 주십시오."

라틸다는 그만 웃음이 터져 나올 것 같았다.

'맙소사, 난 지금 이 남자의 이런 모습이 보고 싶었던 거야. 그래서 그만 못되게 굴고 만 거지.'

옆에서 다른 여자와 남자가 똑같이 이런 행동을 하고 있었다면 라틸다는 비웃었을지도 몰랐다. 하지만 그녀는 로일의 손을 잡고 진지하게 답했다.

"부탁을 받아들여 노르만트에 있는 동안 당신을 나의 호위기사로 임명합니다, 기사 로일."

"감사합니다, 레이디 라틸다."

로일은 그녀의 손에 이끌려 자리에서 일어났다.

"그럼 계속 이 마차로 모시겠습니다."

"고마워요."

라틸다는 로일의 다섯 걸음도 안 되는 짧은 에스코트를 받아들여 마차에 올랐다. 그것은 아주 오랜만에 맛보는 순수한 즐거움이었다.

마차가 다시 출발하자, 앞에 앉은 안나가 무뚝뚝하게 물었다.

"아가씨가 먼저 부탁했어야 할 상황 아니었나요?"

라틸다는 창피해서 창문 쪽으로 시선을 돌린 채 대답했다.

"맞아."

"로일도 다 알면서 받아준 것 같은데요?"

"나도 알아."

"화내는 척하면서 정작 로일의 손을 뿌리치지도 않으시던데요?"

"……그만해."

"뭐, 즐거워 보이시니 됐습니다."

안나는 더 따지지 않았다.

노르만트의 성문이 창문 옆을 지나갔다. 마차가 멈추고 형식적인 신분 확인 절차가 있었다. 로일의 목소리가 들렸다.

"붉은 장미 백작의 따님께서 타고 계십니다."

잠시 후 왕실의 병사가 허둥지둥 창문 옆으로 달려왔다. 그 늙은 병사는 굽실거리며 라틸다를 맞았다.

"아, 레이디 라틸다. 오셨군요. 다른 분들도 많이 오셨습니다."

라틸다는 성문 근처에 배치된 많은 병사들을 돌아보며 성문에서 한참 떨어진 곳에 미리 나와 있는 검은 사자 기사단을 떠올렸다.

"아무래도 통상적인 왕실의 초청 파티가 아닌 모양이군요? 어디서 귀한 손님이 오시나요?"

"귀한 손님이라면 벌써 제 눈앞에 계신 걸요."

병사는 적당히 아부를 섞어가며 대꾸했다.

"윗분들은 벌써 알고 계셨을 테지만, 이제 저 같은 말단도 다 알게 되었답니다. 입빠른 장사꾼들을 통해 노르만트 내에서 벌써 소문이 쫙

퍼지고 있죠."

병사는 괜히 목소리를 낮춰 긴장감을 연출하려 했다.

"소문이요?"

라틸다가 빨리 통과하고 싶어 일부러 짜증 난 표정을 지어 보이자 병사는 얼른 말했다.

"아란티아에서 울프 기사단이 오고 있다고 합니다."

"울프 기사단?"

"그것도 하얀 늑대들입니다! 오늘 중으로 입성할 거라고 하는군요. 저희도 어제 저녁에야 들었습니다."

병사는 웃으며 말을 이었다.

"아, 혹시 모르셨습니까?"

# Chapter 11

# 울프 기사단 테스트

하얀 늑대들 네 명과 카셀은 마차를 타고 이동하고 있었다. 마차 바퀴가 메마른 땅에 구를 때마다 뽀얀 먼지가 일어났다.

코홀룬을 떠나기 전의 찜찜한 일 때문에 서로 대화를 자제한 탓도 있었으나, 그걸 감안하더라도 모두가 지루해하는 여행이 이어지고 있었다. 게랄드는 진작 피곤하다고 마차 짐칸에 누웠지만, 잠을 이루지 못하고 계속 뒤척였다. 아즈윈과 던멜은 짐칸 위에 나란히 앉아 정찰하듯 먼 곳을 바라보고 있었고, 말은 쉐이든이 몰았다.

카셀은 쉐이든 옆에 앉아 말 엉덩이만 계속 노려보았다.

"생각이 많아 보이는군."

쉐이든이 말을 걸었다.

"많기야 하죠."

카셀은 팔랑거리는 말 꼬리에 시선을 둔 채 대답했다.

"어떤?"

"나는 누군가? 왜 나는 지금 하얀 늑대들과 동행하고 있는가? 하얀 늑대들은 대체 누군가?"

"응? 우리가 왜?"

쉐이든이 옆에 앉은 카셀을 돌아보며 물었다. 카셀은 빙그레 웃으며 그의 얼굴을 마주 보았다.

"왜긴요? 제겐 하얀 늑대라는 존재 자체가 꿈이에요. 뭐든 궁금하죠. 하지만 막상 실체가 앞에 있으니 오히려 실감이 안 나고 뭔가 묻지도 못하겠네요. 그래서 혼자 고민하고 있었어요."

"우리에 대한 소문만 듣고 꿈에 부푸는 거라면 사양하고 싶군. 나도 들어봤는데, 우리를 어디 땅속에서 불쑥 솟아 나온 전설 속의 기사처럼 묘사하더군."

"소문이 틀렸나요?"

"네가 보기엔 어떠하냐? 우리가 막 하늘을 날아다니고 밤에 잠도 안 자고 그러던가?"

"제 앞에서는 안 그랬지만 또 모르는 일이죠."

카셀이 농담조로 말했다.

"그럼 틀린 정보부터 수정해 나가야겠군. 어서 물어봐. 궁금한 게 있다면 뭐든지, 아무거나."

"울프 기사단을 뽑는 시험이 있다고 들었어요. 그건 어떻게 진행되는 거예요? 게랄드는 잘 설명하지 못하겠다고 쉐이든한테 물으라던걸요."

쉐이든은 뒤를 돌아보며 웃었다. 좀 전까지 콧노래를 흥얼거리던 게랄드는 드디어 잠이 든 건지 아무 말 없었다.

"얘기의 시작이 그것부터라면 잘 골랐군. 나도 울프 기사단에 대해 알게 된 건 시험 때부터였으니까. 응시 조건부터 파격적이었다. 나이도, 국적도, 성별도, 계급도, 어떤 것도 묻지 않고 오직 검술과 본인의 소양만 보고 뽑는다고 했는데, 출신 불명의 용병들이나 대대로 귀족의 피가 섞인 적이 없는 평민들에겐 굉장히 매력적이었지."

황야의 지평선 너머로부터 날아온 까마귀 두 마리가 마차 뒤로 휙 지나갔다. 전쟁터에서 봤던 까마귀가 떠올라 카셀은 괜히 어깨를 움찔했다.

"그렇다고 이미 기사단 출신인 사람이 없었느냐 하면 그것도 아니었어. 얼마든지 다른 기사단에 들어갈 수 있는 귀족들이나 검사들도 시험에 참가했지. 나 역시 이로피스의 관직에 있었지만, 그 소식을 듣자마자 아란티아로 달려갔고. 기한 내에 도착하지 못하는 줄 알고 얼마나 조마조마하던지……."

쉐이든이 자연스럽게 그 뒷이야기를 꺼내려 할 때, 짐칸의 지붕에 엉덩이를 걸치고 앉아있던 아즈윈이 갑자기 뛰어내렸다.

"잠깐!"

그녀는 쉐이든의 목에 목마를 탄 자세로 착지했다. 쉐이든이 균형을 잃고 앞으로 휘청거렸다가 있는 힘을 다해 가까스로 몸을 일으켰다.

"너 이 녀석, 누구 등뼈 부러뜨릴 일 있어?"

쉐이든은 버럭 화를 냈지만 그렇다고 아즈윈을 떨어뜨리지는 않았다. 아즈윈은 그대로 올라탄 채 쉐이든의 머리를 끌어안았다. 동그랗게 몸을 말고 있는 그녀의 모습은 재미있으면서도 귀여워 보였다. 그런데도 눈은 매섭게 뜨고 있는 게, 마치 자길 귀엽게 보면 죽여 버리겠다는 경고 같았다. 다른 하얀 늑대들도 그렇지만, 유독 아즈원은 어떤 행동을 하든 특별하게 보였다.

"그 얘기, 내가 해도 돼?"

아즈원이 물었다.

"아, 그러십시오. 동의는 왜 구하십니까? 아주 그냥 목을 부러뜨린 다음에 말하지."

쉐이든이 화난 목소리로 떠들었다. 아즈원은 허벅지로 그의 목을 졸라 말을 못 하게 만든 다음 이야기를 시작했다.

"그건 어느 시골 마을의 청순가련한 소녀 검사로부터 시작되는 이야기지."

아즈원은 가만히 눈을 감고 아련하게 하늘로 고개를 들었다. 짐칸에서 자고 있는 줄 알았던 게랄드가 느닷없이 웃음을 터트렸다. 바닥을 손바닥으로 쿵쿵 내리치기까지 했다.

"나 방금 꿈에서 아즈원이 청순가련한 소녀였다는 말을 들었어. 악몽인가 봐."

아즈원은 조금도 신경 쓰지 않고 계속 꿈을 꾸는 듯한 말투로 얘기를 이어나갔다.

"그 소녀는 천부적인 검의 재능을 가졌지. 장난삼아 그 애에게 검을 가르친 모든 사내 녀석들이 나중에는 그 애에게 두들겨 맞을 정도였어. 아이의 놀라운 재능이 자랑스러우면서도, 하나밖에 없는 딸이 자칫 엇나갈까봐 불안했던 부모님은 이왕 이렇게 된 거 제대로 된 검술 학교로 아이를 보냈지. 호신술 정도나 가르칠 생각이셨을 거야. 하지만 부모 마음도 모르는 멍청한 여자애는 수업 첫날부터 검술 학원 선생과 겨뤄서 자랑스러운 무승부를 기록한 다음 쫓겨나고 말았어."

아즈윈은 훌쩍거리는 척하면서 얘기했다.

"불쌍한 부모는 칼질밖에 모르는 멍청한 딸년을 다시 받아들여야 했어. 그리고 말썽 많은 딸내미를 어떻게 처분해야 할지 난감해 했지. 그러다 소녀는 한 남자를 만나게 되었어. 그 사람이 누구냐 하면……."

"얘야, 그 검은 누가 가르쳐 준 거냐?"

머리는 본래 색깔을 알 수 없을 만큼 지저분했고, 아무렇게나 입은 옷에, 얼굴의 반이 수염으로 덮인 남자였다. 하지만 아즈윈은 목검을 하나 쥐고 있다는 이유만으로 그 남자가 조금도 무섭지 않았다. 열세 살이 넘은 이후 이미 마을에서 자기를 검으로 이길 사람이 없었기 때문이기도 했고, 그 지저분한 남자는 가만히 서 있는 것마저 힘들어 보였기 때문이기도 했다.

"혼자요. 많은 사람들이 저를 가르친 지 하루도 못 되어 저한테 지니까 그건 배운 거라고 할 수 없죠."

"그것참 대단하구나. 이름이 뭐냐?"

"안 가르쳐줘요."

"그럼 널 뭐라고 부르지?"

"부르지 말고 갈 길 가면 되죠."

아즈윈은 툭 쏴붙였다.

"오호, 저런. 잘못 건드렸다가는 날 죽일 기세구나."

"맞아요. 잘못 건드리면 죽일 거예요."

아즈윈은 최대한 무서워 보이는 얼굴로 말했다. 남자는 아랑곳 않고 개울 옆으로 다가갔다.

"뭐 하는 거예요?"

"물 마시는 것도 네 허락을 받아야 하니?"

아즈윈은 딱히 따질 말이 없어 입을 다물었지만 남자의 태도에 왠지 화가 났다.

그는 바위에 앉아 가방에서 가죽 주머니를 꺼내 흐르는 개울에 담갔다. 주머니에 물을 모두 채워 물을 마시고, 빈 만큼 다시 물을 채운 후 가죽 주머니를 다리 사이에 끼고 뚜껑을 닫았다.

보통 사람의 동작과는 약간 달라 어색했지만 왜 그런지 처음에는 알아보지 못했다. 아즈윈은 나중에야 그의 손이 하나밖에 없음을 발견했다. 하지만 불편해 보이지도 않았고, 칼까지 차고 있어 외팔이라는 게 티가 나지 않았다.

"한 손이 없나요?"

아즈윈이 호기심에 물었다.

"보다시피."

그는 잡히는 게 없는 소매를 흔들어 보였다. 아즈윈은 슬그머니 그에게 다가갔다.

"어쩌다가요?"

"칼을 차고 싸움터를 전전하다 보면 몸의 일부를 잃는 건 흔한 일이지."

"그럼……."

아즈윈은 침을 꿀꺽 삼키고 물었다.

"사람도 죽여 봤겠네요?"

"죽여 봤지. 죽을 뻔하기도 하고."

남자는 벌써 아즈윈의 속마음을 꿰뚫은 듯 말했다.

"너, 사람을 죽여보고 싶은 거구나?"

"그럴 리가요! 하지만 정의를 위해서라면 악당들을 죽일 수밖에 없지 않을까요?"

아즈윈은 나름대로 키워온 가치관을 자신 있게 떠들었다.

"어디 보자, 열네 살?"

남자가 물었다.

"열다섯이에요! 하지만 깔볼 생각은 아예 하지 말아요."

"깔보다니, 설마!"

남자의 미소는 부드럽고 여유가 있었지만 어딘가 부자연스러웠다.

'아니, 부자연스러운 건 내 마음이야. 이 남자 이상해.'

남자는 협박을 하지도 않았고 소녀의 협박을 비웃지도 않았다. 그런데도 얘기를 하면 할수록 점점 그의 기운에 밀리는 기분이 들었다. 이런 적은 처음이었다. 다른 어른들은 이러지 않았다.

"진검을 써본 적이 있니?"

"아니요. 아무도 그런 비싼 물건은 주지 않으니까."

그 남자는 칼을 스윽 뽑았다. 아즈윈은 검에 대해 아무것도 몰랐지만, 단박에 그게 엄청나게 좋은 칼이라는 생각이 들었다. 눈의 착각인지는 모르겠지만 칼날을 따라 희미한 붉은빛이 새어 나오는 것 같았다. 마치 피가 묻은 것처럼.

남자는 아즈원에게 칼을 휙 던져주었다. 아즈원은 얼결에 남자가 던진 칼을 잡았다.

"어때 보여?"

손에 걸리는 묵직함에 전신이 짜릿해지는 기분이었다. 아즈원은 들고 있던 목검을 던져버리고 남자가 건넨 진검을 높이 들었다가 힘차게 휘둘렀다.

"멋지네요. 언제나 이런 검을 하나 가지고 싶었어요."

"그래? 그럼 내가 그 칼을 주고 어디 어디에 악당이 있다고 가르쳐주면 죽이러 갈 거냐?"

남자는 아즈원이 던져버린 목검을 주워들었다.

"그럼요. 전 금방 최고가 될 수 있을 거예요."

"하지만 아무래도 경험이 모자라지 않을까?"

"차츰 경험을 쌓을 거예요. 제일 약한 녀석부터 잡은 다음에 점점 강한 녀석을 잡고, 훗날 세상을 멸망시킬 대마왕을 물리치는 거예요. 그런데 왜 아까부터 그런 걸 묻는 거예요?"

"실은 난 어린 여자만 보면 죽이고 싶어서 환장한 미친 살인마라서 그래."

"네에?"

아즈원이 채 반응하기도 전에 남자는 목검을 휙 그었다. 면도날처럼 날카로운 것이 아즈원의 뺨을 긋고 지나갔다. 흠칫 놀라 뺨에 손을 대봤더니, 붉은 피가 배어 나오고 있었다.

"근처 마을에 있는 여자와 어린아이를 모두 장난삼아 죽일 건데 너 같은 정의의 사자가 있으면 곤란하지 않겠니? 그전에 죽여야지."

남자는 처음 나타났을 때나 지금이나 변함없는 표정으로 잔인한 말을 내뱉었다.

"쉽게 죽이는 건 싫어. 그래서 칼이라도 쥐어줘서 반항하게 만들 거란다."

아즈윈은 그대로 얼어붙었다. 남자는 목검을 들고 어깨를 으쓱해 보였다.

"아니, 거기 가만히 서서 뭐하니? 내가 놀리는 것 같아? 그 칼은 드래곤도 벨 수 있는 칼이란다. 대마왕을 쓰러뜨릴 거라며? 고작 목검 하나 쥔 외팔이도 못 이겨서야 쓰겠니?"

"가, 가까이 오면 지, 진짜로 찌를 거예요!"

아즈윈은 소리쳤지만 목소리가 떨리는 건 어쩔 수가 없었다.

남자가 목검을 휘둘러 아즈윈의 다른 쪽 뺨도 베었다. 칼을 내밀고 있었지만 아무 소용없었다. 이제 양쪽 뺨에서 피가 번져 나오는 것이 느껴졌다.

'말도 안 돼. 저건 목검이야. 살이 베일 리가 없어. 칼날이라도 숨겨져 있나? 하지만 저건 내 건데?'

아픔은 나중에 찾아왔다. 하지만 그보다 먼저 공포가 마음속에 빠르게 번져나갔다.

"으아악!"

아즈윈은 비명을 지르며 칼을 두 손에 쥐고 아무렇게나 휘둘렀다. 하지만 다음 순간 아즈윈의 칼은 남자의 손에 들려 있었고, 아즈윈은 균형을 잃고 털썩 쓰러졌다. 남자가 목검으로 아즈윈의 뺨을 푹 찔렀다. 뭉툭한 나무가 피부에 닿았다. 숨겨진 칼날 같은 건 없었다.

"약한 녀석부터 천천히 죽여서 경험을 쌓는다?"

아즈윈은 공포에 질려 눈물을 보였다. 지금까지 싸우다가 눈물을 보인 적이 한 번도 없었건만 지금은 그렇게 되어버렸다.

"그런데 첫 상대가 나라면 어찌 되는 거냐? 날 상대로 경험을 쌓을 수나 있을까?"

그가 물었지만 아즈윈은 대답하지 못했다.


◄◄ ◆ ►►


아즈윈은 얘기를 멈췄다.

카셀은 호기심 가득한 얼굴로 뒷얘기를 기다렸다.

"그래서 그 외팔이 남자는 누구였어요?"

"몰라. 그냥 좀 제정신이 아닌 이상한 남자였어. 결국 날 죽이지도 않았지. 으음, 카셀을 실망시키고 싶진 않지만, 이 이상은 관두는 게 좋겠다. 언제든 얘기할 때가 있을 거야."

아즈윈은 등산을 하듯 쉐이든의 등을 타고 내려온 후, 카셀을 엉덩이로 밀어내고 옆에 자리잡았다. 쉐이든이 혼자 앉으면 딱 맞을 공간에 이제 세 명이 앉게 되었다. 쉐이든은 엉덩이를 반만 걸친 꼴이 되고 말았다.

"뭐, 검술을 가르쳐준 사람은 그 사람이긴 하지만, 어쨌든 내 마음의 스승은 아이린 울프야."

아즈윈은 화제를 돌렸다.

"게랄드한테 잠깐 들은 것 같은데요. 아즈윈이 존경하는 사람은 따로 있다고. 아이린이 바로 그 사람인가요?"

"맞아. 아란티아의 지배자가 여왕이므로 하얀 늑대들에도 최소한 한 명은 여자여야 하는 규칙이 있는데, 그것 때문에 억지로 끼워놓은 존재일 것이다…… 외부에서는 그렇게 말하기도 했지. 하지만 울프 기사단이 싸우는 광경을 직접 본 몇 안 되는 사람들은 이렇게 말해. 하얀 늑대들이 펼치는 눈부신 전투 중에도 단연 돋보이는 움직임이 있다면 그건 아이린 울프다!"

아즈윈은 허공에 주먹을 불끈 쥐어 보였다.

"하얀 늑대가 된 후 마스터에게 제일 먼저 물은 것도 아이린에 대한 거였어. 마스터는 간단하게 설명했지. '아이린은 우리 하얀 늑대들 중 가장 검술이 뛰어났다. 그 친구가 높은 직책에 대한 책임감을 감당할 줄 알았다면 지금 너희들이 마스터라고 부를 상대는 아이린이었을 것이다.' 언제고 그분을 만나면 나는 제일 먼저 이렇게 말할 거야. 나는 당신 같은 사람이 되고 싶습니다."

아즈윈은 눈앞에 아이린이 나타난 듯 고개를 까닥여 보였다.

"10년 전에 전쟁을 했다면 지금은 아줌마 아냐?"

눈치 없게 게랄드가 뒤에서 끼어들었다.

"마스터도 지금 마흔 살이 다 되었지만, 술배 나온 중년 아저씨들이랑 비교가 되냐? 아이린은 10년 전에 나랑 동갑이었어. 그러니까 마스터보다 훨씬 어리지!"

카셀은 두 사람이 대화하면 늘 싸움으로 발전한다는 걸 알았기에 제어에 나섰다.

"말 나온 김에 이전 하얀 늑대들 얘기도 들려주실 수 있나요?"

"그건 몰라. 전에 마스터한테 이런 걸 물었거든. 아이린 말고 다른 하얀 늑대들은 누구냐고. 그랬더니 마스터가 아주 재미있는 얘기를 해주시더라고."

아즈윈은 굵은 목소리로 스승의 목소리를 흉내 냈다.

"우리는 헤어질 때 내기를 하나 했다. 그 내기 때문에 난 그들에 대해 말해줄 수 없어. 아이린은 네가 벌써 알아버렸지만, 굳이 다른 두 친구에 대해 말해줄 수는 없지. 내기가 종료되면 그때 자연스럽게 너는 그들의 정체를 알 수 있을 거고, 그 전까지는 모르는 게 더 재미있을 거다……."

아즈윈은 어깨를 으쓱하며 도로 원래 목소리로 말했다.

"재미있을 거라는데 굳이 알려고 발악할 필요야 없지."

"울프 기사단의 다른 기사들도 말 안 해주던가요? 나이 많은 사람이 있을 거 아니에요?"

카셀이 물었다.

"안 해주더라. 그런 걸 비밀로 하라고 강요하지도 않았고 각서를 쓴 것도 아닌데, 아무도 말하지 않아. 이상한 불문율이지. 사실 따지고 보면 지금의 울프 기사단들도 우리의 정체를 말하지 않잖아? 아마 이렇게까지 하얀 늑대들에 대해 떠들고 다니는 사람은 당사자인 우리뿐일 거야."

카셀은 울프 기사단에 대한 소문이 이상하게 부풀려지는 과정의 일부를 엿본 것 같았다.

"이번에는 쉐디, 네 얘기를 해봐."

아즈윈이 부추겼다.

"무슨 얘기?"

"네가 울프 기사단 시험을 치르게 된 얘기. 아니면 네 과거 얘기라도. 그쪽이 더 재미있겠다."

"내 과거를 왜 얘기해야 하나?"

"우리가 언제 이런 얘기 해 보겠냐? 좋은 계기야. 무엇보다 우리의 캡틴이 기대하고 있잖아!"

쉐이든은 별로 내키지 않는 목소리로 말문을 열었다.

"그러니까…… 난 이로피스의 기사 수행을 돕는 기관에서 사무관으로 일했다."

아즈윈은 카셀의 가슴을 팔꿈치로 쿡쿡 찌르며 말했다.

"펜대 놀리는 직업이었대. 엄청 안 어울리지?"

그녀와 몸이 찰싹 닿아있는 상태라 카셀은 쉐이든의 얘기에 집중하기가 힘들었다.

"그전까지 딱히 검을 배워본 적은 없었다. 하지만 대신 난……음……."

쉐이든은 인상을 찌푸렸다. 시선이 향하고 있는 곳은 말의 궁둥이였지만 바라보고 있는 것은 아마도 십 년 전 과거의 자신인 모양이었다.

"난 눈썰미가 좋았지. 남들이 칼을 쓰건 창을 쓰건 어떻게 쓸 건지, 다음 동작을 금방 예측할 수 있겠더군. 그렇게 칼 한 번 잡아본 적 없이 살던 어느 날, 어떤 대단한 녀석을 봤다. 내 나이 또래밖에 안 되는 어린 녀석이 이로피스의 기사들을 단숨에 쓰러뜨리더군. 그걸 보니 나도 저렇게 해보고 싶다는 생각이 불쑥 들었다."

그 대목에서 쉐이든은 잠시 말을 멈췄다.

"그 사건 이후에 대충 적당히 검을 배우고 계속 훈련을 쌓다가 이로 피스 왕실 기사단에 들어갈 수 있게 되었다. 하지만 검술보다 위계질서와 기사도를 더 따지는 곳이었던 터라 나한테는 맞지 않더군. 그런 중에 아란티아에서 기사를 뽑는다는 소리를 듣고 오게 됐다."

"되게 재미없게 얘기한다."

아즈윈이 타박했다. 뒤에서 게랄드가 쉐이든 편을 들었다.

"너보다는 나아. 넌 아예 얘기하다가 말았잖아."

카셀도 속으로 동의했다.

'하지만 쉐이든도 중요한 대목은 얘기하지 않았어. 아즈윈도 그렇고. 뭐, 누구든 감추고 싶은 과거는 있는 법이니까. 나도 이번 전쟁에 나선 계기가 질투심이었다고는 절대 말 못 할 거야.'

아즈윈이 게랄드에게 손가락질을 했다.

"그럼 게랄드, 네 얘기도 해 봐."

"내 얘긴 너무 재미있어서 들으면 난리 날 텐데?"

"그러시겠죠."

"그럼 시작하지. 난 이로피스 사상 최강의 용병이었다."

"웃기시네."

아즈윈이 시작부터 비웃었다.

"아아, 저건 사실이야. 내가 아직 사무관이었던 시절만 해도 불의 용병이라는 명성은 엄청났어."

쉐이든이 보답이라도 하듯 게랄드 편을 들었다.

"들었어? 쉐이든은 일 년에 거짓말을 딱 한 번 하는데 얼마 전에 시

녀랑 바람피워놓고 안 피웠다고 거짓말 한 번 해버렸으니까 지금 건 거
짓말이 아니야.”

게랄드는 쉐이든의 은혜를 고자질로 갚았고, 쉐이든은 버럭 소리 질
렀다.

“어디서 그딴 개소리를 듣고 온 거냐!”

“내 얘길 마저 하지. 난 용병 일을 하다가 어…… 음, 어떤 사건을
계기로…….”

신나게 얘기하던 게랄드가 어째서인지 말문이 턱 막혔다.

“어떤 사건?”

아즈윈이 물었다.

“아, 음, 어, 뭐, 하여튼.”

게랄드는 이상한 추임새로 아즈윈의 질문을 얼버무리고 쉐이든처럼
뒷말을 빨리했다.

“나도 대충 소식 듣고 아란티아로 갔어. 시험 보러 온 놈들 다 쓰러
뜨리고, 검술의 최고 경지에 있다는 퀘이언을 쓰러뜨리고 다음 상대를
찾아 또 여행을 떠나자…… 가 목표였지. 너도 알다시피 목표 달성은
실패했다.”

게랄드도 중요한 부분은 말하지 않고 얘기를 끝냈지만, 카셀은 역시
나 따지고 들지 않았다. 지금은 그저 그들의 얘기를 듣기만 해도 좋았
다. 게랄드가 등 뒤를 가리키며 말했다.

“참고로 던멜은 우리도 아직 잘 몰라. 당최 자기 얘기를 안 하는 과
묵한 친구라서.”

카셀은 입맛을 다시면서 모두를 돌아보았다. 다들 방금 말 안 한 대

목을 떠올리고 있는 건지, 침묵이 이어지고 있었다. 카셀은 다시 분위기가 무거워질 것이 걱정되어 말했다.

"이제 울프 기사단 시험 얘기를 해주세요. 어떤 시험이었어요? 서로 싸워서 이긴 사람이 합격?"

쉐이든이 제일 먼저 대답해 주었다.

"솔직히 그 방식을 기대하고 가긴 했지."

"나도! 하지만 정말 그랬으면 그런 멍청한 짓도 없었겠지."

아즈윈이 보충했다.

"그럼 실제로는 어땠는데요?"

카셀은 잔뜩 기대하고 물었다. 그러나 아즈윈은 싱겁게 대꾸했다.

"뭐랄까, 아주 지루했어."

"지루하다니요?"

"시험이란 게 '아무것도 하지 않기'였거든."

"네에? 그런 게 어떻게 시험이에요?"

"어떤 방식이냐 하면……."

쉐이든이 대답하려고 하자 아즈윈이 그의 옆구리를 팔꿈치로 쿡 찌르며 말했다.

"내가 얘기할래!"

쉐이든은 '으흑!' 하는 이상한 소리를 내며 몸을 틀었다. 아즈윈은 엉덩이로 쉐이든을 밀어내며 얘기했다.

"어디서부터 얘기해야 하나? 그래, 그것부터 이야기하는 게 좋겠군. 난 좀 합류가 늦은 편이었어."

아즈원은 조금 합류가 늦은 편이었다. 울프 기사단을 모집한다는 소식이 퍼진지 한 달이 채 안 됐는데, 그 시점에 이미 삼백 명이나 되는 지원자가 아란티아에 모여든 것이다. 가장 빠른 소문이라는 것이 고작해야 각지를 떠돌아다니는 상인들에 의한 것임을 감안하면, 지원할 수 있는 사람들은 소식을 들은 즉시 출발했다고 봐도 좋았다. 물론 그 삼백 명도 대부분 다른 귀족에게 이미 고용되어 있는 기사이거나 유명 검술 학원의 강사처럼 각 지역 최강자라 불리던 사람들이었다.

어린 시절의 '선생님' 덕에 아즈원은 늘 자신의 실력을 의심했다. 그래서 만약 주변에 실력을 견줄 사람이 사라지면 자만에 빠지기 전에 또 다른 실력자를 찾아 용병 테스트 따위에 참여했다. 울프 기사단에 지원한 데에는 다른 이유도 있지만, 그 이유가 더 컸다.

이런 곳에 오면 아즈원에게 정해진 절차처럼 벌어지는 일이 있었다. 일단 누군가 그녀에게 치근댄다, 아즈원이 그런 놈을 제압한다, 결국 분위기 살벌!

하지만 여기선 그런 사람 하나 없이 모두 중요한 시험을 앞두고 집중하는 모습이었다. 아즈원은 그 부분이 마음에 들었다. 여기에 있는 지원자들이 모두 진짜 실력자고, 그렇지 못한 이들은 감히 여기 올 엄두도 못 냈다는 간접적인 증거로 여겨졌다.

공고를 했던 대로 시험 감독관들은 그들에게 출신지를 묻지 않았다. 심지어 기사가 된 후 충성을 다하겠냐는 말조차 강요하지 않았다.

감독관들은 응시할 자격이 있는지를 간단한 검무와 신체검사로만 확인했는데, 아즈원은 그들 앞에서 서슴지 않고 웃옷을 벗었다. 감독 관들은 사무적으로 그녀의 몸을 살핀 후 합격이라며 통과시켰다. 기사 소양을 본다며 몇 가지 질문이 있었지만, 형식적이었다.

보름이 지나고 백 명이 더 모였고, 모집 기한이 다 되었을 때는 거의 오백 명에 육박했다. 지원자들이 모여 있는 천막은 더 이상 사람을 수용할 수 없게 되었다.

돈이 좀 많은 기사나 귀족들은 근처 여관에서 편하게 숙식을 해결했 지만 나머지는 아란티아 왕실에서 제공하는 들판의 큰 천막에서 공동 생활을 했다. 음식은 제공되었지만, 각지에서 최고 검사 소리를 듣는 그들로서는 자존심 상하는 일이 아닐 수 없었다.

아즈원은 주최 측에서 여자에 대한 배려로 따로 천막을 차려 준 점 만으로도 충분히 만족했다. 여자 주제에 어딜 지원하느냐는 눈빛으로 바라보는 다른 곳의 시험관과는 달리 그녀를 지원자 중 한 명 이상으로 보지 않는 점도 마음에 들었다. 그러나 여자라 겪는 어쩔 수 없는 불이 익까지 시험관들이 책임지지는 않았다. 시험 당일은 그녀의 생리일이 었다.

몸 상태도 좋지 않은데다 체력까지 떨어질 대로 떨어져, 시험에 영향을 미칠까 걱정되었다. 아즈원은 시험 감독관에게 사정을 설명하고 자신의 시험일을 늦춰달라는 말을 해볼까 생각했지만 오히려 이미지가 안 좋아질 것 같아 관뒀다. 직전에는 생리통까지 이어졌다.

'잘 됐군. 나쯤 되면 이 정도 핸디캡은 있어 줘야지.'

시험 날 아침에 모인 사람 중에는 여자도 꽤 있었다. 대충 세어본 숫자만도 스무 명이었다. 어차피 그들도 서로 경쟁 상대라, 딱히 배려하거나 뭉치는 일은 없었다. 개중에는 옷 잘 입은 귀족들도 있었고, 집이라도 부수러 왔는지 끌고 다니기조차 힘든 망치를 든 녀석도 있었고, 무기 하나 없이 맨손으로 참가한 녀석도 있었다. 딱 봐도 범죄자 같은 녀석도 있었다. 아즈윈이 지금까지 만나본 실력자들보다 더 많은 실력자들이 여기 한자리에 모인 것 같았다.

원래대로라면 설레는 마음으로 시험의 개시를 기다려야 했지만 상황이 상황인지라 아즈윈은 불안해졌다.

"내가 여기 온 건 울프 기사단의 명성이 진짜인지 확인해 보기 위해서야."

"난 마스터 퀘이언과 겨루기 위해서지. 기사가 되고 안 되고는 중요하지 않아."

"아란티아는 부자 나라야. 기사단이 되면 엄청난 보수를 받을 게 틀림없어."

"별놈들이 다 모여 있군. 이런 것들도 기사라고 뽑힌다면 나는 이 시험 자체에 항의하겠어. 아란티아는 나를 정식으로 울프 기사단에 초청했어야 했어."

아즈윈은 가만히 앉아서 주변 얘기를 들어두었지만, 딱히 시험에 도움이 될 만한 얘기는 없었다. 어떤 종류의 검술 시험을 보고, 누구와 시합이 있을 거라는 출처가 불분명한 정보가 돌아다녔지만 아즈윈은 무시했다.

곧 지원자들이 모여 있는 공터로 시험 감독관으로 보이는 세 사람과 그들을 호위하는 울프 기사단 세 명이 나타났다. 일순간 공터에 정적이 감돌았다. 그들은 시험 감독관보다 뒤따라오는 울프의 기사 세 명에게 시선을 두었다.

울프의 기사들은 나이는 어렸지만 절도 있고 강해 보였다. 울프 기사단과 겨루기 위해 이 시험에 참여했다는 녀석들도 곧 그 말을 철회해야 할 정도로, 함부로 접근할 수 없는 강렬한 기운이 감돌았다. 아즈윈은 그들을 보자마자 손에 힘이 잔뜩 들어갔다.

'너희들이 날 테스트하겠다고? 필요 없어. 난 지금 당장 니들과 붙어도 돼!'

시험 감독관은 긴 두루마리를 편 후 지금부터 시험을 시작하겠다는 선언을 했다. 울프 기사단에게 고정되어 있던 긴장된 눈빛이 감독관 쪽으로 돌아갔다.

"시험 방법은 간단합니다. 여러분들은 여기 지정된 장소에서 벗어나지 않은 채 일주일을 보내면 됩니다."

감독관은 힘없는 목소리로 설명했다. 조용한 공터에 웅성거리는 소리가 있었다. 아즈윈도 조금 놀랐다.

'일주일이나?'

"앞으로 동료가 될지도 모르는 사람들과 이야기를 할 수도 있고, 가지고 온 술이나 음식이 있다면 먹고 마셔도 좋습니다. 도박을 하든 책을 읽든 자신이 하고 싶은 건 뭘 하든 상관없습니다. 하지만 다른 사람을 공격하거나 그러려는 시도만 해도 그날 일정이 끝난 후 퇴장시키겠습니다. 칼을 꺼내기만 해도 퇴장이니, 조심하시기 바랍니다."

감독관의 말이 이어지면서 웅성거리는 소리가 더욱 커졌다.

"합격자와 실격자는 매일 해가 지기 전에 호명하겠습니다. 이 사람들 역시 퇴장 처리됩니다. 하지만 그들이 합격해서 나가는지 실격으로 나가는지 남은 사람들은 알지 못합니다. 남은 이들은 왜 그들이 실격인지도 알 수 없을 것이며 실격자들 역시 자신이 왜 실격인지 알 수 없을 겁니다. 오직 합격자만이 자신이 왜 합격했는지 깨닫게 될 것입니다."

지원자들은 엉뚱한 시험 내용에 어리둥절해 했다. 몇 명은 성급하게 손을 들어 질문을 요구했다. 하지만 감독관은 그보다 한 발 더 빨리 말했다.

"어떤 질문도 받지 않습니다. 여러분은 검으로써 자신의 실력을 직접 평가받기를 바라겠지만, 그건 자기 과시일 뿐입니다."

지원자들이 들었던 손이 도로 내려갔다. 감독관의 말이 이어졌다.

"이곳에 지원한 사람들은 기본적으로 어디에서나 실력을 인정받고 있음을 압니다. 우리는 그런 사람들을 검술 시합 한 번으로 평가하는 우를 범하지 않을 생각입니다."

감독관은 두루마리를 접었다.

"간단하게 요약해 드리겠습니다. 여러분들이 지금부터 할 일은 오직 두 가지입니다. 지정된 장소를 벗어나지 않을 것, 이곳에서 같이 생활하는 다른 사람들을 공격하지 않을 것. 그것뿐입니다. 초조해하지 마십시오. 우리는 오직 가능성과 실력만으로 뽑을 생각이며, 인원 제한은 없습니다. 그러니 여기 있는 모두가 합격할 수도 있고, 여기 있는 전원이 불합격될 수도 있습니다. 이상입니다."

감독관은 말을 마치고 가버렸다. 곧 새로운 아침의 시작을 알리는 나팔이 울리고 갑작스럽게 식사가 제공되었다.

"이게 뭐야?"

지원자 대부분의 반응은 그랬다.

아즈원은 검투 시험이 없는 것을 다행으로 여겼다. 어지간한 녀석들은 지금 컨디션으로도 이기겠지만, 가지고 있는 실력을 모두 내보일 수 없는 건 스스로도 만족스럽지 않았다. 방금 봤던 울프 기사단 수준의 지원자가 끼어 있다면 위험했다.

그것은 '선생님'의 가장 귀중한 가르침이었다.

선생님은 어린 아즈원을 만난 순간 살인마 행세를 하며 공격을 해왔다. 아즈원은 그날 처음으로 죽음의 공포를 느꼈다. 눈물을 흘리는 어린 아즈원을 내려다보던 선생님은 부드럽게 말했다.

'나는 세상에 무서울 게 없는 칼잡이었다. 너보다 어렸을 때 이미 사람을 수없이 죽이고 다녔던 현상금 사냥꾼이었지. 그런데 내 팔을 보렴. 난 나보다 더 강한 상대를 만나 팔을 잃었어. 사람이 서로 죽고 죽이는 이 세계에서 단지 네 경험을 위해 죽어줄 악당 같은 건 없단다.'

선생님은 주저앉아 어린 아즈원과 시선을 마주하고 손을 내밀었다. 아즈원은 흠칫 놀라며 목을 움츠렸지만 그는 커다란 손으로 그녀의 뺨에 흐르는 눈물과 피를 닦아주었다. 인자했지만 여전히 무서운 얼굴이었다.

'네 목숨을 노리는 적은 언제나 네가 만난 최강의 적이라고 생각해라. 네가 죽일 수 있는 상대 역시 널 죽일 수 있다는 사실을 잊지 마라.'

그는 아즈원의 머리를 쓰다듬었다. 그렇게 끝난 선생님의 첫 번째 가르침은 평생 아즈원의 머릿속에서 떠나지 않았다.

최악의 순간에 최강의 상대를 만날 수도 있다. 가장 방심한 순간에 가장 치명적인 기습을 당할 수도 있다. 그렇기에 아즈원은 지금의 몸 상태를 두고 불만을 가지지 않았다.

'이 정도 불리한 조건 때문에 울프 기사단이 못 될 거라면 난 처음부터 틀린 거야.'

입맛은 없었지만, 체력을 비축하기 위해 식사를 꼬박꼬박 챙겨 먹었다. 오백 명이 넘는 사람에게 제공되는 식사치고는 질도 괜찮았다.

'역시 부자 나라구나, 아란티아는.'

첫날은 아무 일도 일어나지 않았다. 아즈윈은 온종일 뭔가 벌어지길 기대하며 눈을 동그랗게 뜨고 시험장을 바라보았지만, 눈에 띌 만한 일은 벌어지지 않았다. 다른 사람들도 온종일 긴장된 상태를 이어가다가 저녁쯤에는 포기했다. 저녁이 되어도 실격되거나 합격하여 호명되는 사람은 없었다.

둘째 날 아침이 밝아왔다. 아침 식사 시간에 사람들은 이번 시험에 대한 이야기를 주고받았다. 간밤에 시험관의 기습이 있을 거라고 생각한 어떤 사람은 잠을 못 자 눈이 벌겋게 달아올라 있었다. 어떤 이는 이게 단순히 단체 생활을 견딜 수 있는지 판별하려는 것이며 진짜 시험은 따로 가질 거라고 예상하기도 했다. 하지만 아즈윈은 여기 어딘가에 시험 내용이 있을 거라고 믿었다.

'분명 일주일 안에 뭔가가 벌어질 거야. 첫날 아무 일도 일어나지 않았던 것은 우리를 초조하게 만들 심산이겠지. 말려들면 안 돼.'

아즈윈은 전투가 벌어지기 직전의 전쟁터에 섰을 때처럼 너무 긴장하지도, 풀어지지도 않은 상태를 유지했다. 용병 생활을 하면서 단련된 마음가짐이었다.

그날 하루도 아무 일 없이 지나가는 줄 알았다. 긴장감을 조성하려는 것 치고는 지나치게 시간을 끈다고 생각하던 차에 갑자기 밖이 소란스러워졌다. 막사 밖으로 나가보니 두 명이 칼을 들고 싸우고 있었다. 감독관이 찾아와 말리지 않았다면 누구 하나 죽었을 격렬한 싸움이었다.

"저놈이 먼저 날 죽이려고 했어."

한 명이 말했다.

"헛소리 마. 사과를 깎아 먹으려고 칼을 꺼낸 것도 잘못이냐?"

"웃기시네. 그렇게 큰 칼로 사과 깎아 먹는 놈도 다 있냐?"

"규칙에는 공격하지 말라고 했지, 칼 꺼내는 것 자체는 규칙 위반이 아니야! 그렇지 않소?"

다른 한 명이 감독관에게 하소연했다.

"규칙을 정확히 해주쇼! 저 녀석은 분명 내 옆에서 칼을 뽑았어! 어? 가만가만, 너 이제 보니 나 쫓아온 현상금 사냥꾼 아니야?"

"뭣이 어째? 현상금 사냥꾼? 넌 방금 나와 유서 깊은 내 가문의 명예를 더럽혔다."

둘은 감독관이 보고 있는 상태에서 다시 한 번 붙을 판이었다. 감독관은 펜을 들어 명단에 무언가를 적었다.

"잠깐 뭘 적는 거야?"

"이봐. 방금 봤잖아. 이놈 잘못이라고!"

"아니야. 이 친구가 먼저 그래서 하는 수 없이 칼을 꺼낸 거야!"

"난 막기만 했어. 자기 목숨 지키는 것도 문제야?"

감독관은 고개를 젓더니 웃으며 말했다.

"걱정 마십시오. 저는 당신들의 이름을 적었을 뿐이지, 실격이라고는 말하지 않았습니다."

그는 자기가 적은 명단을 보여주었다. 진짜로 이름만 적혀 있었다. 두 사람은 불안한 얼굴로 물러나기만 했다.

일과가 끝났다는 나팔이 울린 후 시험관은 정확히 그 두 사람의 이름을 호명했다. 둘은 시험관들의 안내에 따라 밖으로 끌려나갔다. 처음 예고했던 대로 그들이 실격인지 합격인지는 알 길이 없었다. 다들 실격일 거라고 생각했다.

'이거구나!'

아즈원은 그들이 호명되는 순간 번쩍하고 떠오르는 것이 있었다.

'저 두 사람, 진짜로 싸운 게 아니야. 아주 격렬했고 수준 높은 싸움이었지만 살기도 없었고 허점을 노리고 급소를 찌르는 공격도 없었지. 둘은 그저 싸우는 연기를 한 거야. 그럼 이게 시험 문제고, 방금 힌트가 주어진 거겠군.'

아즈원은 방금 깨달은 사실을 아무에게도 말하지 않았다. 그리고 그 사실을 눈치챈 사람은 아즈원만이 아니었다. 두 명이 호명되어 나가는 것을 보고 진지한 표정으로 고개를 끄덕이는 이들이 몇 있었다. 아즈원은 그들을 바라보며 동질감을 느꼈다.

'너희들도 눈치챈 거지? 시험은 이제부터 시작인 거야!'

사흘째 아침이 밝았다. 많은 지원자가 지루해하기 시작했다.

서로 마음 맞는 사람들을 찾아 지루함을 대화로 달래는 이들도 많았고, 술을 꺼내는 이들도 있었다. 한 달 전부터 만나 벌써 터놓고 얘기할 만큼 우정을 쌓은 이들이 있는가 하면 아즈원처럼 외롭게 지내는 이도 많았다. 어쨌든 넓지 않은 공간에서 말 한마디 건넬 사람 없이 멍청히 앉아있는 건 따분하기 그지없는 일이었다.

그러던 중 아즈윈은 자신의 힘으로는 들어올리기조차 힘들어 보이는 커다란 철창을 끼고 앉아 있는 남자를 발견했다. 근육도 다부졌고, 덩치도 크고, 눈매도 매서운 게 딱 아즈윈이 좋아하는 타입의 남자였다. 아즈윈은 순전히 이성에 대한 호기심으로 그에게 접근했다.

"어디서 왔어?"

그 남자는 슬쩍 쳐다보기만 하고 이내 시선을 돌려버렸다.

"대화 상대가 필요한 거라면 굳이 내가 아니어도 될 거다."

아즈윈은 포기하지 않고 그와 좀 떨어진 자리에 엉덩이를 붙이고 앉아 계속 말을 걸었다.

"솔직히 말해 좀 심심하잖아. 같이 이야기나 하자. 이 시험의 목적이 뭐라고 생각해? 먼저 떨어진 두 사람을 보면 왠지 엉터리 같지 않아?"

"그게 엉터리라고 생각하면 난 더 할 이야기 없다."

그의 대답에 아즈윈은 큰 소리로 웃음을 터트렸다.

"훌륭한 대답이야! 그렇게 말하지 않았다면 나도 일어나버렸을 거야. 별거 아닌 남자한테는 접근하고 싶지 않으니까."

"너도…… 뭔가 알아냈나?"

아즈윈은 속삭이는 소리로 남들이 들리지 않게 말했다.

"그건 속임수였어. 어떤 속임수인지는 네가 먼저 말해봐."

"그 둘은 진짜로 싸운 게 아니다."

남자도 목소리를 낮췄다. 그제야 그도 아즈윈에게 관심을 보이며 물었다.

"그게 뭘 의미한다고 생각하나?"

"이번 시험의 힌트를 주기 위한 답안지의 일부겠지. 내 생각이 맞는다면 아란티아의 시험 감독관들은 보통 수준이 넘는 녀석들이야. 그리고 아란티아는 정말 대단한 기사단을 만들 생각임이 틀림없고."

아즈윈은 이미 이 남자가 자신에게 넘어왔음을 확신했다. 그리고 이 정도로 말했는데 호기심도 갖지 못한다면, 미련 없이 일어날 생각이었다. 다행히 그 남자는 굳은 얼굴을 펴며 손을 내밀었다.

"쉐이든 칸. 이로피스에서 왔다."

"아즈윈. 가넬로크에서 왔어."

그녀는 그의 굵은 손을 잡고 악수했다.

쉐이든이 호명된 건 시험이 시작된 후 나흘째였다.

그때는 이미 꽤 많은 사람들이 호명된 후였다. 우습게도 칼을 뽑은 사람들은 물론이고 하루 종일 아무것도 하지 않고 앉아 있던 사람들까지 불려 나갔다. 이제 호명의 기준이 뭔지 판단하기도 애매하게 되어버린 상태였다.

그런데 쉐이든이 창을 휘두르며 누군가를 공격한 모양이었다. 따분함에 시험장 주위를 가볍게 달리던 아즈윈은 서둘러 그에게 달려가 보았다. 쉐이든의 이마에는 땀방울이 송글송글 맺혀 있었다. 그러나 그의 주위에는 아무도 없었다.

"무슨 짓이야? 그리 긴 창을 이렇게 사람 많은 곳에서 휘두르면 어쩌자는 거야?"

아즈윈은 쉐이든의 돌발적인 행동에 놀란 다른 사람들이 함부로 말을 걸지 못하도록 일부러 큰 소리로 화를 냈다. 그리고 그를 한쪽으로 데려가 속삭이며 물었다.

"왜 그래? 왜 그랬어?"

"아니야, 아무것도."

쉐이든은 자신 없는 목소리로 주변을 다시 한 번 살폈다.

"하지만 난 아무래도 시험에 한 번 들었던 것 같아."

쉐이든의 말에 아즈원은 깜짝 놀랐다.

"뭐라고? 누군가 공격이라도 한 거야? 아무도 없던데?"

"맞아. 아무도 없었어."

"그럼 넌 합격한 거야? 합격한 사람은 자신이 합격했는지 알 거라고 했잖아."

"글쎄, 그것도 잘 모르겠어."

"모르니까…… 불합격인가?"

"그렇겠군."

쉐이든은 힘없이 웃었다.

저녁이 되자 정말로 쉐이든은 호명되어 나갔다. 아즈원은 하나밖에 없는 친구가 사라져버려서 안타까웠다. 특히나 합격한 사람은 자신의 합격 여부를 알 거라고 했던 시험관의 말이 마음에 걸렸다.

밤이 되었다. 아즈원은 잠이 잘 오지 않아 밖을 돌아다니다가 하늘을 올려다보았다. 최근 들어 날씨가 계속 맑았기에 별이 아주 잘 보여 예뻤다.

아즈원은 울프 기사단의 하얀 갑옷을 입고 있는 자신의 미래를 상상해 봤지만, 잘 그려지지 않았다. 쉐이든이 사라지자 그의 합격 여부와는 상관없이 자신감이 없어졌다.

아즈원은 눈을 감고 차가운 바람을 맞았다. 그때 바람을 타고 서늘한 살기가 등 뒤를 덮쳤다. 그것은 끔찍할 정도로 강한 살기였고, 심지어 등을 찌르는 칼끝이 느껴질 지경이었다. 실제로 칼이 닿은 건 아니었지만, 아즈원에게 있어 그것은 닿은 거나 다름없었다.

아즈원은 황급히 앞으로 한 바퀴 굴러 허리에 차고 있는 칼을 뽑았다. 칼을 꺼내면 안 된다는 규칙 따위는 진작 잊어버렸다. 사방에 켜놓은 횃불에 반사된 칼날이 번쩍였고, 칼끝이 가리키는 방향에 누군가 서 있었다.

어둠에 가려 얼굴은 잘 보이지 않았다. 그는 유심히 아즈원을 쳐다보더니 휙 돌아서 가버렸다.

"누구냐?"

아즈원이 소리쳤다가, 저도 모르게 꺼낸 칼을 얼른 칼집에 집어넣었다. 그러나 밤에도 잠들지 않고 교대로 지키고 있던 시험 감독관이 그 모습을 본 후였다.

깜짝 놀라 감독관에게 뭔가 말하려다 이미 명부에 뭔가 적어 내려가는 것을 보고 포기했다. 그동안 많은 사람들이 판정의 불만을 품고 항의했지만 감독관은 언제나 이름 적힌 사람이 곧 실격은 아님을 강조하고 항의를 받아들이지 않았다.

아즈원은 항의하는 사람을 보면 언제나 '실격이 아니라잖아'라며 비웃었지만, 막상 자신이 그런 처지에 있게 되자 억울하기 짝이 없었다.

'방금은 불공평했어. 멍청히 별을 바라보고 있을 때 누군지도 모르는 이에게 공격당해 반사적으로 칼을 꺼낸 것뿐인데……..'

아즈원은 다음날 하루 종일 찜찜해 하며 저녁을 기다렸다. 낮에도 여기저기에서 칼을 꺼내는 소리가 났고, 소란이 벌어지기도 했다.

어떤 이는 이런 시험 내용을 못 견디겠다며 스스로 시험장 밖으로 나가버리는 일도 있었다. 어떤 이는 자신의 소속과 출신을 말하며 우대해 줄 것을 요구했고, 그렇지 않으면 이 시험에 응하지 않겠다고 협박했다. 자기 같은 뛰어난 실력자를 놓치는 건 아까울 거라며 감독관에게 으름장을 놓기까지 했다. 하지만 감독관들은 그런 사람들에 대해 어떤 미련도 갖지 않았다. 시험에 응하지 않는 자가 떠나는 것도 말리지 않았다.

그날 저녁에는 호명되는 숫자가 지금까지 중에서 제일 많은, 마흔두 명에 달했다. 아즈원도 그중에 끼어 있었다. 다들 내키지 않는 얼굴로 불려 나올 때 한 명이 갑자기 손뼉을 딱 쳤다. 아즈원은 그의 속삭이는 목소리를 들을 수 있었다.

"이 시험이 어떤 의미인지 이제야 알겠어. 그리고 난 합격이야."

그 말을 들은 몇몇이 귀가 솔깃해 그의 옆으로 갔다.

"어떻게 그런 걸 알고 있소?"

"정말 합격이오?"

"그, 그럼 난?"

다들 난리도 아니었다. 하지만 그 남자는 침착하게 말했다.

"설명할 수 없소. 여기에는 아직 많은 사람이 시험에 대기하고 있으니까."

호명된 마흔두 명은 감독관을 따라 시험장을 빠져나갔다. 감독관은 그들을 성의 바깥쪽 풀밭에 대기시켰다. 감독관은 잠시 기다리라며 경비만 놔두고 어딘가로 갔다.

"난 관찰력이 꽤 좋소. 오늘 감독관에게 이름이 적힌 몇 명을 모두 보고 있었지."

깨달았다며 박수를 쳤던 사람이 말했다. 자신이 합격인지 실격인지 초조한 심정으로 결과를 기다리는 모두가 그의 말에 귀를 기울였다.

"아마 이 중에는 칼을 꺼냈다가 불려 나온 사람도 있을 것이고, 아무 것도 안 했는데 불려 나온 사람도 있을 것이오. 내 장담컨대, 자신에게 아무 일도 없었다고 느꼈다거나 칼을 꺼내지 않은 사람은 모두 불합격 이오."

마흔두 명 중 대부분이 거의 동시에 입을 열었다. 항의하듯 쏟아내 는 말이 뒤섞여 하나도 알아들을 수 없을 지경이었다.

"무슨 근거로 그런 말을 하는 거요?"

"그래서 당신은 합격이고 나는 불합격이라는 거야?"

"합격의 기준이 뭔지 자세히 설명해 봐!"

마치 공동의 적이 된 듯 다들 그를 몰아세웠다. 특별히 그를 도와줄 생각이 없던 아즈원이었지만, 그의 말에 담긴 뜻을 깨닫고 큰 소리로 감탄사를 내뱉었다.

"그래, 그거였구나."

이번에는 모두의 시선이 아즈원을 향했다. 그녀는 아주 자랑스럽게 자신의 가슴을 탁 치며 말했다.

"난 합격이었어. 그것도 모르고 온종일 발만 동동 굴렀네!"

그녀는 숨을 터트리며 웃어댔다.

"네년은 뭔데 나서는 거야?"

한 명이 대표로 욕설을 내뱉자, 다들 한 마디씩 하고 나섰다.

"웃기지 마. 네깟 년이 합격했을 리가 없어."

"아란티아가 아무리 여왕이 지배하는 나라라고 해도 기사단에 여자까지 받을 리가 있나!"

다음 공공의 적은 아즈윈이 되었다. 하지만 그녀는 조금도 상관하지 않았다.

"합격 판정은 내가 내리는 게 아니야! 놀릴 생각은 없지만, 패자는 입 다물고 있어."

아즈윈의 도발적인 언행에 모두의 분노가 극에 달했다. 당장 칼이라도 꺼낼 자세를 취하는 녀석도 있었다. 심지어 이 자리에는 경비병도 한 명뿐이었다. 경비병은 갑작스레 벌어진 험악한 사태를 보고 오히려 겁을 내는 것처럼 보였다.

"그 여자 말이 옳다."

그때 한쪽에서 도끼를 바닥에 늘어뜨려 놓은 덩치 큰 남자가 아즈윈의 편이 되어주었다.

"칼을 뽑지 말라고 한 건 애초에 속임수였어."

여기 오는 동안 여유롭게 휘파람까지 불면서 룰루랄라 걸어왔던 남자였다. 그는 정원에 박힌 돌 위에 느긋하게 앉아 상황을 구경하면서 혼자서 다 아는 척 말하고 있었다.

"오늘 칼을 뽑지 않았던 녀석은 실격이야. 칼을 뽑은 녀석만 합격하는 거야."

"대, 댁은 오늘 칼을 뽑지 않았잖소? 아까 나한테 그랬으면서⋯⋯."

한 명이 조금 불안한 목소리로 물었다.

"맞다. 난 도끼를 휘두르지도 않았고 공격 자세를 취하지도 않았다. 하지만 여기 감독관이 바보가 아니라면 난 합격 맞아."

"어째서 그런 거요?"

"난 노려봐줬거든."

아즈윈은 놀라 물었다.

"노려보기만 했다고? 대단한데?"

너무 말라서 비틀거릴 것 같은 녀석이 놀라 말했다.

"그, 그걸 노려보는 정도로만 맞섰다고?"

"뭐, 오줌을 지릴 뻔하긴 했지만."

그가 말했다. 아즈윈은 또 웃었다. 겁먹은 표정의 남자가 말했다.

"난…… 뒤로 점프해서 피하려고 하는 바람에 막사 하나를 무너뜨려 버렸소. 난 오늘 그것 때문에 불려 나온 줄 알았는데?"

"나는 밥 먹다 말고 식탁을 엎어버렸지. 나도 칼은 뽑지 않았어. 솔직히 말해 너무 당황해서 뽑지 못했다고 해야겠지. 하지만 불려 나왔고, 나는 합격이야."

키가 아주 작은 남자도 끼어들어 말했다.

"좋아. 여기 있는 사람 중 합격자는 여섯 명 정도군."

도끼를 든 남자는 마치 선언하듯 말했다. 그 말은 서른 명 넘는 사람들의 반발을 샀다. 기어이 한 판 붙을 기세로 칼을 뽑는 사람도 있었다. 하지만 그는 전혀 위축되지 않고 미소로 대응했다.

"어이, 불합격자들이 합격자 상대로 그런 협박을 해? 위험하다는 생각 안 들어?"

그들은 놀라 입을 다물었다.

아즈윈이 그 모습에 감탄하며 물었다.

"너 대단하다? 이름이 뭐냐? 난 아즈윈이다."

"난 게랄드다. 다들 날 불의 용병 게랄드라고 부르지."

그의 말에 그 자리에 모여 있는 상당수가 숨을 몰아 내쉴 정도로 놀랐다. 아즈윈은 그들의 반응에 조금 의아해했다.

'유명한 앤가?'

게랄드가 잘난 척하며 말했다.

"내 목표는 아란티아의 기사 따위가 아니야. 난 어디까지나 검술의 최고라고 추앙받는 위대한 검사를 꺾고 내가 그 자리에 오르고 싶어 참가한 거다. 그러니 무기 한 번 휘둘러보지 못한 채 이름 불려 나온 녀석들은 얌전히 자기 나라로 돌아가 하던 일이나 마저 해. 그렇지 않으면 내 불도끼 맛을 보게 될 거니까."

그의 말에 분위기가 싸늘하게 식었다. 합격을 한 것으로 보이는 다른 네 명도 긴장한 표정이었다. 오직 아즈윈만 떠나갈 듯 큰 소리로 웃었다. 분위기상 웃으면 안 된다고 생각하며 웃음을 참으려 노력했지만 끝내 목구멍에서 크크큭 하고 비웃는 것 같은 소리가 새어 나왔다.

"우습나?"

게랄드가 따지듯 물었다.

"그럼 넌 불도끼라는 말이 안 우스워? 그거 웃으라고 한 말 아니었어?"

분위기는 더욱 싸늘해졌지만 아즈윈은 여전히 배 아파서 못 견딜 정도로 웃어대기만 했다. 사실 그동안 긴장했던 것이 한꺼번에 풀리며 터지는 웃음이기도 했다. 그제야 게랄드도 웃었다.

"맞아. 처음에는 웃으라고 지은 별명이었는데 내 불도끼에 죽는 놈들이 워낙 많아서 그 말이 공포의 대명사가 되어버렸지."

"근데 왜 하필 불도끼였어?"

"내가 도끼를 휘두르면 너무 빨라서 불처럼 뜨거워지지!"

"거짓말하네? 내 칼이 너보다 두 배는 더 빠를 테지만, 뜨거워진 적은 없었어."

"우와, 나한테 이렇게 직접적으로 따지는 애는 네가 처음이다."

잠시 후 감독관이 누군가를 데려왔다. 그의 얼굴을 보자 아즈윈과 게랄드를 비롯한 네 명이 눈을 동그랗게 뜨고 놀랐다. 그자는 지난밤에 아즈윈을 공격하려 했던 남자였다. 오직 살기만으로 칼을 뽑게 만든 남자.

지금 생각해보니 그런 기운을 내는 자와 겨루면 감히 한 번이라도 칼을 맞댈 수 있을까 걱정스러울 정도로 막강한 살기였다. 쉐이든도 같은 방식으로 시험을 치러 합격했다면 그가 왜 놀라 창을 휘둘렀으며 그 후에 식은땀까지 흘렸는지 이해되었다.

마흔 살 정도에 검고 굵은 눈썹, 조금 야윈 얼굴, 선한 눈매를 가진 남자였다. 그는 조용히 시험 감독관에게 뭔가를 묻고 답하더니 고개를 끄덕였다. 그는 모두를 가만히 훑어보고 말했다.

"아마 지금쯤 합격한 사람은 합격했음을 알고, 실격당한 사람들은 아직 자신이 실격되었음을 모르고 있을 것이오. 자신이 합격했음을 아는 사람은 자신 있게 앞으로 나오시오. 그리고 나와 갑시다. 아란티아 늑대들의 수습기사가 된 걸 환영하겠소."

아즈윈과 게랄드를 비롯한 네 명은 거리낌 없이 앞으로 나섰다. 세 명 정도가 더 머뭇거리며 나왔는데, 모두 감독관에게 저지당했다.

"당신들은 아니오."

그들은 심한 모욕감에 뒤도 돌아보지 않고 가버렸다. 자신이 실격인지 합격인지 모르는, 나머지는 아직도 남은 일말의 희망으로 감독관의 얼굴을 바라보았다. 감독관은 잠시 인원을 점검하더니 고개를 끄덕였다.

"여섯 명 맞습니다, 마스터 퀘이언."

"수고했네. 자, 합격자들은 나와 같이 갑시다."

다들 퀘이언이 알아듣지 못하는 외국어라도 한 듯, 그 말을 듣고도 움직이는 이가 없었다.

"당신이 퀘이언이오?"

게랄드가 나서서 약간 떨리는 목소리로 물었다. 순간 아즈윈은 그가 이 자리에서 돌발적인 사고를 일으킬 거라고 생각했다. 이미 퀘이언을 꺾고 마스터의 칭호를 얻겠다고 선언했던 그였다. 퀘이언은 웃으며 대꾸했다.

"그렇다네."

퀘이언은 무장도 하지 않았고 테스트할 때처럼 살기를 내지도 않았지만, 그의 위압감에 게랄드는 이미 굴복당한 얼굴이었다. 그때 퀘이언이 먼저 입을 열었다.

"자네 자세는 원래 그런가?"

"뭐, 뭐요?"

게랄드는 자기도 모르게 아래를 내려다보았다. 하반신이 후들거리고 있었다.

"내가 사람을 잘못 뽑은 게 아니라는 건 차차 지켜보며 판단하도록 하겠네."

퀘이언은 빙그레 웃으며 걸어갔다. 아즈윈이 슬그머니 게랄드에게 접근했다.

"방금 저 사람, 너 보고 귀엽다고 생각하고 웃은 거 같아."

"시끄러."

게랄드는 얼굴을 붉히며 화를 냈다.

퀘이언이 안내한 곳은 성 옆에 따로 위치한 연병장이었다. 그곳에는 먼저 합격한 다른 기사 후보생들이 벌써 훈련에 임하고 있었다. 그중에는 제일 처음에 싸우는 척 한 후 불려 나간 가짜 수험생 두 명도 있었다. 그들도 여기 훈련생인 모양이었다. 쉐이든의 모습도 보였다. 아즈윈이 손을 흔들었고, 쉐이든도 가볍게 손을 들어 답례했다.

"올 줄 알았다, 아즈윈."

"그러게. 이제 한시름 놓은 건가 싶었는데 퀘이언이란 사람을 직접 보니 그도 아니군."

"응? 한시름?"

쉐이든은 피식 웃으면서 말했다.

"2차 테스트는 벌써 시작되었다, 아즈윈. 방심하지 마라."

"엉? 난 그런 말 못 들었다만?"

"1차 테스트 때는 테스트 시작한다고 말해주고 시작했었나?"

"그건 그러네."

아즈윈의 못마땅한 표정을 보고 쉐이든은 손가락을 들어 한 남자를 가리켰다. 아즈윈과 비슷한 또래에 짧은 머리를 한 우울한 표정의 청년이었다.

"저 녀석을 잘 봐둬라. 우리처럼 공식적으로 시험을 통과한 게 아니라 특별한 케이스로 뽑힌 모양이더라. 아마 저 녀석이 2차 테스트에서 합격하는 기준이 될 거다."

"기준? 그게 뭔 소리야?"

"그건 네가 알아내야지."

"……그래서 쟤 이름이 뭔데?"

쉐이든이 말했다.

"로일."

✦

'드디어 로일이란 기사의 얘기로군.'

카셀은 한참 이야기에 집중하고 있던 차였다. 그런데 아즈윈은 도중에 얘기를 멈추고 실눈을 뜨고 정면을 주시했다. 아즈윈이 경계하는 투로 말했다.

"기사들이야. 갑옷을 입었어."

쉐이든이 마차의 속도를 약간 줄이며 말했다.

"검은 갑옷인데? 혹시 검은 사자인지 뭔지 하는 기사단 아닌가?"

"검은 갑옷이라고 다 검은 사자 기사단은 아니겠지만…… 저건 검은 사자 기사단이 맞는 것 같아요."

카셀이 점점 다가오는 검은 점들을 바라보며 말했다. 카셀 옆에 착 붙어있던 아즈윈이 짐칸 위로 기어 올라갔다. 계속 따뜻하게 붙어있던 그녀가 사라지자 갑자기 허전해졌다.

던멜은 짐칸 위에 서서 다가오는 기사들의 동태를 살폈다. 짐칸 안에 타고 있던 게랄드도 밖으로 머리를 내밀었다.

"무기를 들고 있어."

쉐이든이 말했다.

검은 사자 기사단은 마차와 부딪힐 듯 빠르게 지나치더니 말머리를 돌려 순식간에 마차 주위를 에워쌌다. 마차에 무기를 들이대지는 않았지만, 호의적인 태도를 보이지도 않았다.

"어디로 가는 나그네들인가?"

기사 중 하나가 물었다. 아즈원은 그 질문이 나오자마자 카셀에게 시선을 돌렸다. 쉐이든도 카셀에게 시선을 돌렸다.

'아, 내가 말해야 하는 거구나.'

카셀은 입을 열었다.

"검은 사자 백작의 기사들이오?"

투구 안의 눈썹을 찌푸리며 기사는 버럭 화를 냈다.

"다시 한번 그따위 질문을 하면 이 자리에서 살아남는 이는 없을 것이다!"

카셀은 방금 질문이 그렇게까지 예의에 어긋나는 건가 싶어 놀랐다. 말고삐를 잡고 있는 쉐이든이나 짐칸 밖으로 머리를 길게 빼고 있는 게랄드도 눈살을 찌푸렸다. 카셀이 뭐라고 말해야 할까 고민하는데, 아즈원이 나섰다.

"살아남는 이가 없긴? 지금 이 자리에서 뭔가 벌어진다면 우리는 살아남을 것 같은데? 그쪽이야 어찌 될지 모르겠지만."

기사들은 어처구니없다는 얼굴로 카셀과 아즈원을 번갈아 보았다. 그리고 카셀에게 말했다.

"여자 단속 제대로 해야겠군."

아즈윈은 그런 말을 기다렸다는 듯 짐칸 위에서 허리를 세웠다. 카셀이 아즈윈을 저지하듯 손을 내밀고 말했다.

"예의를 지켜주시오. 당신들이 먼저 쓸데없는 위협을 가하고 있는 것 아니오?"

"감히 내 말이 쓸데없는 위협이라 했는가? 우리는 뤼미에르 백작의 검은 사자 기사단이다."

아즈윈이 푸하 하고 웃었다. 카셀은 이러다가 정말 싸움이 날 것 같아 그냥 정체를 밝히는 쪽을 택했다. 어차피 고디머 백작이 이미 노르만트에 편지를 날렸을 것이다.

"우리는 아란티아에서 왔소. 울프 기사단의 하얀 늑대들이며, 카모르트 왕실의 공식적인 초대를 받아 가는 길이오."

기사는 순간 말문이 막혀 동료들을 바라보았다. 그의 말투가 약간 누그러졌다.

"만약 정말 아란티아에서 왔다면 초청장이나 왕실의 사자가 함께하고 있을 것이다! 보여라."

"초청장은 없소. 왕실의 사자는 오는 길에 죽었소."

"지금 장난하는 거냐? 마지막 경고다! 이 비상시국에 너희들 같은 사기꾼을 상대할 시간은 없다!"

조금 누그러졌던 기사의 말투가 금세 다시 험악해졌다. 그가 손짓하자 기사들이 무기를 들이밀었다.

짐칸 위의 아즈윈과 던멜이 기사들을 내려다보고 있었다. 여차하면 행동에 나설 태세였다. 쉐이든은 아직 말고삐를 쥐고 있었지만 계속 가만히만 있을 사람이 아니었다. 더 무서운 건 짐칸 속의 게랄드였다. 셋은 아직 무기를 들지 않았지만 게랄드는 숨어서 이미 만반의 준비를 갖췄을 것이다.

'소설 속에서 이런 지휘관들을 보면 항상 화가 났는데. 부하들의 역량도 제대로 파악하지 못하고 전진할 순간에 퇴각하거나 퇴각할 순간에 전진해서 부대를 전멸시키곤 하지.'

카셀은 거꾸로 자신의 모습을 되돌아보았다.

'나도 하얀 늑대들의 역량을 파악하지 못하면 안 될 일이지.'

카셀은 느릿느릿 말했다.

"우리가 하얀 늑대라는 증거를 원하시오?"

"그렇다."

"그럼 그쪽이 먼저 검은 사자 백작의 기사라는 걸 우리에게 증명해 보시오."

"뭐라고?"

"당신들이 지나가는 마차 세우고 다짜고짜 시비 거는 깡패나 도적일지도 모르지 않소? 여기까지 오는 동안 그런 놈들을 하도 많이 봐서 말이오."

검은 갑옷의 기사는 으르렁대며 말했다.

"이 갑옷과 문장이 증명한다."

"처음부터 당신이 먼저 정중히 나섰다면 나 역시 정중히 상황을 설명했을 테지만, 먼저 무기를 들었으니 우리도 무기를 들겠소. 갑옷과 문장이 증명한다고? 그럼 하얀 늑대들은 검술로 증명하겠소."

"지, 지금 우릴……."

"위협하냐고? 맞소. 위협하는 거."

카셀은 일부러 느릿느릿 또박또박 말을 이었다.

"그게 싫으면 다시 처음으로 돌아가 이렇게 위협적으로 나올 수밖에 없는 이유부터 얘기합시다. 난 검은 사자 백작과의 첫 대면부터 사망자 협상을 하고 싶지는 않소."

다섯 명의 기사는 모두 투구를 썼지만 그들의 반응을 살피긴 어렵지 않았다. 방금 협박이 셋에게는 통했다. 나머지 둘은 더욱 화나게 만들었지만.

카셀은 보검을 꺼냈다. 굳이 칼을 뽑지는 않았다.

"여기 아란티아의 보검이자 울프 기사단의 캡틴을 상징하는 칼을 내보이겠소. 당신이 문장과 갑옷을 얘기했으니 나 역시 이게 전부요. 그리고 내가 가진 마지막 인내와 예의이기도 하고."

기사는 망설이다가 말에서 내렸다. 그리고 정중히 칼을 받아 훑어보았다.

'뭘 알고서 보는 건지, 내가 보래서 그냥 확인하는 척하는 건지 모르겠군.'

그는 다시 칼을 건네주며 사과했다.

"이곳에 안 좋은 일이 터져 비상이 걸려 있소. 급한 마음에 서둘렀던 점 용서하시오. 울프 기사단이 방문한다는 소식을 듣지 못해서 그만……."

"괜찮소. 그리고 노르만트에는 지금쯤에야 소식이 닿았을 거요. 우리가 좀 급하게 오느라."

카셀은 속으로 안도하며 말했다.

"그런데 비상이라는 게 무슨 일인지 여쭤도 되겠소?"

짐칸 위에서 아즈윈이 '쳇' 하고 아쉬워하는 소리를 냈다. 그녀의 반응에 카셀은 등골이 오싹했다.

'아즈윈은 진짜 싸울 생각이었나 보군.'

검은 사자의 기사가 상황을 설명했다.

"이 지역은 우리 기사단이 관할하고 있는데, 오늘 아침 두 개의 팀이 생존자 없이 시체만 발견되었소. 처음에는 장미 기사단의 소행이라고 생각했는데, 아니었소. 목격자들의 말에 따르면 우리와 같은 검은 갑옷의 기사들이라는데, 자칫 그게 우리 기사단이라고 오해받을 소지가 있어 지금 범인의 행방을 뒤쫓고 있는 중이오."

"우리가 가야 할 방향이 당신들이 온 쪽인데?"

"그럼 조심해야 할 거요. 최근 검은 갑옷을 입은 기사들이 마을을 무차별적으로 파괴하고, 보이는 인간은 모두 학살한다는 소문이 있소. 적들의 스파이 짓이라고 생각하기에는 너무 괴이한 사건이라 조사하던 도중 우리까지 공격을 당한 셈이지. 심지어 오늘 아침에는 노르만트 근처에도 출몰했다는 정보가 있었소."

"단순한 도적이 아닌 모양이군요?"

"지금은 아무것도 확신하지 못하겠소. 그들은 대규모로도 이동하지만 개별적으로도 이동하며 하나하나의 힘이 괴물 같다 하오. 생각 같아서는 노르만트까지 우리가 경호해 주어야 옳겠지만, 이해해 주시오. 우린 지금 녀석들이 나타났다는 곳으로 급히 가던 중이었소."

"그 정도 얘기를 해준 것만도 충분하오. 고맙소."

기사는 곧 말머리를 돌리려다 멈췄다.

"그런데 노르만트엔 무슨 일이오?"

"카모르트의 국왕 폐하를 알현하러 가는 길이오."

"지금 전쟁 때문이오?"

기사가 날카롭게 물었다. 카셀은 얼버무리듯 고개만 까닥였다. 기사가 강한 어조로 말했다.

"그 어린 왕을 만나는 것이 어떤 실효성이 있을지 모르겠소. 만약 이 나라를 도우러 온 거라면 차라리 나의 군주를 찾는 것이 옳을 것이오. 검은 사자 백작께서는 아란티아의 귀한 손님을 접대함에 부족함이 없을 거요."

"이미 접대가 과하다고 생각하오만?"

카셀의 말에, 그 기사는 어깨를 움찔했다.

카셀은 정면을 주시하며 쉐이든에게 굵은 목소리로 지시를 내렸다.

"이만 출발하지."

뒤에 남겨진 검은 사자 기사단의 기사들은 망설이며 멀어지는 마차를 바라보고 있었다. 그리고 곧 자기들이 갈 길로 떠났다.

카셀은 그들이 충분히 멀어지길 기다렸다가 쉐이든에게 조심스럽게 물었다.

"방금…… 제가 제대로 대처했나요?"

짐칸 위의 아즈윈이 대신 평가를 내렸다.

"잘 했어. 하지만 싸움이 벌어지게 됐어도 좋았을 거야."

"좋긴 뭐가 좋아?"

쉐이든이 버럭 소리 질렀다.

카셀은 아즈윈을 올려다보며 물었다.

"그런데 방금 그 기사들과 싸움이 붙었으면 진짜로 이길 수 있었어요? 갑옷을 입은 데다 다섯 명이나 됐는데요."

"카셀 네가 대화를 주고받는 사이에 이미 던멜이 거리를 다 재고 있었어. 싸움이 벌어지면 마차 좌우를 포위하고 있던 셋은 자기가 뭐에 맞는지도 모르고 죽었을 거야. 그런 의미에서 넌 잘 해줬어. 싸우면 우리가 이길 줄 알고 그렇게 말한 거지? 그 자신감이 저들을 겁준 거야. 그런 의미에서 넌……."

아즈윈은 신나게 말하다가 멈칫했다.

"왜요?"

"넌 정말 우릴 굳게 믿는구나? 그렇지 않아, 쉐디? 난 카셀이 우릴 믿어준다는 게 느껴졌어. 그러니 저 검은 사자의 기사도 겁을 낸 거야. 카셀이 비굴하게 말했다면 방금 우린 싸움 한판 거하게 벌였을 테지."

"싸우지 않고 이긴다는 건 가장 높은 수준의 싸움이라고들 하지. 잘했다, 카셀."

쉐이든도 인정하며 말했다.

"전 그저 여러분들의 명성을 이용했을 뿐이에요."

카셀은 창피해하며 말했다.

"아니, 그게 꼭 그렇지는 않아."

아즈윈이 다시 카셀의 옆에 앉으며 얘기했다. 겨우 안정적으로 자리를 잡았던 쉐이든이 또 밀려났다.

"이런 얘기로 비유하면 어떨까? 내 선생님은 내게 어떤 집단에 들어가더라도 그 무리의 수장 같은 게 되지 말라고 가르쳐 주셨지."

"선생님이라면 그때 그 외팔이 무사요?"

"응. 선생님이라고 하기도 그렇긴 해. 일 년에 한두 번, 일주일씩 찾아와 가르치고 훌쩍 떠나버리길 반복했거든. 하지만 내 기본기가 모두 거기에서 나온 건 맞아. 그분은 내게 말했지. 내가 무리의 전투를 지휘할 수는 있을 테지만 무리의 마음을 지휘할 수는 없대. 훗날 기사단의 일원이 되더라도 절대 캡틴이 되지 말라고 하셨지."

쉐이든이 의아해하며 물었다.

"혹시 이번에 마스터께서 네게 캡틴을 맡으라는 걸 거절한 것도 그 선생님 말 때문이었어?"

"난 마음을 지휘하는 리더가 될 수 없어. 그 분야라면 차라리 쉐디 네가 더 가깝지."

"난 아니야."

쉐이든은 적극적으로 부정했다. 아즈윈은 다시 카셀을 돌아보았다. 그녀의 얼굴이 가까이 다가오자, 카셀은 반사적으로 뒤로 고개를 물렸다.

"방금 넌 한순간 내 마음을 지휘했어. 카셀 네가 날 믿어준다는 게 느껴졌거든. 그건 이용하는 게 아니지."

카셀은 왠지 쑥스러워 손을 내저었다.

"저, 아까 하던 얘기나 마저 해주시는 게 어떨까요? 로일은요? 아직 던멜이 합류한 얘기도 못 들은 것 같은데요."

쉐이든은 동생을 돌보는 형처럼 자상하게 카셀을 바라보며 얘기를 이어갔다.

"둘은 우리가 훈련생일 때 이미 울프 기사단이었어……."

# Chapter 12

## 노르만트로 가는 길

 

아란티아로 가기 전에 게랄드에게는 수많은 선택지가 있었다. 엄청난 부자 귀족 밑에서 편하게 놀고먹는 자리를 택할 수도 있었다. 이로피스의 왕실 기사단이 될 기회도 있었다. 이상한 이름의 용병단을 만들어 세상을 공포에 떨게 만들 수도 있었다. 하지만 게랄드는 가서 어찌 될지 모르는 불확실한 아란티아 행을 택했다.

두 가지 이유 때문이었다. 하나는 갑자기 꿈에서 나타난 괴물 같은 그림자가 가라고 지시해서였다. 복수를 해달라면서. 그 괴물이 가리킨 방향이 아란티아였다. 이제 그 꿈 내용은 기억도 잘 나지 않았다. 또하나는 자기보다 앞서서 다른 녀석이 울프 기사단이 될 거라고 선언해서였다. 두 가지 이유 다 황당하고 창피해서, 게랄드는 카셀이 물었을 때 차마 진짜 이유를 말하지 못했다.

검은 사자 기사단이 나타나 한바탕 소동이 일어날 때도 게랄드는 그런 딴생각이나 하고 있었고, 이후 쉐이든이 로일에 대한 설명을 카셀에게 해줄 때도 콧노래나 흥얼거리고 있었다.

"로일은 내가 본 중 가장 검술 감각이 뛰어난 녀석이다. 녀석과 검을 겨루면 마치 내 다음 행동을 들킨 것 같아서 언제나 녀석이 방어할 것을 감안하고 움직여야 해. 몇 수 앞을 내다보고 공격을 해야 하고, 방어를 할 때도 언제 검의 궤적이 바뀔지 몰라 방심할 수 없지. 녀석과 겨룬 후에는 몸보다는 머리가 피곤해져."

게랄드의 생각에, 로일은 그냥 멍청한 녀석이었다. 지나치게 솔직하고 배려가 없는 탓에 하는 말마다 오해를 불러일으키고, 엉뚱하게 곁에 있는 사람을 곤경에 빠뜨리고, 물건도 잘 잃어버렸다. 하지만 검을 잡는 순간, 녀석이 무섭게 변하는 건 인정할 수밖에 없었다. 진짜 무서운 건 그런 검술을 쓸 때도 녀석의 표정은 평소의 멍청한 표정과 조금도 다르지 않다는 점이었다.

게랄드가 먼 곳을 바라보며 나직이 흥얼거리고 있을 때, 아즈윈이 마차 짐칸 쪽으로 옮겨왔다.

"안 자고 있었네?"

쉐이든과 카셀은 두 백작을 만나면 어떻게 대처해야 할지, 국왕을 만나면 무슨 말을 해야 하며 처신을 어떻게 해야 하는지에 대해서 논의하고 있었다. 하늘이 왜 파란지 묻는 다섯 살짜리 꼬마처럼 호기심 많은 카셀의 모든 질문에 쉐이든은 하나하나 친절하게 설명해주었고 아즈윈은 거기에 금방 질려서 짐칸으로 피신을 온 모양이었다.

"로일이 노르만트에서 뭘 하고 있을 것 같아?"

아즈윈이 내기라도 하자는 기세로 말했다.

"그 녀석이 과연 노르만트에 있을까부터 고민해야 하는 거 아니야?" 게랄드가 되물었다.

"로일이 멍청하긴 해도, 길을 못 찾는 녀석은 아니지."

"그럼 너부터 말해봐."

"난처한 일에 휘말려서 끙끙대고 있기?"

"너무 광범위하군. 좋아. 그럼 난 뜬금없는 일에 휘말려 발을 못 빼고 있기."

"너무 광범위하군. 5골드 걸어."

"좋다."

둘은 악수로 내기를 마무리했다. 쉐이든의 목소리가 들렸다.

"카셀, 저런 거 쳐다보지 마. 옳아. 저 녀석들은 원래 저런 쓸데없는 일에 전력을 다해."

하지만 카셀은 흐뭇한 시선으로 오랫동안 게랄드를 쳐다보았다. 게랄드는 그의 시선이 부담스러웠다.

'저 녀석은 날 너무 대단한 사람처럼 본단 말이야.'

그래서 밤이 되어 강둑에서 노숙을 할 때, 게랄드는 쉐이든의 제안에 거부감이 먼저 들었다.

"카셀에게 검술 좀 가르쳐라, 게랄드."

"어느 정도나? 사흘 안에 울프 기사단만큼의 실력으로?"

게랄드는 농담조로 말했지만 쉐이든은 언제나처럼 진지하게 대꾸했다.

"'검을 아주 잘 쓰는 것처럼 보이게 하는 자세'만 가르쳐. 이리 와라, 카셀. 게랄드는 우리 중에서 가장 풍부하고 다양한 꼼수를 알고 있다.

배워둬."

"말을 해도 자식이! 꼼수가 뭐냐, 꼼수가!"

게랄드는 카셀을 불러다 놓고 칼을 들고 걷는 방법과 검에 손을 얹어놓는 방법 등을 가르쳤다. 하지만 제대로 따라 하지도 못했고, 그나마도 오래 걸렸다.

'애, 정말 재능은 없구나. 열정만큼은 대단하지만.'

아즈윈은 카셀에게 춤추는 방법을 가르쳐주었다. 그것이 하얀 늑대가 가져야 할 기사 소양은 아니므로, 굳이 배울 필요는 없었다. 그러나 카셀은 기꺼이 배우고 싶다고 나섰다.

모닥불 앞에서 게랄드는 쉐이든에게 귓속말로 물었다.

"저거 카셀이 아즈윈 손잡고 싶어서 그러는 거 같냐, 진짜로 배우고 싶어서 그러는 거 같냐?"

"둘 다일걸."

쉐이든은 진지하게 대답하고 뒤이어 또 진지하게 물어왔다.

"카셀이 오늘 사자 기사들 상대하는 거 봤어?"

"난 일부러 모습을 드러내지 않으려고 듣기만 했지. 꽤나 인상적이었어. 나도 모르게 카셀 지시를 기다리게 되더라."

"그래, 그 부분."

"그게 어쨌다고?"

"하얀 늑대 다섯 명을 도구로 다루는 사람은 없을 거라고 마스터께서 하신 말씀 기억나?"

"살짝."

게랄드는 엄지와 검지로 투명한 걸 집어 보이듯 까닥였다. 쉐이든은 머리를 쓸어 넘기며 말했다.

"내가 왜 이번 임무에서 캡틴을 맡지 않았는지 아나? 난 내 친구 넷을 도구로 다룰 자신이 없다. 나도 평소에는 냉정한 척하지만 일단 전투에 나서면 아무것도 생각하지 못해. 그런 게 좋고. 그런 순간에 냉정을 유지하고 있으라는 건 고문이지. 그렇담 아즈윈이 캡틴이라면? 아까 같은 순간이 오면 신나서 바로 공격 명령을 내렸을걸?"

"그래서 그렇게 안 한 카셀이 대단하다고?"

게랄드는 아즈윈의 손을 잡고 춤추다가 돌부리에 걸려 넘어지는 카셀을 바라보며 말했다.

"어린애가 엄청난 권력을 가지고 휘둘러보고 싶은 건지도 모르지."

"지금 게랄드 너더러 마스터 퀘이언을 비롯한 이전 하얀 늑대들 모두에게 명령을 내릴 수 있는 권한을 주면 할 수 있어?"

"그분들이랑 우리랑 같냐? 어떻게 그래?"

"카셀한테 우리는 그 이상의 존재야."

"그건 그러네?"

"솔직히 저 녀석에게 임시 캡틴을 맡긴 건 조금 충동적인 결정이긴 했는데 점점 재미있어지는군."

"재미있어지는 건 동감이야. 하지만 나쁜 쪽으로 재미있는 건지도 몰라."

"부정적이군."

"네가 부정적으로 말했으면 난 긍정적으로 말했을 거야."

게랄드는 웃으며 말했다. 그 사이 카셀은 점점 춤 실력이 늘고 있었다.

'검술보다는 춤 쪽에 더 재능이 있군.'

게랄드는 고개를 끄덕였다. 아즈윈도 놀라며 카셀을 칭찬했다.

"오오, 제법 추네?"

"어렸을 때 여자애들 마음에 들어보려고 아버지에게 배웠죠. 하지만 정작 아무도 저랑 추려고 하지 않아서……."

카셀은 솔직하게 말했다.

"그거 안 됐군."

아즈윈은 카셀의 품 안에서 가볍게 한 바퀴 돌았다. 카셀은 쓰러질 듯 넘어가는 그녀를 한 손으로 받아 다시 일으켜 주었다.

"어쩔 수 없죠. 인기가 없는 남자의 숙명이려니 하고 받아들일 수밖에요."

카셀의 말에 아즈윈이 고개를 저었다.

"아니, 내 말은 이렇게 잘 추는 남자애를 알아보지 못한 그 여자애들이 안 됐다는 거야."

둘의 근사한 춤사위를 바라보던 게랄드가 툭 내뱉듯이 말했다.

"야, 쉐이든. 넌 춤 출 줄 아냐?"

"조금."

"나도 배워볼까?"

"뭘 엉뚱한 소리냐? 춤 따위 귀족들의 소꿉장난이라고 비꼬더니. 으음? 혹시 지금 카셀이 부러운 거냐?"

"닥쳐."

"왜, 너도 아즈윈의 허리에 손 올리고 싶어서? 하지그래?"

쉐이든은 무표정한 얼굴로 놀렸고 게랄드는 한껏 노려봐주었다. 그리고 문득, 어둠 속에 홀로 앉아있는 던멜도 춤을 추는 아즈원과 카셀을 바라보며 재미있어하고 있다는 것을 발견했다. 게랄드는 홀로 깨달음을 얻었다.

'아란티아를 떠난 후로 우리가 이렇게 농담하며 웃고 떠드는 건 처음이군.'

다음날도 카셀은 마차를 타고 이동하면서 쉐이든으로부터 기사도와 귀족 예절에 대한 강의를 받았다. 마차에서 내려 쉴 때면 게랄드에게 검을 그럴듯하게 잡는 방법을 배웠다.

게랄드는 카셀의 열의에 아주 조금 감탄하며 말했다.

"너 배우는 거 되게 좋아한다?"

"좋아하다마다요."

카셀은 별로 힘들지도 않은 자세를 잡는 것만으로도 땀을 뻘뻘 흘리더니 말을 이었다.

"기사에 관련된 책이라면 아버지 몰래 밀을 한 포대 팔아서라도 사곤 했죠. 다음날 아버지에게 들켜 죽도록 얻어맞아도 밤새 읽은 그 책이 만족할 만한 내용이었다면 가치가 있다고 생각했어요. 그런데 지금 전 제가 가장 좋아하는 기사에게 검술 훈련을 받고 있잖아요. 좋아하지 않을 수가 없죠!"

카셀은 환하게 웃으며 말했다. 게랄드는 자기도 모르게 따라 웃고는 깜짝 놀랐다.

'어제 쉐이든한테 이상한 얘기를 들어서 그런가? 나도 얘가 마음에 들기 시작하네?'

그러던 중 갑자기 쉐이든이 모두를 불렀다.

쉐이든은 길 한복판에서 한쪽 무릎을 꿇고 바닥에 나 있는 말발굽 자국에 손을 짚어보고 있었다. 크기도 보통 말보다 컸고 패여 있는 깊이도 더 깊었다.

"이상한 것들이 여길 지나갔다."

게랄드는 종종 쉐이든의 진지한 목소리와 정확한 발음이 부러웠다. 아즈윈은 팔짱을 낀 채 고개를 갸웃했다.

"이상한 거라니? 더 자세히 설명해 줘."

"자세히 설명할 수가 없으니까 이상한 거라고 말한 거다."

쉐이든은 몸을 일으켜 나무 몇 그루 보이지 않는 황폐한 평야를 둘러보았다. 이파리를 다 떨어뜨린 앙상한 고목만 언덕 위에 서서 바람에 가지를 흔들고 있었다. 그리고 그 너머로 검은 연기가 피어올랐다.

희미하긴 하지만, 역겨운 탄 냄새가 났다. 게랄드는 누구보다 이 냄새의 정체를 잘 알았다.

"시체 태우는 냄새군. 멀지 않아."

"또 어디서 그 미친 백작 놈들의 군대가 전투라도 벌인 건가?"

아즈윈이 중얼거렸다.

쉐이든이 그쪽으로 걸어가려 하자, 게랄드가 말했다.

"백작들 싸움에 개입하는 건 좋은 생각이 아닐 것 같은데?"

"그쪽 일이 아닌 거 같아. 그냥 간단히 살펴만 보고 오지. 아무래도 마음에 걸리는 게 있어서. 같이 갈래?"

게랄드는 어깨를 으쓱하는 것으로 대답을 대신하곤 뒤따라갔다.

쉐이든은 바지춤에 손을 찔러 넣고 경사진 언덕 위에 있는 고목 쪽으로 걸어 올라갔다. 돌아보니 아즈윈과 턴멜 옆에 선 카셀이 불안한 표정으로 기다리고 있었다. 게랄드가 속삭이는 목소리로 물었다.

"야, 쉐이든. 저 녀석이 어제 자기 입으로 여자한테 인기 없다는 말 한 거 들었냐?"

"들었어."

"그게 믿어지냐?"

"그런 부류 있지. 자기가 인기 있는지 없는지 구분을 못 해서 방구석에 처박혀 있는."

"저 녀석이 그런 부류라고? 그냥 간접적으로 잘난 척 해 본 게 아니라?"

"음, 지금 할 얘기는 아닌 것 같다."

"이 자식이! 자긴 되게 중요한 얘기만 하는 것처럼 구네? 근데 뭘 확인하고 싶은 거야?"

게랄드는 언덕마루를 오르며 물었다. 쉐이든은 중얼거리며 언덕 정상에 올랐다.

"뭔가 기분 나쁜 게 이 근처를 지나갔어. 그것도 아주 많이."

"아까 그 말발굽 얘기야?"

쉐이든은 바닥의 마른 흙을 손으로 집어 올리며 대답했다.

"비도 안 오고 물 한 방울 없이 바짝 마른 길에 패인 자국이 났다. 벌써 이상하지? 그것만이 아니야. 말발굽이 비정상적으로 커. 모양도 이상해. 마치 말이 아닌 다른 커다란 짐승이 일부러 바닥을 할퀴면서 지나간 것 같더군."

언덕 아래에는 대충 세어 봐도 오십을 넘는 수의 시체가 흩어져 있었다. 게랄드가 중얼거렸다.

"시체를 보게 될 거라고 예상은 했다만, 너무 많은데?"

"우리 둘만 오길 잘 했어. 카셀이 볼 광경은 아니군."

하지만 뒤를 돌아보니 어느새 다른 세 사람도 언덕 위로 뒤따라 올라와 버린 후였다. 분위기를 보아하니 아즈윈이 끌고 온 모양이었다. 카셀은 시체를 보고 깜짝 놀랐지만 눈을 돌리지는 않았다.

"살아있는 사람이 한 명 있는데?"

게랄드가 손가락으로 언덕 아래를 가리켰다. 한 남자가 시체를 들어 모닥불 근처로 옮기고 있었다. 짐승 가죽옷을 입었는데, 주문이라도 외우는 듯 들리지 않는 목소리로 뭔가를 중얼거리고 있었다. 시체를 하나하나 끌고 가는 걸음이 몹시 무거워 보였다. 부상당한 듯 절룩거리면서도, 남자는 하던 일을 멈추지 않았다. 가끔 눈물을 닦기도 했다. 그의 옆에는 개가 두 마리 힘없이 쭈그리고 앉아 있었고, 개들 역시 상처투성이였다.

"도와드릴 일이 있소?"

쉐이든이 큰 소리로 물었다. 그러자 가죽옷을 입은 남자는 화들짝 놀라며 허리에서 칼을 빼려 했다. 하지만 당황한 나머지, 뒷걸음질을 치랴, 칼을 빼랴, 뺀 칼 휘두르랴, 여러 가지 행동을 동시에 시도하려는 바람에 넘어지고 말았다.

"해칠 생각은 없소. 그냥 물어본 거요. 도와드릴 일 없소?"

"없어! 당장 여기서 꺼져버려."

그는 옷을 털며 일어나 욕을 내뱉었다.

"이 많은 시체들은 다 어떻게 된 거요?"

"네가 상관할 일이 아니야. 나는 이 근처를 주름잡는 최강의 도적단이다. 까불면 죽는 수가 있어."

그는 최대한 험한 표정을 지으려 애썼다. 하지만 카셀에게조차 별로 효과를 보이지 못하는 것 같았다.

"누구에게 공격을 받은 거요?"

쉐이든은 끈질기게 물었다. 그 남자는 흐느끼며 손을 내저었다.

"날 내버려 둬. 내 친구들이 다 죽었다구. 왜 계속 괴롭히는 거야?"

게랄드는 쉐이든에게 어깨를 으쓱해 보이더니 언덕을 내려갔고 쉐이든도 곧장 따라왔다. 카셀은 내키지 않은 얼굴로 둘의 뒤를 따랐고, 귀찮은 표정의 아즈윈과 습관적으로 높은 곳에 위치를 잡길 좋아하는 던멜은 그대로 언덕 위에 남았다.

"누가 이런 거요?"

쉐이든은 같은 질문을 하며 시체들을 둘러보았다. 게랄드가 보기에도 심상치 않은 학살의 흔적이었다. 개의 사체도 많았는데, 목이 통째로 날아가거나 조각난 경우도 있었다. 남자의 옆을 지키고 있는 개들은 낯선 사람을 보고도 경계하지 않았다.

"검은 기사였소."

남자는 주저앉은 채로 말했다. 쉐이든은 그에게 물주머니를 내주었다. 물을 한 모금 들이켜자 긴장이 풀렸는지, 남자는 그동안 있었던 이야기를 들려주었다. 얼마나 겁에 질려 있었던지 이야기를 하는 내내 그의 손은 후들후들 떨림을 멈추지 못했다.

"우리는 어제 엄청난 놈을 만났소. 어떤 와인 실어 나르는 장사꾼을 경호하는 놈이었는데…….."

게랄드는 쉐이든과 재빠르게 눈빛을 교환했다.

"놈은 와인 장사꾼을 보호하려고 우리들을 아주 많이 죽였소. 난 세상에 그렇게 빠르게 검을 휘두르는 사람은 처음 봤소. 보이지도 않았거든."

게랄드가 물었다.

"설마 이것도 그자가?"

"아니오. 그자에게 동료들이 많이 희생되긴 했지만, 이번처럼 전멸된 건 아니었소."

쉐이든이 물었다.

"그 와인 상인의 경호원은 몇 살쯤 되어 보였소?"

"모르겠소. 난 멀리 떨어져 있어서…… 글쎄, 스무 살 정도?"

게랄드는 이제 이 자가 말하는 사람이 누구인지 확신할 수 있었다.

"우린 두목에게 그 사실을 보고했소. 두목으로 말할 것 같으면 서쪽엔 팔콘, 동쪽엔 렝상, 그리고 중앙엔 나야티라는 말이 있을 정도로 유명하오. 내 두목이 바로 나야티라 하오!"

도적은 그 말에 좀 놀라기를 바라는 얼굴로 모두를 돌아보았다. 하지만 아무도 놀라주지 않아 실망한 얼굴로 얘기를 이어갔다.

"나야티 두목은 도적단이 무시당하지 않으려면 그 자식을 죽여 본보기로 삼아야 한다고 결정했지. 그래서 모든 사냥개와 부하들을 불렀소. 나도 물론 참가했고! 두목이 이끄는 사냥개들은 아주 강해서 어지간한 기사도 당해낼 수 없소. 와인 상인은 분명 스몰레이크 마을로 갔을 테니까 거길 공격하면 된다고 생각했소. 그런데 여기에 도달해서 마을을 어떻게 공격할까 작전을 짜고 있을 때, 기사들이 이동하는 말발굽 소리가 들린 거요."

남자는 그때를 회상하기가 괴로운지 침을 한 번 꿀꺽 삼켰다.

"사실 그때 우린 도망갔어야 했소. 하지만 당시 우리는 모두 의욕에 가득 차 있었고, 이 정도 전력이면 기사단이라도 이길 수 있다고 생각한 거요. 지나가는 검은 기사들을 보고 틀림없이 검은 사자 기사단이라고 생각한 두목이 먼저 신호를 보냈소. 기사라 봐야 고작 다섯 정도라 우린 이길 수 있었소. 분명히 그랬소. 안 그렇소? 훈련된 사냥개 서른 마리와 칼을 든 장정 육십 명이면 다섯 명이 아니라 오십 명인들 못 해치울까?"

그는 던멜이 서 있는 언덕 위 고목을 가리켰다.

"두목은 바로 저기 있는 고목에 서서 기사들을 유인했소. 작전은 간단했소. 그들이 언덕을 넘어올 때 이 병력으로 기습하는 거요. 하지만 그 검은 기사들은 가던 길에서 멈추기만 하고, 유인 작전에 말려들진 않았소. 그냥 그 중 하나가 두목 쪽으로 다가왔을 뿐이었지. 정말이었소. 난 거짓말을 하는 게 아니오. 정말 한 명뿐이었소. 하지만 가까이 다가오자 그제야 두목이나 나나 친구들은 뭔가 잘못되었다는 걸 알았소. 그 기사가 타고 있는 말이…… 그, 그냥 말이 아니었던 거요. 그러니까…… 말과 비슷한 어떤 다른 동물이었다고 해야 할까……."

게랄드는 쉐이든이 말한 말발굽 얘기가 떠올랐다.

"그 기사가 도끼를 휘둘렀고, 두목이 죽었소. 우린 당황했지만 도망갈 생각은 없었소. 아직 무모함이 남아있던 순간이었으니까. 그래서 모두 덤벼들었지. 하지만 그 기사의 갑옷과 방패는 칼도 통하지 않았고, 검은 기사의 말은 사냥개에게 물려도 아무렇지도 않았소. 마치 돌덩이와 싸우는 느낌이었소. 내가 밧줄을 던져 그 기사의 몸을 감았지. 우린 무장한 기사들과 싸우는 방법을 잘 알고 있소. 그런 놈이야 말에서 끌어 내리기만 하면 아무것도 아니지. 하지만 그 검은 기사는 내 밧줄을 잡더니 나를 밧줄째 집어 던져버렸어. 얼마나 오래 날아갔는지 기억나지도 않아…….”

그는 머리를 짚었다. 찢어진 상처가 벌써 곪아 있었다.

“깨어나 보니 내 친구들은 이렇게 죽어있더군. 반의반도 살아남지 못한 것 같소. 여기에 시체가 없다고 한들 무사히 달아났는지도 모르겠고. 목숨을 부지한 개들은 저렇게 겁에 질려 싸우지도 않게 되었소. 이상한 일이야. 난 아직도 뭐가 뭔지 잘 모르겠어.”

“검은 사자 기사단이 아니라면 그들은 누구였소?”

“나도 모르겠소. 그냥…… 이상했어. 처음부터 그 기사 놈들은 이상했어. 갑옷을 입었지만 그건 자기를 보호하려고 입은 게 아니라 자기의 모습을 가리기 위해 입은 것 같아. 어쩌면 그 투구 안에는 우릴 벌주러 내려온 죽음의 악령이 숨어있던 걸지도 모르지.”

도적은 이야기를 끝마치고 자기 발가락을 만지작거리며 또 중얼거리기 시작했다. 알아들을 수가 없었다.

“얘기해줘서 고맙소. 도움이 필요하오? 혼자 하기에는 너무 많군.”

쉐이든은 해달라고 부탁받아도 하고 싶지 않은 일을 먼저 제안했다.

“싫소! 내 친구들은 모두 내 손으로 보내야 해.”

다행히 남자는 강한 어조로 거절했다. 쉐이든은 굳이 싫다는 사람을 억지로 돕지는 않았다.

"그럼 한 가지 물읍시다. 노르만트로 가는 가장 빠른 길이 어디요?"

"동쪽으로 가면 강이 하나 있소. 그 강 옆에 나 있는 길을 따라가면 금방이오."

그 도적은 다시 몸을 일으켜 죽은 사냥개 한 마리를 어깨에 들쳐 메며 말했다.

"당신들도 조심하시오. 그 괴물들은 아직도 이 근처를 떠돌아다니고 있으니까."

"고맙소."

쉐이든은 짧게 인사하고 다시 언덕을 올라갔다. 뒤따라 언덕을 힘겹게 오르는 카셀에게 쉐이든이 물었다.

"어떻게 생각해?"

"뭐가요?"

"어제 검은 사자 기사들이 말한 검은 기사 이야기와 저 도적이 말한 검은 기사. 동일한 존재겠지?"

"제 생각에도 그럴 것 같아요. 하지만…… 저 사람 말대로 뭔가 이상하지 않아요?"

게랄드가 끼어들어 말했다.

"정신 나간 도적의 말을 곧이곧대로 들을 필요는 없어."

쉐이든도 동의했지만 불안한 표정으로 말했다.

"안 좋은 낌새가 보여."

"야, 네가 그렇게 불안해하면 진짜로 불안한 일 벌어지는 거 아냐?"

게랄드가 따지듯 말했다.

"내가 불안해서 불안한 일이 벌어지는 게 아니라 벌어질 일을 미리 예측하는 거다."

"어이구, 잘났수다."

둘의 말다툼을 보고 왠지 모르게 흐뭇하게 웃는 카셀을 보고, 게랄드가 퉁명스레 물었다.

"넌 또 왜 웃나?"

"즐거워서요. 두 분 말싸움하는 모습만 봐도 이렇게 즐거우니 제가 정말 여러분들을 좋아하긴 하나 봅니다."

게랄드는 깜짝 놀라 경계했다.

'이 자식, 이런 포근한 말을 아무렇지도 않게 내뱉다니! 위험해. 자꾸 이런 말을 들으면 나의 무쇠처럼 단단하고 칼날처럼 날카로운 마음이 뽀송뽀송해지고 말 거야.'

카셀은 언덕 아래를 되돌아보며 물었다.

"그보다 아까 저 남자가 말한 엄청난 검사란 건 로일이란 분을 말하는 걸까요? 그래서 자꾸 물어보신 거죠?"

"뭐, 그렇긴 하지만 그냥 우연일 수도 있지."

게랄드의 말에 언덕 위에서도 다 듣고 있었다는 듯 아즈윈이 결론을 지었다.

"우연이랄 것도 없어. 녀석은 우리보다 하루 앞서갔고, 가는 곳마다 사고를 일으키니까 그 사고는 그 녀석 거라고 해야 옳아."

도적의 말대로 강이 나왔다. 강 옆에는 길이 이어져 있었는데, 마차가 지나가기에 아슬아슬하게 맞는 좁은 길이었다. 반대쪽에서 마차가 한 대 더 오기라도 하면 피해 주기도 애매한 너비였다.

"생각해 보니 이놈의 나라는 왜 빽하면 검은 갑옷이냐?"

게랄드가 물었다. 아무도 대답하지 않자, 게랄드는 다시 한 번 카셀을 지목했다.

"너한테 물은 거야."

"아, 저요? 제 생각에는…….."

당황해서 대답하는 것 치고는 뒤따라 나오는 대답이 청산유수였다.

"론타몬의 익셀런 기사단이 검은 갑옷으로 아크랜드를 호령한 이후에 일부러 깃발을 검게 물들이거나 검은 갑옷을 입는 기사들이 많이 늘었다는 얘기를 들었어요. 카모르트만 해도 검은 사자 기사단 말고도 갑옷 검은 기사단은 많을 거예요. 그보다 그 검은 기사 일이랑 여러분들이 암살자들에게 공격당한 일이 서로 연관된 사건일까요?"

카셀은 반격이라도 하듯 되물었고 게랄드는 얼버무렸다.

"나한테 물은 거 아니지?"

고맙게도 쉐이든이 어려운 질문을 받아주었다.

"안 그래도 복잡한 일이 많은데 너무 많은 일을 같은 범주 안에 두지 말자."

가만히 있던 아즈윈이 비명을 지르듯 말했다.

"야, 게랄드! 너 과거에 뭐 했다고 그랬지 않았냐?"

"왜 갑자기 내 과거를 캐고 그래? 내가 뭐?"

"우들우들 어쩌고 용병단?"

"그거? 그게 왜?"

카셀이 설명해 달라는 눈빛으로 쳐다보았다. 게랄드는 하는 수 없이 말했다.

"내가 예전 어떤 용병단에 있을 때 얘기야. 제법 한다하는 녀석들을 모아 조직을 하나 만들었지. '우드라 나이트'라는 거였는데, 뭘 하기 위해 결성한 거냐면, 어, 예를 들면…… 정체를 들키지 않고 지나가는 기사나 용병단을 습격하는 조직이야. 그러다 악명이 자자해지면 갑자기 해산하는 거지."

"해산하자는 걸 보니, 도적단 만드는 얘기는 아닌가 보네요?"

"사람들의 소문 내기 좋아하는 성격을 이용해 보자는 계획이었어. 일단 우드라 나이트를 전설적인 악마의 조직으로 만든 다음에 '우리가 그 조직을 없앴다!' 하고 나서는 거야. 우리가 만든 거 우리가 없앴다고 주장하니 거짓말하기도 쉽지 않겠어? 그 명성으로 귀족이나 왕실에 고용되는 게 최종 목적이었지."

"그런 못된 짓을!"

카셀이 서슴없이 비난했다.

'어? 얘가 그렇게 말하니까 상처받게 되네?'

게랄드는 변명했다.

"물론 난 가입하지 않았어. 이름이 마음에 들지 않았거든."

"정말 쓸데없는 짓 많이도 했다. 전에는 일 대 일로 누가 많이 죽이나 시합도 했다며? 대체 사람 목숨을 뭘로 아는 건지."

쉐이든도 비난에 가세했지만, 그건 의외로 게랄드에게 상처가 되지 않았다.

"어렸을 때 얘기야, 어렸을 때! 실행에 옮기지도 않았어! 그게 중요한 거지."

"어쨌든 게랄드의 우드라 나이트가 이런 거랑 비슷하지 않아? 여기저기 목적 없는 사건을 일으키는 게."

아즈윈이 물었다.

"목적이 있는지 없는지는 아직 모르는 일 아닐까요?"

카셀이 말하는데, 쉐이든이 갑자기 말을 세웠다. 관성 때문에 아즈윈이 기우뚱하더니 마차 짐칸의 지붕 위에서 떨어졌다. 그러나 고양이처럼 즉시 균형을 잡고, 원래 그러려고 했다는 듯이 카셀의 옆에 소리 없이 착지했다. 그리고 한 손으로 카셀의 목을 감아 안전하게 몸을 고정시키고 물었다.

"왜 멈춘 거야, 쉐디?"

"또 그 말 발자국이 있어. 이 길을 지나간 모양이야."

쉐이든은 잠시 마차 밑을 내려다보고 덧붙였다.

"그것도 방금 전에."

"이거 슬슬 기분 나빠지는데? 그 검은 기사란 게 뭔지는 모르지만, 이상하게 우리랑 가는 방향이 같다?"

게랄드는 짐칸 벽에 등을 기대며 말했다. 쉐이든이 정리하듯 덧붙였다.

"시간상으로 우리가 약간 뒤야. 어제도 그랬고, 오늘도 그랬어."

아즈윈이 골똘히 생각하더니 물었다.

"우리한테서 도망치는 거라고?"

"그게 아니지. 만난 적도 없는 놈들이 왜 우릴 피해 도망 다니겠어?

방향이 같은 거다."

"방향? 우리가 지금 가는 곳이면……."

"노르만트! 놈들은 수도로 향하고 있는 거다."

"흐음, 묘한 일일세. 이쯤 되면 우리랑 상관있는 일이라고 봐야 하는 건가?"

아즈윈은 끌어안고 있던 카셀을 놔주고 골몰하듯 턱을 쓰다듬었다. 카셀이 말했다.

"아까 쉐이든 말대로 지금은 개입하지 않는 게 좋겠어요. 우린 안 그래도 복잡한 일에 휘말려 있으니까."

"개입하고 자시고 간에……."

쉐이든이 눈을 가늘게 뜨고 먼 곳을 응시하며 말을 이었다.

"……피해가기는 늦은 것 같다."

"빠른데! 이쪽으로 오는 거야?"

게랄드는 짐칸 창문 밖으로 머리만 내밀고 물었다.

"이 좁은 길에서 이쪽이 아니면, 어느 쪽이겠냐?"

쉐이든이 말했다.

마치 구름 위를 날아오는 것처럼 보일 정도로 풍성한 먼지를 일으키며 검은 갑주를 입힌 말 한 마리가 달려오고 있었다. 말에 탄 검은 갑옷을 입은 덩치 큰 기사의 손에는 자루가 긴 도끼가 들려 있었다. 기사는 처음에는 한 손에 들고 있던 그 무기를 마차에 도달하기 직전에 두 손으로 옮겨 쥐더니, 상체를 쭉 폈다.

"엎드려."

아즈윈이 카셀의 목덜미를 눌렀고, 소름 끼치는 바람 소리를 일으키며 도끼가 둘의 머리 위를 스치고 지나갔다. 검은 말이 마차의 옆을 고속으로 지나가며 휘두른 거대한 양손 도끼는 마차 뒤쪽의 짐칸을 긋고 지나갔다. 그리고 도끼날은 곧장 게랄드의 얼굴로 날아들었다.

"나, 원."

게랄드는 뒤로 누우며 도끼를 피했다. 코끝으로 도끼날이 아슬아슬하게 지나갔다. 지지대가 부서진 마차의 짐칸은 이쑤시개처럼 산산이 박살나며 주저앉았다. 짐칸 위에 타고 있던 던멜이 몸의 균형을 잃고 뒤로 넘어졌다.

쉐이든이 부서진 짐칸에 대고 소리쳤다.

"게랄드, 괜찮아?"

"안 괜찮아. 저 빌어먹을 자식, 내가 죽인다!"

게랄드는 자기 몸 위로 떨어진 굵직한 나무 파편을 번쩍 들어 올려 옆으로 내던졌다. 마차를 지나쳐간 검은 기사는 멀리서 말을 돌려 다시 마차 쪽으로 돌진했다. 쉐이든이 창을 들자 게랄드가 저지했다.

"내가 한다니까."

게랄드는 조금 흥분한 목소리로 말하며 돌진해오는 검은 기사의 말 앞에 우뚝 섰다.

"정면으로 맞서지 마. 저 자식, 세다."

아즈원이 경고했다.

"뭐? 난 정면으로 맞서지 않고 싸우는 방법은 모르는데?"

게랄드는 기세 좋게 외쳤다.

한순간에 거리를 좁혀 달려온 검은 기사는 마차를 부쉈던 그 힘으로 게랄드를 향해 양손도끼를 휘둘렀다. 동시에 게랄드도 치켜든 도끼를 내리쳤다. 두 쇳덩어리가 부딪치며 큰 소리가 났다.

검은 기사의 도끼가 부서져 공교롭게도 멍청히 구경하고 있던 카셀의 얼굴로 회전하며 날아들었다. 아즈윈이 손을 뻗어 날아오는 검은 쇳조각을 카셀의 얼굴 앞에서 잡았다.

"아……!"

뒤늦게 놀란 카셀이 얼른 고개를 뒤로 뺐다. 아즈윈은 도끼 파편을 뒤로 내던졌다.

"고마워요."

카셀이 말했지만, 아즈윈은 싸우는 광경을 보느라 대꾸하지 않았다.

게랄드를 지나쳐간 말이 몇 걸음 더 걷다가 뒤뚱거리더니 이내 풀썩 주저앉았다. 말의 목덜미에서 검붉은 피가 벌컥벌컥 흘러나왔다. 거대한 말은 발작적으로 꿈틀댔지만, 아무 소리도 내지 않았다. 그 소리 없는 죽음은 오히려 처절하게 울부짖으며 죽어가는 광경보다 더욱 끔찍하게 느껴졌다.

말 주인은 말을 버려두고 일어나, 부서진 도끼 대신 허리에 차고 있던 칼을 뽑았다. 그리고 또 성큼성큼 게랄드를 향해 걸어왔다.

"다짜고짜 덤벼든 놈이랑 굳이 대화하고 싶지는 않지만, 누구냐 넌?"

게랄드의 물음에 검은 기사는 도저히 인간의 입으로는 표현할 수 없는 괴이한 목소리로 대꾸했다. 과연 그게 대꾸인지 그냥 내지른 것인지 알 수는 없었다. 눈도 잘 보이지 않을 정도로 틈새가 좁은 투구 안에서 새어나온 그 이상한 소리는 살아있는 존재의 목소리 같지 않았다. 걸쭉한 수프가 끓으면서 타는 소리 같기도 했다. 게랄드가 소리쳤다.

"너 이 자식, 방금 욕한 거지?"

검은 기사는 대꾸하지 않고 성큼성큼 게랄드에게 다가와 칼을 찌르고 들어왔다. 게랄드는 공격을 피하면서 동시에 도끼를 휘둘렀고, 상대도 그의 묵직한 공격을 막아냈다. 둘은 잠깐 떨어져 서로를 노려보다가 금세 다시 달려들어 격돌했다.

"안 도와주세요?"

카셀이 안타깝게 말했다.

"기다려봐. 저 흑기사 놈, 좀 이상해."

쉐이든이 말했다.

"저렇게 치열하게 싸우는데, 투기가 전혀 느껴지지 않아."

"그게 무슨 뜻…… 이에요?"

"살아있는 놈 같지가 않다는 소리야."

둘의 무기가 부딪칠 때마다 살갗이 울릴 정도로 공기가 흔들렸다. 빗나간 놈의 칼이 케이크를 가르듯 바닥에 내리꽂혔다가 금방 뽑혀 나와 다시 공격해 들어왔다. 터무니없을 정도로 엄청난 힘이었다.

'이거, 방심했다가는 지겠는걸.'

게랄드는 계속 상대의 공격을 막기만 하다가 짧은 기합과 함께 검은 기사의 팔을 내리쳤다. 두툼한 금속으로 보호된 팔이 통째로 잘려나가 바닥에 떨어지며 빈 깡통 같은 소리를 냈다.

검은 기사는 휘청거리며 뒷걸음질 쳤다. 그러나 고통스러워하는 모습은 보이지 않았다. 그저 잘려나간 부분이 어디 있나 찾다가, 팔이 떨어진 자리로 걸어갈 뿐이었다. 그것은 한창 싸우던 중에 단추가 떨어졌다고 줍는 것만큼이나 웃기는 광경이었다.

게랄드는 이대로 달려들어 목이라도 날려야 하는지, 아니면 잠깐 기다렸다가 준비가 되면 다시 싸워야 하는지, 아니면 아프냐고 물어보기라도 해야 하는 건지 모를 정도로 당황했다. 게다가 잘린 부분에서 어째 피는 나지 않고, 마치 굴뚝 옆구리가 터진 것처럼 검은 연기가 피어오르기만 했다.

떨어져 나간 팔은 아직도 칼을 꽉 쥐고 있었다. 검은 기사는 잘리지 않은 반대쪽 손으로 그 칼을 집었다. 그리고 몸을 돌리더니 또 게랄드에게 걸어왔다.

게랄드는 떫은 표정으로 도끼를 세웠다. 용병 생활을 시작한 순간부터 울프 기사단이 되었을 때까지를 통틀어 지금만큼 싸우기 싫은 적은 처음이었다.

어디선가 나팔 소리가 들렸다. 하지만 뿌우 하는 소리에 쇳소리가 섞여 있었다. 어금니를 시리게 하는 듣기 싫은 소음에 다들 목을 움츠렸다.

길에서 한참 벗어난 먼 곳에서 또 한 명의 검은 기사가 나팔을 불고 있었다. 가시가 삐죽삐죽 솟아난 이상한 소라 모양의 나팔에서 검은 기사의 잘린 팔로부터 피어오른 것과 비슷한 검은 연기가 뿜어져 나왔다. 거리가 상당한데도 바로 옆에서 소리를 내는 것처럼 가깝게 들렸다.

게랄드를 공격하려던 검은 기사는 약간의 주저함도 없이 공격을 중단하고 몸을 돌렸다. 게랄드는 어처구니가 없어 황망히 동료들을 바라보았다. 모두 고개를 젓거나 어깨만 으쓱했다.

던멜이 한 손에 단검을 쥐고 다른 한 손으로 게랄드를 향해 간단한 수신호를 보냈다.

'내가 따라갈까?'

게랄드는 손을 내저었다.

"아니야. 그냥 보내. 저건 공격하지 않는 게 좋겠어."

"지금 잡는 게 낫지 않을까?"

아즈윈도 칼을 뺄까 말까 망설이며 물었다.

"저걸 봐."

게랄드는 도끼에 목이 베여 죽은 말을 손으로 가리켰다. 어찌나 피를 많이 흘렸는지 메마른 바닥을 적시고도 남은 피가 웅덩이처럼 고여 있었다. 하지만 말의 목에 한 뼘이나 벌어져 있던 깊은 상처는 어느새 아문 뒤였다. 말은 조금 비틀거리더니 금세 일어나 아무렇지도 않게 투레질을 했다.

"안 죽었던 거야, 도로 살아난 거야?"

쉐이든은 벌린 입을 다물 줄 몰랐다. 검은 기사는 그 무거운 갑옷을 입고도 광대 같은 가벼운 몸놀림으로 말 위에 올라탔다. 그리고 나팔을 든 검은 기사에게 달려갔다.

나팔을 든 검은 기사는 잠시 하얀 늑대들을 바라보더니 말머리를 돌려 시야에서 사라졌고 뒤따라 게랄드와 일전을 벌인 기사도 사라졌다.

게랄드는 그들이 사라진 방향에서 눈을 뗄 수가 없었다. 아직도 검은 잔영이 남아있는 듯했다.

"내가 질 거라는 생각은 안 했지만 이길 거라는 생각도 들지 않았어. 저 녀석은 뭔가……."

게랄드는 적당한 단어를 떠올리지 못했다.

"······하여간 뭔가, 대단히, 엄청나게 이상했어."

던멜이 다가와 수화로 모두에게 말했다. 다들 그의 수화에 고개를 끄덕이자, 알아듣지 못한 카셀이 무슨 말이냐고 물었다. 아즈윈이 해석해주었다.

"게랄드가 한 말이랑 비슷해. 나도 같은 생각이고. 저 기사 녀석, 살아있는 놈이 아니었대."

"그럼 그 기사가 유령이었다는 건가요?"

카셀은 아무도 입 밖으로 내고 싶어 하지 않았던 말을 내뱉었다.

카셀은 노르만트를 앞두고 굳이 멈춰서 점심을 먹자고 제안했다. 예정대로라면 노르만트 내의 좋은 숙소나 왕실에서 얼마든지 편히 쉴 수 있을 테지만, 어째서인지 쉴 틈이 없을 것 같다는 느낌이 들어서였다. 다들 별다른 이의 없이 그의 계획에 따랐다.

카셀은 마른 빵으로 배를 채운 후 강둑에 앉았다. 코흘룬에는 비가 왔지만 여긴 그렇지 않았던 모양인지, 수위가 낮아 강바닥이 보였다. 작은 물고기가 물살을 헤치고 상류로 헤엄쳐 올라가고 있었다.

카셀은 게랄드가 베어버린 검은 기사의 잘린 팔을 살펴보았다. 금속 자체에서 어떤 다른 흔적을 발견하지는 못했다. 하지만 아직도 그 차갑고 불길한 기운은 남아 있었다.

아즈윈이 카셀의 옆으로 다가왔다.

"어쩐지 힘이 없는 거 같네."

"그럴 리가요. 전 지금 제 생애를 통틀어 가장 행복한 순간을 보내고 있는 걸요."

"그 팔의 주인을 만나기 전까지는 그래 보였지."

아즈윈은 벌써 아까 싸움을 잊어버리고 쉐이든과 잡담하고 있는 게랄드를 엄지로 가리켰다.

"걱정하지 않아도 돼. 게랄드 봤잖아. 게리는 울프 기사단 전체에서 가장 믿음직스러운 녀석이야. 본인만 의식 못 할 뿐이지, 인기투표로 캡틴 뽑으면 아마 쟤가 될 걸? 실력도 출중하고."

아즈윈은 아들 자랑하는 엄마처럼 말을 했다.

"어쨌든 계산을 해 봐. 사냥개 수십 마리 끌고 다니는 수십 명의 도적들을 꺾은 그 무지막지한 기사를 이긴 게 쟤야. 네가 소유한 병력은 그런 놈 다섯이지. 무서워하지 않아도 돼."

"전…… 여러분을 병력이라고 생각하지 않아요."

아즈윈은 카셀의 말에 흐뭇하게 웃으며 다리를 꼬고 앉았다.

"그럼 뭐가 걱정이실까, 우리 캡틴께서는?"

"항상 절 캡틴이라고 불러줘서 고마워요, 아즈윈."

"새삼스레 뭘 그런 걸 고마워하고 그래?"

"제게 있어 이 자리는 선물이나 다름없어요. 부담스러울 정도로 소중한 선물. 가끔 잠에서 깨어났을 때 아즈윈이 옆에 누워있다는 사실에 깜짝깜짝 놀라기도 하고, 게랄드가 장난처럼 휘두르는 도끼가 내가 아는 모든 용병들의 검술보다 뛰어나다는 사실에 감탄하기도 하면서 전 이 모든 순간을 소중히 여기고 있어요."

"그 말을 들으니 뱃속이 간질간질하군. 그런데 지금 표정은 행복한 것 같지 않은데?"

아즈윈이 장난스럽게 말했다.

"방금 아즈윈이 말한 대로 게랄드는 한 방에 마차를 부술 정도로 대단한 기사를 물리쳤어요. 그걸 보고 새삼 깨달았죠. 다들 말하죠. 하얀 늑대들 다섯 명은 실력의 우위가 없다고. 그럼 아즈윈도 그 검은 기사를 게랄드처럼 해치웠겠죠?"

카셀은 검은 기사의 잘린 팔을 들었다 내렸다. 아즈윈은 과장되게 손짓하며 말했다.

"그야 물론이지. 솔직히 나였다면 뭐, 더 쉽게 없앨 수도 있었어."

"그걸 보고 들으면 전 더욱 실감하게 돼요. 제가 하얀 늑대들이 아니라는 걸. 영원히 될 수 없다는 걸. 이 캡틴이라는 자리가 정말 잠깐 찾아왔다가 사라질 임시라는 걸요. 고맙게도 제가 농부라는 사실이 떠오르게 됐어요. 그래서 잠깐 이렇게 있었어요."

아즈윈은 어깨를 으쓱했다.

"설마 임시라는 생각으로 캡틴 울프라는 이름을 가볍게 여기는 건 아니겠지?"

카셀은 검은 기사의 잘린 팔을 자기 머리에 톡톡 두들겨 보였다.

"그걸 고민하고 있었어요. 전 이런 괴물과 싸워도 이기는 사람들의 캡틴이에요. 그럼 전 어떤 모습으로 있는 게 좋을까요?"

마차 옆을 지나치는 아즈윈을 보고 게랄드가 말했다.

"뭘 그리 실실 웃고 있냐?"

"좀 재밌어서."

"카셀이 재미있는 얘기해 줬어?"

"응."

"뭔데?"

"나만 알고 있을래."

게랄드가 힐끗 카셀을 노려보았다.

"근데 쟨 잘린 팔은 왜 들고 왔대냐?"

"몰라. 기념품인가?"

아즈윈이 이마를 긁적이자, 게랄드가 손목을 확 잡았다.

"너 손에서 피 나잖아!"

"어, 그러네? 아까 도끼날 잡다가 실수로 베였나 보다."

아즈윈은 대수롭지 않게 대꾸했다. 게랄드는 손수건을 꺼내 그녀의 손을 감싸주었다.

"몸을 사리지 않고 캡틴을 보호하는 건 좋다만, 이런 상처는 작아도 우습게 보지 마."

게랄드는 예쁜 매듭을 지어놓고 스스로 만족하며 손을 뗐다.

"고마워."

아즈윈은 손을 휙휙 저으며 멀리 걸어갔다.

"너무 멀리 가지 마라."

아즈윈의 뒷모습에 대고 게랄드가 말했다.

"그렇게 걱정되면 따라오시던가."

아즈윈은 붕대 감은 손을 흔들어 보이며 강에서 한참 떨어진 곳으로 걸어갔다.

'자, 그럼 나도 머릿속을 좀 정리해볼까? 일단 검은 기사들이 우리가 노르만트로 향하는 것과 상관이 있는 건지부터.'

그녀는 잠시 철없는 말괄량이 계집애 역할을 내려놓고, 하얀 늑대들의 아즈원 울프가 되어 생각했다.

'누군가 우리가 오는 걸 방해하고 있군. 카모르트 국경을 못 넘게 하려다 실패하더니, 지원 세력을 끊으려고 고디머 백작을 공격했어. 고디머의 말에 따르면 그건 두 백작 중 하나다. 이런 이상한 괴물들을 동원하는 것도 같은 놈 소행일 가능성이 높겠지.'

하얀 늑대들은 늘 막무가내라 가끔 아즈원이 이렇게 정리해 둬야 할 때가 있었다. 지금처럼 복잡한 일이 벌어지면 늘 쉐이든이 혼자 걱정을 떠안기 마련이었는데, 그럴 때면 아즈원이 나섰다.

'누가 적인지 알 수 없는 부분이 제일 걱정이야. 걱정을 하려면 거기서부터 시작해야겠지.'

그러나 아즈원은 거기까지 생각하다가 잠시 멈췄다.

'아니, 난 생각 안 하는 편이 낫지 않을까? 계속 말괄량이 말썽쟁이로 있어도 될 것 같은데? 걱정거리를 떠안을 녀석이 나타나 줬잖아.'

아즈원이 나선다고 사태가 해결되는 경우는 드물었다. 이를테면 로일이 보검을 잃어버렸을 때처럼.

'난 계속 농담 따먹기나 하고 있자. 선생님도 그랬잖아. 한없이 가벼울 때의 내가 최강이라고. 고민은 카셀에게 맡기자.'

아즈원은 볼일을 보고 바지를 올리다 누군가 자신을 쳐다본다는 강한 시선을 느꼈다. 여자를 훔쳐보는 음흉한 시선이 아니었다.

아즈윈은 바지 끈을 묶고 주위를 둘러보았다. 강둑 너머의 푸른 풀밭 너머로 말을 탄 검은 기사가 서 있었다. 기사는 마치 원래 거기 있어야 할 배경처럼 자연스럽게 서서 이쪽을 바라보고 있었다. 한참 동안 현실감 없는 존재에 넋을 잃고 바라보다가 아즈윈은 천천히 칼에 손을 가져갔다. 그러나 성급하게 뽑지는 않았다.

황량한 평야만 바라보다 나타난 풀밭이라 기분은 좋았다. 하지만 검은 기사가 서 있는 곳의 풀은 유독 생기를 잃고 축 처져 있었다.

'눈의 착각이 아니야. 저건 진짜로 뭔가 있는 거야. 그 호전적인 게 랄드가 싸우길 망설였던 이유가 뭔지 알겠군.'

두 팔이 얌전히 붙어있는 걸 보니 게랄드와 싸운 놈은 아니었다. 아즈윈은 놈의 시선을 피하지 않았으나 오래 대치하고 싶은 마음 또한 없었다.

생김새만 말이었지 결코 말이라 할 수 없는 검은 기사의 전투마는 투레질을 하며 바닥을 앞발로 찍었다. 풀이 뜯겨 주위로 흩어졌다. 달려와 아즈윈을 물어뜯고 싶어 안달이 난 것 같았으나 기사는 고삐를 잡아 자신의 말을 억제했다.

검은 기사는 정확히 아즈윈을 향해 창을 앞으로 내밀었다. 풀들이 옆으로 스르륵 갈라지며 기사와 아즈윈 사이에 뱀이 한 마리 지나갈 만한 길이 생겼다. 바람도 없이 옷자락이 펄럭였고, 커다란 동물이 입김을 뿜어댄 것처럼 얼굴에 축축하고 후끈한 기운이 닿았다.

아즈윈은 저도 모르게 고개를 옆으로 돌렸다. 하지만 눈은 검은 기사에게서 떼지 않았다. 놈은 아직 다가오지 않았으나 아즈윈은 경계를 풀지 않았다.

좌우로 누웠던 풀들은 곧 원래대로 돌아갔다. 서늘한 바람이 불어와 풀들을 훑었고, 잠깐 습기에 닿았던 아즈윈의 얼굴을 차갑게 식혔다. 둘은 움직이지 않았고, 처음 거리를 유지했다.

기사는 창으로 아즈윈을 한 번 가리키더니, 반대쪽 손으로 안장 뒤에 있던 뭔가를 집어 이쪽으로 던졌다. 그것은 아즈윈에게서 세 걸음 정도 앞에 떨어져 둔탁한 소리를 낸 후 옆으로 몇 바퀴 굴렀다. 투구보다 조금 큰 것이었는데, 풀밭을 붉게 물들이다 곧 구르는 걸 멈췄다.

그것은 개의 머리였다.

'맙소사, 이게 뭐야?'

아즈윈이 검을 배우고 가출한 후 처음 만난 실전 상대는 사람 목숨을 파리 목숨만큼으로도 보지 않는 악당이었다. 그의 이름은 버터였는데, 귀여운 이름이 조금도 어울리지 않는 끔찍한 살인마였다.

아즈윈은 그를 죽이고 얼결에 상당한 현상금을 받을 때까지 놈이 얼마나 강한 존재인지도 몰랐다. 그저 어디 가면 검술을 배워볼 수 있을까, 어디 가면 선생님이 말한 대로 자기 한계를 발견할 만한 여행이 될까 고민하며 산길을 걷던 중이었다.

버터는 아즈윈이 걸어오는 길 앞에 방금 죽인 여자의 머리를 굴렸다. 내리막길을 따라 피를 뿌리며 떨어지는 둥근 물체를 보고 아즈윈은 그 자리에서 경직되었다. 처음으로 본 시체였고, 그 후로도 그것만큼 끔찍한 광경은 본 적이 없었다.

버터는 머리 없는 여자의 시체를 옆으로 치우고 다음 희생자로 아즈윈을 겨냥했다. 한 손에는 도끼를, 다른 한 손에는 칼을 들고 있었는데, 집어 던진 도끼는 정확히 아즈윈의 머리를 향했다. 잠깐 멍하니 있던 그녀는 반사적으로 도끼를 막은 후에야 정신을 차렸다.

아즈윈은 그대로 앞뒤 가리지 않고 달려가 놈을 공격했다. 아즈윈도 허벅지를 베이는 큰 부상을 입었지만, 대신 놈의 배를 갈라버렸다. 쏟아지는 놈의 내장을 코앞에서 바라보았지만 언덕에서 굴러 내려온 여자의 머리만큼 끔찍해 보이지는 않았다.

'이건 개의 머리야. 그때 봤던 여자 머리가 아니라.'

알면서도 아즈윈은 그때의 광경이 떠올랐다. 칼 손잡이에 올려놓은 손에는 힘이 잔뜩 들어갔다.

'사냥개들과 함께 전멸당한 도적단은 역시 저놈들 소행이었군.'

아즈윈은 침착하게 상황을 정리하려고 했지만 잘 되지 않았다.

'개 머리를 던지기 전에 분명 날 가리켰어. 마치 내가 이런 걸 무서워한다는 걸 아는 것처럼!'

검은 기사는 창을 다시 거두어들이고 말고삐를 당겨 옆으로 물러섰다. 그리고 멀찌감치 사라져버렸다.

아즈윈은 아직 뽑지도 않은 칼에서 손을 뗐다. 게랄드가 묶어준 손수건은 땀과 피로 푹 젖어 있었다.

아즈윈이 마차로 돌아오자 게랄드가 대뜸 소리 질렀다.

"왜 이렇게 늦었어? 어디서 낮잠이라도 자고 왔……!"

게랄드는 놀라 말을 멈췄다. 쉐이든도 의아해하며 물었다.

"너 왜 그래? 못 볼 거라도 봤나?"

"왜? 내 얼굴이 이상해?"

아즈윈은 애써 아무렇지 않은 듯 말했다.

"핏기가 하나도 없어. 대체 무슨 일이 있었던 거야? 그리고 왜 이렇게 늦었어?"

"늦다니? 잠깐 볼일만 보고 온 건데."

"반 시간은 지났겠다. 너무 안 와서 막 찾아 나서려던 참이었어."

게랄드가 말했다.

'그게 반 시간이었다고? 개 머리를 보고 놈이랑 잠깐 눈싸움한 게?'

아즈윈은 모두를 모아놓고 방금 겪었던 일을 이야기해 주었다. 다들 믿을 수 없어 했다. 게랄드는 오히려 화를 냈다.

"당장 쫓아가서 죽여 버리지, 어울리지 않게 왜 자제한 거야?"

항상 게랄드의 말이라면 지지 않고 받아쳤지만, 이번에는 할 수 없었다.

"마주치는 순간 제일 드러운 기억이 떠오르더라. 공격은커녕, 도망가고 싶을 정도였어. 그 순간만큼은 나 자신이 아니었던 것 같아."

카셀이 물주머니를 내밀었고, 아즈윈은 한 번에 들이켰다.

"느낌뿐인지 모르겠지만, 놈들은 우릴 알고 있어. 그래서 우리 앞에 나타난 거야. 뭔가를 경고한 거지."

아즈윈이 확신하며 말을 이었다.

"그리고 쉐이든 말대로 놈들은 우리보다 앞서 노르만트로 가고 있는 거야."

아즈원이 검은 기사를 만난 이후 하얀 늑대들은 놀라울 정도로 분위기가 달라졌다.

묵묵히 도끼를 쥐고 앞을 노려보는 게랄드의 모습은 진지하다 못해 무서웠다. 아즈원 역시 게랄드 옆에 앉아 먼 곳에 초점을 둔 채 허공을 노려보고 있었다.

쉐이든은 두 사람처럼 특별히 살기를 품지는 않았지만, 그저 침묵하는 것만으로도 모두의 분위기를 압도하고 있었다. 던멜만 처음이나 지금이나 똑같았다.

'어느 쪽이 하얀 늑대들의 진짜 모습일까? 지금 이거? 아니면 웃고 떠들던 처음?'

사실 카셀은 하얀 늑대들을 직접 만나기 전까지는 정확히 이런 모습을 상상했었다. 쉽사리 옆에 다가가기도 힘들고 주위에 있는 모든 이를 침묵케 하는 카리스마. 그런데 막상 그런 모습을 보자, 카셀은 자신의 기대가 틀렸던 때가 더 좋았다고 생각했다.

처음 쉐이든에게 끌려가 모두에게 둘러싸여 자신을 변명했던 코홀룬의 여관방으로 돌아간 기분이었다. 질식할 것 같은 무거운 분위기에 못 이겨 카셀은 심호흡을 크게 했다.

"쉐이든과는 아까 벌써 얘기해뒀는데……."

다들 카셀의 말을 들어주긴 했지만 별다른 호응은 없었다.

"노르만트에 들어가면 그 순간부터 모두의 주목을 받게 될 테니, 미리 말해둬야 할 것 같아요. 많은 말을 하고 싶고 또 많은 이야기를 들어두고 싶지만 시간도 없고, 듣는다고 전부 외울 수도 없을 겁니다. 그러니 지금부터 행동 지침을 하나 세워두고 싶어요."

"이를테면 이것만은 지키자, 같은 거지."

쉐이든이 대꾸해주었다. 카셀은 그에게 고맙다는 말이라도 하고 싶었다. 대답 없이 노려보기만 하는 시선은 견디기 힘든 고문이었다.

"네. 어떤 일이 터졌을 때 누군가 먼저 행동하면 나머지는 그걸 따릅시다."

카셀은 말하면서 자기도 모르게 들고 있던 잘린 기사의 팔을 이리저리 휘두르고 있었다.

"그건 가보로 보관하려고 들고 다니냐?"

아즈윈이 피식 웃으면서 말했다.

"죄송해요. 하지만 이거 정말 이상한 물건이라 버릴 수가 없어요. 보세요. 이렇게 오래 햇빛에 노출되었는데도 눈 속에서 꺼내온 것 마냥 차가워요."

카셀의 말에 일행은 또 조용해졌다. 특히 아즈윈은 잘린 팔을 무섭게 노려보았다. 카셀이 다시 뭔가 말하려 한 순간, 게랄드가 손을 내저었다.

"좋아, 좋아. 네가 먼저 움직이면 우리가 따라가고, 우리가 먼저 움직이면 네가 따라온다! 기억해두지. 도저히 참을 수 없으면 그냥 맘대로 해도 된다는 뜻이겠네?"

"설사 누군가 성급하게 나서는 바람에 일을 망친다 해도 그걸 따르도록 해요."

카셀이 말하자, 그제야 아즈윈도 얼굴을 펴며 말했다.

"아마 일을 망친다면 게랄드가 망칠 거야."

"그럴 거야."

게랄드는 순순히 인정했다. 그때 쉐이든이 모두에게 손짓했다.

"이번에도 몇 명 오는군. 검은 갑옷은 아니지만."

노르만트의 성곽이 보일 즈음에, 멀리서 하얀 망토를 걸친 기사 몇 명이 검은 사자의 깃발을 휘날리며 말을 타고 달려오고 있었다. 아즈원이 그들의 접근을 바라보며 물었다.

"그런데, 캡틴?"

"예?"

"분명 난 같은 상황에 처하면 내 멋대로 해버릴 테지만, 그래도 네 의견을 묻고 싶어서 그러는데 말이야. 그런 건 네가 알아서 해, 라는 말은 하지 말고 진지하게 대답해 줄래?"

"음, 좋아요."

"다음에 나를 엿 먹인 그 검은 기사 놈이 나타나면 말을 걸거나 견제만 해서 정체를 알아내야 할까, 아니면 그냥 공격해버릴까?"

전투에 대한 이야기였으므로 카셀은 당연히 알아서 하세요, 라는 말로 대꾸할 뻔 했다. 아즈원은 아무리 봐도 이미 어떻게 할 것인지 결정했음을 표정으로 보여주고 있었다. 지금까지 아무 말 없이 그것만 고민했을 테니 해답이 나왔을 때도 됐다. 그런데도 카셀의 허락을 구하고 있으니, 고마우면서도 한편으로는 부담이 되었다.

"공격하세요."

"좋았어. 다른 쪽 팔도 선물해주지."

아즈원은 듣고 싶은 대답을 들었다는 듯 환하게 웃었다.

"아니, 그럴 필요는……."

카셀은 그녀가 그러겠다면 정말 그럴 것 같아서 재빨리 거절했다.

백마를 탄 기사를 선두로 한 무리의 기사단이 서로 얼굴을 알아볼 수 있는 거리에서 멈추었다. 쉐이든도 마차를 세웠다.

"아란티아에서 오셨소?"

백마를 탄 기사가 기운차게 소리쳤다. 대답은 카셀이 했다.

"그렇소. 검은 사자 백작의 기사들이오?"

백마를 탄 기사는 혼자서 마차 쪽으로 다가왔다.

"그러하오. 당신들이 하얀 늑대들이군?"

무리를 지어 마차를 에워쌌던 지난번의 검은 사자 기사단과는 사뭇 다른 정중한 태도였다.

"지금 백작께서 여러분들을 기다리고 계시오. 우리에게 당신들을 호위할 영광을 주시겠소?"

기사는 투구를 벗으며 웃어 보였다. 무척 잘생긴 금발의 청년이었는데, 아즈윈에게 특별히 목례하는 예의도 보였다. 아즈윈은 나비를 발견한 고양이처럼 그의 얼굴을 뚫어지게 쳐다보았다.

'검은 갑옷이라는 일치감이 쉽게 사라지지는 않는군.'

카셀은 그가 아무리 잘생기고 예의 바르게 말해도 좋은 첫인상을 가질 수가 없었다.

"노르만트 경비대나 왕실 기사단이라면 모를까, 왜 당신들이 호위하겠다는 거요? 그게 영광인지 어떤지는 잘 모르겠지만, 그 영광을 검은 사자 기사단에 줄 생각은 없소만."

카셀은 일부러 날카롭게 말했다. 그러나 그 기사는 동요하는 기색도 없이 정중한 미소로 제안을 이어갔다.

"제 이름은 바딩이오. 혹시 어제 있었던 일 때문이라면 용서하시오.

제 부하들이 너무 흥분한 상태라 이성을 잃었다 합니다."

"이성을 잃었다고 해서 기사단이 서로 간의 예의를 잃는 건 안 될 말이오."

카셀은 좀 더 그쪽을 파고 들어갈까 하다가 말았다. 더 따지는 것 자체가 치사하게 느껴질 정도로 바딩은 여유 있는 표정이었다. 카셀은 다른 쪽으로 이야기를 돌렸다.

"어쨌든 그건 이미 잊었으니 됐소. 단지 이 나라에 찾아온 목적이 카모르트의 국왕 폐하를 뵙는 것인데 백작의 호위를 받는 건 폐하에 대한 예의가 아니라 생각하오. 호위 없이 그냥 가겠소."

"이미 국왕 폐하와는 얘기를 마쳤습니다. 코홀룬에서는 제대로 된 대접을 받지 못하셨을 겁니다. 카모르트의 귀족이란 것에 오해를 하셨을까 무서워 제 군주께서 정중히 모셔오라 일렀지요."

그의 목소리는 카셀이 질투가 날 정도로 듣기 좋았고, 말투는 여유가 넘치고, 행동은 절도 있으며, 표정도 자연스러웠다. 거기에 비하면 자신의 얼굴은 잔뜩 굳어 있을 것 같아 걱정이었다. 카셀은 더 거절하기도 애매해서 수락했다.

"좋소. 하지만 당신의 군주와는 당신의 왕이 계신 자리에서 만나겠소."

"물론 그러셔야죠."

바딩은 몸을 돌렸다. 하얀 망토가 카셀 앞에서 멋지게 펄럭였다.

"호위 대형으로."

바딩이 명령했다. 기사들은 일사불란하게 마차를 에워쌌다. 낡고 부서진 마차를 호위하기에는 어울리지 않을 정도로 멋진 모습이었다. 호위라고는 했지만 하얀 망토에 반짝이는 갑옷이 주변을 감싸자 마치 죄수가 되어 호송 당하는 기분이 들었다. 카셀은 자신이 초라해지는 기분이 들었다.

그때 쉐이든이 카셀의 마음을 읽기라도 한 듯 조용히 말을 걸었다.

"카셀."

카셀은 그가 무슨 말을 할지 알고 있었으나 조용히 귀만 기울였다.

"이제부터는 너의 싸움이 될 거다. 칼을 쓰지 않는 전쟁에서 패하면, 아무리 훌륭한 검도 녹슬고 말아. 그리고 네가 하얀 늑대들의 캡틴이라는 사실을 절대 잊지 마. 그걸 잊으면 우리 모두 위험해지고, 그런 위험을 감수할 바에야 너를 버리는 걸 선택하겠다."

여기 오기 전에 이미 한 번 했던 말이지만, 마지막 말을 듣자 카셀은 자기도 모르게 주먹에 힘이 들어갔다.

"알겠습니다."

카셀은 힘 있게 대답했지만 자신이 없었다.

'정말 알았다고 할 수 있을까?'

하얀 늑대들은 타국의 기사들이다. 쉐이든의 말마따나 만약 일이 틀어지면 카모르트의 내정에 간섭하지 않겠다고 선언하고 떠나면 그만이었다. 일이 심각하게 틀어진다 해도 그들에겐 싸우고 달아날 수 있는 실력이 있었다.

하지만 카셀은 달랐다. 왕실에 들어가서 그가 캡틴 울프가 아니라는 사실이 발각되면 카모르트의 법령을 뒤적일 필요도 없이 사형이었다. 쉐이든이 버리겠다고 말한 건 그런 의미나 다름없었다.

카셀은 가만히 아란티아의 보검을 뽑았다. 한 치 정도 뽑힌 검은 칼날이 반짝였다. 그는 칼날을 손으로 꽉 쥐었다.

'어설프게 기사단을 이끄는 캡틴은 차라리 없는 게 나아.'

칼날에 밴 붉은 피가 카셀의 바지 위에 떨어졌다.

카셀은 가만히 그것을 바라보며 다짐했다.

'하얀 늑대들은 찬란한 마법의 검이 되어야 해. 나 때문에 녹슨 칼이 되어선 안 돼.'

# Chapter 13

# 검은 사자 백작

　도시를 감싸는 높이 3미터 정도의 외곽 성에는 낡고 더러운 파란 깃발이 몇 개 걸려 펄럭이고 있었다. 노르만트가 처음인 카셀은 코홀룬 이상 가는 장관을 보게 될 줄 알았지만 그다지 대단한 감흥을 받지는 못했다. 오히려 실망했다는 편이 더 가까웠다.

　성문을 통과해서 왕성으로 들어가는 길목은 일직선이었다. 길 좌우로 상점이나 주점 같은 집들이 틈새 없이 빼곡하게 들어서 있었다. 코홀룬만큼 번화하지는 않았으나 좀 더 정렬된 형태였다.

　아무래도 검은 사자 기사단이 호위하고 있다 보니, 큰길을 중심으로 사람들이 하나둘 구경하러 나왔다. 카셀은 시민들의 눈초리와 기사 바딩의 행동을 유심히 관찰했다.

　카셀은 빈틈을 보이지 않으려고 긴장해 있었지만 다른 하얀 늑대들은 오히려 노르만트에 들어서는 순간 긴장이 풀린 모습이었다. 그들은 바깥의 상황에 별다른 관심을 보이지 않고 자기들끼리 떠들고 있었다.

"그 녀석, 먼저 도착했을까?"

아즈윈이 '로일'이라는 이름은 언급하지 않고 물었다. 쉐이든도 '글쎄'라는 짧은 대꾸로 고개만 갸웃해 보였다. 던멜이 수화로 뭔가를 말했지만, 카셀은 알아볼 수 없었다. 아즈윈은 팔짱을 끼고 말했다.

"녀석이 만약 먼저 와 있다면 지금쯤 우리를 발견하지 않았을까? 이렇게나 크게 주목을 받고 있는데, 자고 있거나 어디에 갇혀 있지 않는 한 알아볼 거야."

게랄드가 결론짓듯 말했다.

"그럼 지금은 자고 있나 보다."

구경 나온 마을 사람들은 그들 일행이 하얀 늑대들인지는 모르는 듯했다. 수군거리는 소리 중에는 '대체 얼마나 중죄를 지어서 이렇게 많은 기사단이 끌고 오는 거야'라는 말도 있었다.

'나만 그렇게 느낀 건 아니었군.'

카셀은 마차가 상점가를 지날 무렵 뒤를 돌아보며 물었다.

"로일은 2차 테스트 때 모든 예비 울프 기사들이 두려워했던 존재라고 하지 않으셨나요? 그럼 걱정할 게 없겠네요."

"녀석은 워낙 오지랖이 넓어서 아무 일에나 끼어들거든. 우리 일도 바쁜데 처음 만난 상인 도와주겠다고 혼자 훌쩍 떠나버리는 꼴 좀 보라지. 지금도 어딘가에서 벌써 사고 쳤을 거야."

아즈윈은 이미 사건이 벌어진 것처럼 말했다.

카모르트 국왕의 성은 노르만트 제일 북쪽에 있었다. 네 개의 높은 탑이 사각형의 각 꼭짓점에 위치했고, 그 중앙에 둥근 원통 모양의 성이 서 있었으며, 깊게 판 해자가 왕성 주위를 둘러치고 있었다. 적군이 노르만트 외곽 성을 뚫고 들어온다 해도 왕성 앞의 도개교를 막으면 긴 시간 동안 공성에 저항할 수 있도록 튼튼하게 설계된 모양새였다.

카셀은 문득 팔콘의 익셀런 기사단과 메오릭스가 속한 카모르트 왕실 기사단 간의 명예를 건 승부를 떠올렸다. 지금 마차가 지나가는 바로 이 다리가 바로 그 장소였다. 괜한 전율이 일어 절로 주먹이 꽉 쥐어졌다.

'이 와중에도 기사들의 대하 서사시를 떠올리고 있다니.'

카셀은 성에 들어가기 전, 옆에 말을 타고 따라오는 바딩에게 말을 걸었다.

"그런데 기사 바딩."

"왜 그러십니까, 캡틴 울프?"

바딩은 여전히 정중했다.

"노르만트에는 우리 동료가 한 명 먼저 당도해 있을 거요. 혹시 아시오?"

"하얀 늑대가 또 있습니까?"

바딩은 호기심 어린 시선으로 카셀을 돌아보았다.

괜한 소리를 했나 싶었지만, 이미 나온 김에 말했다.

"그렇소. 중간에 좋지 않은 일에 휘말려 한 명이 헤어졌소. 아마도 우리보다 먼저 왔지 싶은데?"

바딩은 잠깐 생각하는 듯하더니 웃으며 대답했다.

"오늘 새벽부터 지키고 있었지만 몇몇 상인과 다른 손님뿐이었습니다. 요새 노르만트에 출입하는 모든 사람을 직접 관리했는데, 혼자 들어온 남자는 없었지요. 혹시 다른 하얀 늑대 한 분은 여성입니까?"

바딩은 아즈원을 발견하고 덧붙여 물었다.

"아니오. 남자가 맞소."

"그럼 없다고 확신할 수 있겠군요."

"고맙소."

바딩이라는 남자는 팔콘과 정반대의 의미로 오래 대하기 힘든 부류였다. 팔콘은 사람을 뚫어지게 쳐다보며 상대의 약점이나 비밀을 캐버리고 말겠다는 인상이 강했다. 반면 바딩은 이미 다 알고 있다는 듯이 행동했다.

"제가 어디선가 듣기로 하얀 늑대들은 모두 다섯 명이라고 하던데……."

바딩은 아무렇지도 않게 날카로운 질문을 날렸다.

"여섯 명이었습니까?"

'아아, 역시나 말을 잘못 꺼낸 거였어.'

카셀은 뭐라고 대답해야 할지 짧게 망설였다. 그런 모습만 보여도 바딩은 모조리 카셀의 속마음을 읽어낼 것만 같았다.

'여섯 명이 맞소! 하고 단호히 말하면 될 거야.'

카셀이 대답을 정하고 입을 열기 전에 쉐이든이 낚아채듯 끼어들어 말했다.

"하얀 늑대들이 몇 명이라고 공식적인 발표를 한 기억은 없소만? 어디서 다섯 명이라고 들은 거요?"

"그냥 소문을 들어서 그런 겁니다."

바딩은 여전히 예의 바른 자세로 말을 이었다.

"동료분은 나중에라도 찾게 되면 즉시 알려드리겠습니다. 아, 그리고 여러분들이 당도한다는 소식을 고디머 백작께서 알려주셨는데 혹시 서로 합의된 사항입니까?"

또 한 번 카셀은 뜨끔했지만 쉐이든은 정해진 수순인 양 대꾸했다.

"그건 지금 당신에게 보고해야 하는 내용이오, 단순히 호기심에 묻는 거요?"

바딩 역시 정해진 대답을 따르는 것처럼 대답했다.

"호기심이었습니다. 곤란한 질문이었다면 죄송합니다."

둘은 동시에 입을 다물었다.

카셀은 점점 주눅이 들었다. 그는 이 두 사람처럼 근사하게 말할 자신이 없었다.

이동하던 도중 카셀은 고급스러운 마차들을 여럿 발견했다. 당장 눈에 띈 것만도 열 대는 넘었다. 아무리 수도라도 평상시에 저렇게 좋은 마차가 한꺼번에 많이 돌아다니고 있지는 않을 것 같았다.

"아까 다른 손님이 있다고 하셨는데, 기사 바딩."

카셀은 목덜미를 긁적이며 물었다.

"매년 이맘때에 정해진 파티라도 있는 거요, 아니면 우리 때문에 모이는 거요?"

"원래 정해진 모임이 맞습니다. 그런데 딱 그 시점에 고디머 백작이 편지로 하얀 늑대들의 입국을 모두에게 알렸지요. 그래서 모두들 전설의 기사단을 보고자 평소보다 일찍 모이게 되었습니다."

도개교를 지나 안으로 진입하자 크진 않지만 아름다운 정원이 펼쳐졌다. 진입로의 좌우에는 물이 흘렀고, 물길을 따라 나무가 가지를 길게 늘어뜨리고 있었다. 화려하지는 않지만 깔끔한 정원의 모습이 이곳 주인의 품성을 대변하는 듯했다.

중앙의 성 앞에는 많은 기사들과 시종들이 나와 있었다. 그들은 마차가 도착하자 고개를 깊이 숙여 인사를 했다. 그중에는 대신들도 보였다. 카셀은 더욱 긴장했다.

'카모르트 왕실의 귀족들이야. 마을 촌장 모임이랑은 다르겠지.'

카셀은 마차에서 내렸고, 다른 하얀 늑대들은 모두 그의 뒤에 섰다. 카셀은 위치가 어색하기 그지없었다. 갑작스레 밀 농사꾼의 아들에서 붉은 장미 백작군의 졸병이 되었다가 한 달 만에 패잔병이 되었던 얼마 전 자신의 모습이 떠오르기 시작했다.

대신 중 가장 나이가 많아 보이는 이가 앞으로 나섰다. 카셀은 몸이 얼어붙는 것 같았다. 그 때 뒤에서 아즈윈이 그의 종아리를 발로 툭 걸어찼다.

카셀은 화들짝 놀라며 대신에게 고개 숙여 인사했다.

"이렇게 나와 주셔서 감사합니다. 아란티아 울프 기사단의 캡틴, 카셀 울프입니다. 카모르트와 국왕 폐하의 앞날에 축복이 있기를."

"카모르트의 국정 대신들을 대표하여 루오르가 인사드립니다, 캡틴 울프. 그리고 하얀 늑대들이여. 아란티아 여왕의 앞날에 지금까지 이어져 온 축복이 있기를."

모든 대신들이 동시에 고개를 숙였다. 카셀은 그들 중 자신의 아버지보다 나이 어린 사람이 하나도 없다는 것에 또 한 번 놀랐다.

카셀은 여기 오기 전에 쉐이든과 함께 복습해 두었던 카모르트의 정치 체계를 떠올려 보았다. 사실 그것에 대한 기본 토대는 열 살도 안 되었던 꼬마였을 때부터 아버지에게 배운 내용이었지만, 아직도 선명하게 기억났다.

카모르트의 정치는 전통적으로 각 귀족들의 추천을 받은 귀족이 대신이 되어 맡게 된다. 원래대로라면 이는 국왕과 귀족들 간의 균형을 적절히 맞추는 이상적인 정치 체제였을 테지만, 왕의 권력이 약해졌을 때는 한도 없이 약해질 수밖에 없는 결함도 가지고 있었다.

귀족들은 왕권이 강해지는 것을 원하지 않는다. 그러니 왕의 신하가 될 사람으로 권력 약한 귀족을 추천한다. 귀족들은 자신이 추천한 귀족의 아들이나 손자들을 대신 키워준다는 명목으로 데리고 있다. 결국 왕의 신하들은 볼모 때문에 자길 추천한 귀족의 꼭두각시 노릇을 해야 하는 경우가 많았다.

'이런 머저리 같은 체제가 바뀌기 전에는 카모르트가 발전할 수 없지.'

아버지는 그런 말을 하며 혼자 화를 냈다. 그땐 그게 이상하다는 걸 깨닫지 못했다. 그런데 지금 와서 보니, 아버지가 그런 말을 할 수 있다는 건 앞뒤가 맞지 않았다.

'카모르트의 왕실 체계를 평생 농사만 지은 양반이 뭔 수로 알고 있어? 다른 농부들은 옆 마을 촌장이 누군지도 모르는데.'

하얀 늑대들은 고디머 백작의 저택에서 그랬던 것처럼 모든 무기를 내놓아야 했다. 카셀만 자신의 무기가 아란티아의 여왕을 대신한다는 증표이므로 그대로 지녔다.

"국왕 폐하께서 알현실에서 기다리고 계십니다."

루오르가 말했다.

"지금 바로 뵙는 겁니까?"

카셀이 물었다.

"예, 폐하께서도 마찬가지로 여러분과의 만남을 몹시 기대하고 계십니다."

"잘 됐군요."

카셀은 다른 방해 없이 가급적 빨리 카모르트의 국왕을 만나고 싶었다. 그것은 쉐이든도 동의한 내용이었다.

'다른 귀족들, 특히 검은 사자 백작이나 붉은 장미 백작을 먼저 만나 버리면 문제가 커져. 둘 중 하나를 먼저 만나면 다른 하나가 즉시 적으로 돌아설 수도 있으니까. 또 우리는 아직 왕이 우리에게 정말 바라는 일이 무엇인지 몰라. 그런데 왕이 제 목소리를 내기도 전에 그 귀족이 선수를 치면 우린 엉뚱하게 이용당할 수도 있지. 그런 돌발 사태를 사전에 막기 위한 가장 좋은 방법은 왕을 직접 대면하는 거다.'

간접적인 루트를 배제한 후 왕에게 카모르트의 사정을 들어 보고 직접 의견을 교환한 뒤 최대한 빨리 일을 처리하는 것, 그게 카셀의 목표였다.

'다행이다. 계획대로 되어가고 있어. 무엇보다 이쪽에서 먼저 왕을 만나고 싶다고 말하지 않았다는 게 제일 좋아.'

대신들은 하얀 늑대들과 카셀을 왕에게 안내했다. 카셀은 머릿속으로 왕과 해야 할 일을 정리해보았다. 무엇보다 중요한 건 자신이 과거에 농사꾼이었다는 사실을 잊어야 한다는 점이었다.

'상대가 왕이고 내가 농부라고 생각하면 굳어서 아무 말도 못 할 거야. 나는 아란티아의 대표로 온 거야. 왕과 같이 있어도 위축되지 않는

지위지. 나는 울프 기사단의 캡틴이다, 나는 캡틴 울프다. 캡틴 울프,
캡틴 울프…….'

카셀은 복도를 걷는 동안 계속 속으로 중얼거렸다.

알현실의 문은 사람 키 둘 정도는 될 만큼 거대했다. 문이 열린 직후
카셀은 이미 자신의 계획에 차질이 생겼음을 깨달았다.

'바딩이 한 말이 이런 뜻이었구나?'

카셀이 그의 군주를 그의 왕이 있는 자리에서 만나겠다고 하자, 바
딩은 당연하다는 듯 그럴 거라고 대답했다. 그 대답의 의미가 이것이었
다.

이미 왕의 옆에는 검은 사자 백작이 앉아 있었다.

"어서 오시오, 아란티아의 하얀 늑대들이여."

카모르트의 국왕은 아이 같은 천진한 웃음을 보이며 양팔을 벌려 그
들을 환영했다.

"울프 기사단의 캡틴, 카셀 울프라고 합니다."

카셀은 최대한 천천히, 그리고 정중히 고개 숙여 인사를 했다. 그 잠
깐의 공백을 이용해 카셀은 좀전의 놀란 기색을 숨겼다.

의외로 왕은 카셀과 비슷한 나이 정도밖에 되지 않을 정도로 어렸
다. 위엄을 보이기 위해 수염을 기르는 모양이었는데 턱수염과 콧수염
이 자란 길이가 아직 자연스럽지 못했고, 딱히 그걸로 나이가 감춰지지
도 않았다.

'나도 나이 들어 보이려고 수염을 안 깎았는데, 저렇게 어색하게 보이는 건 아닌지 모르겠군.'

왕의 푸른 눈동자는 알현실의 유리 창문을 통해 들어오는 햇빛을 받아 반짝였다. 웃음이 많아서 생긴 잔주름이 어린 나이임에도 벌써 얼굴에 깊게 자리를 잡아가고 있었다. 천진한 인상 때문인지 머리에 올린 왕관은 보석이 박혀 있는데도 소박해 보였다.

반면 검은 사자 백작은 촛불 옆에 드리운 그림자처럼 어두운 표정으로 카셀을 노려보고 있었다. 그는 왕과 동일한 자리에 앉은 것으로도 부족하여 왕이 일어났음에도 태연히 앉아 자리를 지켰다.

'무례해 보이지도 않는군. 왕관만 아니었으면 저 사람을 국왕으로 착각한다 해도 이상할 게 없겠어.'

누구도 소개하지 않았으나 카셀은 그가 검은 사자 백작이란 것을 알 수 있었다. 다른 하얀 늑대들도 왕의 인사에 답례를 한 직후 왕이 아닌 검은 사자 백작을 응시했다. 모두의 시선이 집중되었음에도 백작은 카셀을 쏘아보는 시선을 거두지 않았다.

카셀이 계속 모르고 있던 사실이 하나 더 있었다. 바딩은 왕실에 들어온 뒤에도 하얀 늑대들을 따라왔다. 그리고 알현실에 들어서자 자연스럽게 자신의 군주 옆에 섰다. 여전히 그의 얼굴에는 온화하면서도 부드러운 미소만 드리워져 있을 뿐이었다.

싸우기도 전에 패배한 기분이었다. 카셀은 긴장된 마음을 더욱 팽팽하게 잡아당겼다. 차라리 잘 됐다. 이길 자신이 있는 싸움은 한 대 맞아주고 시작하는 편이 낫다고 아버지는 항상 강조했다. 방심해서 지는 일이 없도록.

"이쪽은 언제나 짐을 보필해 주는 누벨 덴 뤼미에르 백작이오."

왕이 뒤늦게 검은 사자 백작을 소개했다. 그제야 백작은 자리에서 일어났다. 이런 엉뚱한 상하의 위치를 보고 카셀은 슬그머니 부아가 치밀어 올랐다.

'이 남자 하나 때문에 카모르트가 피폐해지고 있는 거야.'

카셀은 분노를 드러내지 않고 인사하기가 쉽지 않았다.

"뤼미에르 백작께서 그 유명한 검은 사자 기사단과 검은 사자의 군대를 이끄는 분이시군요. 이미 그 명성은 아란티아에도 많이 알려져 있습니다. 뵙게 되어 반갑습니다."

"이 나라를 가로질러 왔다면 나에 대한 이야기를 수없이 들었을 터이니 굳이 소개할 것도 없겠소. 허면 왜 이 먼 땅으로 군이 놀러 왔나 묻고 싶군, 아란티아의 하얀 늑대들…… 그리고 캡틴 카셀?"

뤼미에르 백작은 카셀의 인사를 받지 않고 갑자기 핵심부터 말했다. 전쟁으로 치면 그것은 선전포고를 하기도 전에 화살을 날린 기습과도 같았다.

그가 왕은 눈에도 들어오지 않는다는 자세를 보이니, 카셀도 굳이 예절을 따라줄 생각은 없었다. 농부와 귀족 간의 대화라는 생각은 잊어버린 지 오래였다.

"아란티아와 카모르트의 친분 관계에 대해 뭘 더 설명해야 할지 모르겠습니다. 이곳이 놀러 오면 안 되는 곳이 아니지 않습니까? 맞습니다, 놀러 온 거."

카셀은 지금 하는 말이 거짓말도 아니고 농담도 아님을 강조하듯 단호한 어조를 이어갔다.

"하지만 이 나라를 통과하면서 백작님의 얘기는 잘 들어보지 못했는데요. 제가 노르만트까지 오면서 본 광경이라고는 도적들이 지나가는 여행자의 목숨부터 빼앗은 다음 시체의 몸을 뒤지고, 들판에 널린 시체들을 치울 시간도 갖지 못한 채 그 위에 새로운 시체를 쌓아가며 전쟁을 하는 모습 정도입니다. 그게 백작의 이름을 대신 전해 듣는 과정인지요?"

그건 백작뿐 아니라 왕도 함께 공격한 셈이라, 카셀은 뒤늦게 후회했다. 하지만 국왕은 어색한 미소만 지은 채 화를 내지도, 카셀의 말을 막지도 않았다.

정작 표적이 된 백작은 딴 사람 얘기를 듣듯 평온한 태도였다.

"내가 전쟁을 끝내면 모두 해결될 일이오. 놀러 온 거라 했소? 그럼 이 나라의 손님이며 폐하의 손님이고, 동시에 나의 손님이 되겠군. 아무쪼록 편히 지내도록 하시오."

뭔가 더 말할 것 같던 백작은 차갑게 웃으며 입을 다물었다.

왕은 겨우 미소 지으며 왕좌에 앉았고, 백작도 계단 한 칸 아래에 있는 의자에 뒤따라 앉았다. 대신들은 모두 좌우 여섯 명씩 섰고, 그 뒤를 여덟 명의 경비병이 지켰다. 카셀이 공부한 대로라면 지금 저 자리에는 일반 병사가 아니라 왕실 기사단의 일원이 있어야 했는데 어째서인지 보이지 않았다.

"여행은 어땠소? 고디머 백작이 보내온 연락에 따르면 험한 일을 당한 것 같은데."

왕이 물었다.

"고생은 없었습니다. 그러나 저희를 안내하던 사신이 정체를 알 수 없는 암살자들에게 살해당했습니다. 그를 지키지 못한 점, 부디 용서하십시오."

카셀이 말했다.

"그 일도 고디머 백작의 편지로 이미 알고 있소. 고디머 백작 역시 가장 아끼는 기사가 암살자들에게 살해당해 슬퍼하고 있더군. 이럴 줄 알았다면 사신과 더불어 경호 기사들도 같이 보낼 것을 내가 잘못 판단했소."

"아닙니다, 폐하. 이 나라에서 저희를 해칠 수 있는 존재는 아무도 없으니 염려 놓으셔도 됩니다. 저희의 위험은 저희 스스로 해결할 것이며, 또한 폐하께 무엇이든 걱정거리가 있다면 더불어 해결해드리고 싶습니다."

카셀은 국왕을 바라보며 얘기를 하면서도 속으로는 검은 사자 백작을 걱정했다. 고디머 백작과 달리 그는 하얀 늑대들을 전혀 두려워하지 않고 있었다. 왕이 제안했다.

"먼 여행에 피곤하고 음식도 제대로 챙기지 못했을 거라고 고디머 백작이 편지로 알렸소. 오늘과 내일은 푹 쉬고 자세한 이야기는 그다음에 하도록 함이 어떻소?"

"휴식은 없어도 됩니다. 저희는 여왕 폐하께 전해드릴 이야기를 조금이라도 더 많이 들어두고 싶습니다. 무례인 줄은 알지만, 여기 오기까지 시간이 너무 지체된 탓에 서두르고 싶습니다만."

처음에 왕과 단둘이 만나지 못한 이상 다른 귀족들의 견제를 받기 전에 행동에 들어가고 싶었다. 비록 이곳이 왕의 성이긴 하나 여전히 암살자들의 위험을 무시할 수는 없었다. 하얀 늑대들의 실력을 안 이상 직접적인 공격은 하지 않을 테니, 다른 방식의 접근을 시도할 것이다. 던멜은 여기 오기 전 수백 가지의 암살 방법을 예측하여 막는 것보다 놈들이 행동하기 전에 일을 끝내는 것이 더 효율적이라고 조언했다.

"하지만 이미 파티 준비를 끝냈소. 짐은 귀한 손님의 접대를 소홀히 하는 왕으로 기억되고 싶지 않소."

어린 왕은 자신의 목소리가 너무 여리게 나왔다는 생각이 들었는지 헛기침을 한 번 하고 좀 더 굵은 목소리로 말을 이었다.

"또 많은 귀족들이 그대들과 만나기 위해 이곳에 머물러 있거나 뒤늦게나마 오고 있소. 누구보다 여기 뤼미에르 백작이 그대들을 맞이하고 싶어 성의를 다해 파티를 준비했소. 부디 거절하지 마시오."

카셀은 눈을 잠시 감았다.

'당했다. 처음부터 생각을 잘못한 거야.'

쉐이든도 이 부분을 걱정하고 있었다. 그들은 검으로 하는 어떤 싸움도 두려워하지 않았으나, 이런 정치적인 싸움은 할 줄 몰랐다. 그래서 카셀에게 맡겼다. 그러나 경험이 없긴 카셀도 마찬가지였다.

'검은 사자 백작이 준비한 파티라고? 최소한 오늘 저녁 파티가 끝나기 전까지 왕과 단둘이 만날 기회가 없게 만들었군. 그럼 그사이 백작은 우리와 왕이 접촉할 방도를 차근차근 차단해 나갈 수 있게 될 거야.'

카셀은 눈을 뜨고 왕을 향해 웃어 보였다. 속으로는 부글부글 화가 끓어올랐다. 검은 사자 백작에 대한 분노가 아니라 자신의 실수에 대한 분노였다.

'조용히 들어와 올가미를 걸어야 할 사자를 상대로 노래를 부르며 뛰어든 꼴이야. 한 명이 몰래 잠입해서라도 왕과 먼저 접촉해야 했어.'

여기서 휘둘리면 앞으로 하얀 늑대들은 얌전히 차려주는 밥만 먹다가 아란티아로 돌아가게 될 것이고, 카셀은 아무것도 이룬 것 없이 루우룬 마을로 돌아갈 것이다. 그것이 검은 사자 백작의 의도였다.

'아예 고디머 백작이 같이 왔다면? 아니야. 검은 사자 백작 앞에서 고디머 백작은 아무 힘도 발휘하지 못했을 거야. 여기선 일단 물러나고 다른 계획을 세워보자.'

카셀은 포기하고 말하려다 순간 생각을 바꿨다.

'아니야! 물러나면 안 돼. 내게 계획을 세울 시간이 생기면 저쪽에게도 생기는 거야. 뭔가를 하려면 지금 해야 해!'

카셀은 최대한 자연스럽게 들리길 바라며 입을 열었다.

"그럼 저희도 묵은 피로를 풀고 좋은 와인이나 기대하도록 하지요. 파티는 왕실에서 열립니까? 아니면 다른 장소에서?"

"물론 궁 안이오."

왕은 부드럽게 대답했다.

'자, 이제 제가 거짓말 좀 할 테니 제발 눈치채십시오.'

카셀은 안타까운 마음을 담아 천천히 말했다.

"그럼 저희가 머물 곳도 궁 안입니까?"

"물론 그렇소. 별관에 일부 귀족들이 머물고 있는데, 그곳의 제일 좋은 방에서 원하는 시간만큼 머물도록 하시오."

"그렇게 하죠. 아, 참. 그리고 여왕 폐하께서 카모르트의 국왕께 전하고자 하신 선물이 있습니다. 그건 이 자리에서 펼쳐 보일 만큼 사소한 것이 아닙니다. 폐하께서 안전하고 조용한 장소를 제공하신다면 제가 단둘이 뵙고 직접 드리고 싶습니다만."

왕은 멍청할 정도로 순진한 미소를 지었다. 아무리 봐도 '진짜 선물'을 기대하는 얼굴이었다.

"얼마나 소중한 선물이기에? 아란티아의 여왕과는 개인적으로 친분이 있는 바, 기대하도록 하겠소. 파티가 끝난 다음에 잠깐의 여가가 생길 터이니, 그때 받는 게 좋겠구려."

"편하실 대로. 그럼 즐거운 마음으로 기다리겠습니다."

카셀은 뤼미에르 백작의 표정을 살폈다. 백작은 지루한 하품을 참고 있는 듯 무관심했다.

'방심하지 마. 아까 잠깐 보인 예리함이 이 자의 전부가 아닐 것이다. 방금 속임수 정도는 금방 파악했을 거라고 가정하고 움직여야 해.'

왕은 카셀과 백작 사이에 놓인 팽팽한 긴장감을 무시하고, 기쁜 얼굴로 신하들에게 말했다.

"들어라. 오늘 카모르트에 귀한 손님이 왔으니 궁 밖으로는 나팔을 울리고, 궁 안에는 음악이 멈추지 않도록 하라. 오늘 저녁 준비된 만찬을 시작하고, 노르만트의 백성들이 내일 이 시각까지 축제를 즐길 수 있도록 허락하노라."

모든 신하들과 병사들이 고개를 숙여 대답했다. 하지만 카셀은 뤼미에르 백작과 바딩이 인사하지 않는 것을 눈여겨보았다.

시종들의 안내를 받아 하얀 늑대들은 별궁의 방에 짐을 풀었다. 왕을 알현할 때 외에는 무기를 소지해도 된다는 허락도 받았고, 파티를 위한 정장도 따로 준비해주었다. 다들 옷에는 별 관심이 없었다. 하지만 아즈윈은 준비된 옷을 즉시 입어본 다음 시녀를 불러 다른 드레스로 바꿔 달라고 말했다.

"난 분홍색은 안 어울려. 하얀 드레스에 빨간 천을 댄 디자인이 카모르트 전통 복식 중에 있을 거야. 그걸 갖다 줘."

"찾아보겠습니다만, 그건 기사님처럼 키가 큰 분을 위해 만들어진 게 없습니다."

"그럼 화려한 치장 없는 걸로 줘. 난 하얀 색이 좋아. 레이스 달린 거 주면 찢어서 입을 거야."

아즈윈은 반쯤 협박을 가했고, 시녀는 거의 우는 얼굴로 달아났다. 아즈윈은 방문을 닫고 몸을 휙 돌리더니 카셀에게 말했다.

"아란티아 여왕의 선물?"

쉐이든이 입술에 손가락을 댔다.

"왕실 안이라도 입조심은 하고 있는 게 좋겠어. 그건 그냥 카셀에게 맡기고."

"뭐, 좋아. 계획이니 계략이니 얘기하는 건 사실 내 취향도 아니니까. 하지만 오자마자 파티라니 조금 웃기지 않아?"

"우릴 위해 검은 사자 백작님께서 개최해 주신다잖아. 입고 있는 옷을 보니 돈도 많아 보이더라."

게랄드가 나직이 웃었다.

"어머나, 그럼 신나게 즐겨줘야겠네. 맘에 안 드는 나라의 별로 예쁘지도 않은 성에서 하는 파티지만 말이야. 나디움에는 도대체가 파티란 게 없어!"

아즈윈은 벌써 흥에 취해 즐거워했다. 게랄드가 거기에 찬물을 끼얹듯 말했다.

"네가 하도 졸라서 우리도 반년 전에 파티했었잖아. 댄스파티였던가, 그거?"

"그런 건 파티가 아니라 '회식'이라고 하는 거야. 춤도 못 추는 인간들이 밥 먹으면서 검술 얘기나 떠들고 있는 자리라니! 게다가 춤출 사람이 없어서 난 시녀랑 손잡고 춰야 했어. 나디움에서 풍류를 아는 건 우리 귀염둥이 시녀들밖에 없을 거야. 제발 이 나라에는 나와 춤추고 싶어 하는 기사들이 많아야 할 텐데."

"그래, 여긴 네 성깔 모르는 남자들 투성이일 테니까 기대해볼 만하겠지."

"춤 이야기는 나중에 해요. 우선 파티에서 어떻게 할지부터 정해야 하지 않겠어요?"

카셀이 넷에게만 들리는 목소리로 말했다. 던멜에게 입 모양을 보이는 것도 잊지 않았다.

"그럼 포지션부터 정해두자. 우선 난 가급적 카셀 옆에 서서 캡틴의 경호를 맡을게. 아무래도 여자가 옆에 있는 편이 자연스러울 거야."

아즈윈이 먼저 자신의 위치를 정하자, 쉐이든도 정했다.

"그럼 난 파티장을 돌아다니며 다른 귀족들의 동태를 살피도록 하지. 어쩌면 우리 편이 되어줄 사람이 있을지도 모르니."

"자유롭게 돌아다니는 파티가 아닐 수도 있는데?"

아즈윈의 물음에 카셀이 대꾸했다.

"파티가 어떤 형식이든 따로 행동하는 편이 좋겠다는 뜻이죠?"

쉐이든이 고개를 끄덕이자, 게랄드가 물었다.

"그럼 난 뭘 할까?"

"게랄드는 시선을 끄는 게 어떨까요? 쉐이든이 자유롭게 행동하려면 누군가 한 명은 하얀 늑대들의 행세를 확실하게 해서 귀족들의 이목을 집중시키는 편이 좋을 것 같아요. 물론 저도 그러고 다닐 거지만, 전사로서의 이미지는 이중에서 게랄드가 딱이니까."

"어? 이제 카셀도 날 놀리기 시작했어! 네가 시켰지?"

게랄드가 아즈윈에게 따져 물었다. 카셀은 당황해서 손을 내저었다.

"아, 안 놀렸어요."

아즈윈은 한심하다는 듯 카셀을 바라보며 말했다.

"방금은 게리가 널 놀린 거야."

게랄드는 키득대며 웃었다. 카셀은 헛기침을 한 번 하고 말했다.

"이제 우리의 대화는 누군가 듣고 있다고 생각하고 움직이죠. 행동지침대로만 하면 변할 건 없겠죠. 아, 한 명쯤은 주목 받지 않고 외부에서 움직여 줬으면 좋을 텐데, 던멜도 이미 얼굴을 보여 버렸으니 힘들 것이고……."

카셀이 고민하자 던멜은 수화로 뭔가를 말했다. 아즈윈이 재미있다는 듯 그의 수화를 전달해주었다.

"방금 던멜이 들통나지 않은 한 명이 있잖아, 라고 말했어."

"아!"

카셀의 눈이 커졌다. 그리고 뭔가 말하려다가 금방 입을 다물었다. 다들 알고 있는 그 이름을 굳이 이 자리에서 언급할 필요는 없었다.

"……이제 다들 좀 씻읍시다."

카셀은 대신 다른 말로 했다. 아즈원이 제일 먼저 답했다.

"동감이야. 뜨거운 물이 그리웠어."

✦ ✦ ✦

하얀 늑대들은 각자의 방에서 쉬기로 하고 흩어졌다. 카셀의 바로 옆방을 차지한 아즈원은 위험하면 자신을 부르라고 말했다.

카셀은 젖은 머리를 닦은 수건을 목에 걸고 그대로 침대에 털썩 누웠다. 이제껏 누워본 중 가장 좋았던 고디머 백작 저택의 침대보다 더 편안하고 좋은 침대였다.

'이제 파티에서 어떻게 행동해야 할지 걱정할 때군. 이야기로만 접해보던 것과 실제로 경험하는 건 전혀 다를 테니.'

그러나 울프 기사단의 평소 얘기를 듣다 보니, 파티석상에서 미숙한 행동을 해도 딱히 가짜 캡틴이라는 걸 드러내는 증거가 되지는 않을 것 같았다.

카셀은 잠시 파티 생각을 떨쳐버리고 눈을 감았다. 하지만 싫어도 온갖 잡생각들이 어지럽게 머릿속을 들쑤셔 편히 쉬기가 힘들었다.

"그나저나 너, 지금 있어야 할 자리에 있는 거냐?"

카셀은 침대에 누운 채 천장을 바라보며 중얼거렸다.

지금은 이름도 기억 안 나는 그 도적이 쏜 화살이 음유시인 라우레가 아니라 패잔병 카셀의 가슴에 박혔다면? 아란티아의 보검은 그대로 패잔병들의 마을에 있는 부랑자의 손에 남았을 것이고, 하얀 늑대들의 캡틴은 지금도 로일일까? 그럼 지금 이 자리에 자신이 있는 것을 운명

캡틴 카셀

450

이라고 해야 할까? 카셀은 아버지가 옆에 앉아있기라도 한 듯 물었다.

"그런 겁니까, 아버지?"

대답이라도 하듯 문을 두드리는 소리가 들렸다. 카셀은 깜짝 놀라 침대에서 벌떡 일어났다. 카셀은 목소리를 가다듬고 물었다.

"누구시오?"

문밖에서 남자의 목소리가 들렸다.

"뤼미에르 백작님의 시종입니다. 백작님께서 캡틴을 뵙고자 요청하셨습니다."

카셀은 조심스럽게 문을 열었다. 작은 키에 주름살이 쭈글거리는 깡마른 노인이 고개를 숙이고 있었다.

"뤼미에르 백작께서 나를 찾는다고?"

"예."

"무슨 일로?"

"단둘이서 긴히 드릴 말씀이 있다 하셨습니다."

"무슨 일로?"

"그 내용까지는 저도 잘 모릅니다."

"단둘이서? 동행은 데려오지 말라 했소?"

"특별히 단둘이라는 것을 강조하지는 않으셨습니다."

'도발하고 있군. 내가 호위로 한 명 데려가면 그것만으로도 시비를 걸 거야.'

카셀이 걱정하는 것은 자신의 위험이 아니라 캡틴 울프로서의 자존심이었다. 카셀은 하얀 늑대라면 이런 일에 두려움을 가져선 안 된다고 생각하고 대꾸했다.

"검을 가져오지 말란 말은 없었겠지? 좋소. 안내하시오."

시종은 고개를 끄덕이며 복도를 가로질렀다.

카셀은 문 앞을 지나가며 아즈윈이 머무는 방문을 두드렸다. 대답이 없어 대신 쉐이든의 방문 쪽으로 방향을 돌릴 때 문이 열렸다. 반쯤 열린 문틈에서 수건으로 몸을 가린 아즈윈의 얼굴이 나타났다.

"급한 일?"

아즈윈은 칼이라도 가져올까, 라는 투로 물었다. 땋지 않고 물에 젖어 흘러내린 머리를 한, 반나체의 아즈윈은 카셀이 감당하기 힘들 정도로 아름다웠다. 카셀은 너무 놀라 잠시 할 말을 잃고 있다가 겨우 입을 열었다.

"나 좀…… 음, 뤼미에르 백작에게 다녀올게요. 미리 말해두려고요. 어어, 목욕 중이셨군요. 미안해요."

"아니, 그런 건 상관없고. 백작이? 왜? 내가 같이 가줄게."

"혼자 가는 게 좋겠어요."

"정말?"

카셀은 아즈윈에게 복도 앞에서 기다리고 있는 시종을 눈짓으로 가리키며 말했다.

"예. 괜찮아요."

특별히 그녀의 알몸을 본 것도 아닌데 카셀은 두근거리는 가슴을 진정시킬 수가 없었다. 전장으로 떠나는 것만큼의 각오를 다져도 모자랄 판인데, 그의 머릿속에는 아즈윈의 젖은 머리카락과 수건 틈으로 살짝 보인 가슴만 떠오르고 있었다. 덕분에 카셀은 긴장감 하나 없이 검은 사자 백작과 마주할 수 있게 되었다.

넓은 방 안에 백작이 앉아 있었고 옆에 바딩이 서 있었다. 긴 다리에도 불구하고 바딩의 칼은 땅에 끌릴 만큼 길었고, 찌르면 내장을 한 번에 훑어낼 만큼 날이 넓었다. 바딩은 카셀에게 눈인사를 보인 후, 백작에게 귓속말로 뭔가 전달하더니 방을 나섰다.

"어서 오시오, 캡틴 울프."

검은 사자 백작은 일어나지 않고 손만 내밀어 앞에 있는 의자에 앉길 권했다. 카셀은 사양하지 않고 거기에 앉아, 다리를 꼬고 무릎에 손을 얹었다.

백작은 살집이 좀 있었으나, 이는 젊은 시절의 근육이 나이가 들면서 무뎌진 탓이지 게으름으로 붙은 살이 아니었다. 짙은 검은 머리카락은 마치 짐승의 갈기처럼 일어나 있었다. 왜 그의 별명이 검은 사자인지 쉽게 짐작이 갔다.

백작은 꽤 오랫동안 말없이 쳐다보기만 했다. 카셀은 뺨을 긁적이다 입을 열었다.

"할 말이 있어서 부른 게 아니었습니까?"

"아니, 난 당신이 내게 할 말이 있을 거라 생각하고 부른 거요."

"제가 말입니까?"

"아, 할 말이 없었소? 그럼 돌아가도 좋소, 캡틴 울프. 미안하게 됐군. 내가 너무 넘겨짚은 모양이오."

검은 사자 백작은 부드럽게 깍지 낀 손을 가슴께에 올려놓고 왕이 옆에 있을 때처럼 느긋한 시선으로 카셀을 바라보았다. 어떤 감정도 담지 않은 그저 부드러운 눈빛이었다.

'또 당했군.'

백작의 말에 대항할 수많은 말들이 카셀의 머릿속에서 서로 뒤엉켜 입안에서 뒹굴었다.

'아, 그렇습니까? 그럼 돌아가겠습니다. 좀 이따 파티에서 뵙죠.'

처음 생각한 대답은 그랬다. 아주 차갑게, 그리고 당당하게 말하고 돌아서는 것이다. 하지만 문득 카셀은 도박에서 제일 무서운 사람은 아무것도 아닌 패로 올인을 해서 블러핑을 잘 하는 사람이 아니라, 정말 좋은 패를 가지고도 죽어버리는 사람이라는 아버지의 말이 떠올랐다.

아버지는 카셀에게 체스를 가르칠 때도 비슷한 말을 했다. 퀸을 아무 대가 없이 내주는 사람은 딱 두 종류뿐이다. 지독히도 못하는 사람이거나, 지독히도 잘 하는 사람이거나.

방금 뤼미에르 백작이 그랬다. 뭔지 잘 모르겠지만 그는 방금 퀸을 내던졌다. 주위에 속임수라고는 없어 보였고, 지금 내던진 퀸을 먹어버리면 앞으로의 싸움에 아주 유리할 것 같았다. 카드 게임으로 치면 좋은 패를 가지고도 죽어버리는 것, 이쪽에서 뭔가 해 보기도 전에 큰 판돈을 포기한 셈이다.

'울프 기사단의 캡틴을 불러다 앉혀놓고 아무 얘기도 않고 보내버리려고 불렀다? 단지 헛걸음시키려고?'

카셀은 속으로 자신이 할 말을 굴려보았다.

'론타몬은 아직 망한 게 아니오. 다시 대륙 정벌 전쟁을 시작하면 카모르트는 10년 전 그때처럼 치욕적인 패배를 맛볼 것이오. 그러니 전쟁을 멈추고 국력 신장에 노력하는 게 어떻소?'

'우린 당신 때문에 여기까지 온 거요. 그러니 당장 붉은 장미 백작과의 전쟁을 멈추고 자기 영지로 돌아가 조용히 지내시오.'

'부른 건 그쪽이니 당신이 먼저 질문 하시오.'

이런저런 생각을 하느라, 카셀은 당당하게 나갈 타이밍도 놓쳐버렸다.

'이럴 때 아버지라면 어떻게 했을까?'

아버지는 도저히 받아들이기 어려운 돌발적인 사태가 벌어지면 언제나 짧은 침묵으로 좌중을 긴장시키곤 했다. 마을의 말썽꾼 루치가 술에 취해 촌장이 아끼는 개를 몽둥이로 패 죽이고, 그 목을 잘라 집어던져 맞춘 사람이 하필 카셀의 아버지였을 때도 그랬다. 되레 놀라 몸이 굳어버린 루치의 앞에서 아버지는 아무 말 하지 않고 옷에 묻은 개의 피를 닦았다. 루치가 달아나려 하자 아버지는 들리지도 않게 작은 목소리로 말했다.

'달아나지 마라, 루치. 지금 수습하지 않으면 나중에 아주 힘들어질 거다.'

루치는 안 되겠다 싶었던지 오히려 아버지를 협박했다.

'난 칼을 배웠수다. 아주 끝내주지. 이제 당신 말에 기죽는 어린애도 아니고! 하필 거길 지나간 당신 잘못이요. 여차하면 난 당신이랑 붙을 수도 있으니까…….'

'그렇게 과장되게 소리 지르며 억지를 쓰는 걸 보니 네가 잘못한 걸 알긴 아나 보구나.'

카셀의 아버지는 어깨의 피를 손바닥으로 털며 잘린 개의 머리를 한 손에 들었다.

'그 끝내주는 칼 솜씨로 개는 왜 죽여? 이 개가 마을 사람들을 잡아먹고 널 죽음의 위협에라도 빠뜨렸어? 그럼 잘 했군. 자, 이제 그다음

에는 루우룬 마을의 암흑군주라도 물리치실 텐가?'

어둠 속에서 말하는 아버지의 목소리는 근처에 있는 다른 모든 사람을 긴장시켰다. 루치와 같이 취해 말썽을 일으키던 또래들도, 겁에 질린 마을 사람들도, 호기심에 구경 나온 아이들도 둘의 대치를 조용히 지켜보기만 했다. 루치는 비록 검술을 배웠다고는 하나, 어렸을 때부터 쭉 두려워하던 사람까지 뛰어넘을 정도로 정신적인 성장을 이룬 건 아니었다.

아버지는 고개를 저으며 잘린 개의 머리를 불쌍한 그 개의 사체 옆에 두었다.

'네가 순순히 죽은 개에게 사과할 놈도 아니고, 네가 사과한다고 죽은 개가 살아 돌아오는 것도 아니고, 지금 당장 네가 내게 사과한다고 네 그 뭣 같은 성격이 고쳐질 리도 없겠지. 하지만 지금 이 사태를 정리할 필요는 있겠구나. 자, 루치. 이제 난 누구와 이야기해야 할까? 네가 말해봐라. 개를 살해한 루치 뱅상이냐, 아니면 네 아버지 게네치 뱅상이냐?'

루치는 겁에 질렸다. 루치가 가장 두려워하는 건 카셀의 아버지도 아니고 마을 촌장 어르신도 아닌, 자기 아버지였다.

"할 말이고 뭐고 간에……."

카셀은 조금이나마 시간을 벌기 위해 천천히 입을 열었다. 카셀이 눈을 감았다 뜨는 동안에도 검은 사자 백작의 표정은 주름 하나 변하지 않았다.

"우선 당신을 뭐라고 불러야 합니까? 아란티아에서는 사람을 동물에 빗대어 부르는 풍습이 없어서 그러는데, 저도 백작을 사자라 불러야 합니까?"

"나를 두려워하거나 공경하는 사람들이 검은 사자라 부르며 굳어진 명칭일 뿐이니, 편할 대로 부르시오. 이 자리에서 호칭은 중요한 게 아니니 말이오."

"좋습니다, 뤼미에르 백작."

카셀은 두 손을 깍지 끼고 말했다. 정확히 팔콘이 카셀을 위협하면서 취했던 자세를 흉내 낸 것이었다.

"궁금한 게 있었던 게 사실입니다. 하지만 거슬리면 대답 안 하셔도 됩니다."

"말하시오."

카셀은 즉시 뒷말을 이었다.

"제가 이 나라와 관련된 얘기들을 이 자리에 계신 뤼미에르 백작과 해야 합니까, 붉은 장미라 불리는 쟌스테인 백작과 해야 합니까?"

카셀이 의도했던 침묵이 내려앉았다.

'패잔병이 되어 여기까지 오는 동안 내 입장은 하나도 변하지 않았어. 내가 싸움의 중심에 서면 안 돼. 그리고 이제부터는 하얀 늑대들을 거기에 서게 해서도 안 돼.'

카셀은 곧은 시선으로 검은 사자 백작을 바라보며 그가 싸움판의 중심에 설지, 아니면 물러설지 기다렸다. 곧 백작은 침묵을 깨고 짧게 웃음을 터트렸다.

"이 나라에 대해서 공부하지 않은 건 아니군, 캡틴 울프? 이름보다 붉은 장미가 더 먼저 알려진 바람에 쟌스테인이라는 이름을 모르는 사람이 많지. 헌데 그 질문은 왜 하는 거요?"

카셀은 굵은 목소리를 낼 필요도 없이 순진한 척 대답했다.

"어느 한쪽만 만나서 재미있는 얘기를 해버리면 다른 한 분이 화를 낼 것 같아서요."

"무슨 재미있는 얘기가 있어서?"

"전 놀러 온 거지, 싸우러 온 게 아니라서 딱히 대단한 얘기를 할 생각도 없었습니다. 하지만 제가 상대는 조금 가리는 편이죠. 코홀룬의 고디머 백작은 별로 재미있는 얘기를 안 해주시더군요. 국왕 폐하와는 형식적인 얘기만 하게 될 것 같고요. 그렇다면 제가 바라는 이야기 상대는 결국 두 분뿐이라고 생각했지요. 제가 너무 무례했나요?"

검은 사자 백작은 또 큰 소리로 웃음을 터트렸다.

'집중하라, 카셀. 아직 백작도 나도 싸움판의 주위만 맴돌고 있는 거다. 절대 긴장을 늦추면 안 돼.'

카셀은 시선을 돌리지 않으려고 노력하며 백작의 뒷말을 기다렸다.

"바딩이 말한 대로 당신은 하얀 늑대들 중 누구보다 조심해야 할 인물이로군. 좋소, 캡틴 울프. 그 질문에 대답해 드리리다."

카셀은 겉으로 편한 자세를 보였지만 속으로 주먹을 꽉 쥐었다.

"당신이 얘기할 사람은 나 뤼미에르 백작이오."

마침내 백작이 스스로 싸움판의 중심에 섰다. 카셀은 안도하면서도 마음을 놓지 않았다. 싸움은 끝난 게 아니라 이제 막 시작된 것이었다.

"어떻게 그렇게 자신 있게 말씀하시나요? 일단 평화로운 나라에서 온 저로서는 전쟁을 일으키는 장본인을 좋아하기가 힘든데요."

"이 나라의 상황을 보고 왔다니, 오해라고 반박하기도 힘들군. 하지만 하얀 늑대들이 여기 온 목적이 정말 이 나라를 위해서라면, 결국 당신들은 나와 손을 잡아야 한다는 결론에 도달할 거요."

백작의 표정과 말투는 변함이 없었다. 하지만 카셀은 이야기의 흐름으로 백작이 울프 기사단을 두려워하지는 않더라도, 그 명성에서 자유롭지 못하다는 것을 깨달았다.

만약 하얀 늑대의 힘을 빌려 붉은 장미 백작을 몰아내자는 제안을 하면 딱 잘라 거절할 생각이었다. 그러나 대화가 진행되며 갑자기 다른 생각이 들었다.

'정말 검은 사자 백작을 적대하는 것이 옳은 길일까?'

카셀은 웃으며 대꾸했다.

"손을 잡는다니요? 말씀드렸다시피 우리는 놀러 온 거지, 뭔가 하러 온 게 아닌데요. 얘기가 그런 방향으로 발전하는 것은 원치 않습니다."

"돌려 말하지 마시오, 캡틴 울프. 당신들이 이 나라에 온 진짜 이유쯤은 알고 있소. 나는 대물림 하여 얻은 재산과 권력으로 지금의 자리에 선 게 아니오. 오직 내 힘으로 전후의 흔들리는 나라를 일으켰으며, 샤이필드 공작이 죽은 후 무너지려는 권력 체계를 바로 잡은 것도 나요. 공작이 카모르트에서 가장 위대하며 가장 충성스러운 기사라고 칭송한 바딩이 스스로 나의 기사단에 들어온 것도 결코 우연이 아니오."

백작은 탁자를 주먹으로 쾅 치며 말을 이었다.

"어느 날 갑자기 졸부가 되어 군사력으로 권력을 차지한 쟌스테인과 나는 그 근본부터 다르오. 나는 쟌스테인으로부터 이 왕실을 지키고 있는 거요. 아직도 이 나라에 놀러 왔다고 말하진 마시오. 당신은 나와 할 이야기가 아주 많을 테니 말이오."

카셀이 생각했던 대화의 법칙이 어긋나고 있었다. 계획대로 대화가 흘러가는데도 점점 말하기가 불편했고, 원하는 대로 상대를 싸움의 중심에 올려놨는데도 휘둘리는 건 결국 자신이었다.

"그런 얘기라면 전 그다지 할 얘기가 없습니다, 뤼미에르 백작. 하지만 말하다 보니 정말 궁금했던 게 떠오르는군요. 다른 사람에게 조용히 묻고 싶었지만 마침 기회가 닿았으니 직접 여쭙지요. 그냥 개인적인 질문입니다."

"그러시오."

"백작께서 국왕 폐하를 지킨다는 표현을 쓰셨는데 쟌스테인 백작이 지금 왕좌를 노리기라도 하는 겁니까? 제 무지를 용서하십시오, 백작. 하지만 전 일개 기사일 뿐인지라, 귀족들의 사고방식을 잘 이해하지 못합니다. 두 백작의 전쟁이 대체 무엇을 계기로 시작되었는지 아직 모르겠습니다."

"길게 늘어놓을 것도 없는 얘기군. 쟌스테인은 애초에 영지도 제대로 관리 못하고, 자기 영지 내에 있는 상인에게 빌린 돈도 갚지 못해 백작이라는 지위라도 팔아야 할 처지에 놓인 불쌍하고 무능한 귀족이었소. 그런데 내 멍청하기 짝이 없는 셋째 녀석이 하필 그자의 외동딸에게 한눈에 반하면서 일이 터졌지."

'어이쿠, 이건 또 웬 사랑 얘기야?'

카셀은 침을 꿀꺽 삼켰다.

"쟌스테인은 딸을 비싼 값에 팔아 치울 속셈이었는지 요구가 상당히 까다로웠지. 나는 그의 빚을 탕감해주고 내 영지의 일부를 오십 년간 임대해준다는 조건으로 약혼을 시켰소. 셋째의 상사병 치료비라고 생각하면 비싸지도 않지. 물론 쟌스테인 그놈이 나를 먼저 배반하기 전까지는 말이오."

카셀은 속으로 안타까워 어찌할 바를 몰랐다.

'이 재미있는 얘기를 이렇게 재미없는 척하면서 들어야 한다니!'

카셀은 자못 진지한 척 말했다.

"파혼했겠군요."

"솔직히 말해 자존심에 상처를 입긴 했지. 그 와중에 내 못난 아들놈은 또 난리법석을 떨었으나, 단순히 그런 걸로 전쟁이 일어나지는 않소. 자식 놈 결혼 문제로 부모가 나서서 싸우다니, 그것만큼 꼴사나운 짓도 없지. 하지만 영지에 관한 문제라면 나도 물러서기가 힘들지 않겠소? 그는 딸과의 결혼을 조건으로 임대해 준 내 영지에서 물러나지 않겠다고 했소."

"그건 처음부터 결혼 선물이 아니었습니까? 파혼했다면 돌려주는 게 순리일 텐데요?"

"상식적으로 당연한 얘기지. 나는 심지어 탕감해 준 빚은 없던 것으로 쳤소. 하지만 땅은 돌려달라고 요구했지.

"안 돌려줬나 보군요?"

"나는 그 길로 군대를 이끌고 그 영지에 있는 소작농들을 쫓아냈소. 대단한 군대를 몰고 간 것도 아니고 소작농들을 다치게 한 것도 아니었소. 그런데 쟌스테인은 기다렸다는 듯이 자신의 기사단을 이끌고 와 영지를 지킨다는 명목 하에 내 군대를 공격했소."

백작은 지금 생각해도 분통 터진다는 듯 고개를 설레설레 저었다.

"나도 전쟁을 좋아하지는 않소. 하지만 그런 일을 당하고도 순순히 물러나는 성자도 아니오. 그 뒤는 설명하지 않아도 자연스럽게 그려질 거요. 이 정도면 충분히 설명이 되었소?"

"딱 제가 듣고 싶었던 이야기였습니다."

카셀은 푹신한 의자에서 일어났다.

"마련해주신 파티 석상에서는 피냄새 나는 얘기 없는 즐거운 시간이 되길 바랍니다."

"나도 그리 기대하오. 하지만 당신은 결국 어디에 설지 아직 대답하지 않았소."

백작은 밋밋하게 물었다. 카셀은 일부러 백작을 내려다보는 위치에서 말했다.

"우리는 우리가 받은 명령대로 행동하겠습니다."

"명령이라…… 천하의 하얀 늑대들에게 명령을 내리는 존재도 있나?"

그것은 쉐이든이 예상한 질문이었고, 카셀은 미리 준비한 답변을 들려주었다.

"아란티아의 하얀 늑대들이 누구를 위해 존재하겠습니까? 여왕께서 이 나라에 놀러가라고 명령을 내리셨다면 아마 우리의 방문으로 이 나라에 평화가 깃들기를 바라는 것이겠지요. 우리가 어디에 서냐고요? 우리는 카모르트의 평화에 서겠습니다."

"옳은 말이오. 그럼 국왕 폐하를 도우시오. 그게 평화에 서는 것이자, 내가 원하는 답이었소."

카셀은 짧게 묵례하고 문을 열고 나왔다.

문밖에는 바딩이 벽에 등을 기대고 서 있었다. 카셀은 대하기 껄끄러운 바딩에게 웃어주면서 옆으로 물러나 걸었다. 거의 동시에 바딩은 카셀에게 길을 비켜 주려고 벽에서 등을 뗐다. 엉뚱하게 서로 같은 방향으로 이동하는 바람에 카셀은 바딩과 거의 얼굴이 맞닿을 정도로 가까이 서게 되었다.

카셀은 당황하지 않고 옆으로 물러섰으나, 바딩은 비키지 않고 미소만 보이며 사과했다.

"아, 이런. 실례했소, 캡틴 울프."

"괜찮소."

카셀도 짧게 인사했다.

'의도한 실수구나.'

카셀은 바로 알아차렸다. 그리고 바딩은 카셀이 그렇게 알아주길 바라는 미소로 물었다.

"백작님과는 유익한 대화 나누셨습니까?"

"그저 자기소개 정도나 했소."

카셀은 지쳤지만, 공을 들여 대꾸했다. 바딩은 과장되게 고개를 끄덕였다.

"캡틴께서 혼자 계시는 시간이 언제인지 여쭐까 하다 그냥 지금이 바로 그 시간인가 싶어 부탁드리고자 합니다. 저 바딩은 카모르트 땅에서만 검을 배운 우물 안 개구리입니다. 한 번도 진 적은 없으나, 언제고 저보다 뛰어난 기사에게 평가를 받고 싶었습니다."

카셀은 가슴이 철렁 내려앉는 것 같았다.

"나는 검을 겨루려고 여기에 온 게 아니오."

"반드시 지금, 여기일 필요는 없습니다. 이 성에는 검을 겨룰 만한 너른 공터가 아주 많습니다. 시간만 정해주신다면 장소와 장비를 모두 준비해 기다리겠습니다."

"그럴 시간이 있기나 할지 모르겠소. 파티장에서 뵙겠소."

그제야 바딩은 길을 비켜주었고, 카셀은 빠른 걸음으로 그곳을 벗어났다. 심장이 잠깐 동안 움직임을 멈췄다가 뒤늦게 모자란 피를 온 몸에 보내려는 듯 격렬하게 박동했다.

방으로 돌아가 침대에 엎어지고 나서야 카셀은 참았던 숨을 가쁘게 내쉬었다.

'넌 아란티아의 하얀 늑대야. 세상의 모든 기사들이 경외심을 가지고 바라보며, 카모르트 최고의 권력자인 검은 사자 백작조차 자기편으로 만들려고 애쓰는 하얀 늑대들의 캡틴이다.'

카셀은 이불을 뒤집어쓰고 속으로 악을 썼다. 그리고 손의 떨림이 사라질 때까지 계속 되뇌었다.

'넌 캡틴 카셀이다. 잊지 마라, 너는 캡틴 카셀이다!'